Evelyn Uebach

WONDERFUL INTRIGUES

Wenn die Masken fallen

Oetinger Taschenbuch

Außerdem bei Oetinger Taschenbuch erschienen:

Glamour Girl. Wer liebt, verliert (Band 1)
Glamour Girl. Giftige Wahrheit (Band 2)

MIX
Papier aus verantwortungsvollen Quellen
FSC® C014496

Originalausgabe
1. Auflage

Satz: Datagroup-Int SRL, Timișoara
Druck und Bindung: GGP Media GmbH, Karl-Marx-Straße 24,
07381 Pößneck, Deutschland
Printed 2020
ISBN 978-3-8415-0635-1

www.oetinger-taschenbuch.de

Für meine Schwester

8. August, ClassyGardens, Apartment 1

»Er hat mir eine Liste geschrieben.«

Durch die gekippten Fenster trägt der Nachtwind den Geruch von Regen ins Zimmer.

»Eine Liste von Dingen, die er an dir mag?« Tiffs Stimme am anderen Ende der Leitung klingt amüsiert.

»Eine Liste darüber, was ich bei unseren Auftritten als Paar zu tun und zu lassen habe, was ich der Presse über ihn sagen darf, in welchen meiner Posts er markiert werden will und in welchen nicht.« Wynter sitzt im Schneidersitz auf der samtenen Designercouch im Farbton Distel und blickt direkt auf das große Poster, auf dem sie selbst zu sehen ist. Die Aufnahme ist für die Promo der dritten Staffel von *Wonderful Intrigues* entstanden, und Laurie hat es mit so viel Enthusiasmus dort platziert, dass Wynter es nicht über sich gebracht hat, es wieder abzuhängen. Na ja, außerdem macht sie sich darauf wirklich gut. Die Rolle in der Serie ist ihr nun mal auf den Leib geschneidert – wortwörtlich. Ihr Vater, der Erfinder und Showrunner von *WIn*, hat sie allein für sie entwickelt, sogar nach ihr benannt und alles andere darum herum entstehen lassen. Was schon sehr cool ist, auch wenn sie dieser Tatsache letztendlich den ganzen Schlamassel zu verdanken hat.

»Wir haben uns gestern getroffen, um abzusprechen, wie wir gemeinsam auftreten werden. Da hat er keinen Ton gesagt – und jetzt das! Wahrscheinlich ist er beleidigt, weil er mir an die Wäsche wollte und ich ihn nicht rangelassen habe.«

»Das klingt nicht nach Nord.«

Wynter beißt sich auf die Lippe. Tiff kann sie nichts vormachen, wenn es um ihn geht. Natürlich hat sie das nur gesagt, weil es sie fuchst, dass er so gar kein Interesse an ihr hat – wo sie doch eigentlich jeden haben kann.

»Was haben Laurie und Tim gesagt, wie lang eure Lovestory andauern soll?«

Die beiden haben das Ganze ausgeheckt. Als PR-Manager haben sie beschlossen, dass es an der Zeit wäre, dem Publikum vor Ausstrahlung der vierten Staffel in zwei Monaten etwas Sensationelles zu bieten, um die Vorfreude noch zu befeuern: eine echte Liebesgeschichte zwischen zweien ihrer Lieblingshauptdarsteller. Was nicht zuletzt eine nicht unwesentliche Reichweitenerhöhung mit sich bringen wird und damit leicht verdientes Geld ist.

Laurie und Tim haben den Vorschlag also dem ganzen Cast unterbreitet, und die anderen haben, mit Ausnahme von Tiff, geschlossen dafür gestimmt, dass das die neue Team Task werden soll.

Wynter hat keine Ahnung, was es mit dem Team zu tun haben soll, wenn nur Nord und sie sich der Aufgabe stellen müssen. Warum die Wahl ausgerechnet auf sie beide gefallen ist, ist allerdings klar: Nichts könnte überraschender kommen. Oder absurder sein. Ein wenig wegen der konfliktträchtigen Beziehung ihrer Serienrollen, vor allem jedoch, weil sie zu keiner Gelegenheit ein Geheimnis daraus gemacht haben, dass sie sich auch in der Realität nicht ausstehen können.

Die anderen finden das doch alles bloß wahnsinnig lustig! Im Ernst, sie ist das ganze Konzept langsam leid – die Pflichttreffen, die Tasks, die Feedbackrunden, dass sie ständig mit den anderen zusammenglucken soll, damit bei den Drehs dann die Chemie stimmt. Sie möchte schließlich keine Gruppenkarriere, sondern eine eigene. Mit etwas Glück ist sie diese Amateure bald los. Noch steht nichts fest, doch wenn es nach ihr geht, wird es keine weitere *WIn*-Fortsetzung geben. Das Ende der neuen Staffel kann man durchaus so stehen lassen; es gäbe also keinen günstigeren Zeitpunkt, um aufzuhören. Ob sie Laurie wohl abwerben könnte, wenn sie geht?

Apropos, warum hat die sich noch nicht gemeldet? Nachdem Wynter ihr ein richtig schlechtes Gewissen gemacht hat, weil sie sie so in die Bredouille gebracht hat, hat sie doch versprochen, ihr noch einmal ein Update zu geben. Dazu, ob es nicht vielleicht doch eine Möglichkeit gibt, sich aus der Affäre zu ziehen. Wynters Lieblingsidee war, nur Gerüchte zu streuen und diese schließlich – nach gebührend langer Zeit natürlich – zu zerschlagen. Aber damit ist sie auf taube Ohren gestoßen.

»Bist du noch dran?«

»Sie wollen abwarten, wie die Fans reagieren«, beantwortet Wynter Tiffs Frage von gerade.

Leider werden die Fans wahrscheinlich vor Begeisterung ausrasten, was ihr Martyrium auf unbestimmte Zeit verlängern könnte. Allerdings graut ihr auch schon vor dem Aus der vorgetäuschten Romanze, denn wenn sie Pech hat, wird Laurie ihr dazu raten, die zu Unrecht Verlassene zu spielen, um Sympathiepunkte zu sammeln. Sie wird niemals so tun, als hätte ein Totalversager wie Nordyn Degenbrunner sie fallen lassen!

»Kopf hoch, Wynter. Nord ist echt okay. Eine Menge Mädchen würden ihre Seele verkaufen, um an deiner Stelle zu sein.«

Wynter verkneift sich den Kommentar, dass sie, wenn es darum geht, etwas zu haben, was andere wollen, nicht auf Nord zählen muss. Ihr Leben ist auch ohne ihn schon beneidenswert genug.

»Wie zum Beispiel du?« Ihr Unterton ist neckend, aber in Wahrheit meint sie die Frage durchaus ernst.

»Eher nicht«, erwidert Tiff im selben Tonfall.

Wynter ist sich nicht sicher, was sie mit dieser Reaktion anfangen soll. Tiff ist als Arabella in der Serie die Freundin von Deven, verkörpert durch Nord höchstpersönlich. Der Funke scheint auch außerhalb der Serie übergesprungen zu sein: Die zwei sind während der Dreharbeiten der ersten Staffel zusammengekommen und waren während der gesamten zweiten und dritten sowie der halben vierten Staffel ein Paar, und obwohl Wynter Tiff durchaus als ihre Freundin betrachtet, kann sie nicht sagen, wie viel davon echt oder ebenfalls strategisch war. Eine Team Task ist es jedenfalls nicht gewesen.

Falls Tiff noch immer etwas von Nord will, wird die Situation noch unangenehmer werden, als sie es ohnehin schon ist. Aber es ist ja nicht Wynters Schuld, dass die große Antagonistin der Serie, also ihre Wenigkeit, im wirklichen Leben etwas nahbarer gemacht werden soll, indem sie öffentlich im Liebesglück schwelgt – wie abartig sie selbst das auch finden mag. Für Nord haben sie dann wohl einen Imagewandel zum undurchschaubaren Herzensbrecher vorgesehen.

Es klopft an der Tür ihres Apartments. »Wynter, ich bin's!«

Laurie – na endlich! Die Ärmste hat jedes Mal Angst, sie könnte für ein Fangirl gehalten und draußen stehen gelassen werden.

»Lass uns ein andermal weiterquatschen, Laurie ist hier. Ich hoffe, sie hat gute Nachrichten für mich!«

Tiff wünscht ihr Glück, verabschiedet sich und legt auf.

Wynter öffnet Laurie die Tür. Ihr schlägt ein breites, vielversprechendes Grinsen entgegen.

»Ich hab sie, die Lösung für dein Problem, und sie hat sogar einen Namen: Elodie Rauch. Sie kann morgen schon anreisen, damit wir alles Weitere mit ihr besprechen können.«

Die Euphorie in Lauries Gesicht stimmt sie hoffnungsvoll. Laurie ist niemand, der sich einer Sache vorschnell sicher ist.

»Ein Double?«, fragt Wynter.

»Und was für eins! Dieses Mädchen wird dich umwerfen!«

Kapitel 1

Natürlich habe ich schon von *ClassyGardens* gehört. Wer hat das nicht? Doch als ich jetzt meinen schäbigen alten Koffer durch die Gassen der Anlage ziehe, die vor einigen Jahren hier auf dem Gelände eines ehemaligen Golf & Country Clubs aus dem Boden geschossen ist, steht mir trotzdem fast der Mund offen vor Staunen. Sie wirkt wie ein eigenes kleines Städtchen nur für die aufstrebenden Stars und Sternchen, die sie beherbergt.

Ich hatte erwartet, alles würde unecht und albern wirken – im Ernst, allein schon dieser pseudocoole Name, bei dem ich eher an eine Seniorenresidenz denken muss als an einen exklusiven Wohnort für junge Darsteller –, aber in Wahrheit ist es schlichtweg beeindruckend. Die Gebäude sind wunderschön und haben etwas Märchenhaftes mit den Säuleneingängen, den Erkern, Türmchen und kleinen Balkonen. Es gibt kunstvolle Springbrunnen, viele Grünflächen und Bäume, saubere Kieswege und eine Art Fußgängerzone, in der sich süße Cafés und kleine Boutiquen aneinanderreihen. Selbst der stinknormale Briefkasten, an dem ich gerade vorbeilaufe, sieht in dieser Umgebung irgendwie hübsch aus.

Zum Glück habe ich am Eingang einen Lageplan in die Hand gedrückt bekommen. Der Pförtner schien beinahe ehrfürchtig, als ich ihm das Schreiben vorgelegt habe, das Laurie mir per Mail hat zukommen lassen und das mich als persönlichen Gast von Wynter Brookely ausweist.

Die Apartments der Bewohner von *ClassyGardens* befinden sich an der Ostseite des Geländes in einem hellen Bau, der an ein Luxushotel erinnert. Ich steuere darauf zu. Meine Nervosität steigt stetig. Laurie hat mir während unseres Videotelefonats vorgestern wirklich Hoffnungen gemacht, dass sie mich engagieren werden. Genau genommen hat sie sich kaum wieder eingekriegt, nachdem ich ihr vor laufender Kamera meine Imitation von Wynter gezeigt hatte. Natürlich war sie zuerst skeptisch und dachte, ich würde irgendeine Manipulations-Software einsetzen. Da habe ich sie aufgefordert, mir wahllos andere Schauspielerinnen zu nennen, und als ich blitzschnell mein Aussehen entsprechend wechselte – zum Glück war keine dabei, die ich nicht kannte, und ich war gut vorbereitet –, war die Sache für Laurie klar.

Es hat mich unglaublich viel Überwindung gekostet, ihr auf diese Art vorzuführen, wozu ich fähig bin. Mich überhaupt erst bei ihr zu melden, nachdem eine ehemalige Kundin sie mir als Interessentin weitergeleitet hatte. Ich will diesen Job nicht, auf keinen Fall, niemals, aber ich brauche ihn, unbedingt. Nur deswegen bin ich Hals über Kopf losgereist, um Wynter zu treffen, und kämpfe jetzt gegen den Jetlag. Wenn ich sie nicht überzeuge, wenn ich mit leeren Händen zurückkomme, dann wird kein neuer Behandlungsplan für Savanna aufgestellt werden. Dann war alles, was ich bisher getan, was ich aufs Spiel gesetzt habe, umsonst.

Das wird nicht passieren, sage ich mir mein Mantra der letzten Wochen vor. Seit dem Gespräch mit Laurie kommt es mir zum ersten Mal nicht mehr wie ein leeres Versprechen vor. Das alles scheint zu sehr wie eine glückliche Fügung: ein schwindelerregend hohes Gehalt für das, was ich wohl oder übel am besten kann, noch dazu im Land meiner Kindheit; außerdem arbeitet Kelsey Dawson nicht weit von hier. Ich habe keine Ahnung, wie viel sie weiß und wie sie zu meinen Eltern stand, doch ich greife im Moment nach jedem Strohhalm. Sie ist Ärztin und könnte vielleicht eine zweite Meinung zu Savannas Situation beisteuern.

Die Türflügel sehen aus wie Schokoladentafeln. Bei dem Anblick knurrt mein Magen – seit meinem überstürzten Aufbruch habe ich nichts mehr runterbekommen. Hoffentlich hat der Kiosk, den ich gesehen habe, noch offen, wenn mein Termin erledigt ist.

Ich betrete die Lobby und sehe mich ein wenig eingeschüchtert um. Die hintere Wand besteht aus Glas und gibt den Blick auf eine traumhafte Gartenlandschaft frei. Eine überdachte Terrasse ist gleich ans Haus angeschlossen, und ich sehe ein paar Leute an Tischen sitzen und den lauen Abend genießen. Drinnen gibt es eine gemütliche, aber im Moment völlig verwaiste Sitzgruppe bei einem großen Kamin, der vermutlich vor allem dekorative Zwecke erfüllt.

An jeder Seite der Halle führt eine frei schwebende Treppe mit Stufen aus dunklem Holz nach oben, wo sie am Absatz zum ersten Stock endet. Als ich den Kopf in den Nacken lege, erkenne ich, dass sich darüber jeweils zwei weitere befinden. Auf jeder Etage stehen hölzerne Wegweiser, auf denen die Nummern der Apartments ausgewiesen sind. Es gibt auch einen Aufzug, der in seinem gläsernen Schacht darauf wartet, jemandem das Treppensteigen zu ersparen.

Bis auf die paar Gestalten auf der Terrasse ist keine Menschenseele zu sehen.

Erst jetzt bemerke ich das Schild direkt zu meiner Linken, das einen Pfeil mit der Aufschrift »Reception« zeigt. Wahrscheinlich sollte ich nicht so irritiert sein – hier wohnen Promis, klar müssen die eine Rezeption haben.

Ein Mann, der aussieht, wie man sich einen betagten Hausmeister vorstellt, sitzt um die Ecke an einem Schalter, der wiederum den Anschein macht, als könnte man dort Eventtickets erwerben.

»Guten Tag«, sage ich und lege ihm meinen Ausdruck vor.

Er lässt den Blick darüberschweifen, und wie schon der Pförtner hebt er vor Erstaunen die Brauen. Ganz klar: Ich wirke nicht wie jemand, den Wynter empfangen würde.

»Einen Moment, die Dame«, sagt er und greift nach dem Telefon, um meine Ankunft anzukündigen.

»Miss Brookely erwartet Sie«, sagt er wenige Sekunden später, als wäre das eine Neuigkeit für mich. »Apartment 1 befindet sich ganz oben auf der linken Seite.«

Ganz oben – also ein Fall für den Aufzug. Ich bedanke mich und mache mich auf den Weg.

Als ich kurz darauf vor der richtigen Tür stehe, die Hand schon zum Klopfen erhoben, kommen mir ein letztes Mal Zweifel. Wenn sie mich wirklich wollen, dann werde ich wieder jemanden zum Opfer meiner Täuschung machen. Ich werde mich erneut verbiegen müssen, ein weiteres Mal nicht ich sein. Die Gefahr ist mir schmerzlich bewusst, ich habe sie immer vor Augen. Doch im Grunde habe ich keine Wahl, schon lange nicht mehr. Also straffe ich die Schultern und sage mir, dass ich schon weit schlimmere Dinge habe durchstehen müssen. Trotzdem fühlt es sich an, als würde ich gegen meinen eigenen Sargdeckel pochen, als ich mich endlich dazu überwinde, anzuklopfen.

Laurie öffnet mir, ein breites Strahlen im Gesicht. Ihre Zähne sind so weiß, dass sie einen fast blenden.

»Herein, herein!«, ruft sie. »Wir haben uns gedacht, es wäre am besten, wenn du gleich Wynters gewohntes Umfeld kennenlernst. Das wird dir helfen, dich besser in sie einzufühlen.«

»Noch steht allerdings gar nicht fest, ob ich dich einstelle«, kommt es vom anderen Ende des Raumes, noch bevor ich Wynter sehen kann.

Ich mache zwei beherzte Schritte ins Zimmer, und da steht sie: der größte Star der Erfolgsserie *Wonderful Intrigues.*

Selbst hier in ihrem eigenen Wohnraum wirkt sie, als befände sie sich in einer Szene, die sie allein beherrscht. Die hellblonden Haare umspielen ihr Gesicht mit den klaren blauen Augen, der ein bisschen eigenwilligen Nase und diesen perfekt geformten Lippen. Man kann über sie sagen, was man will, aber niemand würde abstreiten, dass sie eine Schönheit ist.

Ich habe meine Hausaufgaben gemacht und recherchiert. Es heißt, Wynter sei kühl und launisch, eine Frau, die nicht leicht zufriedenzustellen ist. Die Chance, die sie zu der Berühmtheit gemacht hat, die sie jetzt ist, verdankt sie vor allem ihrem Vater, dem legendären Roland Brookely. *ClassyGardens* wurde vor etwas über vier Jahren von ihm begründet, wenig später feierte *Wonderful Intrigues* den großen Durchbruch. Verstehe das, wer will! Ich meine, im Prinzip geht es um ein schwer verliebtes Pärchen in Toronto, das sich ständig vorübergehend trennt, weil die mysteriöse Wynter die Beziehung sabotiert. Und dann stellt sich heraus, sie kommt aus einer Parallelwelt und hat den Typen verzaubert. Weswegen er seine echte Identität als Prinz und ihr Verlobter ins Unterbewusstsein verdrängt hat. Super Plot, echt!

Brookely selbst verschlug es der Liebe wegen von L.A. hierher, und er kam mit großen Ambitionen. Die meisten davon dürfte er inzwischen verwirklicht haben. Kanada gilt nicht umsonst als das Hollywood North.

Wynter ist ein Scheidungskind. Vielleicht glaubt sie deswegen nicht an die Beziehung, um die es in meinem Auftrag gehen soll.

Sie mustert mich genauso intensiv wie ich sie, allerdings wirkt sie beinahe entsetzt. Ihre Nase zuckt, als würde sie darum kämpfen, sie nicht zu rümpfen. »Wer zum Teufel bist du?«

Laurie stellt mich vor, bevor ich die Chance dazu habe: »Ein Niemand. Eine durchschnittliche Blondine mit Nerdbrille, deren Gesicht man sich nicht gleich beim ersten Mal merkt.« Sie lächelt mich entschuldigend an. »Nichts für ungut.«

Ich denke, es hat schon weitaus schlimmere Beschreibungen meiner Person gegeben.

Nicht jeden meiner Aufträge kann ich zur Zufriedenheit des Kunden abschließen. Es ist auch schon vorgekommen, dass ich es so richtig vermasselt habe. Und was ich im Namen von jemand anderem tue, ist getan. Dafür gibt es genauso wenig eine Reset-Taste wie für die Fehler, die ich begehe, wenn ich in meiner eigenen Haut stecke.

»Aber …«, sagt Laurie und klingt wie ein aufgeregtes Kind vor der Bescherung, »… sie ist perfekt!«

»Sie sieht kein bisschen aus wie ich«, stellt Wynter fest.

Ich bin keine Freundin davon, Menschen zu überrumpeln, aber irgendetwas an ihrer Art löst in mir den Wunsch aus, sie so richtig zu schocken.

Ich brauche keine drei Sekunden, bis ich ihre Gestalt angenommen habe. Es ist, als würde ich mir eine Jacke überstreifen. Jemanden zu imitieren, kann manchmal richtig anstrengend und sogar schmerzhaft werden, aber in den ersten Minuten ist es immer ganz leicht. Außerdem habe ich viel mehr Übung darin, als mir lieb ist.

Es funktioniert alles über meine Sinne. Habe ich meine Zielperson einmal gesehen, und sei es nur auf einem Bildschirm oder Foto, kann ich aussehen wie sie. Habe ich sie einmal gehört, kann ich sprechen wie sie. Nur den Charakter kann ich nicht übernehmen; Verhaltensweisen muss ich mir selbst aneignen. Wenn man es so betrachtet, ist das, was Wynter beruflich macht, nicht so weit von meiner eigenen Einnahmequelle entfernt.

Ich genieße, dass Wynter die Worte fehlen.

»Unglaublich, oder?«, quietscht Laurie.

»Shit – wie hast du das gemacht?« Auf einmal bin ich spannend genug, um direkt mit mir zu sprechen.

»Nur eines meiner vielen Talente«, sage ich mit ihrer Stimme, ohne dass die beiden die Ironie darin erahnen könnten, und nehme exakt die gleiche Haltung ein wie Wynter. Es muss ihr vorkommen, als stünde sie ihrem lebendig gewordenen Spiegelbild gegenüber.

Auch für mich ist es irgendwie seltsam. Es ist eine Weile her, dass ich jemanden imitiert habe, der dabei anwesend war. Das Einzige, was uns äußerlich unterscheidet, ist die Kleidung – ich trage immer noch meine eigene. Wynter ist etwas größer und zierlicher als ich, also sitzen Jeans und Pulli bei mir jetzt lockerer als vorher und haben dafür an den Hosenbeinen und Ärmeln Hochwasser.

»Laurie, ist das irgendein Trick?« Wynter klingt fast ein bisschen hysterisch. »Ich spiele jetzt schon so lange das Mädchen mit den magischen Fähigkeiten, dass ich mir gerade nicht sicher bin, ob mir das Ganze nicht etwas zu Kopf gestiegen ist.«

»*Du* spielst es nur«, sage ich und weise mit beiden Händen auf mich selbst. »Das hier hingegen ist echt.«

Ich bluffe ein bisschen. In Wirklichkeit handelt es sich nur um eine doppelseitige Illusion. Für sie sehe ich aus wie sie, und ich selbst fühle mich so – dabei ist es im Grunde nichts als eine Ganzkörpermaske.

»Wie?« Sie wirft mir das Wort förmlich entgegen.

Auf den Teil bin ich vorbereitet. Ich spreche über den größten Fluch meines Lebens, als wäre er eine Gabe: »Ich bin eine Imitatorin. Es ist eine Spezifikation in meiner DNA. Meine Eltern haben an einem Testprogramm teilgenommen, das die Möglichkeiten pränataler genetischer Modifikationen untersucht hat, und in meinem Fall kam es zu diesem … überraschenden Resultat.«

Es ist witzig – hätte es so ein Programm tatsächlich gegeben, wäre es höchstwahrscheinlich illegal gewesen und hätte niemals etwas wie das Imitieren zum Ergebnis gehabt; trotzdem glauben die Menschen mir diese Version lieber, als eine Erklärung zu akzeptieren, die ihre Vorstellungskraft übersteigt.

Im Grunde macht es aber keinen Unterschied. Ob nun Wissenschaft oder angeborene Paranormalität, in jedem Fall hat es mein Leben ruiniert.

»Ich habe Laurie bereits den medizinischen Bericht geschickt.« Als ob der auch nur ansatzweise etwas taugen würde.

Es gibt Leute, die garantiert nicht vor Menschenversuchen zurückschrecken würden, wenn sie jemanden wie mich in die Finger kriegen würden. Damit mir niemand, für den ich aus diesen Gründen von Interesse wäre, auf die Spur kommt, muss ich mich in einer Sache unbedingt absichern: »Wir sind uns doch einig, dass alles strengster Geheimhaltung unterliegt? Die Öffentlichkeit darf nicht von mir erfahren!«

Ich pokere hoch. Wenn Wynter zu dem Schluss kommt, mich zu verraten würde ihr einen größeren Gewinn bringen, als meine Fähigkeiten für sich in Anspruch zu nehmen, verliere ich alles und bringe jeden, der so ist wie ich, in Gefahr. Dieses Risiko gehe ich nicht zum ersten Mal ein. Bisher war noch jeder Auftraggeber egoistisch genug, um dichtzuhalten. Immerhin habe ich ein Druckmittel gegen Wynter. Sie hat ebenfalls ein Geheimnis, das sie um jeden Preis schützen muss, wenn sie ihren Ruf nicht ruinieren will: dass sie überhaupt in Erwägung gezogen hat, mich zu beauftragen.

Ich lege die Imitation wieder ab und fühle mich sofort wohler in meiner Haut.

»Natürlich«, antwortet Laurie.

»Gibt es noch mehr Menschen, die das können?«, fragt Wynter. Ihre Stimme klingt dünn, aber insgesamt geht sie recht gefasst mit dem um, was sie gerade gesehen hat, finde ich.

»Niemanden, den ich kenne«, lüge ich, obwohl … eigentlich

ist es zumindest die halbe Wahrheit. Savi *kann* es nicht wirklich, sonst wäre ich gar nicht hier. »Bei den anderen Kindern aus dem Programm haben sich keine Anomalien ergeben.«

Wynter muss sich setzen, sie sieht ein wenig blass aus. Laurie hat ja schon etwas mehr Zeit gehabt, sich an den Gedanken zu gewöhnen, dass jemand wie ich existiert. Sie lebt in einem Umfeld, wo sie viel mit außergewöhnlichen Menschen zu tun hat – wenn auch mit anderen Graden von Außergewöhnlichkeit –, und ist vor allem auf die Lösung des Problems fokussiert, wegen dem sie mich herbestellt haben.

»Ich habe dir ja schon gesagt, worin deine Aufgabe besteht«, sagt sie. Sie verwendet nicht mehr den Konjunktiv. Sehr gutes Zeichen! »Wynter wird sich natürlich Zeit nehmen, um dich ›einzuarbeiten‹.« Die Gänsefüßchen malt sie mit den Fingern in die Luft. »Es ist ideal, dass du vom ersten offiziellen Date an da sein wirst, das steht schon übermorgen an. Nord kennt Wynter privat nicht wirklich, da er als Einziger vom Cast direkt in Toronto lebt. Das lässt dir ein wenig Spielraum.«

Ich nicke und sage natürlich nicht, was ich von der Sache wirklich halte: Ihr Plan ist feige und unfair. Stattdessen denke ich an die gewaltige Summe, die sie mir zahlen werden.

»Dir muss aber klar sein, dass du nicht mehr aussteigen kannst, wenn du jetzt zusagst. Wir müssen uns voll auf dich verlassen können. Es ist nicht genau abzusehen, wie die Sache sich entwickeln wird. Gibst du uns dein Wort, dass du tun wirst, was immer der Auftrag von dir verlangt?«

Ich kann mir kein Zögern erlauben. »Solange die Bezahlung stimmt.«

»Ach.« Wynter hat ihre Überheblichkeit allem Anschein

nach wiedergefunden. »Bist du so eine, die für Geld alles tun würde?«

Die Frage sollte mich nicht so treffen. Die Wahrheit ist, ich habe tatsächlich schon viel für die passende Entlohnung getan. Ich habe Leute hintergangen, Träume zerstört, mich selbst verraten. Und bin verraten worden, was mich überhaupt erst zu all dem gezwungen hat. Der Ring an meinem Finger erinnert mich jeden Tag daran.

Ich mag keine Bilderbuchheldin sein, aber im Laufe der Zeit habe ich eine wichtige Erkenntnis gewonnen: Wenn ich eine Heldin für die eine Person sein will, die mir von meiner Familie geblieben ist, dann bedeutet das, für viele andere zur Gegenspielerin zu werden. Manchmal sogar für mich selbst.

»Nicht für Geld«, antworte ich auf Wynters Frage, »aber für meine Schwester. Das läuft nur im Moment unglücklicherweise auf dasselbe hinaus.«

Zu meiner unendlichen Erleichterung bohrt sie nicht weiter nach, jedenfalls noch nicht. Ich sehe ihr an, dass ihr Dutzende von Fragen durch den Kopf schwirren, aber anscheinend muss sie doch immer noch verdauen, was sie eben erlebt hat.

»Ich glaube kaum, dass wir jemanden finden, der besser qualifiziert sein könnte als du«, sagt Laurie. »Also: Willkommen im Team Wynter, Elodie.«

In meinem Inneren kämpft Freude gegen Panik. Wie es aussieht, werde ich die nächste Runde dieses verzwickten Spiels namens Leben gegen niemand Geringeren als den gefeierten Nordyn Degenbrunner spielen.

Kapitel 2

Ich denke schon, dass keiner abnehmen wird. Das Tuten hält, wie mir ein Blick auf mein Handydisplay verrät, bereits quälende zweiundzwanzig Sekunden an. Dreiundzwanzig. Vierund…
»Leygraf-Klinik für Kinder- und Jugendpsychiatrie, Psychosomatik und Psychotherapie, Kraus, guten Abend?«

Gerade so kann ich mich davon abhalten, einen erleichterten Seufzer auszustoßen. Eine Rufumleitung! Das steigert meine Chancen enorm. Ich entspanne meine Finger, die ich in die Tagesdecke auf dem Bett gekrallt hatte.

Mein Plan war es, Carsten weichzuklopfen, aber da mir das auch bisher nicht gelungen ist, umgehe ich ihn nur zu gern, wenn ich kann.

»Elodie Rauch, guten Abend. Stian Dettmer …« Ich mache eine kurze Pause und kann förmlich spüren, wie sein Name mir die Aufmerksamkeit der Frau am Telefon sichert. Dass Stian Teil meines Lebens ist, ist eine Last, auch wenn das nicht immer so war. Hin und wieder öffnet es mir allerdings auch Türen. »… hat mir mitgeteilt, dass die behandelnde Ärztin es für sinnvoll hält, wenn ich mich bei meiner Schwester melde. Ein Telefonat könnte … für ihren Zustand förderlich sein.«

Das hier wird definitiv für noch mehr ungehörte und somit unbeantwortete Nachrichten auf meiner Mailbox sorgen,

Nachrichten von dem Jungen, mit dem ich im Moment nicht reden kann und will. Eigentlich nie wieder.

»Wer behandelt sie denn?«

»Gabrie… Ich meine, Dr. Scheuner.«

»Warten Sie kurz, ich frage nach.«

Meine Hoffnung sinkt, aber ich bin schon weiter gekommen als in den letzten sieben Wochen. Sieben Wochen, in denen ich nicht ein einziges Wort mit meiner eigenen Schwester wechseln durfte.

Vielleicht ist Gabrielle zufällig noch da und hilft mir. Auch wenn ich eigentlich nicht möchte, dass sie für mich gegen Carstens Anweisungen handelt.

Ich rutsche zurück, bis mein Rücken die Wand berührt, und ziehe die Beine dicht an meinen Körper heran. Ich bin eine gefühlte Ewigkeit im Raum auf und ab getigert, bevor ich mich getraut habe, die Nummer zu wählen. Jetzt muss ich mich zwingen, mal eine Weile stillzuhalten. Ich betrachte die bunten Ordner im Regal gegenüber. Mein Zimmer liegt über dem Kosmetiksalon von *ClassyGardens*. Die Bewohnerin, die Tochter von Fiora, der Salonbesitzerin, macht zurzeit ein Auslandsjahr in Frankreich. Da sie nicht damit gerechnet hat, dass in der Zwischenzeit jemand hier wohnen würde, hat sie ihre Sachen nicht aufgeräumt, doch das ist schon in Ordnung. Ich mag das Gefühl, von den Puzzleteilen eines Lebens umgeben zu sein, das eine andere führt.

»Hören Sie?«

Das ging schnell.

»Ja?«

»Dr. Scheuner ist gerade nicht im Dienst, aber ich stelle Sie in die Station durch.«

Sie stellt mich durch? Mein Herz beginnt aufgeregt zu klopfen. Sollte es nach all den gescheiterten Versuchen so einfach sein? Habe ich genau den richtigen Moment erwischt und die eine Person in der Klinik an die Strippe bekommen, die nicht weiß, wie streng Savannas Auflagen sind?

»Elly.«

Auch das noch. So viel zu: Ich kann und will nicht mit ihm reden.

»Du?«, frage ich frustriert. »Was machst du in der Klinik?«

Inzwischen kann ich die Mauer um mich ganz leicht hochziehen. Der Klang seiner Stimme, alles, was er sagt, und vor allem, was er nicht sagt, es dringt nicht mehr zu mir durch. Zumindest kaum noch.

»Ich wollte nach Savi sehen, was denkst du denn?«

Natürlich – er darf zu ihr, ich nicht. Er kann dort ein und aus gehen, und ich muss tricksen und brauche mehr als nur eine gehörige Portion Glück, um sie auch nur ans Telefon zu bekommen. Aber so ist es eben; Carsten ist nun mal nicht nur Geschäftsführer und Ärztlicher Direktor der verfluchten Klinik, sondern auch sein Vater.

»Ich will mit ihr reden. Oder denkst du, sie kann mir durch die Leitung etwas antun?« Die Frage trieft vor Sarkasmus. Nur dank ihm bin ich überhaupt in dieser Lage. Dabei könnte es Savi längst besser gehen, wenn er mir vertraut hätte. Und keine haarsträubenden Lügen erfunden hätte, nur um mich von ihr fernzuhalten.

»Du weißt es schon, oder?«

»Ja.« Ohne Zweifel spricht er von Carstens Ankündigung, die Behandlung abzubrechen. Was das bedeuten würde, weiß

Stian genauso gut wie ich: Savanna würde endgültig weggesperrt und wäre in allen Belangen von dem Wohlwollen seines Vaters abhängig, noch mehr als jetzt schon. Stian allein würde die Schuld dafür tragen.

»Wo bist du?«

»Das kann dir egal sein.«

Er würde ausflippen, wenn er erführe, dass ich das Land verlassen habe und über acht Flugstunden weit weg bin. Zu meinem Glück kann er das nicht ahnen. Er glaubt, ich würde mich nicht freiwillig so weit von Savanna entfernen. Was ich auch niemals tun würde – unter normalen Umständen, meine ich.

»Ist es aber nicht. Wenn du mich zurückgerufen hättest, hätten wir schon früher über eine Lösung nachdenken können.«

»Die Lösung ist relativ einfach, und sie lautet: Geld. Ich kümmere mich darum.« Ich habe bereits Dutzende von Jobs erledigt, doch mein bislang Erspartes reicht nicht annähernd an die benötigte Summe heran. Die Sache mit Wynter kann alles ändern. Durch ihren Auftrag bekomme ich auf einen Schlag genug zusammen.

»Genau das habe ich befürchtet. Das letzte Mal lief es nicht besonders gut, als du dich *darum kümmern* wolltest.«

Wie kann er es wagen, so was zu sagen? *Seinetwegen* ist es nicht gut gelaufen. Ich war so nah dran.

Mir liegen ein paar sehr feindselige Dinge auf der Zunge, aber ich zwinge mich dazu, ruhig zu bleiben. »Kann ich bitte mit ihr sprechen?«, frage ich kühl. Wenn es sein muss, werde ich betteln. Und auch nur dann.

»Natürlich«, sagt er mit einer halben Tonne Resignation in der Stimme. Dann, nach kurzem Zögern: »Sie hat eine schlechte Phase, also erschrick nicht.«

Als ob irgendetwas an Savannas Phasen mich noch erschrecken könnte.

»Außerdem musst du mir versprechen, dass wir danach in Ruhe reden. Wie erwachsene Menschen.«

»Okay«, lüge ich ohne jedes Zögern. »Aber nicht mehr heute Abend. In den nächsten Tagen.«

»Wann, Elly? Ich will einen festen Termin. Am besten kommst du dafür nach Hause.«

Dass ich nicht lache.

»Das geht wirklich nicht. Sagen wir übermorgen, achtzehn Uhr. Ich ruf dich an. Jetzt gib sie mir!«

Ich warte auf weiteren Widerstand, doch da höre ich schon seine Schritte. Fast sehe ich vor mir, wie er den schmalen Flur mit der grässlich kränklichen Beleuchtung entlanggeht.

»Du fehlst mir.«

Darauf erwidere ich nichts. Obwohl diese drei Worte mich mehr treffen, als ich es ihnen erlauben will.

Stian hält den Hörer weg und sagt etwas zu jemandem, das nur als dumpfes Murmeln zu mir durchdringt. Dann habe ich sie am Telefon, und alles andere wird unwichtig.

»Elly! Was gibt's?« Ich erkenne gleich, dass das nicht ihre eigene Stimme ist.

»Savanna! Ich bin so froh, dass ich dich erreiche«, würge ich an dem Kloß in meinem Hals vorbei. Ich möchte sie nicht zusätzlich damit belasten, wie viele Sorgen ich mir mache und wie sehr ich es hasse, nicht jederzeit zu ihr zu können.

»Oh, tut mir leid. Savanna ist nicht hier, hab sie lang nicht mehr gesehen. Kann ich ihr was von dir ausrichten?«

Der Kloß schwillt auf die doppelte Größe an. Es ist nichts Neues, zieht mir aber jedes Mal wieder den Boden unter den Füßen weg. Meine Schwester erinnert sich nicht daran, wer sie ist. Ich habe keine Ahnung, wie viele Identitäten es inzwischen sind, zwischen denen sie wechselt, aber es sind weit mehr, als Gabrielle zu Beginn der Behandlung vorausgesagt hat. Das war vor gut drei Jahren. Jetzt ist Savi sechzehn und hat schon so viele Namen getragen, dass ich sie nicht mehr alle aufzählen könnte.

»Mit wem spreche ich denn?«, frage ich zaghaft.

Es ist so entmutigend! Wie oft ist meine Hoffnung, sie würde Fortschritte machen, schon zerschmettert worden?

Obwohl ich weiß, dass es ihre Psyche ist, die sie daran hindert, einfach ein normaler Teenager zu sein, gibt es Momente, in denen ich es nicht wahrhaben will, es nicht begreifen kann. Einmal, als ich sie besuchen durfte und sie steif und fest darauf beharrte, eine Tänzerin namens Shawna zu sein, und dabei die Gestalt einer Frau trug, die sie nur im Fernsehen gesehen haben konnte, habe ich die Nerven verloren. Ich habe sie angeschrien und sie angefleht, wenigstens mir gegenüber zuzugeben, dass sie genau weiß, wer sie ist. Sie sah mich nur überrascht an und versicherte mir, wenn diese Savanna, für die ich sie anscheinend halten würde, wüsste, wie sehr ich sie vermisse, wäre sie sicher längst zurückgekommen. Ich glaube, das war einer der schlimmsten Momente in meinem ganzen Leben – und ich habe nicht wenige schlimme Momente hinter mir.

Seit diesem Tag habe ich ihr gegenüber nicht wieder infrage gestellt, dass sie nicht Savanna ist. Ich spiele mit, und es zerreißt mir wieder und wieder das Herz.

Ein einziges Mal seit ihrer Einweisung in die Klinik habe ich sie ohne Imitation gesehen. Die Hoffnung, die das in mir ausgelöst hat, ist mit einem so heftigen Schlag zerstört worden, dass der Schmerz seitdem ein Teil von mir ist.

»Hier ist Kim, was hast du denn gedacht?«

Die kleine Quirlige also, die ständig neue Frisuren ausprobiert.

»Ah ja, klar. Hör mal … Kim. Hast du denn etwas von Savanna gehört? Geht es ihr gut?« Es gab eine Zeit, in der es mir albern vorkam, solche Gespräche zu führen. Inzwischen bin ich sehr geübt darin.

»Ich glaub, sie hat keinen Bock auf die Scheuner«, meint meine Schwester unbekümmert. »Nur zu verständlich – dieser Röntgenblick immer, echt gruselig. Ich kann sie auch nicht besonders gut leiden. Sie behandelt mich wie eine Gestörte, obwohl ich kein bisschen krank bin.«

Ein Moment wie dieser war es, der zu meinem Ausraster damals geführt hat. Manchmal denke ich, Savanna spielt nur mit uns allen. Sie verliert sich gar nicht in ihrem eigenen Verstand. Aber in Wahrheit wünsche ich mir das nur so sehr, dass ich überall Zeichen dafür wittere, wo keine sind.

»Elly«, sagt Savanna mit Kims Stimme, plötzlich ganz ernst. »Du solltest nicht so hart zu Stian sein.«

Wie es aussieht, hat sich Kim mit Stian angefreundet. Ganz toll.

»Zwischen uns ist alles okay.« Nicht.

»Er ist jedes Mal ziemlich fertig, wenn er mit dir gesprochen hat. Was ist zwischen euch passiert?«

»Gar nichts«, weiche ich aus.

»Ich wünschte, ihr würdet euch wieder vertragen.«

»Wie meinst du das?« Kann sie gerade irgendetwas mitbekommen haben, das nicht für ihre Ohren bestimmt war? Stian und ich sind uns nicht über viele Dinge einig in letzter Zeit, aber in einer Sache schon: Savi erfährt nichts von unseren Problemen. Wir belasten sie damit auf keinen Fall zusätzlich.

»Na ja, ich will einfach, dass ihr wieder zusammenkommt. Ihr gebt ein echt gutes Paar ab, weißt du? Pia hat das letztens auch zu mir gesagt, und sogar Kendra findet euch süß, obwohl sie so eine Anti-Romantikerin ist.«

Von ihren Worten wird mir übel. Es gibt nicht viel, was man mit Sicherheit über Savannas Persönlichkeitsstörung sagen kann, da sie, soweit wir wissen, der erste und einzige Fall ist. Doch laut Dr. Graudorfen, Gabrielles Vertretung, ist den Aussagen meiner Schwester dann ein höherer Wahrheitsgehalt beizumessen, wenn sie sich auf mehrere ihrer Imitationen bezieht.

»Du solltest nicht so viel Zeit mit ihm verbringen«, sage ich. »Kommt er oft vorbei?«

»Ich weiß nicht, ich bin noch nicht lange hier. Aber vor mir hat Luzie in diesem Zimmer gewohnt, und sie sagt, er ist immer zu ihr gekommen, wenn er jemanden zum Reden brauchte. Sie ist eine gute Zuhörerin, für mich war sie auch da.«

Luzie. Eine weitere von Savannas wiederkehrenden Persönlichkeiten. Daneben gibt es auch immer wieder solche, die sie nur für einen Tag oder sogar nur wenige Stunden trägt.

»Sie meinte, er redet viel von dir.«

Das ist noch ein Grund, warum ich immer ein ungutes Gefühl habe, wenn Stian Savi besucht. Er weiß, wie viel ich ihr anvertraue, egal, für wen sie sich hält. Bestimmt versucht er, sie über mich auszufragen. Meinen neuen Job erwähne ich also besser nicht.

Kim plaudert fröhlich weiter, empört sich darüber, in einer Klinik eingesperrt zu sein, obwohl sie doch die Schule abschließen muss und endlich die Nachbarskinder wiedersehen will, die sie babysittet – alles fiktive Details, die in ihrem Kopf wahr sind. Sie merkt nicht, dass ich kaum noch ein Wort herausbringe.

»Ich hoffe, wir quatschen demnächst mal wieder, wer weiß, wie lange die mich hier noch festhalten, und es kann echt stinklangweilig sein«, sagt sie, als ich mich mit schwerem Herzen von ihr verabschiede.

»Ich hol dich da raus«, verspreche ich. Egal, was es mich kostet. Egal, ob die Chance besteht, dass ich meine echte Schwester je zurückbekomme.

***Wonderful Intrigues,* Season 1, Episode 3**

Was bisher geschah: Arabella de Montenor arbeitet für das erfolgreiche Lifestyle-Magazin NoFlaws. Bei einem Interview lernt sie Deven kennen, den attraktiven Assistenten eines Starfotografen. Am Ende des Termins fragt er sie nach ihrer Nummer, und obwohl sie nicht damit rechnet, dass er sich meldet, lädt er sie schon bald auf ein Date ein. Dann auf ein zweites. Dann auf ein drittes. Zwischen den beiden sprühen die Funken, doch dann taucht plötzlich die mysteriöse Wynter in Arabellas Leben auf und warnt sie davor, sich auf Deven einzulassen. Sie weiß viel mehr über ihn, als sie als Fremde wissen dürfte. Doch er behauptet, ihr noch nie begegnet zu sein …

Arabella steht vor dem Wohnhaus, in dem sich Devens WG befindet. Sie hebt die Hand zur Klingel, lässt sie aber wieder sinken. Mit unsicherem Blick schaut sie die graue Fassade hinauf, als könnte Deven jeden Moment den Kopf aus einem der Fenster über ihr stecken.

Sie schreckt zusammen, als ihr Handy klingelt. Zoom auf das Display, auf dem Devens Name steht. Sie nimmt den Anruf entgegen.

»Wo ich gerade bin?«, fragt sie und stößt ein schüchternes Lachen aus. »Na ja, genau genommen unten vor deiner Tür.«

Schnitt zu Deven, der in seinem Zimmer steht, das Handy am Ohr. Seine Augen werden groß, dann rennt er: zur Zimmertür hinaus, durch den chaotischen WG-Flur mit den vielen

Umzugskartons seines neuen Mitbewohners und die Treppe hinunter. Er reißt die Tür auf, und Arabella steht vor ihm.

»Ich …«, setzen beide gleichzeitig an und verstummen wieder. Leise Musik unterlegt die Situation, ein sanfter Popsong.

»Es war nicht fair von mir, dir Vorwürfe wegen dieser Wynter zu machen«, sagt Arabella. »Ich kenne dich ja kaum, und ich habe kein Recht darauf, dass du mir deine gesamte Vergangenheit offenlegst.«

Er legt seine Hände auf ihre Schultern, und sie weicht nicht zurück. »In meiner Vergangenheit gibt es kein Geheimnis, das ich dir nicht anvertrauen würde.«

»Dann sag mir, wer sie ist«, flüstert Arabella.

Deven sieht ihr in die Augen. »Wirklich, es ist die Wahrheit: Ich habe diese Frau noch nie zuvor gesehen. Keine Ahnung, wer sie ist, aber aus irgendeinem Grund wollte sie, dass wir streiten.«

Arabella denkt nach. Deven streicht mit dem Finger über die Runzeln, die sich dabei auf ihrer Stirn bilden.

»Glaubst du, Sara könnte sie geschickt haben?« Sara ist Arabellas Vorgesetzte bei *NoFlaws*. »Sie hat letztens so eine Bemerkung gemacht: dass ich mich nicht mehr genügend auf meinen Job konzentriere, seit …« Sie unterbricht sich, und ihre Wangen überzieht ein Hauch von Rosa.

»Seit wir uns kennen?«, fragt Deven.

Arabella nickt, traut sich aber nicht, ihm in die Augen zu sehen.

»Das ist witzig, genau dasselbe hat Jay mir heute Morgen an den Kopf geworfen. Er meint, wenn das so weitergeht, braucht er einen neuen Assistenten. Einen, der nicht den ganzen Tag schmachtend in die Gegend schaut.«

Arabella hebt endlich den Blick. »Tust du das?«

»Absolut! Und daran bist nur du schuld.« Er tritt einen Schritt auf sie zu, zögert, streckt die Hände aus, umfasst ihr Gesicht. »Diese Wynter mag eine manipulative Schlange sein. Vielleicht hat sie wirklich den Auftrag, uns gegeneinander aufzubringen. Vielleicht ist sie auch einfach nur neidisch auf das, was wir beide haben könnten, oder süchtig danach, anderen das Leben schwer zu machen. Aber weißt du was? Nicht mal, wenn sie jetzt hier wäre, könnte sie verhindern, dass ich das hier tue.«

Er küsst sie, und die Kamera fängt es perfekt ein. Ganz nah zeigt sie die beiden Gesichter, die zuerst zaghaften und dann immer leidenschaftlicheren Berührungen ihrer Lippen. Devens Finger, die Arabellas Gesichtszüge nachzeichnen, ihre Hände in seinem dunkelbraunen Haar. Es ist der erste Serienkuss von Devabella, und er ist zum Dahinschmelzen. Kein Wunder, man munkelt, dass die beiden Schauspieler auch hinter den Kulissen und jenseits der Kameralinse bis über beide Ohren verknallt sind.

Kapitel 3

»Hier seid ihr!«

Bis vor wenigen Tagen hätte ich nicht gedacht, ihr je gegenüberzustehen – Arabella de Montenor aus *Wonderful Intrigues*, oder im echten Leben: Tiffy Gregory. Schon gar nicht in Wynter Brookelys begehbarem Kleiderschrank.

»Sorry, dass ich das frage«, platzt es aus mir heraus. »Aber ist Tiffy dein richtiger Vorname?« Etwas, das ich besser gegoogelt hätte.

»Ist er. Und bevor du deinen Atem verschwendest – was auch immer du als Nächstes sagen willst: Ich habe es schon mal gehört.«

Okay, mein Gedanke wäre so oder so nicht gut angekommen. Er hat etwas mit der passenden Namensgebung für Schoßhündchen zu tun gehabt, Pudel vielleicht. Ohnehin nichts, was ich mich zu sagen getraut hätte.

Tiffy ist, falls das überhaupt möglich ist, noch zierlicher als Wynter. Ihre langen Haare in einem irgendwie verwaschenen Blasslila sind in der Serie nie zu sehen; vermutlich trägt sie als Arabella eine Perücke. Die großen, dunklen Augen verleihen ihrem Gesicht etwas Elfenhaftes. Obwohl sie sehr gekonnt geschminkt ist, sieht sie müde aus, abgekämpft, als würde es sie ziemlich fordern, Arabella zu sein. Oder vielleicht ist es in Wahrheit die Realität als Tiffy, die sie so mitnimmt.

»Tiff, gut, dass du da bist, du musst uns helfen!«, erklingt Wynters Stimme aus den Untiefen eines Schranks im Schrank.

Tiff also, wohl nach dem Motto: Lieber ein Dateiformat als ein Hündchen.

Wynter ist gerade dabei, erste Outfits für mich zusammenzustellen, damit ich so bald wie möglich als sie auftreten kann. Eine große Hilfe bin ich ihr dabei nicht. Ich stehe schon seit einer Weile tatenlos herum und frage mich, wie jemand so viele Sachen besitzen kann. Ob Kleider, Shirts, Jeans, Schuhe oder Schmuck – Wynter könnte darin baden.

»Wir brauchen Klamotten, die typisch ich sind! Wozu würdest du outfittechnisch für das erste öffentliche Date mit deinem Ex raten?«

Wie schräg das Ganze ist! So richtig komme ich gerade nicht mit. »Seid ihr nicht die schlimmsten Erzfeindinnen?«, frage ich. »Was ist mit eurem Zickenkrieg in den sozialen Netzwerken? Den ganzen Hass- und Lästerposts?«

Wynter winkt ab. »Die organisieren unsere PR-Manager, was denkst du denn?«

»Na ja, ich mach's meistens selbst.« Tiffy ringt sich ein Lächeln ab. »Innerhalb von *ClassyGardens* dürfen wir Freundinnen sein.«

»Okay. Gut zu wissen.«

Was muss das für ein Leben sein, in dem jemand einem so etwas vorgibt?

Das ist auch nicht viel anders als bei dir, flüstert eine fiese Stimme in meinem Kopf.

»Jetzt komm schon!«, beschwert sich Wynter. »Was kann sie anziehen, damit sie auf Nord abgestimmt ist, es aber nicht danach schreit, dass sie ernsthaft auf ihn steht?« Sie taucht aus dem Schrank auf, mehrere Kleidungsstücke über den Armen. »Ich habe Tiff übrigens herbestellt, damit sie dir einen Crashkurs in Sachen Nord verpasst«, erklärt sie mir. »Keiner kennt ihn besser als sie.«

Ich muss an all die Szenen zwischen Arabella und Deven denken und wie hingebungsvoll die beiden in der Serie erscheinen. Wie viel davon ist echte Chemie gewesen?

»Wart ihr lange zusammen?«, frage ich, obwohl ich die Antwort kenne. Ich will Tiffy testen.

»Offiziell drei Jahre. Privat dreiunddreißig Monate und siebzehn Tage.«

Es ist nicht ganz das, womit ich gerechnet habe.

»Nachdem es aus war, mussten wir für die Fans noch ein bisschen länger durchhalten«, fügt sie hinzu, als sie die Fragezeichen in meinen Augen bemerkt. »Eine Trennung direkt am Jahrestag wirkt angeblich tragischer. War nicht so cool.« Sie schüttelt den Kopf, als ob sie die Erinnerungen dadurch vertreiben könnte. Dann schaut sie zu ihrer mit Klamotten behängten Freundin. »Die dunkelblaue Chiffonbluse ist gut«, urteilt sie. »Ein schwarzes Top drunter, eine Skinny-Jeans in Hellgrau. Vielleicht die Ankle Boots, die du letztens bei dieser hippen Designerin bestellt hast.«

»Perfekt! Ich wusste, auf dich ist Verlass.«

Wynter wirft die restlichen Sachen zurück. Mir tut die Person, die hier später für Ordnung sorgen darf, schon jetzt leid.

»Mal was anderes«, wendet Tiffy sich wieder an mich. »Wie willst du irgendwen davon überzeugen, dass du Wynter bist? Sorry, aber ihr seht euch kein bisschen ähnlich.«

»Tiff, du solltest dich besser setzen.« Wynter schiebt sie aus dem Schrank zurück in den Hauptraum ihres Apartments. Ich folge den beiden, und das Chaos, das Wynter angerichtet hat, verschwindet im Dunkeln, als ich das Licht hinter uns lösche.

»Los, Elodie, zeig's ihr.«

Wynters triumphierend funkelnder Blick gibt mir das Gefühl, ein dressiertes Zirkustier zu sein. Trotzdem gehorche ich. Ich höre Tiffy heftig nach Luft schnappen.

»Wehe, du verrätst das auch nur deiner Mutter«, sage ich in Wynters schneidendstem Tonfall.

Tiffy zuckt zusammen, und Wynter wirft mir einen warnenden Blick zu. *Kommt schon, so unheimlich war das jetzt auch nicht, oder?*

»Das ist …« Tiffy blinzelt und stellt offenbar fest, dass es keine Einbildung sein kann. »Das ist krass.«

»Nicht wahr? Jetzt, wo ich über den Schock hinweg bin, bin ich einfach nur so, so, so erleichtert, dass Laurie sie aufgetrieben hat.«

Und schon wieder bin ich zu der Person degradiert worden, über die man spricht, als wäre sie nicht anwesend.

Ich streife die Imitation wieder ab. In nächster Zeit werde ich sie noch oft genug tragen müssen, ich darf mich auf keinen Fall zu schnell daran gewöhnen.

»Wow, ich … wow. Ist das ein *Zauber*? Das …«

»Eine genetische Trickserei«, erlöse ich sie aus ihrer Sprachlosigkeit. »Oder eher eine Nebenwirkung der Tests und Anpassungen, die meine Eltern haben durchführen lassen.«

Sie lässt sich meine Erklärung durch den Kopf gehen.

»So verrückt ist es auch wieder nicht«, versuche ich die Sache herunterzuspielen, wie ich es schon unzählige Male verschiedensten Menschen gegenüber getan habe. »Wir leben in einer Welt, in der man die Option auf eine Gesichts-OP, eine Leihmutterschaft und alle möglichen anderen irren Dinge hat. Es wird mit Waffen experimentiert, über die kein Mensch verfügen können sollte. Organe werden transplantiert und Roboter konstruiert. Wir haben riesige Datenmengen auf winzigen Datenträgern oder irgendwo in ominösen Clouds. Die Genforschung schreitet immer weiter voran. Man könnte sagen, ich bin ein echtes Kind unserer Zeit.«

Sie scheinen beide wenig beeindruckt von meiner pathetischen Ansprache.

»Warum habe ich noch nie davon gehört?«, fragt Tiffy. »Denn zufälligerweise ist es auch ein typisches Merkmal unserer Zeit, dass Geheimnisse dieser Größenordnung nicht lange gewahrt werden.«

Ich mache eine wegwerfende Handbewegung. »Es gibt viel Aufregenderes. Beautyblogger, Katzenvideos, Promiklatsch …«

»Letzteres ganz besonders«, pflichtet Wynter mir bei. »Womit wir wieder bei unserem Thema des Tages wären: Wie gehen wir die Sache mit Nord am besten an?«

Sie erklärt der immer noch leicht überforderten Tiffy, dass meine Fähigkeiten ab dem ersten »Date« zum Einsatz kommen sollen, das extra so inszeniert ist, dass die Presse auf jeden Fall davon Wind bekommt.

»Ich glaube, sicherheitshalber wäre es besser, wenn ich ihm vorher zumindest schon einmal gegenübergestanden habe«, gebe ich zu bedenken. »Damit ich ihn einigermaßen einschätzen kann.«

»Dafür wirst du sehr viel länger brauchen«, prophezeit Tiffy.

Das passt zu meinem bisherigen Eindruck. Über Nordyns Privatleben ist extrem wenig herauszufinden. Nicht mal seine Vita im Netz gibt viel her. Sie beschränkt sich im Grunde auf seine Filmografie und die Beziehung mit Tiffy.

»Eine Art Testlauf ist sicher nicht die schlechteste Idee«, kommt Wynter auf meinen Vorschlag zurück, Nord schon einmal inoffiziell zu treffen. »Falls du es vermasselst, dann wenigstens nicht gleich öffentlich. Ich klär das ab.« Sie händigt mir einen Zettel aus, auf dem sie eine Mindmap über sich angefertigt hat. »Das hier sollte dir einen ersten Überblick verschaffen. Unten rechts steht meine Nummer – du kannst mir jederzeit schreiben, wenn du eine Frage hast. Die darunter ist Tiffs. Bei ihr bist du richtig, wenn es um Nord geht.«

Tiffy sieht nicht sonderlich begeistert aus über die Rolle, die Wynter ihr zugedacht hat. Verständlich – wer möchte schon einer anderen helfen, mit dem eigenen Ex klarzukommen?

Ich betrachte die Übersicht – von Wynters Vorlieben und Abneigungen, was Essen, Trinken, Musik, Filme und Gesprächsthemen angeht, über ihren Freundeskreis bis hin zu Infos über ihre Rolle in *WIn* und Insiderwitzen des Casts hat sie an alles gedacht. Ich werde mir das später in Ruhe ansehen und so gut es geht verinnerlichen.

»Ich bitte Laurie, Zeiten in meinem Terminplan frei zu halten, in denen du und ich zusammen abhängen können«, sagt Wynter. »Dadurch lernst du wohl am besten, wie ich ticke.«

Sie hat natürlich recht, aber so richtig vom Hocker reißen tut mich die Vorstellung, mit ihr *abzuhängen*, jetzt nicht. Wahrscheinlich sollte ich mich nicht beschweren; ich kann ja schon froh sein, nicht für sie an irgendwelchen Dreharbeiten teilnehmen zu müssen.

Wynter bittet Tiffy, mir die erste Kurzzusammenfassung zu Nord zu geben.

Ich merke, wie sie sich beim Erzählen windet. Sie orientiert sich an ähnlichen Punkten wie in der Mindmap, berichtet, dass er fotografiert, so wie Deven in der Serie auch, dass es kaum etwas gibt, das er so sehr hasst wie Sushi, und dass er seinen Kaffee auch dann noch trinkt, wenn er nur noch lauwarm ist. Sie schweift ein bisschen vom Wesentlichen ab, aber weder Wynter noch ich stoppen sie. Ich frage mich, ob Wynter sich auch gerade so fühlt, als wären wir Tiffys Therapeutinnen. Es scheint ihr jedenfalls gutzutun, alles, was sie über Nord weiß, bei uns abzuladen.

»Oh, shit«, sagt sie irgendwann nach einer kurzen Atempause, die sie offenbar zurück in die Gegenwart geholt hat. »Sorry, so genau wolltet ihr es wahrscheinlich gar nicht wissen.«

»Die Informationen über eure heißen Nächte hättest du weglassen können«, scherzt Wynter.

Das war fies. Tiffy schluckt und braucht einen Moment, um sich wieder zu fangen. »Na ja«, fährt sie dann gespielt unbeschwert fort. »Wen man unbedingt kennen muss, wenn man es mit Nord zu tun hat, ist Jeffrey. Keiner weiß genau, wie es eigentlich dazu kam, aber die beiden sind beste Freunde.«

Wynter stöhnt auf. »Noch ein Grund, diese Sache zu delegieren. Ich kann diesen Typen nicht ab.«

»Dass Jeffrey nichts wittert, ist fast genauso wichtig wie deine Tarnung gegenüber Nord«, sagt Tiffy.

Die beiden beginnen über diese Ausnahmefreundschaft zu

rätseln, obwohl sie meinem ersten Eindruck nach selbst eine führen. Dann sammeln sie Ideen für Orte, wo Wynter und ich uns treffen könnten, ohne dass mein Gesicht in den Medien landet. Ich beteilige mich nur noch mit höflichen »Hm« und »Klingt gut« am Gespräch.

Schließlich weist eine Terminerinnerung auf ihrem Handy Wynter darauf hin, dass sie mit ihrem Vater zum Essengehen verabredet ist. Sie verabschiedet sich von Tiffy und mir und verschwindet schnell in ihrem Badezimmer, um sich fertig zu machen.

Tiffy und ich verlassen das Apartment gemeinsam. Unsere Wege trennen sich am Ausgang des Gebäudes.

»Ein letzter Rat«, sagt sie, bevor sie geht. »Wenn du Nord beeindrucken willst, sei du selbst.«

Ich bin mir nicht sicher, was sie mir damit sagen will. Ist sie gegen Wynters Plan? Will sie, dass ich alles auffliegen lasse? Oder meint sie wirklich nur, dass man bei Nord mit Natürlichkeit mehr punkten kann als mit Prunk und Glitzer?

»Wenn das stimmt, kann er ja eigentlich kein totales Arschloch sein«, sage ich. Mit der Aussage bleibe ich auf sicherem Boden.

»Nein.« Tiffy sieht mich an, und ich bin nicht in der Lage, zu sagen, ob das in ihrem Blick Entschlossenheit, Mitleid, Misstrauen oder Traurigkeit ist. »Nord ist der beste Mensch, der mir bisher begegnet ist.«

Kapitel 4

Ich muss darum kämpfen, die Imitation aufrechtzuerhalten. In Situationen, die mich nervös machen, nehmen andere Menschen schnell etwas an mir wahr, das ich *das Flackern* nenne. Mein Erscheinungsbild ändert sich immer wieder für den Bruchteil einer Sekunde, und wenn ich nicht höllisch aufpasse, fällt die Fassade. Sollte mir das jetzt passieren, kann ich einpacken. Bei meiner ersten Begegnung mit Nord darf nichts schiefgehen. Wynter hat Laurie spionieren lassen, und die hat in Erfahrung gebracht, wo er heute den Abend verbringt: in einer Bar namens *The Right One*, im West End von Old Toronto, mit diesem Jeffrey.

Das Lokal ist nicht so gut besucht, und ich entdecke die Jungs gleich. Die beiden Bodyguards, die ich in Wynters Rolle mitnehmen musste, haben mich im Blick, halten aber Abstand und bleiben im vorderen Teil des Raumes zurück. Nicht mal sie wissen Bescheid.

Ich nähere mich dem Tisch von der Seite, sodass meine Zielpersonen mich nicht kommen sehen. Wie es der Zufall will, reden sie gerade über … na, wen wohl?

»Stell dich mal nicht so an! Wynter mag eine Bitch sein, aber sie ist extrem scharf und extrem heiß.«

Der blonde Typ, der das gerade vom Stapel gelassen hat, dürfte Jeffrey sein. Er scheint eine Schwäche für platte Synonyme zu haben. Von Nord sehe ich aktuell nur den Hinterkopf über der gepolsterten Lehne der Sitzbank.

»Wynter ist so scharf wie eine Schwimmnudel«, schießt er gerade zurück.

Das ist der Augenblick, in dem Jeffrey den Kopf dreht und mich sieht.

»Und so heiß wie ein Eisklotz«, beendet Nord sein Urteil.

»Scheiße, Mann!«, platzt Jeffrey heraus. »Sie steht gerade hinter dir.«

Ich rechne damit, dass Nord erschrocken und mit schuldbewusstem Blick zu mir herumfährt, aber er befindet es offenbar nicht für nötig, meine Gegenwart überhaupt zur Kenntnis zu nehmen. Seelenruhig trinkt er einen Schluck von seinem Bier. Dann setzt er das Glas wieder ab und sagt, so laut, dass ich es auf jeden Fall höre: »In unserem Vertrag steht nicht, dass du mir nachschleichen darfst. Wenn du ein Drehbuch für den Termin morgen Abend hast: Schick es an Tim. Ich kann aber nicht versprechen, dass ich mich daran halten werde.«

Ich brauche einen Moment, um die Informationen einzuordnen, die da mitschwingen. Erstens: Er hat kein Interesse daran, mehr Zeit als nötig mit Wynter zu verbringen, und will definitiv alles Private aus der Abmachung raushalten. Beides sehr gut für mich. Zweitens: Er hält Wynter für kontrollsüchtig und geht davon aus, dass sie ihm Vorschriften für das Date machen will. Wie es scheint, hat er eigene Vorstellungen davon, wie es laufen soll. Das wird Wynter gar nicht gefallen, aber sie kennt ihn ja lang genug, um damit zu rechnen. Außerdem hatte ich bei unserer Besprechung den Eindruck, sie wird mir, was die Gestaltung meiner Zeit mit Nord angeht, weitgehend freie Bahn lassen. Sie ist froh, wenn sie sich nicht mehr als nötig mit der ganzen Sache herumschlagen muss.

Nord hat mir gerade das Offensichtliche bestätigt: Die beiden haben sich wirklich nicht besonders gern.

»Für mich bitte einen Maracujasaft«, rufe ich dem Kellner zu, der mir freundlich zunickt, dann mache ich Anstalten, mich zu setzen. Nord kann gerade noch rechtzeitig reinrücken, bevor ich auf seinem Schoß lande. Ich muss Wynter sein, und Wynter ist es gewohnt, dass man ihr Platz macht.

Jeffrey mustert mich mit unverhohlener Belustigung. Ihn scheint es nicht zu stören, dass ich gerade ihren gemütlichen Männerabend sprenge.

»Ich weiß, dir wird nicht gefallen, was ich jetzt sage«, presst Nord zwischen zusammengebissenen Zähnen hervor. »Aber egal, was Laurie und Tim behaupten, und Team Task hin oder her – *du* brauchst *meine* Hilfe, nicht umgekehrt. Also nerv mich besser nicht.«

Wow, das nenn ich mal eine klare Ansage!

»Da musst du was falsch verstanden haben«, kontere ich einen Augenblick zu spät, als dass es noch die volle Punktzahl auf der Schlagfertigkeitsskala erreichen könnte. »Im besten Fall ist es eine Win-win-Situation, aber Hilfe brauche ich ganz bestimmt nicht von dir.«

Der Kellner war schnell. Als er das Glas vor mir auf den Tisch stellt, lächelt er mich an, als hätte mein Auftauchen ihn für sämtliche Wochenendschichten, die er je hier machen musste, entschädigt. Instinktiv lächle ich zurück, woraufhin er fragt, ob er uns dreien vielleicht einen süßen Flammkuchen aufs Haus bringen darf. Jeffrey nimmt das Angebot schon an, bevor es ganz ausgesprochen ist.

»Für mich nicht, danke«, schiebe ich nach. »Aber wie's aussieht, habe ich hungrige Gesellschaft.« Warum muss Wynter nur so auf ihre Linie achten? Äußerst schade.

»Alter, mir war nicht mal klar, dass sie hier Flammkuchen haben!« Mit breitem Grinsen verfolgt Jeffrey den Gang des merklich enttäuschten Kellners zurück zur Bar, als habe der sich eben vor unseren Augen in den Weihnachtsmann verwandelt. Mit einer Darbietung dieser Art könnte ich durchaus auch dienen. Ich müsste nur mal kurz auf Toilette verschwinden und mir auf dem Handy irgendein Video mit einem verkleideten Santa Claus ansehen. Bei dem Gedanken muss ich ein hysterisches Kichern unterdrücken. Ich bin offensichtlich immer noch nervös.

»Deine neue Freundin scheint uns nur Vorteile zu verschaffen.« Jeffreys Grinsen bestrahlt nun abwechselnd Nord und mich.

»Wie wär's, Wynter?«, sagt Nord. »Mit etwas Glück kriegen wir sie davon überzeugt, dass Jeffrey die bessere Partie für dich ist.«

»So leicht ziehst du dich nicht aus der Affäre«, sage ich und zwinkere ihm zu – etwas, was Wynter vermutlich nie tun würde, wie mir zu spät klar wird. Intuitive Reaktionen an die Person anzupassen, die ich imitiere, gehört zu den schwierigsten Herausforderungen bei dem Ganzen. »Außerdem …«, steuere ich schnell in sicherere Gewässer. »Nach dem Aus zwischen Tiff und dir kann es nicht schaden, wenn die Welt den Eindruck bekommt, dass du in Sachen Liebe wieder durchstartest.«

Sein finsterer Blick sagt mir, dass ich mich jetzt wieder im richtigen Modus befinde.

»Halt Tiff da raus!«, fordert er schroff.

»Dürfte schwierig werden. Sie ist schließlich meine …«

»Ach, laber nicht! Machen wir uns nichts vor: Du hast keine Freunde. Du weißt nicht mal, was das ist. Wie es Tiff geht, interessiert dich einen Dreck.«

Interessant. Ich sollte auf jeden Fall im Auge behalten, wie er zu Tiff steht.

Jeffrey lächelt mich entschuldigend an. Er scheint sich ein bisschen für seinen besten Freund zu schämen. »Nord fühlt sich nicht ganz wohl mit diesem ganzen Arrange…«

»Nicht ganz wohl?«, fährt Nord ihm dazwischen. »Mutierst du jetzt zu meinem Psychiater, oder was? Ich fühle mich *nicht ganz wohl* damit …«

Während er sich darüber auskotzt, dass Tim und Laurie verrückt sein müssen und die anderen Cast-Mitglieder ihm das doch nicht antun können, eilen meine Gedanken, angestoßen von seinem Psychiater-Kommentar, mal wieder zu meiner Schwester, zerren eine Erinnerung aus der Tiefe.

»Wie fühlt es sich für dich an, wenn du dir vorstellst, wieder Savanna zu sein?«, fragt Gabrielle.

»Warum soll ich mir vorstellen, jemand zu sein, der ich nicht bin?« Savanna sitzt auf dem Stuhl am Fenster und betrachtet gelangweilt ihre Fingernägel, von denen neongrüner Lack abblättert. Sie hat sich die Farbe gewünscht, und ich habe ihr das Fläschchen vor ein paar Wochen mitgebracht.

»Weil es jemand ist, der du warst und nach Möglichkeit wieder sein solltest.«

»Reden Sie keinen Quatsch!«

»Weißt du noch, wer ich bin?«, flüstere ich, weil ich einfach nicht

mehr tatenlos zuhören kann, wie sie Antworten gibt, die mich innerlich in Stücke reißen.

»Was soll die Frage, Elly?«, fragt sie fast genervt. »Du bist meine Schwester.«

Das ist die eine Sache, die sie nie geleugnet hat. Egal, in welcher Gestalt sie gerade steckt – sie kennt mich und weiß immer, dass wir zusammengehören. Dass ich ihre Familie bin.

»Wynter, jemand zu Hause?« Jeffrey fuchtelt mit einer Serviette vor meinem Gesicht herum und holt mich aus den Untiefen meiner Hoffnungen und Ängste zurück. Ich muss besser aufpassen, allein schon wegen der Imitation. Sonst entgleitet sie mir am Ende noch, ohne dass ich es merke.

»Sorry, ich … Tja, ich schätze, ich fühle mich vielleicht auch ein bisschen komisch mit all dem. Aber da ich ja keine Freunde und vermutlich auch keine Gefühle habe, kann das natürlich gar nicht sein.«

Aus der Situation heraus formt sich die Idee für eine Taktik: Ich werde Wynters übliche Verhaltensmuster gerade so weit variieren, dass es die beiden überrascht, sie aber keinen Verdacht schöpfen. Nord soll ruhig ein bisschen von schlechtem Gewissen gepackt werden, wenn Wynter sich als weniger unerträglich erweist, als er immer gedacht hat. Dann werde ich es leichter haben mit ihm.

Natürlich muss ich dabei wirklich vorsichtig sein. Der Grat zwischen dem, was ihn an Wynter positiv überraschen könnte, und dem, was unbestreitbar einfach nicht mehr sie selbst sein kann, ist schmaler als ein Bindfaden. Zum Glück habe ich noch den Bonus, dass er auf keinen Fall mit dem Betrug rechnet.

Als Nord mich ansieht, weiß ich, ich habe mein Ziel, ihn zu irritieren, erreicht. »Du willst mir doch nicht ernsthaft erzählen, dass dir das keinen Spaß macht, oder? Du freust dich doch schon richtig drauf, zu sehen, wie ich mich winde, wenn ich so tun muss, als würdest du mir was bedeuten.«

Zu meiner Freude klingen erste Zweifel mit. Er zieht in Erwägung, dass er Wynter zu hart verurteilt hat, würde ihr aber auch zutrauen, ihm nur etwas vorzumachen, um ihren Willen zu kriegen.

»Warum hast du das Ganze nicht gestoppt?«, frage ich vorwurfsvoll. »Du hättest dich weigern können.«

»Du genauso.«

»Das ist keine Antwort auf meine Frage.«

Er sieht aus, als wollte er mir die auch weiterhin schuldig bleiben, aber dann rafft er sich doch zu einer auf: »Es gehört zum Job. Wenn es *WIn* mehr Aufmerksamkeit beschert, bin ich dabei. Es geht mir nicht um meine Publicity. Ich denke an den gesamten Cast.«

»Wie ehrenhaft.«

Jeffrey kichert wie ein Fünftklässler vor dem Stimmbruch. Sicher könnte er viel Geld damit machen, einen hysterischen Mörderclown zu vertonen.

»Dafür müssten wir bestimmt nicht gleich so drastische Maßnahmen ergreifen. Die Serie würde selbst dann mehr Aufmerksamkeit bekommen, wenn wir uns öffentlich prügeln würden, du und ich. Von mir aus gleich hier, obwohl mehr Publikum reizvoller wäre. Ich tu alles, um das drohende Unheil abzuwenden, kein Witz.«

»In Bezug auf unsere Rollen in *WIn* würde es ganz gut passen.« Er ist irgendetwas zwischen gereizt und unwillentlich amüsiert.

»Kommt schon!«, schaltet Jeffrey sich wieder ein. »Wynter und Deven haben doch auch ein paar Szenen, in denen es echt leidenschaftlich wird.«

Haben sie? Oh nein, ich hätte unbedingt alle Folgen schauen oder wenigstens den Episodenguide intensiver studieren sollen. Außerdem muss ich irgendwie an die noch nicht ausgestrahlte letzte Staffel beziehungsweise die Drehbücher dazu kommen. Ich hatte einfach nicht genügend Vorbereitungszeit. Laurie hat das alles sehr spontan in die Wege geleitet. Ihre ehemalige Erasmus-Kommilitonin, die den Kontakt zwischen uns hergestellt hat, habe ich mal imitiert, um für sie ihre langjährige Beziehung zu beenden – einer der Aufträge, die ich zutiefst bereue, denn zu so etwas sollte man wirklich selbst den Mut aufbringen. Um es positiv zu sehen: Wäre sie nicht auf mich gestoßen, hätte sie es wohl per Textnachricht beendet, und zumindest das erschien selbst ihr unfair.

Seit meinem allerersten Imitationsjob für eine verzweifelte Bekannte habe ich mir ein kleines Netzwerk aufgebaut. Ich gewinne neue Kunden nur über Empfehlungen und prüfe im Voraus, soweit möglich, ob die Person vertrauenswürdig erscheint. Das hat mich bisher vor allzu großen Risiken bewahrt. Auch wenn natürlich jedes einzelne Mal übel enden kann.

»Dieses krasse Knistern!«, erläutert Jeffrey. »Was ihr beim Dreh hingekriegt habt, wird auch im Real Life funktionieren.«

»Daran habe ich keine Zweifel«, sage ich. »Wir sind ja keine Anfänger.«

Nord murmelt etwas. Klingt wie ein sehr ironisches »Das wird ein Spaß«.

Zeit, in etwas mehr guten Willen seinerseits zu investieren und Wynter von einer zuvorkommenderen Seite zu zeigen! »Ich weiß, wir sind es gewohnt, Antagonisten zu sein«, sage ich langsam, als würde es mir widerstreben, das auszusprechen. Selbst wenn es in der Serie Annäherungen zwischen den beiden geben sollte, von denen ich noch nichts weiß, ist das eine allgemein bekannte Tatsache. »Aber es gibt auch ein Leben außerhalb von *WIn*, stell dir vor. Und in dieser Sache hier wäre es sehr viel leichter, wenn wir Verbündete sein könnten, was meinst du?« Dieses Angebot würde Wynter selbst ihm mit großer Wahrscheinlichkeit niemals freiwillig machen, aber ich finde, ich tue ihr einen Gefallen damit. Nord wird nicht glaubwürdig verliebt rüberkommen, wenn er in ihr nur eine herzlose Tussi sieht.

Er hebt sein Glas, um mit mir auf unser neues Abkommen anzustoßen. »Wenn das eine Falle ist«, sagt er und lässt das leise Klirren, als Glas auf Glas trifft, die kurze Pause füllen, »werde ich dich vor den Augen der Paparazzi abservieren.«

»In dem Fall«, sage ich und ahme die Art, wie er das gerade gesagt hat, nach, »werde ich dir eine solche Szene machen, dass du danach für die gesamte Frauenwelt gestorben bist.«

Seine Mundwinkel zucken. Nicht nur seine.

Dann schaut er mich zum ersten Mal direkt an. Ich erwische mich bei dem Gedanken, dass er schöne Augen hat. Was für ein Klischee. Aber alles andere wäre in jedem Fall gelogen. Sie sind braun und haben nicht nur auf dem Bildschirm eine sehr beeindruckende Wirkung. Zu meinem Glück weiß ich genau, wozu es führt, jemandem zu vertrauen, der einen ansieht, als wäre er jederzeit bereit, mit einem Pferde zu stehlen.

»Warum bist du hergekommen, wenn nicht, um mir Vorschriften zu machen?«, fragt er.

Immerhin habe ich ihn so weit, dass er mir zuhört.

»Wenn wir nicht über morgen reden, kann es eigentlich nur schiefgehen«, sage ich.

»Wir sind Schauspieler, oder nicht? Da kann gar nichts schiefgehen. Wir müssen nur tun, was wir am besten können.«

Ich kann mir nicht vorstellen, dass er das wirklich so locker sieht.

»Ich habe keinen Text zum Lernen bekommen – wenn man mal von deiner blöden Liste absieht – und auch keinen geschrieben, um auf deinen Vorwurf zurückzukommen.« Wynter hat diese Liste erwähnt, aber leider vergessen, sie mir zu zeigen. Ich muss sie unbedingt noch mal danach fragen.

Zum Glück bezieht Nord sich nicht weiter darauf. »Ganz ehrlich, Wynter? Morgen ist meine geringste Sorge – viel schlimmer ist alles, was danach kommt. Morgen werden wir nur essen gehen, uns dabei sehen lassen, beim Rausgehen vielleicht Händchen halten. Ich bring dich zurück nach *ClassyGardens*. Das war's.«

»Den Rest regelt das Web«, wirft Jeffrey feixend ein. »Vielleicht finden sie euch ja schrecklich zusammen – dann löst sich euer Problem von ganz allein.«

Die Wahrscheinlichkeit dafür ist sehr gering. Gut für mich, denn sonst wäre ich diesen Job, so schrecklich und gefährlich er auch sein mag, schnell los. Ich werde alles daransetzen, dass Wynter und Nord in den Augen der Öffentlichkeit das absolute Traumpaar werden.

Kapitel 5

Irgendwo klingelt ein Handy. Nah. Fast direkt neben mir. Ich fahre hoch und muss mich erst mal orientieren, weil mir die Umgebung so fremd vorkommt. Ach ja, mein neues Übergangszuhause in *ClassyGardens*.

Ich taste mit dem Finger über das Display, bis ich die richtige Stelle treffe und der Anruf angenommen wird.

»Du wolltest vor zwanzig Minuten bei mir sein«, begrüßt mich Wynter.

Ups.

»Sorry«, murmele ich, noch nicht ganz wach, »hab total verschlafen.«

»Das fängt ja gut an.«

Ich bin gestern nicht mehr lang bei den Jungs in der Bar geblieben, aber ich konnte ewig nicht einschlafen, weil mich mein Gedankenkarussell halb verrückt gemacht hat. Was tue ich hier? Oh Mann, ob das als Straftat gewertet werden kann? Bestimmt nicht, wenn ich darum gebeten worden bin, oder? Aber die ganzen Sorgen kommen wohl ein bisschen spät. Sie haben darauf gewartet, dass es Nacht wird und sie mich aus dem Dunkel anfallen können.

»Tut mir echt leid«, sage ich halbherzig. »In zehn Minuten bin ich bei dir.«

Wynter schnaubt und beendet das Gespräch. Wahrscheinlich kennt sie es nicht, dass jemand sie warten lässt, ganz besonders nicht von jemand derart Gewöhnlichem wie mir. Ich bin versucht, noch ein wenig zu trödeln, doch ich darf es mir nicht mit ihr verscherzen. Keiner zwingt mich, sie zu mögen, aber auskommen muss ich mit ihr.

Laurie hat vorgeschlagen, dass wir mich als *ClassyGardens*-Praktikantin ausgeben können. Trotzdem ist es besser, wenn wir nicht allzu häufig zusammen gesehen oder gar fotografiert werden. Daher hat Wynter mich fürs Frühstück in ihr Apartment bestellt.

Ich ziehe dunkle Jeans und ein türkisfarbenes Shirt aus meinem Koffer, verschwinde ins Bad und kämpfe dort viel zu lange mit meinen Haaren, die sich elektrisch aufgeladen haben.

Ich liege etwas über den versprochenen zehn Minuten, als ich die Treppe ins Erdgeschoss hinuntereile. Fiora ist im Salon schon bei der Arbeit und hört sich gerade die Strähnchenpläne einer kleinen Schwarzhaarigen an. Ich sehe genauer hin – das könnte Romana Perez Merino sein, die die Rolle von Arabellas Freundin Chiara spielt. Fiora grüßt mich, und ich winke ihr, bevor ich aus der Tür stürze.

Im Stechschritt laufe ich zu dem Wohnhaus mit den Star-Apartments rüber. In einem leichten Anflug von Wahnsinn entscheide ich mich gegen den Fahrstuhl und haste die Treppen hinauf. Als ich Wynters Tür erreiche, bin ich außer Atem – gut, dann wirkt es wenigstens so, als hätte ich mich ins Zeug gelegt.

Die Tür ist nur angelehnt, also trete ich nach einem kurzen Klopfen ein.

Wynter sitzt an dem runden Tisch beim Panoramafenster und rührt mit einem Strohhalm in ihrem sehr wahrscheinlich frisch gepressten O-Saft. Ihr »Guten Morgen« kommt heute als Todesblick daher.

Ich gehe mit strahlendem Beispiel voran und werfe ihr ein euphorisches »Hey« zu – keine Reaktion. Hilft nichts, also gut: »'tschuldige. Kommt nicht wieder vor.«

»Das will ich hoffen. Setz dich. Wie lief es? Ich brauche jedes Detail.«

»Jeffrey war belustigt, Nord genervt. Wird schon schiefgehen.« Für mich steht auch ein Glas Saft bereit, und ich nehme einen genießerischen Schluck. Wenn ich mir die karge Essensauswahl so anschaue, muss ich mich allerdings wohl nach dem Treffen doch noch selbst um mein Frühstück kümmern.

»Ich kann gar nicht sagen, wem von euch die Sache eigentlich unangenehmer ist«, sage ich.

»Mir natürlich.«

Du meine Güte, war das gerade ein Lächeln?

»Er hat ziemlich empfindlich darauf reagiert, als ich Tiff erwähnt habe. War das wirklich was Ernstes mit den beiden? Auch von seiner Seite aus?« Man sollte meinen, so lang, wie ihre Beziehung gehalten hat, würde die Frage sich erübrigen, aber der Grund, warum ich hier bin, spricht für sich: In dieser Welt muss *nichts* echt sein.

Wynter füllt ein Schälchen mit Sojamilch und löffelt drei Haferflocken hinein. Ungelogen – drei Stück!

»Weiß man's? Auf jeden Fall war es strange. Ich habe keine Ahnung, wie das werden soll. Laurie fände es nämlich großartig, wenn wir das mit ausschlachten: dass Nord jetzt angeblich ihre größte Rivalin datet. Damit es Stoff für ein paar Zicken-Posts zwischen uns gibt.«

»Hat Tiffy denn nichts dazu gesagt?«

»Bisher nicht. Aber ab und zu guckt sie wie ein getretener Welpe.«

Da wären wir also wieder beim Hündchen-Thema.

»Willst du nicht mit ihr darüber reden, bevor die Dinge ihren Lauf nehmen? Ich meine, wenn es für sie nicht okay ist ...«

»... ändert das, so traurig das ist, gar nichts. Wenn ihr das zwischen ihnen wichtig war, ist es das Beste, wenn sie darüber hinwegkommt. Je früher, desto besser.«

»Aber Nord ...«

»Hör mal, du bist nicht hier, um Nord und Tiff wieder zusammenzubringen, okay?« Wynters akkurat in Form gezupfte Augenbrauen bilden zwei Bögen der Empörung.

Nein, natürlich bin ich nicht deswegen hier. Ich bin hier, um eine perfekte Lügnerin zu sein, wieder einmal. Ich wünsche mir bloß, dass die Kollateralschäden so gering ausfallen wie möglich. Warum werde ich eigentlich nie damit beauftragt, Dinge wieder in Ordnung zu bringen? Ich könnte Entschuldigungen übernehmen, zu denen sich jemand nicht durchringen kann, etwas in der Art. Stattdessen soll ich immer nur ein Teil von unguten Geschichten sein. Bedeutet das, die Menschen sind schlecht? Oder gibt es Hoffnung, weil es heißt, dass sie die wirklich wichtigen Dinge immer noch selbst angehen? Hoffen wir, sie tun genau das.

»Ich habe Laurie gebeten, erst später zu uns zu stoßen. Es wäre auch gut, wenn du dich weiter mit Tiff triffst. Aber zuerst muss ich dir noch viel über mich und mein Leben erzählen.«

»Soll ich dein neues Tagebuch sein?«

»Ich lege keinen Wert auf deinen zweifelhaften Humor.«

»Nur darauf, dass ich deine Geheimnisse hüte?«

Der Ausdruck auf ihrem Gesicht macht mir absolut klar, dass ich in Zukunft lieber davon absehen sollte, sie zu provozieren. Sie ist eine Viper, und wenn sie es für nötig hält, wird sie ihr Gift einsetzen. Ohne zu zögern.

Ich gebe zu, Frauen wie sie schüchtern mich ein. Und wenn ich eingeschüchtert bin, versuche ich immer, besonders schlagfertig zu sein. Das ist an sich vielleicht nichts Schlechtes, aber es könnte mich in diesem Fall allzu leicht in Gefahr bringen – mich und damit auch Savi.

»Es geht nicht um Geheimnisse, sondern darum, dass mir mein Privatleben heilig ist.«

Privatleben? Hat sie so was?

»Aber reden wir zuerst über dich.«

Über mich? Das halte ich für keine gute Idee. »Was solltest du über mich wissen wollen?«

»Dieses … das Imitieren. Kannst du das bei jeder beliebigen Person?«

»Wieso? Gibt es noch ein paar Alter Egos von dir, die ich übernehmen soll?« So viel zu meinem Vorhaben, mir derartige Kommentare zu verkneifen.

»Frage – Antwort. Klar?«

Trotzdem muss sie mich nicht behandeln, als wäre ich total beschränkt. »Ich muss den jeweiligen Menschen sehen und hören, wenigstens ein paar Momente lang, ob live oder nicht, ist egal. Außerdem gibt es eine Altersgrenze.« Ich habe lange gebraucht, um sie auszuloten, aber inzwischen weiß ich es ganz genau: »Ich schaffe niemanden unter zwölf oder über achtzig.«

Ich grübele oft darüber nach, warum das so ist. Bei Savi

scheint es jedenfalls genauso zu sein, auch wenn sie insgesamt ganz anders und viel intensiver imitiert als ich. Vielleicht ist es unmöglich, wieder Kind oder schon Greisin zu sein, selbst für eine Imitatorin.

»Kannst du auch Persönlichkeiten erfinden?«

Damit erwischt sie mich auf dem falschen Fuß. »Wozu sollte ich?«, fauche ich.

Seelenruhig hebt sie ihr Schälchen und trinkt den letzten Schluck ihrer Sojamilch, natürlich ohne zu schlürfen oder sich einen Milchbart zu holen. »Kannst du, oder kannst du nicht?«

»Ich kann nur jemanden imitieren, der existiert. Wie ich meine Imitation nenne oder handeln lasse, liegt bei mir – außer, ich habe es mit einem Promi zu tun.«

»So wie in meinem Fall.«

»Ja.«

»Wie sieht es mit Tieren aus? Süßen Kaninchen, Äffchen?« Sie greift sich eine Banane und schält sie.

Denkt sie, das wär ein lustiges Zoospiel?

»Nur Menschen.«

»Hast du es denn schon versucht?«

»Als ich klein war, wollte ich ein Delfin sein«, gebe ich zu.

Sie lacht, jetzt, wo ich etwas mal vollkommen ernst gemeint habe.

»Wer nicht?« Sie beißt in die Banane und kaut bedächtig. »Ich finde das nicht ganz nachvollziehbar – wenn du all diese Möglichkeiten hast … warum machst du nicht was draus? Für dich, meine ich? Du könntest dich in die Frau eines Millionärs verwandeln, ein hübsches Sümmchen von seinem Konto abräumen und dann wieder verschwinden. Solche Sachen eben.«

»Nicht mein Stil«, sage ich. Ich habe meine Prinzipien, was das Imitieren angeht: kein Klauen, keine Kerle, keine Komplikationen. ›Keine Kerle‹ bedeutet dabei natürlich nicht, dass meine Aufträge nichts mit Männern zu tun haben dürfen, sondern dass ich niemals welche imitiere – oder mich auf über das Geschäftliche hinausgehenden Kontakt zu ihnen einlasse.

»Es scheint einen Grund dafür zu geben, dass du diese Fähigkeiten hast und nicht ich.«

Wenn man es so betrachten will. Bisher hatte ich nicht das Gefühl, dass die Natur irgendwem einen Gefallen tun wollte damit.

»Mal was anderes: Du bist ganz schön jung, um verheiratet zu sein.« Ihr Blick ruht auf meinem Ring.

Irgendwann kommt diese Frage immer. Ich bin froh, dass es jetzt ist, denn ich hake es gern schnell ab. »Nicht verheiratet«, korrigiere ich. »Es ist nur ein Freundschaftsring.«

Ganz wahr ist das nicht, auch wenn Stian und ich uns die Ringe wirklich schon gegenseitig gekauft haben, bevor wir zusammengekommen sind. Ich betrachte das schmale silberne Schmuckstück. Inzwischen ist es für mich ein Symbol dafür, dass ich mich nur auf mich selbst verlassen kann. Vielleicht sollte ich zumindest die Gravur bei Gelegenheit mal entfernen lassen.

»Aber Stian Dettmer ist für dich mehr als nur ein Freund, oder? Ich weiß, das geht mich nichts an, aber ich brauche die Gewissheit, dass unsere Zusammenarbeit reibungslos funktioniert. Also: Weiß er, wo du bist und was du hier tust?«

Wahrscheinlich hätte ich damit rechnen müssen. An ihrer Stelle würde ich auch Erkundigungen über mich einholen.

»Du musst dir wegen ihm keine Sorgen machen.«

»Bei seiner Familie sollte er genug Geld für zwei haben.«

»Nun, ich bin finanziell lieber unabhängig.«

Mit Stian zusammen zu sein, hätte eigentlich sogar den positiven Nebeneffekt für mich haben können, mehr Einfluss darauf zu bekommen, was mit Savanna geschieht. Meine Mutter, die leider zeit ihres Lebens ein riesiges Talent dafür hatte, sich in Menschen zu täuschen, hat nämlich in ihrem Testament festgelegt, dass die Vormundschaft für ihre Töchter im Falle ihres Todes der Familie Dettmer übertragen wird. Seit meinem achtzehnten Geburtstag betrifft das nur noch Savi. Und als Stians Freundin war ich im Grunde genommen ja fast ein Teil der Familie. Gebracht hat mir das in dieser Hinsicht allerdings wenig.

»Das mit uns ist vorbei.« Demonstrativ streife ich den Ring ab und versenke ihn in meiner Hosentasche. Eigentlich brauche ich ihn gar nicht als Erinnerung – die ist auch so präsent genug. Wahrscheinlich glaubt Wynter mir trotz der dramatischen Geste nicht, aber was soll's.

»Hast du dich von ihm getrennt oder andersherum?«

Das konnten wohl nicht mal ihre Quellen herausfinden. »Ich mich von ihm.«

»Hat er das akzeptiert? Denn welcher halbwegs normale Typ, der seine Freundin zurückwill, würde tatenlos zusehen, wie sie sich als jemand ausgibt, der wiederum eine Beziehung vortäuscht?«

Akzeptiert? Leider nein. Ich vertraue Stian nicht, nicht mehr. Aber ich glaube kaum, dass er mir nachspionieren wird. Das ist nicht seine Art.

»Welcher halbwegs normale Mensch würde jemand anderen in eigenem Namen eine Beziehung vortäuschen lassen?«, werfe ich den Ball zurück.

»Ich meine es ernst. Wird er sich einmischen?«

»Dafür müsste er überhaupt erst davon erfahren, und das wird nie passieren.«

Sie streckt ihren langen Arm zu der Anrichte an der Wand neben uns aus und angelt nach einem Block, an dessen Spiralbindung ein Kuli baumelt. Dann reicht sie ihn mir.

»Kommen wir zu mir. Ich verrate dir ein paar Dinge, damit du authentischer ich werden kannst, und – ganz wichtig – kläre dich darüber auf, was du an meiner Stelle niemals sagen oder tun darfst. Am besten schreibst du mit.«

Komisch, dass sie sich so über Nords Liste aufgeregt hat. Sie scheint da selbst viel schlimmer zu sein. Irgendwie habe ich das Gefühl, wir stehen am Anfang eines sehr ausführlichen Monologs, nach dem ich alles wissen werde, was ich nicht wissen wollte.

***Wonderful Intrigues,* Season 1, Episode 9**

Was bisher geschah: Deven ist verzweifelt – Arabella hat mit Sara vereinbart, eine Weile im Homeoffice zu arbeiten, und einen Flug nach Australien gebucht, wo sie bei einer Freundin untertauchen will. Seit dem Beginn ihrer Beziehung hat Wynter sich obsessiv in Arabellas Leben gedrängt – plötzlich trainiert sie im selben Fitnessstudio, kommentiert jeden Post, den Arabella sich ansieht, freundet sich mit jedem an, den Arabella kennt, und schreibt nun sogar ebenfalls für NoFlaws. Statt sie zu konfrontieren, setzt Arabella auf Flucht. Deven bleibt nur noch eine Möglichkeit: Wynter selbst zur Rede zu stellen …

Zeitraffer: Deven platzt ins *NoFlaws*-Büro, doch Wynter ist laut ihrer Kolleginnen bereits gegangen. Er läuft die Straßen entlang, hält Ausschau. Er sucht die Orte auf, an denen Arabella Wynter in den letzten Tagen immer wieder begegnet ist – das Café am Markt, die Stadtbücherei, das Sportstudio. Doch an den Tischen, zwischen den Regalen, auf den Crosstrainern: nur fremde Gesichter.

Es ist Abend, und über der Stadt zieht die Nacht herauf.

Frustriert und niedergeschlagen findet Deven sich vor seiner Haustür wieder. Die Kamera folgt seinen Füßen die Stufen zur WG hinauf, richtet sich auf den Schlüssel, den er im Schloss herumdreht, begleitet ihn zu seinem Zimmer. Ein Lichtschein dringt daraus auf den Flur hinaus. Irritiert hält er inne, dann tritt er ein.

Auf seinem Bett sitzt Wynter. Sie sieht nicht einmal auf, blättert weiter durch die Bilder in der Box, in der er seine besten und erinnerungsträchtigsten Fotos sammelt.

»Du hast mich gesucht?«, fragt sie und hält prüfend ein Bild hoch, auf dem Arabella im Profil zu sehen ist; der Wind spielt mit ihren Haaren. Es stammt von dem Date vor vier Folgen, als sie zusammen auf den Hügel am Waldrand gestiegen sind.

»Was zur Hölle tust du hier?«

»Dein Mitbewohner hat mich reingelassen. Scheint ein netter Typ zu sein.«

»Steh sofort auf und hör auf, in meinen Sachen rumzuwühlen! Bist du eigentlich noch ganz dicht?«

»Ob ich noch ganz dicht bin? Du bist doch derjenige, der die halbe Stadt nach mir durchkämmt hat. Oder willst du das abstreiten?« Sie zieht ein Foto ganz hinten aus der Box, als hätte sie geplant, es genau in diesem Moment daraus hervorzuzaubern. »Da haben wir es ja!«

Deven ist mit wenigen großen Schritten beim Bett und entreißt Wynter die Box und danach das Bild. Erst dann sieht er, um welches es sich handelt, und erstarrt. Close-up auf das Motiv: eine verwischte Aufnahme von der Hälfte eines Gesichts, die in ihrer Undeutlichkeit etwas Künstlerisches hat. Ein geschlossenes Auge, dichte Wimpern, die Linie der Nasenwurzel. Der Teil des Mundes, der zu sehen ist, hat sich zu einem Lächeln verzogen. Gelockte Strähnen rahmen die Wange ein, auf der diffuse Lichttupfen spielen.

»Du weißt nicht, wer das ist.« Keine Frage, sondern eine

Feststellung. »Du kannst dich nicht daran erinnern, wie das Foto entstanden ist, hab ich recht?«

Wynter und Deven versuchen, einander niederzustarren. Dass, wie ja allgemein bekannt ist, in der Wirklichkeit ihre Konkurrentin mit ihm ausgeht, trägt sicher seinen Teil dazu bei, die Spannungen zwischen den beiden Charakteren so greifbar werden zu lassen.

»Woher weißt du das?«, fragt Deven mit zusammengebissenen Zähnen. »Überhaupt – woher weißt du *so viel*?«

Statt eine Antwort zu geben, zieht sie ihm das Foto wieder aus den Fingern, hält es neben ihr Gesicht und schließt die Augen. »Fällt dir was auf?«

»Das kann nicht sein!«, stößt Deven hervor, die Fassungslosigkeit steht ihm ins Gesicht geschrieben. »Wir sind uns bis vor Kurzem noch nie begegnet.«

Sie öffnet die Augen und lächelt wie jemand, der sich seines Sieges ganz sicher ist. »Ich sag dir was, Deven: Du und ich haben eine ziemlich komplizierte Vorgeschichte. Kann sein, dass du mich bloß nicht wiedererkennst. Und dein wahres Ich auch nicht.«

Kapitel 6

Nord ist etwas unkonventionell, hat Wynter gesagt. Gemeint hat sie damit, dass er sich anders verhält als die meisten Celebrities. Er weigert sich, nach *ClassyGardens* zu ziehen, und bewohnt stattdessen ein Loft mitten in Toronto, dessen Adresse er niemals rausgibt. Dass ich so wenig über ihn finden konnte, hängt auch damit zusammen, denn entgegen aller Beratungen ist er kaum im Netz präsent, auch nicht durch einen Social Media Manager, der seine Auftritte betreut. Es gibt fast nur Posts von Fans über ihn.

Noch was: Er hat einen eigenen Wagen ohne Chauffeur, und mit dem soll er Wynter, also mich, jeden Moment abholen.

Nervös checke ich mein Handy. Es ist bereits 18:29 Uhr. Ich habe mehrere Sprachnachrichten von Stian, die ich ungehört lösche, bevor ich es mir anders überlegen kann.

Wenn irgendetwas Unerwartetes eintreten sollte, soll ich sofort mit Wynter oder Laurie Kontakt aufnehmen; deshalb kommt das Handy mit zu dem Date. Laurie hat es für mich besorgt. Es ist das gleiche Modell wie Wynters, mit dem gleichen mit kupferfarbenen Steinchen besetzten weißen Case. Der einzige Unterschied: Es ist ein Dual-SIM-Handy. So kann ich es sowohl mit meiner eigenen als auch mit einer zweiten Nummer nutzen, die vermeintlich Wynters ist. Noch hat sie mir die entsprechende SIM-Karte allerdings nicht ausgehändigt. Vielleicht sieht sie in diesem Abend eine Art Vertrauensbeweis.

Ich warte beim Eingangstor von *ClassyGardens*, die zwei obligatorischen Bodyguards mit den Rücken zu mir vor meiner Nase. Sie verstellen den Grüppchen neugieriger Fans auf der anderen Straßenseite die Sicht auf mich und sind offenbar einschüchternd genug, um die überwiegend jungen Leute auf Abstand zu halten. Sie rufen nur immer wieder Wynters Namen und filmen mit ihren Handys, obwohl nichts Interessantes passiert. Paparazzi kann ich noch nicht entdecken, aber sie können nicht weit sein. Wir zählen heute Abend voll auf sie.

Ein großer steinerner Bogen ziert den Eingang zur Anlage. Passenderweise erinnert mich das an einen Zoo. Bei dem Gedanken muss ich grinsen. Ganz schön extravagante Tierchen, die es da drin zu sehen gibt!

Die Jubelrufe der Fans kündigen Nord an, und ich suche überrascht die Umgebung nach ihm ab. Da ist er ja! Während ich in Richtung Straße Ausschau gehalten habe, hat er sich von der Seite genähert.

»Sieht ja fast so aus, als würdest du dich auf mich freuen. Oder war das gerade ein fieses Grinsen? Hast du vor, mich gleich auflaufen zu lassen? Ich versprech dir, wenn du das machst, zahl ich es dir gnadenlos zurück!«

»Hi. Ich dachte, du kommst mit dem Auto. Du erwartest doch nicht, dass ich zu Fuß zum Restaurant spaziere?« Ich verziehe das Gesicht, wie Wynter es tun würde, und inszeniere einen besorgten Blick auf meine Stilettos. Wahrscheinlich sollte ich mir wirklich Sorgen darum machen, denn sie müssen ein Vermögen wert sein. Sollte ich abhauen und versuchen, sie zu verhökern? Vielleicht würde der Erlös für Savannas weitere Behandlung ausreichen.

»Schaffen Ihre Majestät zumindest zweihundert Meter? Ich habe das Auto auf dem Besucherparkplatz abgestellt.« Nord winkt mich hinter sich her.

»Ich hoffe, du hast Plätze für meine Begleiter?« Im Gehen deute ich auf die beiden Männer, die weiterhin versuchen, uns von der nun doch etwas hysterisch werdenden Meute abzuschirmen, wenn auch etwas halbherzig. Es sollen ja ruhig ein paar Aufnahmen von Nord und mir zusammen gelingen.

»Rücksitz.«

»Was ist mit deinen? Hast du eine Familienkutsche?«

»Nö, die folgen uns in einem eigenen Wagen. Habe ich nach harten Verhandlungen so mit ihnen vereinbart.«

Ich folge Nord zum Parkplatz und versuche, dabei nicht umzuknicken oder gegen ihn zu schwanken. Klar habe ich schon mal hohe Schuhe getragen, aber das ist schon länger her, und sie waren nicht *so* hoch.

Auch der Rest meines Outfits könnte bequemer sein. Der seitliche Reißverschluss des weinroten Kleides, das anlassmäßig einen Spagat zwischen Gala und Grillabend zu bewerkstelligen versucht, kratzt auf meiner Haut, und der Stoff des Jäckchens, das unpraktischerweise nur knapp bis zur Hüfte reicht, ist furchtbar steif.

Beim Wagen angekommen, hält Nord mir ganz gentlemanlike die Beifahrertür auf, doch sobald er den Motor gestartet hat, tut er so, als wären weder ich noch die sicher netten, wenn auch etwas gruseligen Herren auf der Rückbank anwesend.

»Kennst du den Weg?«, frage ich, nur um überhaupt etwas zu sagen.

Er hupt, und ein paar besonders vorwitzige Fans, die sich bis zur Zufahrt des Parkplatzes herangewagt haben, springen zur Seite. »Keine Sorge. Wir müssen uns nicht unterhalten; wir geben nachher noch lang genug vor, das zu tun.«

Verstehe. Er will also bei seiner Haltung bleiben, auch wenn er sich in der Theorie auf mein Angebot eingelassen hat, das Ganze als Team anzugehen. Ich tue ihm den Gefallen und spare mir meinen Atem. Statt mit ihm zu reden, nutze ich die Fahrt, um mich auf die Illusion von Wynters Körper zu konzentrieren. Ich fahre bewusst mit den Fingern über den Bezug des Autositzes, drücke die Schultern gegen die Lehne und bewege die Zehen, soweit es die Schuhe erlauben.

Um keinen Zweifel daran zu lassen, wen ich hier gerade spiele, nehme ich nach einigen Minuten den Lipgloss aus dem Täschchen, das Wynter bestückt hat, und frische ihn vor dem kleinen Spiegel in der Sonnenblende auf. Ich glaube, Nord verdreht die Augen. Gut gemacht! So schnell wird er heute Abend nicht auf die Idee kommen, dass ich mich untypisch verhalte.

Wir dinieren in einem Restaurant am Stadtrand – und das Wort ›dinieren‹ passt super, denn schon an dem altehrwürdigen Gebäude und nicht zuletzt an den Preisen auf der Speisekarte ist unschwer zu erkennen, dass es sich um ein ziemlich exquisites Etablissement handelt. Den armen Betreibern steht der Paparazzi-Ansturm des Jahres bevor. Hoffen wir, dass sich die Sache positiv auf den Ruf des Lokals auswirkt.

Lange kann es nicht mehr dauern, bis sie hier sind. Ich

könnte schwören, uns ist mindestens ein verdächtiger Wagen nachgefahren. Laurie hat vorsichtshalber auch noch einen anonymen Hinweis auf unseren Aufenthaltsort rausgeschickt. Zwei der vier Bodyguards bleiben draußen, um so zu tun, als wollten sie die Pressemeute abhalten, die anderen beiden kommen mit uns rein.

Sobald wir über die Schwelle getreten sind, verwandelt Nord sich in Deven. Der Vergleich hinkt vielleicht etwas, weil Deven Wynter natürlich niemals ausführen würde – so zumindest der Stand nach dem ersten Drittel der zweiten Staffel –, aber ich kann es nicht anders sagen. Er lächelt mich an, als hätte jemand seine persönliche Sonne angeknipst, und berührt mich auf dem Weg zu dem für uns reservierten Tisch so beiläufig, dass es … na ja, eben beiläufig sein könnte. Es ist sein Gesichtsausdruck, die Veränderung in der Art, wie er spricht – hier ist ein Profi am Werk.

Gut, dass ich selten etwas anderes tue, als anderen etwas vorzumachen, denke ich bitter. Wahrscheinlich werde ich ihm das Wasser reichen können.

Wir nehmen Platz, und der Ober bringt uns die ledergebundenen Karten. Nord ordert schon mal eine Cola, ich einen Johannisbeersaft.

Der Tisch könnte ein bisschen breiter sein. Wenn wir die Köpfe über die Karten beugen, stoßen sie fast zusammen.

»Also, was ist das zwischen Jeffrey und dir?« Nord denkt, Wynter ist ein Eisklotz? Dann wird er gleich feststellen müssen, dass sie ganz im Gegenteil eine geborene Eis*brecherin* ist.

»Was?«

»Na, ich hab mich gefragt, ob du vielleicht auf ihn stehst.«

»Ist das dein Ernst?« Seine Augen sind so groß wie Bierdeckel geworden – mindestens.

»Warum sonst musstest du gezwungen werden, mit mir auszugehen?«

Ihm entwischt ein Schnauben Schrägstrich als Schnauben getarntes Lachen. »Hilfe, Wynter! Was ist los, hast du etwa Nachhilfe in Humor genommen?«

Sieh an! Wenigstens er weiß das also zu schätzen.

»Vielleicht habe ich bloß dafür gesorgt, dass du *mich nicht wiedererkennst*«, sage ich. Auf die Serie anzuspielen, kommt sicher gut.

Tatsächlich lächelt er erneut Devens unglaubliches Lächeln, bevor sein Gesicht sich wieder verschließt. »Jetzt werden wir also Small Talk über *WIn* machen?«

»Da es so ziemlich das Einzige sein dürfte, was du und ich gemeinsam haben – warum nicht?«

»Okay, gut. Dann Klartext: Kam dein Vater allein auf die Idee, der letzten Staffel so viele Deven-Wynter-Szenen zu widmen? Hast du ihn darin ermutigt oder versucht, ihn abzuhalten?«

»Ich habe nie bei den Plots mitgeredet.« Ob das stimmt, muss ich Wynter bei Gelegenheit fragen. Was aber völlig klar ist: Sie würde es nicht zugeben, wenn sie es getan hätte und jetzt an meiner Stelle hier säße.

»Hättest du vielleicht tun sollen.«

Bevor ich ihn fragen kann, was er sich denn gewünscht hätte, unterbricht der Ober unser Gespräch, indem er unsere Getränke bringt. Nord lässt ihn wissen, dass wir uns noch nicht entschieden haben.

Wir vertiefen uns in die Speisekarten. Die Auswahl an Delikatessen überfordert mich, genau wie die wirklich deftigen Preise. Auch wenn ich mit den Dettmers eine ziemlich reiche Fake-Verwandtschaft aufgedrängt bekommen habe, standen friedliche Familienessen auswärts eigentlich nie auf der Tagesordnung, und das hier ist alles andere als meine Welt.

Als ich mich entschieden habe, breche ich mir einen ab, meine Bestellung aufzugeben, weil ich dabei hin- und herblättern muss. Also: Antipasti-Salat mit Rucola und Brie, Tagliatelle mit Mandelbrokkoli, Trüffel in Rahmsauce und getrockneten Tomaten, als Dessert Orangen-Creme brûlée mit roter Grütze und Vanille-Rum-Espuma. Auf ein Hauptgericht mit Fleisch verzichte ich; eins der vielen Dinge, die ich mir heute notiert habe, ist, dass Wynter vegetarisch isst. Eigentlich ernährt sie sich ja generell praktisch von nichts, aber ich kann unmöglich die Gelegenheit verstreichen lassen, das alles wenigstens zu probieren. Wahrscheinlich sind es eh Miniportionen – und falls nicht, frage ich Nord, ob er noch was von mir mitessen kann. Das würde ja perfekt zu unserem Date-Szenario passen.

»Hast du letzte Nacht was geträumt?«, fragt er, als der Ober mit den Karten und unserer Bestellung wieder abzieht.

Ob ich was geträumt habe? Kann mich nicht erinnern; vermutlich bin ich Savanna wieder durch ein Labyrinth gefolgt, ohne sie je einzuholen.

Was Wynter wohl so träumt? Sicher von Los Angeles. In unserer Lern-alles-über-die-fabelhafte-Wynter-Sitzung hat sie gesagt, sie würde viel lieber dort arbeiten.

Von der Tür brüllt jemand unsere Namen. Keiner von uns beiden blickt hinüber, doch die Kamerablitze sind eindeutig.

Den folgenden Geräuschen nach zu urteilen, entsteht dort am Eingang ein richtiges Gerangel.

»Fragst du, weil du mir von *deinen* Träumen erzählen möchtest?«, frage ich Nord, als ob nichts wäre.

»Sie gehen nie gut aus, wenn du darin vorkommst.«

Kokett werfe ich Wynters Haare in den Nacken. »Du träumst von meiner Wenigkeit?«

»Wer träumt nicht von Wynter Brookely? Nur bin ich vermutlich der Einzige, bei dem es Albträume sind.«

»Alles andere hätte mich enttäuscht.«

Sichtlich angespannt, fixiert er die hohe cremefarbene Kerze in der Tischmitte. »Einer handelt davon, dass du uns hängen lässt. Ich muss das fragen: Bist du für eine weitere Staffel zu haben oder nicht?«

Nervosität macht sich in meinem Magen breit. Trotz der Brisanz meiner Aufgabe hat es niemand für nötig befunden, mich über die Dinge aufzuklären, die da im Hintergrund zu schwelen scheinen. Ist tatsächlich eine Fortsetzung von *WIn* angedacht? Wie sehr hängt diese Entscheidung an Wynter? Wenn ich ihr Geschwafel von den USA richtig deute, sieht es nicht gut aus.

Fürs Erste straffe ich nur den Rücken und hebe das Kinn an. Es wird das Beste sein, wenn die falsche Wynter sich bedeckt hält. »Wenn du weiter so leidend aussiehst, machen wir das hier komplett umsonst. Wir sollten unsere Stimmbänder schonen. Du hattest recht – Small Talk ist nicht unser Ding.«

Einen Moment liegt der Blick seiner dunklen Augen noch auf mir, bevor er ihn auf die Maserung des Tisches lenkt. Die ausbleibende Antwort werte ich als Zustimmung.

Wir halten das Schweigen die ganze Vor- und die halbe erste Hauptspeise aufrecht. Ich bin in Gedanken bei dem Anruf, den ich Stian schuldig geblieben bin, und versuche, mir weitere Argumente einfallen zu lassen, die ich Carsten bei unserer nächsten Begegnung an den Kopf knallen kann. Da sieht Nord, der gerade noch aus dem Fenster geschaut hat, mich unvermittelt direkt an und lächelt so breit, dass es mich nicht wundern würde, wenn ihm jemand Drogen ins Essen gemischt hätte.

»Sie sammeln sich vor dem Fenster«, sagt er, ohne die obere Zahnreihe von der unteren zu lösen. »Haben wohl endlich kapiert, dass sie es nicht rein schaffen.«

Erst als ich die kamerabewaffneten Gestalten hinter der Scheibe sehe, kehre ich richtig ins Hier und Jetzt zurück. Laurie – das Arrangement – die Paparazzi, denen zuliebe wir das alles aufgezogen haben.

»Warum starrst du so zu ihnen hin? Willst du die Ertappte spielen?«

Vielleicht nicht die Ertappte, aber spielen muss ich, wenn man so will, sogar doppelt: Ich spiele Wynter, und in dieser Rolle auch noch, dass sie sich zu Nord hingezogen fühlt.

Ab jetzt zählt jeder Blick, jede Geste.

»Glaubst du, die können Lippen lesen?«

»Wir sollten es nicht darauf ankommen lassen.« Wenn mich jemand fragen würde, was ich mir unter ›grimmiger Entschlossenheit‹ vorstelle: Es ist haargenau das, was gerade auf Nords Gesicht tritt – ein leichtes Anspannen der Kiefermuskeln, ein Zusammenziehen der Brauen, etwas zwischen Härte und dem Annehmen einer Herausforderung in den Augen.

»Wie sieht es aus?«, fragt er. »Bist du bereit, die beste Show zu liefern, die du bieten kannst? Wer von uns beiden besser spielt, hat beim anderen einen Wunsch frei.«

Jetzt wird es riskant. Darf ich in Wynters Namen so hoch pokern? Lieber nicht.

»Vergiss es. Woran willst du das bitte messen?«

»Ganz einfach – daran, wen von uns die Presse in den nächsten vierundzwanzig Stunden als verliebter beschreibt.«

»Lass mich raten. Du willst das auswerten?«

»Würde ich tun. Ich werde dir dann eine Mappe mit den entsprechenden Belegen zukommen lassen.«

Er spinnt. Welcher Star würde seine knappe Freizeit darauf verschwenden, den einschlägigen Medienklatsch zu durchforsten? Noch dazu, wenn er selbst Wert darauf legt, so wenig Aufhebens wie möglich um seine Person zu machen?

Wenn ich mich weigere, wird er das wahrscheinlich als Schwäche auslegen. Auch wenn ich Wynter noch nicht wirklich kenne, weiß ich eins: Sie würde niemals Schwäche zeigen.

»Na schön. Du hast es so gewollt.« Jetzt kommt es auf drei Dinge an: Professionalität, Einfallsreichtum und Schnelligkeit – Letzteres, damit Nord mir nicht zuvorkommen kann. Die ersten Eindrücke der Leute da draußen sind entscheidend, und wenn ich ihn bei diesem Spiel ausstechen will, muss ich dafür sorgen, dass Wynter die Situation dominiert.

»Für mich sind die überhaupt nicht anwesend«, säusele ich und nutze den Moment, in dem mein Tonfall ihn irritiert, um über den Tisch zu greifen und über seinen Handrücken zu streicheln. Er lässt fast die Gabel fallen, die Zinken schwanken über seinem Lachsfilet hin und her. Ich lehne mich wieder zurück und imitiere Wynters Augenaufschlag aus *WIn*.

»Du hast keine Ahnung, mit wem du dich anlegst, Wynter.«

»Das kann ich nur zurückgeben.« Ich habe während einer Imitation lange nichts mehr gesagt, was *so* wahr ist.

Ich halte seinem Blick stand und ertappe mich dabei, wie ich mir seine Züge einpräge – eine Art Berufskrankheit. Ich neige dazu, Menschen zu intensiv zu mustern. In der Serie trägt er die Haare immer in einem plan- und kunstvoll hochgestylten Durcheinander. Ich glaube, so, wie sie ihm heute in die Stirn fallen und seine Brauen verschlucken, sobald sie sich so weit heben wie jetzt, gefällt er mir besser. Ich schaue weg und lächle dabei scheu. Die Paparazzi werden mich lieben! Leider kann ich nicht auf Kommando rot werden, das würde das Ganze noch perfektionieren.

Langsam hebe ich mein Glas und nehme einen tiefen Schluck, dann schiebe ich mir einen Happen Mandelbrokkoli in den Mund und kaue bedächtig. Nord lässt mich nicht aus den Augen. Wir verfallen erneut in Schweigen, werfen uns aber immer wieder vermeintlich verstohlene Blicke zu. Als etwas später mein Teller durch einen neuen ersetzt wird und ich auf die Trüffel hinunterschaue, habe ich eigentlich keinen Hunger mehr. Umso besser, ich muss mich ja sowieso zurückhalten.

»Hey.« Nord beugt sich vor, und ich zucke leicht zusammen, bevor er mir mit seiner Serviette auf den Mundwinkel tupft.

»Wenn du weiterhin so guckst, als würdest du mich gern killen, wirst du verlieren«, murmelt er.

»Du musst es ja auch nicht gleich übertreiben«, zische ich zurück.

Er zeigt mir unauffällig die Serviette, an der jetzt etwas kleines Grünes hängt. »Du hattest da Brokkoli. Steilvorlage sozusagen.« Er grinst.

Super. Können die mit ihren Kameras gute Aufnahmen durchs Fenster machen? Wenn Wynter mit Brokkoli an den Lippen in den Medien auftaucht, bin ich erledigt.

Davon abgesehen, möchte ich ihm diese Siegesgewissheit aus dem Gesicht wischen. »Nord?«, frage ich zuckersüß und lade eine Trüffel auf meine Gabel. »Die sind wirklich köstlich. Möchtest du mal probieren?«

»Nicht dass du selbst schon davon gegessen hättest«, spottet er, lehnt sich aber ein weiteres Mal zu mir. Er öffnet den Mund und lässt sich von mir mit der Trüffel füttern. Ich beuge mich vor und tue so, als würde ich meinen Rücken durchstrecken, wobei ich mit voller Absicht mit meiner Nase gegen seine stoße. Ich fahre zurück und kichere verlegen.

»Verdammt, bist du gut«, knurrt Nord.

»Was hast du denn gedacht? Warte erst, bis ich total lasziv den Nachtisch vom Löffel schlecke.«

Ihm entfährt ein Lachen, und er schlägt sich die Hand vor den Mund. Es hat anders geklungen als sein Serienlachen, echter, ein bisschen schnaubend und dadurch fast noch unwiderstehlicher als das von Deven.

Vielleicht sind wir beide zu schnell aufgetaut. Ich könnte mir vorstellen, dass Wynter das nicht besonders glücklich machen wird. Ich soll Nord für sie kontrollieren und ihn nicht zu ihrem besten Freund machen.

Für den Rest des Essens gebe ich mich zurückhaltend, und auch Nord scheint sich wieder darauf zu besinnen, dass wir uns nicht leiden können. Für die Meute draußen lächeln wir trotzdem abwechselnd frisch verliebt einer zum anderen rüber.

Am Ende zahlt natürlich Nord und bedankt sich beim Restaurantpersonal, dass sie die Paparazzi nicht haben reinkommen lassen.

Draußen bin ich es, die zuerst nach seiner Hand greift, und ich wette, er ärgert sich maßlos, nicht schneller gewesen zu sein. Anmerken lässt er sich das aber nicht: Er zieht mich im Gehen noch näher zu sich und führt mich zum Wagen. Auf die lautstarken Fragen, die an unsere Ohren dringen, reagiert keiner von uns, und die Bodyguards halten uns die Fotografen und Journalisten vom Leib.

Trotzdem folgen uns zwei Autos, als Nord vom Parkplatz auf die Straße biegt. Er versucht nicht, sie abzuhängen, sondern fährt so gelassen wie irgendein x-beliebiger Typ, der seine Eroberung an einem Freitagabend nach Hause bringt. Erst auf dem Zubringer nach *ClassyGardens* gibt er Gas. Statt auf den Parkplatz zu fahren, hält er direkt vorm Tor.

»Vor ein paar Stunden hätte ich ja nicht geglaubt, dass wir die Task hinkriegen«, sagt er und steigt aus, um mir die Tür zu öffnen. »Aber ich würde sagen, wir haben uns selbst übertroffen.«

Er begleitet mich noch bis zum Pförtnerhäuschen. Meine Bodyguards halten respektvoll Abstand und schauen wachsam zur Straße. Die Scheinwerfer unserer Verfolger kommen näher.

»Danke«, sagt Nord.

»Wofür?«

»Ich denke, du weißt, wofür.«

Fehlt mir irgendein kleines Puzzleteil seiner Vorgeschichte

mit Wynter? Das macht das Imitieren manchmal so knifflig: die unendlich vielen Facetten, die jede zwischenmenschliche Beziehung ausmachen, die gemeinsamen Erinnerungen und der Code, in dem zwei Menschen miteinander sprechen.

»Sie werden sich ihr Leben lang ärgern, dass sie das verpasst haben«, sagt Nord.

Dann küsst er mich.

Mein Herz sackt in meinen Magen und pumpt dort wie verrückt weiter. *Nicht gut*, schaffe ich noch zu denken, bevor ich den Kuss erwidere.

Nord schmeckt nach dem Zitronen-Himbeer-Mousse-Törtchen, das er zum Nachtisch hatte.

Erde an Elodie, wie konnte das hier passieren? Du kannst nicht einfach mit einem WIn-Star rumknutschen! Bist du eigentlich noch …? Oh. Nein, nein, nein!

Das sind nicht mehr Wynters Lippen, ich flackere, flackere, flackere. Keuchend stolpere ich zurück und ziehe die Imitation in Sekundenschnelle wieder zurecht. Schockstarr sehe ich Nord an.

»Ich würde ja sagen, das war eine einmalige Sache«, sagt er. »Aber ich vermute, es war erst der Anfang. Jetzt guck mich nicht schon wieder so an!«

Noch nie habe ich bei einem Auftrag jemanden geküsst. Klar, bei diesem war nichts anderes zu erwarten; nur hätte ich nicht derart früh damit gerechnet.

Kameralichter blitzen auf, tauchen uns für kurze Momente in grelles Licht, aber wie Nord vorausgesagt hat, sind die Paparazzi zu spät.

Warum hat er das getan? Es kann unmöglich ein spontaner

Drang gewesen sein. Logisch, es sollte nicht gestellt wirken, doch aus der Entfernung können keine verwendbaren Bilder geschossen worden sein. Ich bin verwirrt.

»Schlaf gut, Wynter.«

Ich kann nicht sehen, ob er lächelt, als er das sagt. Die Schatten des Portals fallen auf sein Gesicht und tauchen es in die Dunkelheit der Nacht.

»Du auch.«

Ich rette mich durch das Tor ins Innere von *ClassyGardens*. Mein ganzer Körper steht unter Strom. Auf dem Weg zu Fioras Haus checke ich zerstreut mein Handy. Es ist nur eine einzige Nachricht eingegangen, die das flaue Gefühl in meinem Bauch noch höhere Wellen schlagen lässt:

Stian: *Ruf mich an, oder ich komm dich suchen.*

Kapitel 7

WIn rockt – so krass gut!
Team Wynter 4ever
Suchtfaktor pur, habe neue Lieblingsserie
Romance mit Fantasyebene
Ich krieg nicht genug von diesem Degenbrunner!!!

Die erste Staffel von *Wonderful Intrigues* hat fünfhundertzwölf Bewertungen, vierhundertdreizehn davon mit fünf Sternen. Ich scrolle mich durch und überfliege weitere Überschriften, jetzt die von den Zuschauern, die die Serie hassen, was überraschenderweise nur ganze elf sind.

Billiges Teenie-Chaos
Schnulzige, unrealistische Serie
Davon kriegt man Kopfschmerzen!
BluRays waren beschädigt
Laaangweilig …

Schon den ganzen Morgen kitzelt es mich in den Fingern. Ein Teil von mir will recherchieren, welches Echo der gestrige Abend ausgelöst hat, ein anderer hält standhaft dagegen. Soll ich?

Das ist dein Job, du solltest informiert sein.

Gutes Argument, innere Stimme!

Ich gebe »Nord« und »Wynter« ins Suchfeld ein. Sofort schießen mir die neuesten Beiträge entgegen. Ich öffne mehrere in weiteren Tabs. Die meisten Treffer führen zu Klatschseiten, die ich normalerweise meide. Nord und ich haben die Gerüchteküche ordentlich angekurbelt: *WIn-Stars bei Date erwischt! – Nutzt Wynter ihre Magie jetzt auch im echten Leben? – Mädchenschwarm Nord wieder in festen Händen?*

Dazu gibt es ein paar vermeintlich vielsagende Fotos, ganz wie gewünscht. Der Kuss ist zwar wie erwartet nicht dabei, bleibt jedoch in keinem der Artikel unerwähnt. Ich gelange in ein Forum, wo darüber gerätselt wird, ob es stimmt, dass Deven und Wynter in der neuen Staffel zusammenkommen werden, und ob die Sichtung der beiden Schauspieler darauf hindeutet.

Eines der Ergebnisse, die ich angeklickt habe, führt gar nicht zu den News zum Vortag, sondern auf eine Rollenspielseite, wo Deven einer von drei heißen Drillingsbrüdern ist, die schrägerweise alle unabhängig voneinander etwas mit Arabella am Laufen haben. Was mich dazu bringt, nach Bildern von Nord und Tiff zu suchen. Es gibt seitenweise davon. Die meisten stammen aus der Serie, aber ein paarmal sind sie auch in der Öffentlichkeit zusammen erwischt worden. Außerdem hat Tiff die wenigen gemeinsamen Bilder nicht aus ihrem Feed gelöscht. Es gibt ein ziemlich süßes, auf dem Nord sich ihre langen lila Haare wie eine Liane um seinen muskulösen Unterarm gewickelt hat, außerdem ein Kussbild mit Sonnenbrillen. Ihr kleiner, blasser Fuß mit mintgrün lackierten Nägeln neben seinem gebräunten im Sand.

Als ich zu ihren aktuelleren Fotos zurückkehre, stelle ich fest, dass sie fast nur noch Drinks oder Bilder von irgendwelchen Events postet; sie selbst ist nur ab und zu von der Seite zu sehen.

Hat Nord dich mit Wynter betrogen?, hat ein Fan namens xoxoJenny500 unter dem letzten Bild kommentiert, das Cupcakes zeigt, die Tiff anscheinend sogar selbst gebacken hat. Gleich darunter fragt golden_Marshmallow: *Wirst du ihm das durchgehen lassen?* Lexa.Brewster: *Bestimmt will er dich nur eifersüchtig machen!!!* Und flywiththedragons: *wetten, er schläft mit der bidch?*

Aua, mit *d*? Wirklich?

Die Tür wird aufgerissen, und ich schrecke zusammen und knalle meinen Laptop zu, als hätte ich etwas Verbotenes gemacht.

Wynter? Und dann auch noch persönlich, statt einfach nach mir rufen zu lassen? Wow.

Sie lässt einen Schwall Worte auf mich los. Ich bekomme allerdings nur *what the hell …?* mit.

»Was hast du mit ihm gemacht?«, schließt sie ihre Rede und schaut mich mit großen Augen an. Dann kommt sie näher und zeigt mir eine Nachricht auf ihrem Handy: *Danke, dass du irgendwie nicht du selbst warst. Hat fast Spaß gemacht.*

»Nord würde niemals mehr als unbedingt notwendig mit mir kommunizieren!«

Ich vergrabe mein Gesicht in den Händen.

»Sag mal, bist du etwa noch im *Schlafanzug*?«

Darauf braucht sie wohl keine Antwort – der Aufdruck *Be Dreamy* und die vielen silbernen Sternchen sagen alles. »Es tut mir leid. Du bist sauer, versteh ich gut.«

Sie lässt sich auf das ungemachte Bett sinken und schaut mich immer noch so merkwürdig an. »Hat er dich … mich??? …

echt geküsst? Angeblich haben die vom *WowMag* das aus der Ferne gesehen.«

»Kann man kaum so nennen«, wiegle ich ab.

Sie legt den Kopf schief. »Bist du dir sicher, dass dieses … das Imitier-Ding deine einzige magische Gabe ist? Vor nicht mal einem Tag hätte Nord sich eher aus dem Fenster seines Lofts gestürzt, als das zu tun!«

Sie darf dich nicht feuern!

»Wynter, ehrlich, ich krieg das wieder hin!«

Sie steht auf. Was soll ich tun, wenn sie jetzt geht? Notfalls muss ich sie auf Knien anflehen. Ich darf, darf, darf diesen Job nicht verlieren.

Doch Wynter steuert nicht die Tür an, sondern betrachtet nur die leeren Parfümflakons auf dem Regalbrett an der Wand, die Fioras Tochter offenbar sammelt. »Planänderung«, sagt sie.

»Planänderung?«, wiederhole ich. Was meint sie? Bin *ich* der Plan, der geändert werden muss?

»Glaubst du, du kannst dafür sorgen, dass aus der ganzen Farce was Echtes wird?«

Was?

»Ich dachte, du kannst ihn nicht leiden?«

Wynter lacht. »Du bist süß, Elodie. Ich meinte, was Echtes für *ihn*, nicht für mich. Er würde ein geringeres Risiko für mich darstellen, wenn ihm was an mir läge.«

Mist, sie meint das ernst.

»Oh, entschuldige. Du findest wahrscheinlich, mit Gefühlen sollte man nicht spielen. Ich wollte dich nicht schockieren.«

Ich frage mich, warum sie immer so verächtlich klingen muss.

»Er soll sich also sicherheitshalber in dich verlieben, damit er dir keinen Ärger macht? Damit du ihn im Notfall leichter kleinkriegen kannst?« *Spiel jetzt nicht die Moralische, das wird sie nur gegen dich aufbringen!*

»Das ist das eine. Außerdem bin ich neugierig, ob du es schaffst. Ich würde zu gern erleben, wie er in meiner Gegenwart mal etwas anderes zeigt als Aggressionen.«

Ist das eine Art Machtspiel für sie? Oder reine Unterhaltung? Will sie unter Beweis stellen, dass Wynter Brookely einfach jeden in ihren Bann ziehen kann? Wahrscheinlich kommt sie nicht besonders gut damit klar, wenn jemand total unbeeindruckt von ihr ist.

»Sorry, so was mache ich nicht.«

Sie lacht. »Du hast doch schon angefangen.«

An ihrer Stelle wäre ich nicht so zuversichtlich. Was auch immer Nord sich bei dem Kuss gedacht hat, ich bin sicher, es war nicht: »Hammer, ich will ja doch was von Wynter.«

»Es würde nicht funktionieren. Außerdem – was ist mit …?«

»… Tiff?«, beendet Wynter. »Nicht deine Sorge.«

Ich kann nicht. Ich muss.

»Zier dich nicht so. Ich verdopple auch deine Gage.« Ich sehe ihr an, dass sie weiß, sie hat mich in der Hand – und wie sehr ihr das gefällt.

»Ich kann dir nichts versprechen.« Aber wir wissen beide: Damit habe ich mich geschlagen gegeben.

Wynter nimmt wieder ihr Handy zur Hand und hält es mir entgegen. »Hier, nimm.«

»Ich brauche nur die SIM-Karte, Laurie hat mir doch schon ein …«

»Ich hab einfach noch eins organisiert.« Sie übergibt es mir. »Hatte keine Lust, die SIM-Karte rauszupfriemeln.«

Wirklich, Wynter? Wirklich???

Dann darf ich jetzt wohl stattdessen meine aus dem einen raus- und wieder ins andere reinzaubern. Irgendwie sinnbildlich für unsere ganze Geschäftsbeziehung: Ich plage mich mit den Einzelheiten ab, während sie Geld aus dem Fenster wirft.

»Die eingehenden Nachrichten auf der Nummer, die ich Nord gegeben habe, werden mit meinem Tablet synchronisiert«, lässt Wynter mich wissen.

Was im Prinzip nichts anderes bedeutet, als dass sie mich genauestens überwachen wird.

Zur Demonstration holt sie besagtes Tablet aus ihrer Handtasche. »Sieh an, da ist auch schon die nächste. Klingt doch vielversprechend!«

Das unnötige neue Handy vibriert, und ich lasse es fast fallen. Was jammerschade gewesen wäre, denn wenn beide heil bleiben, kann ich eins verkaufen.

»Viel Erfolg!«, sagt Wynter und geht aus dem Zimmer, bevor ich noch etwas erwidern kann.

Meine Neugier hält sich in Grenzen. Mit einem tiefen Seufzen mache ich mich erst mal auf die Suche nach dem anderen Handy und finde es zwischen den Klamotten in meinem geöffneten Koffer. Einen harten Kampf und eine Büroklammer später hat meine eigene SIM-Karte erfolgreich den Slot gewechselt.

Ich sehe mir an, was Nord geschrieben hat: *Bist du heute ausgebucht? Falls nicht, würd ich dich später gern im* Exotic Room *treffen. Habe was für dich.*

Darunter hat Wynter ihm bereits zugesagt. Fängt ja schon gut an – wie soll ich überzeugend sein, wenn sie sich dauernd einmischt?

In diesem Moment geht auf meiner eigenen Nummer eine Nachricht von ihr ein: *Laurie kommt nachher vorbei und zeigt dir, wo du hinmusst. Mach dir einen schönen Tag, hast du dir verdient!*

Da ich ja praktischerweise immer noch im Schlafanzug bin, krabbele ich einfach zurück ins Bett und ziehe mir die Decke über den Kopf.

Wie sich herausstellt, gibt es in *ClassyGardens* vier sogenannte Themenwelten: den *Rosy Balcony* (was soll das bitte sein, eine Kuschelecke?), die *Maritime Lounge* (das wiederum klingt nicht schlecht), den *Cosmic Salon* (ob da Sterne an der Decke kleben?) und eben den *Exotic Room*. Laurie zeigt ihn mir, bevor Nord auftaucht; schließlich muss es wirken, als würde ich diesen Ort kennen wie meine Westentasche. Dass ich mit vor Staunen offenem Mund herumlaufe wie jetzt gerade, kann ich mir nicht leisten. Wenn Nord pünktlich kommt, habe ich noch zehn Minuten, um mich wieder einzukriegen.

Der *Exotic Room* ist gar kein Raum im eigentlichen Sinne. Von außen ist das Gebäude eher unauffällig, aber wenn man eintritt, scheint man in eine andere Welt gesogen zu werden. Ein riesiger Indoor-Pool verläuft auf bestimmt gut fünfzig Metern Länge wie ein Fluss bis zur hinteren Wand, schimmerndes Wasser über einem Boden aus schillernden Mosaiksteinchen. Links beschreibt er eine Biegung um eine Rundtheke, auf der Getränke und Snacks bereitstehen. Zu beiden Seiten des Wassers schmiegen sich halbrunde Nischen in die Wand, kleine, mit Perserteppichen ausgelegte Inseln, auf denen zwischen Kübeln mit tropischen Pflanzen große Sitzkissen verteilt sind. Leichte, farbenfrohe Vorhänge hängen von der Decke herab und sorgen für eine heimelige Atmosphäre. Durch grüne Oberlichter aus Buntglas fällt magisch verwandeltes Tageslicht, verstärkt durch indische Hängelampen, die Schattenmuster werfen. Es ist eine Art Luxus-Oase mit orientalischem Flair.

Viel Betrieb herrscht nicht. Nur zwei Mädchen in meinem Alter sitzen am Rand eines Säulengangs weiter hinten und lassen die Füße ins Wasser baumeln. Ich erkenne sie nicht, sie gehören wohl nicht zum Cast, sondern beschäftigen sich mit einem der vielen anderen Aufgabenbereiche. Special Effects vielleicht oder Stunts.

Laurie deutet zu einer Reihe von Paravents nahe dem Eingang. »Da kannst du dich schon mal umziehen. Ich habe dir einen Tankini mitgebracht.«

Sie kramt in ihrer Tasche und reicht mir ein Höschen mit floralem Print und ein schwarzes Oberteil, an dessen Seiten sich das Muster wiederfindet. Ich bin erleichtert, dass Wynter nichts total Knappes ausgesucht hat.

»Mir war gar nicht klar, dass Laurie dir auch die Klamottenwahl abnimmt«, kommt es da von der Tür. »Ehrlich gesagt hatte ich mir schon ausgemalt, wie du in deinem wahrscheinlich gigantischen Schrank sitzt und dir sorgsam überlegst, was du mir mit deinem Aussehen heute vermitteln willst.«

»Nord?«, ruft eines der Mädchen von hinten. »Wie krass – datest du sie jetzt auch privat?«

»Wundert dich das?«, rufe ich laut und mit aller Schärfe, die ich in Wynters Stimme legen kann. Erst dann drehe ich mich richtig zu Nord um und lasse langsam meinen Blick über ihn gleiten, von Kopf bis Fuß und wieder zurück. Er hat eine Hand gegen den Türrahmen gestützt und lehnt so lässig dort wie Deven, wenn er Arabella nach Feierabend im Büro abholt.

»Was ich dir vermitteln möchte«, sage ich lächelnd, »vermittle ich dir selbstverständlich *nicht* durch meine Badebekleidung. Wozu habe ich denn meinen Charme, der mich so heiß wie einen Eisklotz wirken lässt und so scharf wie eine …« Ich tue so, als müsste ich nachdenken. »… *Schwimmnudel*«, beende ich dann.

Laurie neben mir zieht scharf die Luft ein. »Hat er das gesagt?«, flüstert sie, was irgendwie peinlich ist, weil Nord sie natürlich trotzdem hören kann.

»Ich bin gewillt, über dieses Urteil noch mal in Ruhe nachzudenken.«

»Ich aber nicht darüber, ob ich dir verzeihe.« Ich schlendere zu einem der Paravents. »Du kannst gehen, Laurie.« Ganz Königin Wynter, die ihr Personal wegschickt.

Ich lasse mir Zeit mit dem Umziehen. Als ich wieder hinter den mit Schnörkeln verzierten Holzwänden hervortrete, ist Nord schon lange fertig. Er trägt schwarze Badeshorts und macht darin eine ziemlich gute Figur. Ob in seinem Vertrag steht, dass er die halten muss?

Er hat eine dunkelgraue Mappe in der Hand, und ich tue so, als würde mich nicht interessieren, was das ist.

Ich steige ins Wasser, das mir etwa bis zum Bauchnabel

reicht, und wate voran, auf eine der Nischen zu. Natürlich entscheidet Wynter, wo Platz genommen wird, und selbstverständlich eröffnet sie auch das Gespräch.

»Du hast was für mich?«, frage ich und lasse mich halb liegend, halb sitzend in eines der einladenden Kissen sinken.

Nord setzt sich schräg seitlich zu mir hin. »Du klingst wie bei einem Besuch bei deinem Dealer.«

Ich lächle das bezauberndste Lächeln, zu dem Wynter fähig ist. »Womit dealst du denn, Nord?« Ich widere mich selbst an, als ich meine Lippen mit der Zunge befeuchte und mir gleichzeitig die Haare aus dem Nacken streiche. Die Flirtgeste schlechthin. Dass ich weiß, wie es funktioniert, heißt nicht, dass ich es nicht hasse.

Nord beobachtet mich aufmerksam. »Heute mit News«, sagt er. »Ich bin früh aufgestanden und hab alles ausgecheckt.« Er klappt die Mappe auf.

»Jetzt echt? Die ausgemachten vierundzwanzig Stunden sind noch lange nicht um.«

»Ganz ruhig. Du hast so oder so gewonnen.« Er hält mir die Mappe hin, und ich nehme sie entgegen. »Aber erstens habe ich den Verdacht, dass sie grundsätzlich lieber über verliebte Frauen berichten, und zweitens sind die Fotos allesamt richtig schlecht.«

Ich blättere durch Onlineartikel, Screenshots von Newsvideos und Kommentarverläufen. Nur einen Bruchteil davon habe ich bei meiner eigenen Recherche schon gesehen. Die Bilder, auf denen mein – das heißt Wynters – Gesicht zu sehen ist, zeigen mir, dass mir die Imitation mehr als gut gelungen ist. Auch über Nord wird ziemlich viel geschrieben. Warum tut er so, als hätte ich die Sache klar für mich entschieden? Ein leichter Vorsprung mag da vielleicht sein, aber müsste er das nicht abstreiten?

»Wie war das noch?«, frage ich langsam. »Jetzt hab ich was gut bei dir?«

Nord rutscht ein Stück nach vorn, sodass seine Zehenspitzen die Wasseroberfläche berühren, als er sein Bein ausstreckt. »Jep. Überleg dir gut, was. Es wird nämlich nicht wieder vorkommen.«

»Werde ich.« Ich gebe ihm die Mappe zurück.

Dann folgt das unvermeidliche Schweigen. Irgendwie fühlt es sich unangenehmer an als gestern. Das mag an Wynters Sinneswandel liegen. Ich kenne Nord nicht, aber er ist mir nicht unsympathisch, und ich finde es schrecklich, ihn oder überhaupt irgendjemanden hinters Licht zu führen. Noch schlimmer ist, dass ich Wynter seine Liebe erschwindeln soll. Aber am meisten verabscheue ich es, zu all dem in der Lage zu sein.

Das Intro von *Wonderful Intrigues* setzt ein, irgendwo vom Eingangsbereich her. Nord flucht. »Mein Handy, da muss ich ran. Bei mir kommt ein Techniker nach Hause, und die melden sich immer vorab telefonisch …« Er rutscht von unserer Inselnische hinunter, und ich erhasche einen Blick auf zwei kleine Muttermale knapp unterhalb seines linken Schulterblatts. Er dreht sich noch einmal zu mir um, bevor er mich zurücklässt. »Sorry! Wir sehen uns!«

»Versetzt du mich jetzt ernsthaft für einen *Techniker*? Wofür hat man Angestellte?«

Nord schnaubt nur und eilt davon, so schnell man durch das Wasser eben eilen kann.

Da ist doch was faul! So was merke ich sofort, ich bin sozusagen Expertin. Ich folge Nord erst nach einem Moment. Bei den Paravents warte ich darauf, bis er sich wieder umgezogen hat, und stelle sicher, dass er mich dahinter verschwinden sieht, bevor er das Gebäude verlässt. Er winkt mir noch einmal kurz zu. In Höchstgeschwindigkeit streife ich mir die Klamotten über den Tankini, lasse die Imitation fallen und renne hinaus.

Nord ist schon an der nächsten Ecke angekommen. Ich laufe ihm mit schnellen, möglichst leisen Schritten nach. An dem Brunnen, der wie eine Harfe mit flüssigen Saiten geformt ist, begrüßt er jemanden per Handschlag. Jeffrey, erkenne ich im Vorbeigehen. Oh nein, ich bin so blöd! In den Sachen, die ich anhabe, hat Nord ja vorhin Wynter gesehen! Doch zu meinem Glück schenken die beiden mir gar keine Beachtung.

Werd' nicht unvorsichtig, Elodie! Das hat meine Mutter oft gesagt, eines der wenigen Dinge, an die ich mich noch genau erinnere. Dabei war sie selbst unübertroffen im Unvorsichtig-Sein.

»Danke, Mann!«, höre ich Nord sagen. »Das war perfektes Timing. Wir hatten uns absolut nichts mehr zu sagen. Fürs nächste Mal sollte ich mir dringend vorher Text überlegen.« Er lacht.

Ich entferne mich weiter, obwohl mir danach wäre, ihm in Wynters Gestalt eine Szene zu machen.

Wahrscheinlich sollte ich meine Skrupel, anderen was vorzuschwindeln, endlich ablegen. Ich bin offensichtlich nicht die Einzige, die ein falsches Spiel spielt.

Was hat Nord denn vor? Will er Wynter eins reinwürgen,

indem er ihr Hoffnungen macht und sie dann fallen lässt? So schätze ich ihn nicht ein. Allerdings hätte ich ihn auch generell nicht für einen Lügner gehalten, und dass er das sehr wohl ist, hat er gerade überzeugend unter Beweis gestellt.

In meinem Zimmer wartet schon wieder eine Nachricht auf dem Handy, das ich absichtlich nicht mitgenommen hatte, und die lenkt mich fürs Erste von Wynter, Nord und ausnahmslos allem anderen ab:

Stian: *Du kannst sie sehen, wenn du herkommst.*

Kapitel 8

Klar kannst du gehen, hat Wynter gesagt. Laurie und Tim wollen ohnehin, dass die Spekulationen um Nord und Wynter sich gegenseitig noch weiter anheizen, bevor wir ihnen neues Futter geben. Also habe ich einen der letzten Plätze des nächsten Nachtflugs gebucht und versucht, unterwegs so viel wie möglich zu schlafen.

Ich weiß nicht, was ich getan hätte, wenn Wynter mich nicht aus *ClassyGardens* weggelassen hätte. Aber ich weiß auch nicht, was ich jetzt tun soll, wo ich auf den Eingang der Klinik zugehe. Stian steht an einer der Säulen, die das gläserne Vordach stützen, und wartet auf mich. Automatisch verlangsamen sich meine Schritte. Das Problem ist: Wenn man Merkmale sammeln würde für jemanden, der mein Typ ist, würde Stian sie alle erfüllen. Alle außer einem: vertrauenswürdig. Tatsächlich gab es eine Zeit, da dachte ich, er wäre mein persönlicher Märchenprinz, zu gut, um wahr zu sein. Mit Betonung auf: *um wahr zu sein*.

Im Näherkommen lasse ich meinen Blick überallhin schweifen, nur nicht zu ihm. Drei großzügig bemessene Schritte entfernt mache ich halt. Erst jetzt sehe ich ihn an, registriere seinen üblichen Jeans-mit-Hemd-Look, die Art, wie er unruhig an seinem Ring dreht, wie ich es selbst so oft getan habe, das vertraute Blau seiner Augen. Wahrscheinlich registriert er auch jedes Detail an mir, einschließlich der Tatsache, dass da jetzt kein Ring mehr zum Dran-Drehen ist.

»Elly«, sagt er, und es ist mehr Vorwurf und Sorge als eine wirkliche Begrüßung.

»Hi.« Ich hoffe, die zwei Buchstaben sind simpel genug, um den Widerstreit meiner eigenen Gedanken und Gefühle zu verbergen. »Ich habe keine Zeit zu verlieren, also los, gehen wir rein!«

Ich eile an ihm vorbei, lasse aber zu, dass er mich exakt in dem Moment einholt, als die Glastüren auseinandergleiten. Er hakt sich bei mir unter, und wir streben im Gleichschritt auf die Aufzüge zu, lächeln dabei die Frau am Empfang genauso freundlich an wie den Klinikmitarbeiter, der uns auf seinem Weg in die Cafeteria entgegenkommt. Bloß nicht den Verdacht erwecken, dass ich nicht hier sein darf! Kaum haben die Aufzugtüren sich geschlossen, rücke ich wieder von Stian ab.

»Ich will allein zu ihr«, sage ich.

»Kannst du. Aber wir beide werden reden, davor oder danach, ganz wie du möchtest.«

»Danach.« Der Fahrstuhl hält eine Station unter der, in der Savanna untergebracht ist, aber wer auch immer ihn gerufen hat, ist wohl schon in einen anderen gestiegen. Die Türen pferchen uns wieder zu zweit ein. »Ich will auch noch was mit Gabrielle besprechen.«

»Das halte ich für keine gute Idee.«

»Du hältst nie etwas für eine gute Idee, das von mir kommt.«

Er fährt sich mit der Hand durchs dunkelblonde Haar. Er trägt es ähnlich wie Nord, nur an den Seiten kürzer. »Du weißt, dass das nicht stimmt.«

Tut es doch.

Jetzt haben wir die richtige Etage erreicht.

Ich habe noch keine vier Schritte in den Flur hinein gemacht, da höre ich eine mir allzu bekannte Stimme – Carsten ist hier.

»Stian? Oh. Hallo, Elodie.«

Kein Wunder, dass er überrascht ist. Er weiß genau, wie die Dinge zwischen Stian und mir im Moment stehen. Dann geht ihm auf, zu wem wir wollen. »Wir hatten doch geklärt, dass du Savanna möglichst nicht besuchen sollst, bis sie wieder einigermaßen stabil ist«, sagt er langsam, und obwohl er mich meint, liefert er sich dabei ein Blickduell mit seinem Sohn. Merkwürdig! Die beiden sind doch eigentlich auf einer Seite, wenn es darum geht. Und zwar, seit Savi dank Stian von Carsten als gemeingefährlich eingestuft worden ist. Beide behaupten, je mehr Kontakt meine Schwester zu anderen Menschen hat, desto verwirrter wird sie. Leider stimmt Gabrielle ihnen in diesem Punkt zu – auch wenn sie versucht hat, das Besuchsverbot für mich abzumildern.

Meiner Meinung nach ist es Schwachsinn, mich von Savi fernzuhalten – die Einsamkeit muss für sie viel schlimmer und gefährlicher sein, als meine Gegenwart es je sein könnte.

»Da bist du nicht auf dem neuesten Stand«, sagt Stian. »Gestern hat Gabrielle mir gesagt, sie hält es für wichtig, dass wir für sie als Bezugspersonen präsent bleiben. Vor allen Dingen Elodie.«

Die Art, wie er *Gabrielle* gesagt hat, macht mich stutzig. Sie und er haben sich noch nie wirklich gut verstanden, aber das gerade hat selbst dafür etwas zu scharf geklungen.

»Hat sie das?«, fragt Carsten.

»Hat sie.« Irgendwie schafft Stian es, die beiden Worte wie eine Drohung rüberzubringen. Stian, der zwar hinterhältiger und durchtriebener sein mag, als man auf den ersten Blick annehmen würde, aber niemals – *niemals* – seinen Vater angreifen würde. Was ist hier los?

Carsten senkt den Kopf, ganz leicht nur, trotzdem muss ich an einen Stierkampf denken. Stian schwingt gerade als Torero das rote Tuch.

»Gut«, schnaubt Carsten. »Natürlich werde ich ihr Urteil nicht infrage stellen.« Er setzt sich wieder in Bewegung, lässt uns einfach links liegen.

Ich starre ihm hinterher. Als es das letzte Mal um mein Besuchsrecht ging, hat er ihr Urteil doch auch infrage gestellt. Ziemlich vehement sogar. Letztlich hat er sich über ihre Empfehlung hinweggesetzt. Ich bin schließlich auch Arzt, hat er gesagt, und Savanna ist zu unberechenbar geworden.

Stian geht weiter.

»Das war gelogen, oder?« Ich halte mit ihm Schritt und mustere ihn dabei von der Seite.

»Wundert dich das? Du bist doch diejenige, die mich schon die ganze Zeit für einen Lügner hält.«

Auf diese Diskussion werde ich mich nicht einlassen, nicht schon wieder.

Ich weiß noch ganz genau, wie sein Verrat sich angefühlt hat. Vielleicht ist es meine eigene Schuld. Niemand hat mich dazu gezwungen, mit ihm zusammen zu sein.

Vor Savannas Zimmer drückt Stian seine Fingerkuppe auf den Leser. Ich hasse ihn dafür, dass er eine Zugangsberechtigung hat. Selbst wenn ich mithilfe einer Imitation zu Savi vordringen wollte, würde ich an dieser Sicherheitssperre nicht vorbeikommen. Fingerabdrücke lassen sich nicht kopieren. Das Zimmer wird aber ohnehin rund um die Uhr videoüberwacht.

»Bitte sei vorsichtig! Ruf sofort, wenn etwas passiert. Versuch, langsam mit ihr …«

»Ich brauche keine Bedienungsanleitung für Savanna!«, schneide ich ihm barsch das Wort ab. »Und weißt du auch, warum? Weil sie *nicht* krank ist!«

Gut, vielleicht trifft es das nicht ganz, natürlich hat sie eine psychische Erkrankung. Aber sie ist nicht das Ungeheuer, als das er sie darstellen will.

Er seufzt nur. »Du hast eine halbe Stunde.«

Das wäre der Moment, in dem ich mich wahrscheinlich bei ihm bedanken sollte, doch ich drücke nur die schwere Tür auf und trete hindurch, ohne ihn eines weiteren Blickes zu würdigen. Mit einem dumpfen Knall fällt sie hinter mir ins Schloss.

Wer immer Savanna gerade ist, sitzt auf dem Boden und zieht mit dem Zeigefinger das Muster des Bettvorlegers nach, kleine Kreise, Spirale, Rauten. Meine Schwester hat in natura schwarzes, glattes Haar, aber jetzt fällt es ihr blond und viel krauser über die Schultern bis fast zur Hüfte – Luzie also. Als sie aufblickt, fahre ich zusammen. Die tiefen Ringe unter ihren Augen sind nicht Teil der Imitation. Sie sieht schrecklich aus.

»Du bist hier«, sagt sie.

»Savi!« Es ist fast ein Aufschluchzen.

Ich stürze zu ihr, gehe in die Knie und schließe die Arme um sie. Sie riecht nach diesem verfluchten Zimmer, nach Desinfektionsmittel und Traurigkeit.

Ihretwegen versuche ich, meine Tränen zurückzudrängen. Es ist schwer. Ich habe nur einen einzigen Imitator gekannt, den seine Gabe so sehr zerstört hat wie sie, wenn auch aus anderen Gründen und nicht mit dem gleichen Verlauf: meinen Vater. Und selbst, wenn ihre Augen, aus denen sie mich ansieht, nicht aussehen wie ihre Augen, meine ich darin etwas von der Anspannung zu sehen, die auch immer in seinen geflimmert hat.

»Sie geben mir keine Zeitschriften mehr. Ich darf nicht mehr fernsehen. Niemand, den ich nicht kenne, kommt hier rein.«

Leider ist das eine der wenigen Therapie-Maßnahmen, die ich nachvollziehen kann. Solange Savanna keine neuen Inspirationen für Imitationen bekommt, bleibt sie bei den alten und verlässt vielleicht auch die irgendwann. Mit der Zeit verblasst die exakte Erinnerung an Menschen, die wir imitiert haben – das könnte ihr helfen. Diejenigen, die sie schon lange kennt, wie Stian, Carsten, Gabrielle, Dr. Graudorfen, ein paar Pfleger und mich, hat sie noch nie imitiert, weswegen wir davon ausgehen, dass sie es nicht kann. Ich selbst habe auch noch nie die Gestalt von jemandem angenommen, den ich gut kenne. Allein der Gedanke fühlt sich unmöglich an.

Vor ein paar Monaten dachte ich, ich hätte die Lösung. Mitten in der Nacht wurde ich wach und dachte, das müsste es sein: Savanna war so lange nicht sie selbst, dass sie vergessen hat, wie sie aussieht. Ich habe ihr zwei Fotos von früher mitgebracht – das einzige, auf dem wir als ganze Familie abgebildet sind, und das aktuellste, das ich noch von ihr hatte. Als das erste aufgenommen wurde, war sie erst vier, auf dem zweiten fast dreizehn. Es hatte keinen Zweck: Sie konnte sowohl unsere Eltern als auch mich und sich selbst benennen, aber sie identifizierte sich nicht mit der Person auf dem Papier.

Manchmal habe ich entsetzliche Angst, dass von ihr selbst gar nicht mehr genug übrig ist, mit dem sie sich identifizieren könnte.

Danach fingen die Albträume an, in denen sie nach mir ruft. Ich kann sie nicht erreichen und sehe zu, wie sie von einem Gesicht zum nächsten wechselt.

»Warum hast du Stian nicht mitgebracht?«, fragt Savanna leise.

Gegen die Wut, die mich packt, bin ich absolut machtlos. »Weil er ein Arsch ist. Wusstest du, dass er schuld daran ist, dass du das Zimmer nicht verlassen und niemanden mehr sehen darfst?«

Sie drückt beide Hände flach auf den Boden und schweigt. Ich bin nicht sicher, ob sie mich verstanden hat. Hoffentlich nicht, denn ich bereue meine Worte jetzt schon. Ich sollte den Streit zwischen Stian und mir vor meiner Schwester für mich behalten. Warum fällt mir das so schwer?

»Er hat mir neue Bücher gebracht, aber die hat die Scheuner mir auch weggenommen. Wollte Carsten wohl so. Der Fernseher ist ja schon seit Wochen weg. Ich langweil mich zu Tode.«

Vieles von dem, was ich über Stian zu wissen geglaubt habe, hat sich als falsch erwiesen, und ich wüsste ihn gern weit weg von Savi. Aber ich darf nicht vergessen, dass es für sie immer noch besser ist, ab und zu seine Gesellschaft zu haben als gar keine. Alles ist besser als *das*.

Ich schaue dorthin, wo für gewöhnlich der Bücherstapel neben ihrem Bett vor sich hin schwankt und jetzt nichts mehr zu sehen ist.

Savanna musste im zweiten Halbjahr der Siebten die Schule verlassen. Ihre Fähigkeit bildete sich heraus, nahm ihre schaurigen Ausmaße an und wäre beinahe entdeckt worden.

Seitdem quält Stian Savis Imitationen gern mit Knobelaufgaben; er ist ein ziemlicher Mathecrack. Ihr zuliebe bringt er zum Ausgleich aber auch immer ein Buch mit. Ich glaube, es kommt vor, dass sie sich den ganzen Nachmittag lang gegenseitig vorlesen. Auch wenn Stian das alles nur aus Berechnung tut. Mittlerweile möglicherweise auch, weil er ein schlechtes Gewissen hat.

Wieder schäumt die Wut in mir hoch, diesmal richtet sie sich gegen ihr zweitliebstes Opfer. Wie kommt Carsten dazu, nach allem, was er schon angeordnet hat, Savannas Leben noch trostloser zu machen? Es ist klar, dass sie keine fiktiven Charaktere imitieren kann – wäre es anders, hätte sie es längst getan. Sie müssen ihr doch wenigstens eine Beschäftigung lassen, eine Fluchtmöglichkeit aus diesen engen vier Wänden.

Ich drehe mich wieder zu meiner Schwester um und zucke unwillkürlich zusammen. Ohne einen Laut von sich zu geben, hat sie die Imitation gewechselt. Sie ist so viel schneller und so viel unauffälliger als ich. Nur der helle Strickpullover und die Jeans sind geblieben. Savanna hat sich in eine Punkerin mit giftgrünem Iro verwandelt.

»Alles okay?«, fragt sie mich mit einer kratzigen Raucherstimme.

Was, wenn es wirklich nicht heilbar ist?

»Ich werde dafür sorgen, dass du deine Bücher zurückbekommst«, verspreche ich.

»Lieb von dir«, sagt sie leichthin.

»Nimmst du deine Medizin?«

»Darauf passt die Scheuner schon auf.«

»Wann war sie zuletzt mit dir draußen? Wird hier vernünftig durchgelüftet?« Ich blicke auf die Gitter vor den Fenstern.

»Weißt du, was mich echt nervt?« Savanna springt auf, geht mit großen Schritten zu dem kleinen Tischchen, auf dem eine Kunststoffflasche mit Wasser steht, schenkt etwas davon in einen Becher und kippt es dann runter wie einen Drink im Club. »Dass mich alle behandeln wie eine Schwerverbrecherin. Als ob ich nicht ganz bei Sinnen wäre!«

Voller Entsetzen sehe ich, wie sie erneut die Imitation wechselt. Nun hat sie das Aussehen eines dunkelhäutigen Jungen mit tiefbraunen Augen. Normalerweise behält sie jede Imitation über mehrere Stunden.

Ich will nicht, dass Carsten und Stian recht behalten. Nicht meine Anwesenheit bewirkt das. Ich weigere mich, das zu glauben!

»Guck nicht so!«, blafft Savi mit einer weiteren fremden Stimme. Sie greift wieder zu der Flasche und setzt sie nun direkt an die Lippen. Wassertropfen rinnen über ihr Kinn und fallen zu Boden wie Tränen. Mit einem Knall stellt sie die Flasche zurück auf den Tisch. »Wenn meine Familie wüsste, wo ich bin, würde sie mich sofort hier rausholen! Von ihnen hält mich nämlich niemand für durchgeknallt!«

»Ich bin deine Schwester.« Ich sage das mehr für mich selbst als für sie.

»Vielleicht hab ich das deswegen gesagt, Elly.« Sie hält meinen Blick fest. »Hilf mir. Das Einzige, was ich will, ist frei sein.«

Ich schaue weg, damit sie meine Zweifel nicht sieht. Ich will nur das Beste für Savanna. Ich liebe sie und möchte so oft bei ihr sein wie nur möglich. Aber ich bin nicht so naiv, sie auf die Menschen da draußen loszulassen. Ich weiß, es ist nicht ihre Schuld. Das Imitieren hat ihr das angetan. In meinen schwächsten Momenten greift der Wahnsinn auch nach mir. Dass ich das nicht leugnen kann, macht alles noch so viel schwerer.

Wonderful Intrigues, Season 1, Episode 15

Was bisher geschah: Nachdem Wynter Deven in seiner eigenen Wohnung aufgelauert hat, hat Deven alles darangesetzt, mehr über sie herauszufinden. Doch die Spuren führen alle ins Nichts. Arabella hat seit einer Weile nichts von sich hören lassen, und dann meldet sie sich unter einer fremden Nummer mit einem einzigen Satz: »Du bist genauso verlogen wie sie.«

Auf dem Weg zur Arbeit wählt Deven wieder und wieder die unbekannte Nummer, wird jedoch jedes Mal weggedrückt.

Er biegt um eine Ecke und prallt mit jemandem zusammen, weil er den Blick nicht vom Display seines Handys gelöst hat.

»Wenn du so unbedingt mit mir reden musst, sollten wir das lieber gleich persönlich hinter uns bringen.«

Mit offenem Mund starrt er Arabella an. Point-of-View-Shot aus seinem Blickwinkel. In Arabellas Gesicht ist pure Feindseligkeit zu lesen – und Enttäuschung.

Es gibt verschiedene Gerüchte darüber, dass Tiffy Gregory unerwartet für eine Weile ausgefallen ist und deshalb das Drehbuch kurzfristig geändert werden musste. Das könnte stimmen, zumal die letzten Folgen sich hauptsächlich um den Erzählstrang in der Parallelwelt Mor-Lagerre gedreht haben und es keine einzige Szene mit ihr gab. Keiner weiß so genau, was mit ihr los war, naheliegend wäre wohl ein Drogenentzug oder etwas in der Art. Vielleicht leidet sie auch unter einer Essstörung; es wurden ja immer wieder mal Stimmen laut, dass sie unnatürlich zerbrechlich wirkt. Jetzt jedenfalls ist sie wieder da und spielt ihre Rolle gewohnt umwerfend.

»Am besten irgendwo, wo wir nicht umgerannt werden.« Arabella packt Deven am Arm und zieht ihn mit sich.

Zielsicher steuert sie durch das Gewühl der Stadt, dann hinein in den Trinity Bellwoods Park. Devens Versuche, mit ihr zu reden, ignoriert sie komplett. Auf einer der Picknickwiesen setzt sie sich ins Gras und wartet, bis er es ihr gleichtut. Es ist sonnig, und sie sind nicht allein. Mehrere Grüppchen von jungen Leuten sind auf dem Rasen verteilt. Nicht weit entfernt sitzt ein Gitarre spielender Mann, sein Fahrrad liegt neben ihm. Hundebesitzer spazieren mit ihren Vierbeinern über den Weg, der die Grünfläche durchschneidet. Aus dieser Perspektive könnte man fast meinen, sich nicht in einer Millionenstadt zu befinden – nur der CN Tower ragt stolz zwischen den Baumkronen hervor.

»Ich weiß nicht, wie, aber Wynter hat meine Handynummer rausgekriegt. Und auch die meines Ersatzhandys. Sie schickt mir jetzt jeden Tag ein Foto von euch. Noch Fragen?«

Deven sieht aus, als würden seine Gedanken Achterbahn fahren. »Warum hast du den Kontakt abgebrochen? Ich habe mir Sorgen um dich gemacht!«

»Hör auf, mir was vorzumachen. Und dir selbst. Du hättest mir von Anfang an sagen sollen, was da Krankes zwischen euch abgeht.«

»Wie oft soll ich noch sagen, dass …«

»Die Bilder sprechen eine klare Sprache, Deven.« Sie reicht ihm ihr Handy mit der geöffneten Bildergalerie.

Die Kamera fängt zuerst nur Devens Gesicht ein, den Schock darauf, das ungläubige Entsetzen.

»Hast du noch irgendetwas zu deiner Verteidigung vorzubringen?«, fragt Arabella scharf und beugt sich zu ihm, um energisch weiterzuwischen.

»Nichts davon ist jemals passiert!«, keucht er. »Ich habe nicht die geringste Ahnung, wie sie diese Fotos gefälscht hat, aber ich war niemals mit Wynter zusammen. Niemals.«

Erst jetzt füllt das Display das Bild aus, und wir sehen, was er sieht: Wynter und er selbst auf einer altertümlich anmutenden Chaiselongue mit Samtbezug und Blattsilberverzierungen, er ohne Shirt und mit den Händen unter dem Saum von ihrem, vertieft in einen Kuss, der keine Zweifel zu lassen scheint.

»Ich bin fertig mit dem ganzen Scheiß«, sagt Arabella tödlich emotionslos, bevor sie das Handy wegzieht und einfach davongeht.

Deven sieht ihr nach, blanken Horror in den Augen.

Gut, dass gleich nach diesem Moment höchstwahrscheinlich jemand *»Cut«* gerufen hat und Nord seine Tiffy in die Arme schließen konnte. Falls zu dem Zeitpunkt noch alles im grünen Bereich war bei den beiden. Was auch immer Tiffy durchgemacht hat, wird sicher Spuren hinterlassen haben.

Kapitel 9

»Denkst du, du packst das?« Gabrielle ist besorgt, wahrscheinlich zu Recht. Ich habe ihr zwar nicht die genauen Details meines Auftrags verraten, aber welche Art Dienste Wynter benötigt, kann sie sich ja denken.

»Das wird ein Kinderspiel.« Wem von uns versuche ich das eigentlich gerade einzureden?

Gabrielle sitzt am Schreibtisch unterm Fenster und hat sich mir auf ihrem Drehstuhl zugewandt. Ihr Blick und ihre Haltung strahlen Skepsis aus.

»Du hast versprochen, wenn ich das Geld zusammenkriege, wirst du Carsten überzeugen. Er kann eine Besserung nicht ausschließen, bevor wir nicht alles versucht haben!«

Sie streicht sich die blondierten Haare aus der Stirn; am Ansatz kommt schon wieder das Mausbraun zum Vorschein. Wenn sie so angespannt ist wie jetzt gerade, wirkt sie älter als Ende dreißig. »Natürlich halte ich Wort und rede mit ihm. Aber am besten erst, wenn du eine Summe erhalten hast, mit der ich argumentieren kann.«

»Ja, das wird nicht lange dauern. Ich gebe dir dann Bescheid. Wärst du so lieb, schon mal einen Bericht über die Therapiemöglichkeiten zu verfassen, die du für sinnvoll hältst?«

»Da bin ich doch längst dran.«

Ich könnte ihr um den Hals fallen. Carsten will die Diagnose einfach akzeptieren und die Persönlichkeitsstörung nur noch unter Kontrolle halten, statt sie weiter zu bekämpfen. Seine Lösung heißt weitere Abschottung und wirkungslose Medikamente in Dauerschleife. So isoliert würde doch jeder verrückt werden, der es nicht schon ist.

Mit Gabrielle habe ich wahrscheinlich die einzige Person auf meiner Seite, die Carsten noch umstimmen kann.

»Es ist nicht selbstverständlich, dass du dich so für uns einsetzt. Danke!«

»Doch, es *ist* selbstverständlich. Ich bin Ärztin. Solange auch nur die kleinste Aussicht auf Heilung besteht, bleibe ich dran. Geht es dir denn so weit gut? Du weißt, du kannst immer zu mir kommen, wenn etwas ist.«

»Das mache ich.« Den Luxus, jemanden zu haben, der so viel über das Imitieren weiß wie sie, haben vermutlich die allerwenigsten meiner Art.

»Vielleicht wäre es ganz gut, noch mal den Test von damals mit dir durchzuführen, mit dem wir eure Fähigkeiten gemessen hatten.«

»Das wäre vielleicht wirk…«

»Kommt nicht infrage!«

Ich fahre heftig zusammen. Stian ist wie ein Geschoss ins Zimmer geplatzt.

Gabrielle beißt sich auf die Lippe. »Dir sollte man wirklich mal Manieren beibringen.«

»Elly war eigentlich mit *mir* verabredet.« Stian legt von hinten die Arme um mich, obwohl er dieses Vorrecht schon vor über vier Monaten verspielt hat. Seine Dreistigkeit entsetzt mich so sehr, dass ich mich nicht rühren kann. Klar, dass er sich Gabrielle gegenüber so aufspielt. Sie ist es schließlich, die ihm die Tour fast vermasselt hätte, weil sie nicht so leichtgläubig ist wie sein Vater.

»Sie steht für keinerlei Tests zur Verfügung.«

»Das entscheidet sie ja wohl immer noch selbst«, sagt Gabrielle.

»In dem Fall nicht. Mein Vater wird das untersagen.«

»Warum sollte er das tun?«

»Weil ich es ihm nahelegen werde. Im Moment schätzt er meine Meinung sehr. Du verstehst?«

Was läuft hier? Erst geht Stian auf seinen Vater los und jetzt auch noch auf Gabrielle? Schnappt er völlig über? Wundern würde mich das auch nicht mehr.

»Lass uns später weiterdiskutieren«, sagt er und reizt meine Selbstbeherrschung bis aufs Äußerste, indem er mich noch näher an sich zieht. »Elly und ich müssen los.« Dann entlässt er mich aus seiner Umarmung und geht zur Tür.

Gabrielle lächelt mich ermutigend an, aber ihre geballten Fäuste zeigen mir, was in ihr vorgeht. Stian regt sie offensichtlich nicht viel weniger auf als mich.

»Ich rufe dich an«, sage ich und nicke ihr noch einmal zu, bevor ich Stian widerwillig folge.

»Wir fahren nach Hause«, verkündet er.

Nach Hause. Der Ort, der dazu da sein sollte, sich wohlzufühlen.

»Ich kann aber nicht lange bleiben.«

»Ist ja nichts Neues.«

Zwei unangenehme Fahrten – erst im Aufzug und anschließend in Stians Auto – später steigen wir die Treppe zu der Etagenwohnung hoch, die wir gemeinsam gemietet haben. Ich war lange nicht mehr hier: seit unserer Trennung Ende März. Ich konnte für eine Weile kostenlos in einem Zimmer bei einer alten Dame wohnen. Ich hatte die Lehrprobe einer panischen Referendarin – ihrer Enkelin – übernommen, und nachdem alles glattgelaufen war, fiel nicht nur die Bezahlung viel großzügiger aus als verabredet, sondern es gab die Unterkunft noch obendrauf.

Stian schließt auf und streift seine Schuhe ab, bevor er die Wohnung betritt. Ich tue es ihm gleich.

Als wäre ich zum ersten Mal hier, betrachte ich die Garderobe, das Schuhregal und den Schirmständer. Wir gehen um die Ecke ins Wohnzimmer. Fast rechne ich damit, jeden Moment etwas zu trinken angeboten zu bekommen.

Aufgeräumt hat er nicht, überall fliegen Arbeitsblätter herum – und das in der vorlesungsfreien Zeit! Er studiert Medizinphysik an der TU. Normalerweise ist er allerdings so ein akkurater Alles-Abheftе-Student. Ein deutliches Signal dafür, dass es ihm gerade nicht besonders gut geht.

Mein Blick bleibt an einem Wäschekorb hängen, in dem eine ganze Herde Origami-Elche sorgsam aufgereiht steht. Noch ein Zeichen: So was macht er vor allem dann, wenn er die komplette Welt ausblenden will. Es beruhigt ihn.

Automatisch suche ich den Raum nach weiteren Faltkunstwerken ab. Eins finde ich noch, es steht direkt unter dem Aufstellrahmen mit dem Pärchenfoto von uns am Lanstroper See – ausgerechnet ein Chamäleon. Ich weiß sofort, das ist für mich.

»Meine Mum hat mich gebeten, die Elche für eine ihrer Freundinnen zu machen«, sagt Stian verlegen. »Die will eine Kanada-Tischdeko für ihre Hochzeit.«

Ich hoffe, er hat mich nicht zusammenzucken sehen. Dass er herausfindet, wo ich derzeit arbeite, fehlt mir gerade noch. Falls er es doch bemerkt hat, schiebt er es vielleicht auf die Erwähnung seiner Mutter. Ich habe mich seit Wochen nicht bei Mara gemeldet, und da wir immer ein gutes Verhältnis hatten, habe ich schon Gewissensbisse. Doch genau wie Stians und meinen gemeinsamen Freunden gehe ich auch ihr im Moment lieber aus dem Weg.

»Das da werden Schwarzbären«, sagt Stian und deutet auf einen Stapel quadratischer schwarzer Papiere auf dem Tischchen.

Ich nicke abwesend und habe den kleinen Panda vor Augen, der auf dem Nachtschränkchen im Schlafzimmer vergeblich auf meine Rückkehr wartet. Den hat er mir nach meiner Zusage für eine Ausbildung zur Augenoptikerin geschenkt. Die Stelle habe ich nach dem Zwischenfall mit Savanna abgesagt.

Mein Handy lässt mich wissen, dass ich eine neue Nachricht habe. Schnell sehe ich nach. Am Ende ist sie noch von Wynter.

Sie *ist* von Wynter.

Was für eine Wette hattest du mit ihm? Ich muss es sofort wissen, sonst checkt er, dass was nicht stimmt.

Na super, sie muss Nord unerwartet begegnet sein.

Unter Stians wachsamem Blick tippe ich eine kurze Erklärung und schreibe ihr, sie soll einfach bedeutungsvoll ankündigen, den Einsatz bald einzulösen. Hoffentlich betont sie das nicht zweideutig oder so. Hätte diese Frau nicht einfach in ihrem Apartment bleiben und sich von Nord fernhalten können? Ich kann so nicht arbeiten!

Na gut, eigentlich war mir die Ablenkung nur zu willkommen.

Stian hat sich nicht von der Stelle gerührt und beobachtet mich immer noch.

Ich verkrümele mich in die hinterste Ecke der langen dunkelblauen Couch mit dem flauschig weichen Bezug. Die habe ich damals ausgesucht. Oder vielleicht wäre es treffender zu sagen: die Person, die ich damals war. Manchmal stelle ich mir vor, dass es auch nur eine Rolle war, die ich gespielt habe. Es macht die Sache erträglicher.

Ich ziehe eines der großen Kissen auf meinen Schoß und schlinge meine Arme darum. Stian setzt sich neben mich, unter den Druck, den wir auf einem Künstlerfest in Spanien gekauft haben, und wendet sich mir zu.

»Worüber willst du so dringend mit mir reden?«, frage ich, als würden mir nicht Dutzende Dinge einfallen, um die es gehen könnte.

»Über uns.«

»Stian …«, setze ich an.

Er bringt mich mit einer Handbewegung zum Schweigen. »Ich versuche wirklich, Geduld zu haben. Aber sag mir eins: Wie lange wirst du mich noch ignorieren? Wie lange?«

In seinen Augen tobt ein Sturm. Es ist keine Wut, die mir daraus entgegenschreit, sondern Hilflosigkeit, und die wiederum macht *mich* hilflos.

»Ich ignoriere dich nicht«, lüge ich. »Es … Ich brauche einfach etwas Abstand, okay?« Es ist immer das Gleiche. Sobald er mich zur Rede stellt, erzähle ich Unsinn. Was ich für einen ziemlich guten Grund halte, mich nicht zur Rede stellen zu lassen.

»Du *brauchst* Abstand? Oder du *willst* ihn?«

»Was dir lieber ist«, fauche ich. Ich *muss* ihn wollen.

Was soll die Frage überhaupt? Ich muss mich ja wohl nicht dafür rechtfertigen, wir befinden uns schließlich nicht in einer Auszeit oder so, sondern sind getrennt.

Stian rückt ein Stück in meine Richtung. Ich umarme mein Kissen noch fester und atme auf, als er nicht noch näher kommt.

»Erinnerst du dich daran, wie es angefangen hat?«, fragt er leise.

Das ist unfair.

Ob er jetzt, wie ich, an den Abend denkt, als Savanna und ich am Tisch im Haus seiner Familie saßen wie bestellt und nicht abgeholt, zwei Waisen mit traurigen Augen und ohne Perspektive? Wie Carsten ihn nach dem Essen anwies, uns unsere Zimmer zu zeigen? Wie er Stunden später noch einmal nach mir sah und ich meine Tränen vor ihm zu verstecken versuchte, während Savanna längst eingeschlafen war?

Ich weiß, er will, dass ich daran denke, wie nah wir uns waren. Wie er mir durch die schlimmste Zeit meines Lebens geholfen hat. Wie er sich immer wieder neue Sachen hat einfallen lassen, um Savi und mich aufzuheitern. Wie wir im Sommer stundenlang auf der Terrasse seines Elternhauses zusammen geschwiegen haben. Wie ich ihn auf dem Weihnachtsmarkt zum ersten Mal geküsst habe.

Aber all das habe ich tief in mir weggeschlossen. Vielleicht liebt Stian mich wirklich, vielleicht will er mich bloß kontrollieren. Wie dem auch sei – ich werde nicht zulassen, dass er mir jemals wieder in den Rücken fällt, ohne dass ich es kommen sehe.

»Ich erinnere mich daran, wie es aufgehört hat«, antworte ich verspätet.

Er sieht aus, als wollte er etwas dazu sagen, doch es kommt nichts, natürlich nicht.

»Was für einen Job hast du diesmal angenommen?«

Typisch Stian. Statt es einzusehen, wenn er ein Hindernis nicht überwinden kann, schiebt er es einfach fürs Erste beiseite.

»Geht dich nichts an.« Mal sehen, wie lange er gegen diese Wand anrennen wird.

»Ich möchte nur, dass du auf dich aufpasst. Wenn das schon niemand anderes tun darf.«

Geschickt umgangen.

»Kann ich dann jetzt gehen?« Ich schaffe es nicht, ihn anzusehen. Dabei müsste ich das, um meiner Frage den nötigen Nachdruck zu verleihen.

»Seit wann musst du mich um Erlaubnis fragen?« Und doch höre ich es raus: Er wünscht sich, dass ich bleibe.

Ich stehe auf und verlasse ohne ein Wort des Abschieds den Raum. Warum mir im Treppenhaus die Tränen kommen, möchte ich lieber nicht so genau analysieren.

Kapitel 10

Bei meiner Ankunft hat bereits eine hastig hingekritzelte Nachricht von Laurie auf mich gewartet. Viel ging daraus allerdings nicht hervor, nur ein Treffpunkt und eine Uhrzeit – und dass ich Wynter zu einem Meet and Greet begleiten soll. Nach einem ätzenden Langstreckenflug und zu wenig Schlaf nicht unbedingt meine erste Wahl, andererseits brauche ich unbedingt mehr Gelegenheiten, um ihr Verhalten zu studieren. Um zu lernen, wie sie tickt.

Jetzt steuern Wynter und ich auf das Gebäude neben jenem zu, das den *Exotic Room* beherbergt. Das Treffen findet im *Cosmic Salon* statt.

»Wie viele Fans werden da sein?«, frage ich.

Wynter prüft im Display ihres Handys noch einmal, ob ihre Frisur auch sitzt. »Vier Mädels. Ich habe ja eine sehr gemischte Meinung über die Prinzipien von *ClassyGardens*, aber für solche Zwecke ist das Ganze wirklich praktisch. Wir müssen nicht zu denen raus, sondern sie kommen einfach zu uns.«

»Bietet ihr so was oft an?«

»Ab und zu – wenn es sinnvoll ist. In diesem Fall sind es Influencerinnen, die auch bei der Premiere dabei sein werden. Besser, wir stimmen sie jetzt schon wohlwollend.«

»Denkst du, die neue Staffel könnte auf Kritik stoßen?«

Nun zupft sie an dem Halstuch herum, für das es eigentlich

viel zu warm ist. »Bis zu einem gewissen Grad bleibt das immer unberechenbar. Gerade wenn es um einen Megaerfolg wie *WIn* geht, besteht ein ziemlicher Erwartungsdruck.«

»Kommen Nord und du in der Serie am Schluss zusammen?«

Sie lacht. »Nö. Es gibt ein paar … Zwischenspiele. Aber Deven entscheidet sich für Arabella. Es bleibt allerdings offen, ob sie auch tatsächlich wieder zueinanderfinden – Wynter macht es ihnen nicht ganz leicht.«

»Und sie selbst?«

»In meiner Vorstellung übernimmt sie *NoFlaws* und mischt Toronto auf.«

Das hört sich für mich doch sehr danach an, als ob sie Staffel 4 als Finale betrachtet.

Wir haben die Eingangstür erreicht, und sie zieht sie schwungvoll auf. »Ich werde dafür sorgen, dass du schnellstmöglich ein Skript bekommst. Wahrscheinlich wird Nord mit dir beziehungsweise mir nicht darüber diskutieren, aber sicher ist sicher.«

»Was wir machen, ist verrückt.«

Sie lacht, anders als in *WIn*, ihr echtes Lachen ist ein bisschen heller und zugleich irgendwie kratzig. »Das fällt dir ja früh auf.«

»Ich bereite mich normalerweise lange auf meine Einsätze vor. Ganz besonders, wenn es um so was Heikles wie Fake-Beziehungen geht.« Bislang ist es für mich zwar noch nie auf die Art heikel geworden, doch das muss sie ja nicht wissen.

Sie winkt ab und wartet, dass ich die Tür für sie aufziehe.

»Der Idiot wird schon nichts merken. Wer rechnet schon mit einer …«

»… Imitatorin.«

»Genau.«

Als die Tür wieder hinter uns zufällt, ist es plötzlich stockdunkel um uns. Wynter betätigt irgendwo vor mir einen Schalter, und Lichtprojektionen kleiner Planeten beginnen über die Wände des schmalen, hohen Flurs zu huschen.

»Total fancy, oder?« Wynter dreht an einem ebenfalls planetenförmigen Türknauf am Ende des Gangs, der daraufhin anfängt, mit einem Summen um sich selbst zu rotieren. Nach ein paar Sekunden ertönt ein Klicken, und die Tür gleitet zur Seite.

Wynter kramt in ihrem Täschchen herum und drückt mir dann einen Notizblock samt Stift in die Hand. »Tu so, als würdest du mitschreiben. Rede so wenig wie möglich. Und probier unbedingt die Chocolate Planets – falls du nicht auch auf Diät bist.«

Sie atmet tief durch, strafft die Schultern und betritt den Raum. Ich schleiche hinter ihr her.

»Hallo, meine Süßen!«

Vier junge Frauen, die aussehen wie Models, springen von der langen schwarzen Couch auf, um Wynter zu begrüßen. Sie tauscht mit jeder von ihnen Wangenküsschen. Dann bedeutet sie ihnen, sich wieder zu setzen, und lässt sich selbst auf einem der beiden Ohrensessel ihnen gegenüber nieder.

»Das ist Elodie«, stellt sie mich vor und klopft auf die Armlehne des Sessels neben sich. »Sie macht ein Praktikum bei unserer PR-Managerin Laurie Brennan.«

»Hi«, werfe ich in die Runde und halte beim Hinsetzen demonstrativ den Block hoch.

Während Wynter mit dem Small Talk startet, sehe ich mich um. Der Raum ist in Sandtönen gehalten. An der Stirnseite gibt es eine Fenstertür mit bodenlangen Vorhängen, die von schweren Kordeln zusammengehalten werden. Ich lege den Kopf in den Nacken. In die Decke ist eine gigantische Fläche eingelassen, die wie ein schillernd blauer, geheimnisvoller kosmischer Strudel aussieht. Man hat das Gefühl, hineingesogen zu werden, wenn man auch nur einen Moment zu lang hinsieht. In der Mitte des Strudels prangt ein sechsarmiger Kristalllüster. Zusätzlich sind rundherum kreisförmige Lichtspots angebracht.

Ich konzentriere mich wieder auf Wynter. Vielleicht kann ich mir ja tatsächlich das eine oder andere als Gedankenstütze zu ihrem Verhalten aufschreiben.

»Könntest du uns nicht schon irgendein kleines exklusives Detail verraten?«, fragt gerade eine der Besucherinnen.

Ich beuge mich ein bisschen vor und kann lesen, was auf dem Namensschildchen an ihrem Shirt steht: DaisyFlakeZ.

Vielleicht sollte ich auch Influencerin werden. Ich imitier irgendwen mit einem Werbegesicht und nenne mich Elodelle oder so. Warum bin ich da noch nicht früher drauf gekommen? Viel ungefährlicher als der ganze Unsinn hier.

»Lasst mich nachdenken – wenn mir was Gutes einfällt, sag ich es euch nachher.« Wynter strahlt die vier an, und selbst ich, die ich doch jede Meisterschaft im Verstellen gewinnen würde, kann nicht sagen, ob sie sie ehrlich sympathisch findet oder ihnen nur das Gefühl geben will.

»Können wir über Nord reden?«, fragt die Schwarzhaarige mit der elfenbeinfarbenen Haut. Ich wette, sie nennt sich

SnowWhiteDreams. Schild-Check uuund … falschgelegen: Es ist Tally-Noelle.

Wynter lächelt unbeirrt weiter. »Ihr hättet doch sagen können, dass ihr lieber ihn treffen wollt«, witzelt sie.

Die Mädels kichern.

»Quatsch«, sagt DaisyFlakeZ. »Du weißt genau, was wir gern wissen möchten.«

Die perfekte Gelegenheit für noch mehr Gerüchte – oder wird Wynter sich zurückhalten?

»Tjaaa.« Sie macht ein geheimnisvolles Gesicht. Das kann sie gut.

Ich nehme mir eine der bunten Planetenpralinen aus dem edlen Glasschüsselchen auf dem Tisch zwischen Sofas und Sesseln und lasse sie mir auf der Zunge zergehen.

»Gibt es Szenen, die ihr für die neue Staffel an einem geschlossenen Set gedreht habt?«, fragt eine der beiden, die sich bisher noch nicht zu Wort gemeldet haben.

»Möglich.«

»Jetzt sag schon!«, drängelt Tally-Noelle. »Ist da was dran, dass ihr jetzt zusammen seid?«

»Na ja, inszeniert ist es jedenfalls nicht«, meint Wynter und zwinkert ihr zu. »Aber ihr könnt euch sicher vorstellen, warum wir im Moment nichts an die große Glocke hängen wollen.«

»Tiffy«, murmelt die Vierte im Bunde, eine kleine Brünette mit aufgemalten Augenbrauen.

»Alle werden denken, ich hätte ihn ihr ausgespannt – aber so ist es nicht gewesen.«

Interessant, dass sie sich dazu äußert. Ist es ihr am Ende doch wichtig, wie es Tiff mit der ganzen Sache geht? Andererseits glauben die ja, sie und Tiff würden sich abgrundtief hassen. Klug also, so zu tun, als ob sie mit der Geheimniskrämerei bloß einem weiteren Online-Battle vorbeugen möchte.

Das Gespräch dreht sich noch eine Weile um Tiff, Nord und andere Darsteller und wendet sich dann Wynters coolsten, witzigsten und peinlichsten Erlebnissen am Set zu. Ich lasse sie nicht aus den Augen, klinke mich aber gedanklich aus. Sobald Wynter mir für heute freigibt, werde ich mir ansehen, wie ich am besten zu der Klinik komme, in der Dr. Kelsey Dawson arbeitet. Wenn möglich, werde ich sie gleich morgen aufsuchen. Mich ewig zu fragen, ob das eine gute Idee ist, kann ich mir nicht leisten. Ich werde nicht weiter dabei zusehen, wie Savannas Zustand sich kein bisschen verbessert. Auch wenn ich weiß, dass zumindest Gabrielle alles daransetzt, ihr zu helfen – es kann auf keinen Fall schaden, wenn mal jemand anders den Zustand meiner Schwester einschätzt. Dass meine Eltern dieser Frau vertraut haben, muss nun wirklich nichts heißen, deutet aber darauf hin, dass sie einen Bezug zum Imitieren hat. Wenn sie irgendwie verdächtig wirken sollte, kann ich ja sofort wieder verschwin…

»Elodie, hallo?« Wynter winkt genervt zu mir herüber. Hat sie mit mir geredet? »Kannst du die Fotos von uns machen? Am besten draußen!«

»Klar«, sage ich, auch wenn ich kein Wort mitbekommen habe. Wahrscheinlich wollen sie Gruppenfotos von diesem Treffen. Wäre ja auch eine Schande, wenn man das nicht auf Instagram ausschlachten würde.

Umschwärmt von den anderen wie eine Ballkönigin, schwebt Wynter aus dem *Cosmic Salon*. Ich folge dem Grüppchen zurück durch den Zugangsflur. Nach dem künstlichen Dämmerlicht drinnen sticht das Sonnenlicht mir in die müden Augen und lässt mich heftig blinzeln.

Mir werden drei Handys und eine Polaroidkamera übergeben, und dann posieren die fünf vor dem Harfenbrunnen. Natürlich will jede ein genauso perfektes Bild wie die andere, und das droht eine größere Herausforderung zu werden, als man denken sollte. Obwohl ich gleich mehrere Fotos hintereinander mache, wird schon nach der ersten Runde kein einziges abgesegnet. Hier hat DaisyFlakeZ zu breit gelächelt, da zu verhalten, und die Haare sitzen sowieso bei keiner wie gewünscht. Mir graut es schon vor dem Versuch mit der Polaroidkamera. Diese Verantwortung!

Wynter macht erstaunlicherweise am wenigsten Drama. Sie steht in der Mitte und schafft es, so glücklich und entspannt auszusehen, als wäre sie mit ihren besten Freundinnen im Urlaub.

Apropos beste Freundinnen … ist das nicht Tiffy, die dahinten mit ziemlich finsterer Miene angestapft kommt?

Da die anderen mit dem Rücken zu ihr stehen, bemerken sie sie erst, als sie den Brunnen erreicht. Allerdings ignoriert sie ihre freudigen Aufschreie und marschiert schnurstracks an ihnen vorbei – zu mir.

»Wir müssen reden, Elodie!«

Sie nimmt mir die Handys und die Kamera ab und legt sie einfach auf den Boden, dann packt sie meinen Arm und versucht, mich hinter sich herzuziehen.

»So cool, dich zu sehen! Können wir vielleicht kurz mit dir sprechen?«, quietscht die Brünette, und die anderen schließen sich sofort aufgeregt-quengelig an. So richtig loyal sind die Wynter gegenüber ja nicht.

»Hey, was soll das werden?«, übertönt Wynter die vier.

»Ich brauch Hilfe von der Praktikantin«, bellt Tiffy. »Der Rest geht dich nichts an!«

Wynter macht ein paar Schritte auf uns zu und hebt die Hände, wie man es tut, wenn man ein verschrecktes Kind beruhigen will. DaisyFlakeZ und Co. verfolgen die Szene gebannt.

Wynters Lippen formen ein stummes »Alles okay?«.

Tiffy lacht auf. »So was von nicht«, murmelt sie, und dann zu mir: »Kommst du jetzt mit oder nicht?«

Das Meet and Greet ist wenigstens einigermaßen berechenbar. Möchte ich wirklich mit dieser augenscheinlich sehr aufgebrachten Fremden irgendwohin gehen?

Wynter nimmt mir die Entscheidung ab. »Geh schon!«, sagt sie leise und dann lauter, für die anderen: »Ich glaub's nicht, kannst du dir nicht jemand anderen suchen, der deinen Kram erledigt?«

Tiffy zieht ab, ohne noch etwas darauf zu entgegnen, und legt ein ganz schönes Tempo vor. Ich muss fast rennen, um hinterherzukommen.

»Du warst der Hammer in der Folge mit Devens Mutter!«, ruft Tally-Noelle ihr nach.

»Danke!« Wirklich geschmeichelt wirkt sie nicht.

Was habe ich von ihr zu erwarten? Ist sie sauer? Will sie mich irgendwo in Ruhe anschreien?

Sie führt mich zum Wohnkomplex, und wir gehen zu ihrem Apartment. Es ist die Nummer 5 und liegt ein Stockwerk tiefer als Wynters.

»Willst du mich da drin still und heimlich abmurksen?«, frage ich.

»Warum sollte ich?«, gibt sie ohne die Spur eines Lächelns zurück und öffnet die Tür mit ihrer Keycard.

Sie lässt mich zuerst eintreten.

Das Innere von Tiffys Apartment ist viel freundlicher und weniger abgehoben als Wynters reduzierte Designereinrichtung: Laminatboden, mintfarbene Wände, graue Shabby-Chic-Möbel, Deckenlampen, die aussehen wie überdimensionierte Regentropfen. Bevor ich mich weiter umsehen kann, bedeutet Tiffy mir, auf den Balkon durchzugehen. Draußen ist eine Schatten spendende Markise ausgefahren. Ich trete an die Brüstung und nehme den Ausblick in mich auf. Von hier aus kann man über das Wohnviertel blicken, das *ClassyGardens* am nächsten liegt. Am Horizont schimmert der Lake Ontario.

Tiffy trägt ein Tablett mit zwei Gläsern und einer Karaffe Zitronenwasser heraus und setzt es auf dem kleinen Rundtisch ab. »Möchtest du?«

»Tiffy …«

»Tiff«, korrigiert sie.

»Okay, Tiff. Du hast mich geholt, um ein Pläuschchen zu halten? Versteh mich nicht falsch – das finde ich nett, nur …«

»Ob es nett wird, weiß ich nicht.« Tiff füllt die beiden Gläser bis zum Rand und setzt sich. Ich ziehe mir den anderen Stuhl heran, um ihr gegenüber Platz zu nehmen.

»Hast du ein Problem mit Wynters Plan?«, frage ich freiheraus.

»Ich habe ein Problem damit, wenn Nord … Da stimmt was nicht.«

Ich hätte es mir denken können. Egal, was Tiff für Nord empfunden hat oder womöglich immer noch empfindet – den ganzen Rummel um Wynter und ihn auszuhalten, würde selbst die abgehärtetste Ex-Freundin mitnehmen.

»Sieh mich nicht so an! Ich meine damit nur, dass Nord keinen Grund hat, Wynter gegenüber so zu tun, als würde er sich wirklich auf sie einlassen. Hast du irgendeine Vermutung, was seine Absichten sind?« Sie schenkt die beiden Gläser voll.

Wahrscheinlich hat sie alles gelesen, was die Klatschpresse über das Date geschrieben hat. Vor allem die Sache mit dem Kuss muss sie aufgebracht haben. So wie sie aussieht, hat sie diese Nacht kaum oder gar nicht geschlafen; das Make-up verdeckt die dunklen Schatten unter ihren Augen nur notdürftig.

»Ich möchte mich ungern einmischen«, beginne ich vorsichtig. »Aber wenn die ganze Situation dich belastet, solltest du vielleicht mit Wynter …«

Tiffs Lachen lässt mich verstummen. »Wynter ist nicht die Person, um die es mir geht.«

»Ich habe schon das ein oder andere Paar wieder zusammengebracht. Ist es das? Möchtest du mich darum bitten?«

Das hätte ich nicht sagen sollen. Falls Tiff darauf hinauswill, werde ich sie enttäuschen müssen. Ich kann unmöglich zwei Aufträge ausführen, die sich gegenseitig in die Quere kommen.

»So was machst du auch?«, fragt Tiff mit großen Augen.

»Nicht, ohne meinen Klienten vorher zu empfehlen, es selbst zu versuchen«, sage ich schnell. Wenn eine Beziehung noch zu retten ist, kann ich das nach wenigen Begegnungen und Gesprächen ungefähr einschätzen, doch das Risiko, es zu vermasseln, wird für mich logischerweise immer höher sein als für die Beteiligten selbst. Jemanden zurückzugewinnen hat schließlich sehr oft etwas mit gemeinsamen Erinnerungen zu tun, mit den Gewohnheiten und der Kommunikation in der Beziehung – alles nichts, was ich mir aneignen könnte.

»Keine Sorge. Ich war es übrigens, die Schluss gemacht hat. Du brauchst mich also nicht zu bemitleiden.«

Okay, ich bin tatsächlich vom Gegenteil ausgegangen. Wenn wir schon beim Thema sind, sollte ich am besten gleich ganz für Klarheit sorgen. Ich nehme einen großen Schluck aus meinem Glas und lege mir die Worte sorgfältig zurecht, nur um dann doch vollkommen kurz und schmerzlos zu fragen: »Aber du liebst ihn noch?«

Warum sonst sollten wir hier zusammensitzen?

Tiff lässt sich Zeit mit ihrer Antwort. »Ist es so einfach?«, stellt sie schließlich eine Gegenfrage. »Kann man nur lieben oder nicht lieben?«

»Nein, so einfach ist es nicht immer.« Wenn jemand weiß, wie viel Spielraum es jenseits dieser beiden Pole gibt, bin ich das.

»Hast du jemanden?«, will Tiff wissen.

»Ja.« Hastig verbessere ich mich: »Nein.«

Sie ringt sich ein schiefes Lächeln ab. »Ich sehe, wir verstehen uns.«

Ich fahre mit dem Finger das Muster des sternförmigen Wachsdeckchens auf dem Tisch nach. »Ist es von der anderen Seite aus denn eindeutiger? Glaubst du, dass Nord noch Gefühle für dich hat?«

Meine Strategie, das Thema wieder von mir wegzulenken, zeigt sofort Erfolg. Tiff umklammert ihr Glas, und in ihren graublauen Augen zieht ein Sturm auf. »Das dachte ich jedenfalls bis gestern noch.«

»Es war doch irgendwo zu erwarten, dass er eine Show abziehen muss, oder? Wynter nervt ihn, das habe ich bei unserer ersten Begegnung sehr deutlich zu spüren bekommen. Selbst wenn er sie attraktiv finden sollte – sie ist nicht die Art von Frau, mit der ein Typ wie er zusammen sein will.«

»Ein Typ wie er?«

»Jemand, der sein Privatleben so sehr schützt und nicht allzu gern im Rampenlicht zu stehen scheint.«

»Da sagst du was.« Sie klingt wehmütig, und es schwingt noch etwas anderes mit, vielleicht Resignation. »Alles, worum ich dich bitte, ist, vorsichtig zu sein, dir selbst zuliebe. Ich weiß noch nicht, worauf dieses ganze Nord-Wynter-Ding zusteuert, aber irgendwie hab ich das Gefühl, es kann nicht gut ausgehen.«

Kapitel 11

An der Union Station bin ich ausgestiegen und habe am Bus Terminal auf die Linie nach Hamilton gewartet. Die Welt, die jetzt am Fenster vorbeizieht, ist mir fremd und vertraut zugleich. Ich habe in diesem Land die ersten neun Jahre meines Lebens verbracht, und wieder hier zu sein gibt mir ein Gefühl, das ich kaum in Worte fassen kann. Wehmut ist dabei, Traurigkeit, aber darunter blitzt auch ein Funke Hoffnung auf.

Ich drehe die Visitenkarte von Dr. Dawson zwischen meinen Fingern. Noch weiß sie nicht, dass ich zu ihr unterwegs bin. Noch könnte ich es mir anders überlegen. Aber die Chance ist größer als die Gefahr. Oder? Ich wünschte, in dem Moment, in dem man eine Entscheidung trifft, würde man ganz klar vor sich sehen, ob es die richtige ist.

Ich lehne mich im Sitz zurück. So ziemlich jeder meiner Muskeln fühlt sich verspannt und kraftlos an. Die vergangene Nacht hat meinen dritten Jetlag in Folge nur mittelmäßig ausgeglichen. Nachdem ich den Nachmittag über so müde gewesen bin, habe ich später dennoch lange wach gelegen. Mein Gespräch mit Tiff geht mir immer noch nach. Ich mag sie, sie hat so eine ruhige, ernsthafte Art, die mich an mich selbst erinnert. Zugleich strahlt sie etwas sehr Verletzliches aus. Was mich wiederum an Savi erinnert. Aber Beschützerinstinkte für jemanden zu entwickeln, der mehr oder weniger in den Auftrag involviert ist, von dem alles abhängt, kann ich mir nicht erlauben. Ich sollte lieber auf Abstand bleiben.

Es wäre mir tausendmal lieber, wenn Nord keine freundliche Ex hätte, die mich die ganze Zeit im Auge behalten wird. Aber so ist das mit meinen Aufträgen: Ich muss mit den Gegebenheiten klarkommen.

Für die beiden ist es sicher nicht leicht, dass sie einander zwangsläufig immer wieder über den Weg laufen. Ich weiß, wovon ich spreche.

Ich lasse die Minuten an mir vorbeiziehen, bis der Bus die Stadt erreicht. Er hält nahe der City Hall.

Über die App, die ich mir am Morgen heruntergeladen habe, habe ich mir ein Taxi bestellt; es wartet bereits auf mich. Der Fahrer ist ein weißhaariger Herr, der die ganze Zeit Countrymusik laufen lässt. Ich bin ihm dankbar, immerhin lenkt mich das ein bisschen ab. Denn je näher ich meinem Ziel komme, desto mehr ärgere ich mich über mich selbst. Ich hätte mir früher zurechtlegen sollen, was ich sagen will. Wenn diese Frau mir nicht vertrauenswürdig vorkommt, brauche ich eine Alibigeschichte. Gleich damit herauszuplatzen, wer und was ich bin, könnte mich in große Schwierigkeiten bringen.

Die Klinik ist ein kastenförmiges rostbraunes Gebäude, vor dem die Maple Leaf Flag an einem Mast im Wind flattert. Wir halten, und ich bezahle. Meine Bewegungen sind fahrig. Ich kippe die Hälfte meines Kleingelds auf und unter den Sitz. Mist!

Netterweise hilft der Taxifahrer mir, alles wieder einzusammeln.

»Das wird schon!«, sagt er ermutigend.

Als ob mir ins Gesicht geschrieben stünde, warum ich hier bin.

Ich bedanke mich stammelnd und bleibe unnötig lange stehen, während er davonfährt.

Los jetzt!

Ich bewege mich langsam auf den Eingang zu. Was ist das Schlimmste, was mir passieren kann? Dass sie mich direkt wieder wegschickt?

Nein, flüstert eine Stimme in mir, *das Schlimmste wäre, wenn sie Kontakt zu den Leuten hätte, die dir deine Eltern genommen haben.*

Ich wünschte, der Schmerz bei dem Gedanken ginge tiefer. Manchmal habe ich das Gefühl, der Verlust hat mich bis heute nicht erreicht. Vielleicht liegt es auch daran, dass Savanna und ich eigentlich immer auf uns allein gestellt waren. In den Jahren, bevor es passiert ist, waren meine Eltern ständig unterwegs. So ist es leicht, mir etwas vorzumachen: Sie sind gar nicht für immer fort, sie haben nur noch weniger Aufmerksamkeit für uns übrig als jemals zuvor. In meinen dunkelsten Momenten frage ich mich, warum sie überhaupt jemals Kinder wollten.

Eine Erinnerung trifft mich – ein überstürzter Aufbruch meines Vaters mitten beim Essen, meine Mutter, die ihm ins Treppenhaus folgt und die Tür schließt, damit wir nicht hören, wie sie ihn anschreit. Die quietschenden Reifen vorm Haus. Wie sie zurück in den Raum kommt, ihre Augen sich weiten und sie meinen Namen haucht. Ich weiß noch, wie sehr ich mir in dem Moment davor gewünscht habe, jemand anders zu sein. Und so habe ich es damals nicht mal gemerkt, als ich zum ersten Mal in eine Imitation geschlüpft bin. Ich weiß noch genau, wie sie zu weinen begonnen und Savanna mich mit großen Augen angeschaut hat. Und wie sehr ich mich gefürchtet habe.

»Kann ich weiterhelfen?«, reißt mich eine Frauenstimme zurück in die Gegenwart.

Ich finde mich im Eingangsbereich der Klinik wieder, wo ich offenbar durch zielloses Herumgehen mit apathischem Blick die Aufmerksamkeit auf mich gezogen habe. Die junge Dame von der Anmeldung ist hinter ihrer Theke hervorgekommen und hat sich mir in den Weg gestellt.

Ich bin noch nicht wieder ganz bei mir. »Ich suche sie«, sage ich, ohne nachzudenken, und halte ihr die Visitenkarte unter die Nase.

»Haben Sie einen Termin?«

»N...ja. Habe ich – in zehn Minuten. Mein Name ist ... Kim White.« Na toll, jetzt suchen mich Savis Co-Persönlichkeiten auch schon heim.

»In Ordnung, einen Moment, ich sehe schnell am PC nach.«

Ich fühle mich ein bisschen schlecht. Ich mag es nicht, andere zu belügen. *Haha, sehr witzig, Elly!*

Ich warte, während die arme Frau sich dumm und dämlich sucht.

»Tut mir leid, ich kann keinen Eintrag finden. Sind Sie sich sicher, dass Dr. Dawson Sie heute empfangen wollte?«

Ich nicke und fühle mich immer schäbiger.

»Ich versuche schnell, sie zu erreichen. Worum geht es denn?«

Ich sitze in der Klemme. Wenn ich mir jetzt etwas ausdenke, wird Kelsey Dawson sich nicht die Zeit nehmen, mich zu empfangen. Es gibt nur eins, was ich in diesem Moment in die Waagschale werfen kann: »Sagen Sie ihr, Sylvius Rauchs Tochter muss mit ihr sprechen.«

Das hat gewirkt. Eine Schwester hat mich unverzüglich am Empfang abgeholt und in ein kleines Büro gebracht. Es sind kaum zehn Minuten vergangen, als sich auch schon die Tür öffnet und eine Frau mittleren Alters im Kittel hereinkommt. Sie trägt ihr kastanienbraunes Haar in einem langen Pferdeschwanz und mustert mich aus großen blauen Augen.

»Himmel! Du siehst aus wie Cordelia, als sie jung war.«

Ich weiß, dass sie das nicht nur so dahersagt. Ich sehe meiner Mutter tatsächlich sehr ähnlich.

»Dafür kommt meine Schwester eher nach meinem Vater«, sage ich.

Ich glaube, sie nimmt etwas in meinen Worten wahr, zu dem ich erst später kommen wollte.

Wir stellen uns einander vor. Mit ernstem Ausdruck schüttelt sie mir die Hand und lässt mich auf dem Stuhl vor dem Schreibtisch Platz nehmen, bevor sie sich selbst daran setzt. »Du meinst, in mehr als nur äußerlicher Hinsicht?«

Das geht mir zu schnell. Ich muss mich erst absichern.

»Wie gut kannten Sie meine Eltern? Wie standen Sie zu ihnen?«

Ich kann ihr ansehen, dass die Erinnerungen ihren Kopf fluten. »Deine Mutter hat alles darangesetzt, jemanden aufzuspüren, der imitieren kann. Du weißt, dass wir uns in der Regel eher bedeckt halten. Aber als ich jünger war, habe ich es damit noch nicht so genau genommen. Ich wollte ein bisschen Geld machen und habe ein paar Aufträge angenommen, die meine Fähigkeiten erforderten. So hat sie mich schließlich gefunden.«

Ich kann kaum glauben, was ich da höre. Das ist mehr, als ich zu hoffen gewagt habe: Diese Frau weiß nicht nur von den Imitatoren, sie ist eine von uns! Neben meinem Vater und meiner Schwester bin ich noch nie anderen Imitatoren begegnet. Ich war eine Zeit lang in einem geheimen Forum unterwegs, doch ich habe es nie gewagt, jemanden von dort persönlich zu treffen. Und damit nicht genug – auch sie hat das Imitieren also schon als Verdienstquelle genutzt.

»Meine Eltern haben nie von Ihnen gesprochen«, sage ich. »Ihre Visitenkarte habe ich im Nachlass meiner Mutter gefunden, aber ich war eigentlich davon ausgegangen, dass Sie in Kontakt zu meinem Vater standen.«

»Das war auch der Fall. Auf Cordelias Wunsch hin.«

Mir ist nicht entgangen, dass die zu erwartende Reaktion beim Wörtchen ›Nachlass‹ ausgeblieben ist. »Sie wissen von ihrem Tod«, stelle ich fest. Anders wäre es mir lieber gewesen. Woher soll ich wissen, wie viel sie noch weiß? Und vor allem: von wem?

»Ja. Es tut mir leid. Ich habe damals Nachforschungen angestellt, als ich keinen von beiden mehr erreichen konnte.« Sie sieht ehrlich betroffen aus, doch es ist meine Pflicht, misstrauisch zu bleiben. Etwas anderes kommt bei einer Imitatorin nicht infrage.

»Wussten Sie auch von meiner Schwester und mir?«

»Ihr wart noch sehr klein. Eure Mutter wollte wissen, wie

man herausfinden kann, ob ein Kind die Gabe in sich trägt, aber da musste ich sie enttäuschen.«

Sie sieht mich fragend an.

Leider habe ich keine Wahl. Wenn ich sie um Hilfe bitten möchte, muss sie es erfahren. »Wir sind beide Imitatorinnen.«

Sie beißt sich auf die Unterlippe. Auf jeden Fall werde ich mir von ihr keine Vorträge darüber anhören müssen, dass ich dankbar sein sollte.

»Mein Vater hat es nie unter Kontrolle bekommen«, sage ich.

»Ich weiß. Das war der Grund, warum deine Mutter mich aufgesucht hat. Sie hatte die Hoffnung, jemand, der das Problem versteht, könnte ihm am ehesten helfen.«

Ahnt sie, dass ich aus demselben Grund hergekommen bin?

»Bei deinem Vater ist die Gabe auf eine sehr starke Eigenwilligkeit gestoßen. Er *wollte* sie gar nicht in den Griff bekommen. Sie sollte ihm nutzen, sein Freifahrtschein sein. Entschuldige, ich möchte nicht schlecht über ihn sprechen.«

»Er war im illegalen Waffenhandel ganz vorn mit dabei. Ich denke, es ist okay, ihn dafür zu verurteilen. Es hat ihn ja niemand dazu gezwungen, ein Verbrecherleben zu führen und sich dann auch noch mit den Falschen anzulegen.«

Sie sieht mich so lange schweigend an, bis ich unruhig auf der Sitzfläche meines Stuhls herumzurutschen beginne.

»Das könnte man so sehen. Auf der anderen Seite … am Ende läuft alles auf eine entscheidende Frage hinaus: Beherrschst du das Imitieren? Oder beherrscht es dich?«

»Schätze, mein Vater fand es leichter, sich davon beherrschen zu lassen.«

Sie nickt langsam. »Dabei solltest du aber nie vergessen, dass das leichter *ist*. Um Längen leichter.« Sie stützt die Arme vor sich auf den Tisch und legt die Hände ineinander. »Bist du hier, weil du mehr über deine Eltern erfahren willst? Ich fürchte, ich …«

»Nein«, unterbreche ich sie. Ich weiß nicht, wie viel Zeit sie für mich erübrigen kann, und komme lieber gleich zur Sache. »Es geht um meine Schwester. Sie … das Imitieren hat eine schwere Persönlichkeitsstörung bei ihr ausgelöst. Ich weiß nicht mehr weiter.«

Auf Dr. Dawsons Stirn erscheinen Sorgenfalten. »Ich habe schon oft gedacht, dass es leicht zu solchen Erkrankungen kommen könnte. Kannst du mir den Verlauf beschreiben?« Sie streckt sich, um an den Stiftebecher zu kommen, und zieht sich ein leeres Blatt Papier heran.

»Kennen Sie Carsten Dettmer? Nach dem Tod unserer Eltern hat er Savanna und mich bei sich aufgenommen.«

»Er war ein Kindheitsfreund deiner Mutter, oder? Cordelia hat mir von ihm erzählt.«

»Genau. Daher hat sie ihn auch testamentarisch zu unserem Vormund bestimmt.« Ich blicke an ihr vorbei aus dem Fenster, so fällt es mir nicht ganz so schwer, alles noch einmal durchzukauen. »Da er die Vorgeschichte unserer Familie natürlich kannte, hat er uns gefragt, ob wir bereit wären, uns in seiner Klinik untersuchen zu lassen. Mit einer der dort arbeitenden Ärztinnen hatte er ein aufwendiges Testverfahren entwickelt, um die Ausmaße unserer Gaben zu messen, bevor sie sich voll entfaltet haben. Also im Prinzip das, wonach meine Mutter Sie gefragt hatte.«

»Hat es funktioniert?«

»Ja. Savanna hatte damals noch nie imitiert, und unsere Hoffnung war, dass das Gen sich bei ihr nicht durchsetzen würde. Aber laut der Ergebnisse schlummerte die Gabe nur noch, und die Werte sprengten alles. Bei ihr ist die Fähigkeit um ein Vielfaches stärker ausgeprägt als bei mir. Es ist davon auszugehen, dass es noch nie eine vergleichbare Intensität gegeben hat.« Ich berichte, wie Savannas Fähigkeit förmlich ausgebrochen ist, kurz nachdem sie dreizehn geworden war. Wie sie einfach nicht lernen konnte, die Imitationen zu steuern, und wir sie aus der Schule nehmen mussten, damit sie sich nicht in aller Öffentlichkeit verwandelte. Wie all die Behandlungsversuche der letzten Jahre ins Nichts gelaufen sind.

»Und dann kam der Moment, in dem ich dachte, wir könnten sie endlich zurückholen. Ich war zu Besuch bei ihr, und plötzlich begann sie zu flackern. Sie konnte ihre eigene Gestalt nicht halten, aber sie war vollkommen klar.«

»War irgendetwas anders als sonst? Gab es einen Auslöser?«

»Ich bin mir nicht sicher. Ich habe einfach so getan, als wäre alles ganz normal und ich würde ihre Imitationen gar nicht bemerken. Ich glaube, ich habe davon gesprochen, was ich alles mit ihr unternehmen möchte, wenn sie eines Tages aus der Klinik raus kann.«

Dr. Dawson lächelt. Vielleicht denkt sie dasselbe, was Gabrielle mir an jenem Nachmittag gesagt hat: Wenn etwas sie heilen kann, dann die Liebe ihrer Schwester.

»Carsten war optimistisch. Wir haben uns einen Plan überlegt: Ich wollte mit Savanna ein paar Wochen im Ferienhaus der Dettmers verbringen. Es liegt etwas abgelegen, sodass wir uns keine Sorgen darum machen mussten, ob jemand sie sehen könnte. Nur wir beide, ein entspanntes Umfeld. Es war mal ein neuer Ansatz, und egal, ob er Erfolg haben würde oder nicht – ich habe mich unglaublich auf diese Zeit gefreut. Ich hatte einfach im Gefühl, dass es klappen würde.«

»Du sprichst im Konjunktiv«, stellt Dr. Dawson fest.

»Weil sie einen Rückzieher gemacht haben. Sie haben mich nicht gehen lassen.« In meinem Hals schwillt ein Kloß von der Größe eines Golfballs an.

»Was ist passiert?« Man hört ihr an, dass sie Ärztin ist, sie hat diesen freundlich-sachlichen Ton. Doch ich spüre auch, dass sie wirklich Anteil nimmt. Sie versteht, was ich durchmache.

»Mein Fr… Ex-Freund hat behauptet, sie habe ihn angegriffen und mich bedroht. Angeblich ist sie total ausgerastet und hat mir die Schuld daran gegeben, dass sie in der Klinik festgehalten wird. Und sie soll eine Spritze gestohlen haben, mit der sie auf ihn losgegangen ist.«

Die Wahrheit ist, Stian hat mir die geschwollene Wunde an seinem Hals gezeigt. Keine Ahnung, wo er sich die zugezogen hat, meine Schwester hatte jedenfalls mit Sicherheit nichts damit zu tun.

»Er behauptet, sie habe ihm vorausgesagt, dass ich ihm nicht glauben würde.«

Dr. Dawson schweigt lange. Sie betrachtet die wenigen Worte, die sie auf dem Blatt vor sich notiert hat. »Seine Geschichte ist für dich komplett unplausibel?«

»Ich vertraue meiner Schwester.« Das werde ich immer tun. Ganz egal, wer sie gerade zu sein glaubt. »Sie würde weder Stian noch mir jemals wehtun.«

Savanna hat noch nie zu Aggressionen geneigt. Gabrielle war von Stians Behauptungen genauso irritiert wie ich. Nur Carsten hat natürlich sofort jedes Wort geglaubt.

»Dr. Scheuner betreut meine Schwester schon von Anfang an und hat trotz des Vorfalls empfohlen, dem Ausflug eine Chance zu geben. Sie oder eine andere eingeweihte Ärztin hätte uns begleiten können. Aber Carsten hat dichtgemacht.«

Ich seufze tief. »Dr. Scheuner hat zwar noch weitere Behandlungsideen, aber die sind extrem kostspielig, und keine kann uns einen Erfolg garantieren.«

»Imitierst du gegen Bezahlung?«

Da sie ja bereits zugegeben hat, dass sie selbst das früher getan hat, kommt die Frage nicht völlig aus heiterem Himmel. Trotzdem lässt sie mich zögern. »Wäre das denn eine gute Idee?«

»Definitiv nicht.«

»Ich bin mir ziemlich sicher, Sie haben recht.«

»Hast du genügend Rückhalt in deinem Freundeskreis? War die Trennung für …«

»Ich glaube, wir schweifen vom Thema ab.« Wenn ich ihr unter die Nase reibe, dass meine Freunde nichts vom Imitieren wissen und mich in letzter Zeit auch kaum zu Gesicht bekommen haben, oder dass Stian mich nicht nur enttäuscht, sondern mein Herz zerschmettert hat, schickt sie mich am Ende noch selbst in Therapie. Ganz zu schweigen davon, was sie wohl über meine Arbeit für Wynter denken würde.

»Ich weiß, das willst du am allerwenigsten hören, aber … Es kann sein, dass deine Schwester schon jetzt einen bleibenden Schaden durch das Imitieren davongetragen hat. Der Ausbruch ist mit ihrer Pubertät zusammengefallen, und die Erkrankung muss schon weit fortgeschritten sein.«

Dr. Dawson kann mit der Gabe umgehen, ich kann es. Warum sollte Savanna das nicht schaffen? Ich will das nicht glauben. Ich will nicht von noch jemandem gesagt bekommen, wie zwecklos jeder Versuch ist, ihr zu helfen.

Dr. Dawson entgeht nicht, wie ich mit mir kämpfen muss, um nicht zu weinen. »Elodie«, sagt sie sanft. »Ich sage nicht, dass du aufgeben sollst. Es ist nur wichtig, alle Möglichkeiten zu betrachten. Wir beide wissen, dass Imitatoren durchaus eine Gefahr für sich selbst und andere darstellen können.«

»Ich habe bereits alles betrachtet, was es zu betrachten gab.« Ich schaffe es, Sicherheit in meine Worte zu zwingen, als ich ihr meinen Standpunkt klarmache: »Dass meine Schwester verrückt ist, *ist* keine Möglichkeit für mich.«

Wonderful Intrigues, Season 2, Episode 4

Was bisher geschah: Für Deven läuft es in letzter Zeit alles andere als rund. Arabella blockt seine Gesprächsversuche konsequent ab, Wynter scheint auf einmal ihn zu verfolgen statt sie, verschwindet aber, sobald er eine Konfrontation wagen will. Alles, worauf er bisher gestoßen ist, hat sich als falsche Fährte erwiesen, so unter anderem die Vermutung, Wynter könne aus Burns, Oregon, stammen. Bei seiner Reise dorthin wurden er und seine Schwester Kerry, die es sich in den Kopf gesetzt hat, das Mysterium Wynter mit ihm gemeinsam zu lösen, sogar beim Trampen von einem Verrückten verschleppt. Ob er niemals herausfinden wird, mit wem er es wirklich zu tun hat?

»Kannst du gleich mal für mich losziehen und ein paar Requisiten besorgen?«, fragt Jay Deven. »Wir haben diese Woche das Shooting für den neuen Markenauftritt dieses Reisebüros. Die Blumenketten geben wir beim Floristen in Auftrag, aber wir brauchen noch etwas mehr Deko.«

Deven verdreht hinter seinem Rücken die Augen. »Klar, mach ich«, sagt er, ganz der fügsame Assistent.

Schauplatzwechsel.

Deven, der einen Billigladen durchstreift und immer mehr exotische Gegenstände auf seine Arme häuft – darunter eine Ananas aus Stoff, mehrere Tücher mit Bananenblätter-Print und eine hohe, krugförmige Vase, die ein Zebramuster ziert. Er schleppt seine Funde zur Kasse und reiht sich in die Schlange ein.

Hinter ihm steht eine schwarzhaarige junge Frau in seinem Alter. Wer in der Welt der Film- und Serienstars bewandert ist, erkennt in ihr schnell Fallon Tremblay, die hier für eine Gastrolle engagiert worden ist.

Ein Medium Shot zeigt, wie sie Deven beobachtet, während er zahlt.

Sie selbst hat gar keine Artikel aufs Band gelegt.

»Kann ich dir helfen?«, fragt sie Deven, der Mühe hat, den Geldbeutel zu schließen und gleichzeitig all seine Errungenschaften wieder zu fassen zu bekommen. Ohne seine Antwort abzuwarten, schnappt sie sich die Ananas. »Die hat ja ein gruseliges Gesicht!«

»Wir nehmen die Rückseite für die Aufnahmen«, sagt Deven sichtlich überfordert.

Sie drückt ihm die freie Hand in den Rücken und schiebt ihn zum Ausgang.

»Ich glaube, ich kann sie jetzt wieder nehmen«, sagt Deven draußen auf dem Bürgersteig.

»Lass mich dich noch ein Stück begleiten«, sagt Fallon, deren *WIn*-Namen die Zuschauer bis dato noch nicht kennen und vielleicht auch nicht erfahren werden. Die Ananas gegen die Brust gedrückt, marschiert sie los.

»Woher willst du denn wissen, wo ich hinmuss? Kennen wir uns?« Er läuft neben ihr her. Ein Kaktus aus Drahtgestell schlägt ihm bei jedem Schritt fast ins Gesicht.

»Ich folge dir seit einer Weile.«

»Wie bitte?«

»Du hast eine Menge Leute nach Wynter befragt.«

Das kann das Publikum bezeugen – es gab in den letzten

Folgen entsprechende Dialogszenen mit Arabellas Freundin Chiara (Deven hat sie verdächtigt, gemeinsame Sache mit Wynter zu machen, was nur für noch mehr Probleme gesorgt hat), mit Landon von *NoFlaws* und noch einigen anderen.

»Jetzt steht endlich eine Person vor dir, die mehr weiß.«

»Du kennst Wynter?«

»Viel wichtiger: Ich kannte *dich*.«

»Was willst du damit sagen?«

»Für dieses Gespräch solltest du dich besser hinsetzen. Was hier schwierig ist, also sollten wir viell...?«

Deven beschleunigt seine Schritte, und sie eilt ihm mit irritiertem Gesichtsausdruck hinterher. Bei der nächsten Bushaltestelle lässt er sich auf die kleine Bank sinken. »Bitte. Ich sitze.«

»Okay, aber sag mir später nicht, ich hätte es dir schonender beibringen sollen.«

»Werde ich nicht. Los jetzt.«

»Wynter kommt aus einem Land in einer anderen Welt, dem Reich Mor-Lagerre. Sie hat magische Fähigkeiten. Wenn sie es will, kann sie Leuten die Selbsterkenntnis nehmen, das Wissen darüber, wer sie bis zu diesem Zeitpunkt waren und wie sie gelebt haben. Vor allem aber kann sie dafür sorgen, dass Menschen, die sich nahestanden, einander nicht mehr erkennen.«

Deven lacht. »Ich müsste schon sehr verzweifelt sein, um dir das abzunehmen. Aber danke für die Aufheiterung!«

»Es kommt noch besser. Als Thronfolgerin war sie verlobt mit dem, der du früher warst: Prinz Dev. Und auch du warst magisch begabt.«

Deven lacht immer noch. »Und was konnte ich Schönes?«

Die junge Frau verzieht keine Miene. »Du warst in der Lage, umzukehren, was Wynter verzaubert hat. Durch dich konnten die Menschen sich selbst und einander wiederfinden.«

Kapitel 12

Wo steckst du? Treffen auf der Toilette im UG, ich kann noch höchstens zehn Minuten auf dich warten.

Ich soll heute an Wynters Stelle an der Tower Session teilnehmen. Es handelt sich um die wöchentliche Sitzung des Casts, in der unter anderem die Team Tasks verkündet werden, und offenbar ist Wynter dieser Termin ziemlich lästig. Allerdings weiß ich nicht, warum sie mich vorher unbedingt noch sprechen will.

Eigentlich hatte ich einen ganz guten Zeitpuffer eingeplant, doch ich habe es trotzdem geschafft, mich zu verspäten. Auf dem Rückweg habe ich in Toronto die Bahn in die falsche Richtung genommen und es nicht gleich gemerkt. Ich bin schon wieder extrem unkonzentriert – das muss sich schleunigst ändern! Nur fürchte ich, dass da weder der gute Vorsatz etwas ausrichten wird noch der Coffee to go, den ich mir noch schnell geholt habe. Ich hatte so gehofft, endlich eine neue Spur zu bekommen, einen Rat zu erhalten, was Savanna helfen könnte. Doch das Gespräch mit Dr. Dawson war – wie so vieles davor – umsonst.

Sie hat mir angeboten, mich jederzeit bei ihr zu melden, aber darauf werde ich wohl eher nicht zurückkommen. Vielleicht eines Tages, wenn ich ihr sagen kann, dass ich mich nicht getäuscht habe. Ich werde mich nicht entmutigen lassen, nur weil jemand, der Savi nie gesehen hat, glaubt, ihr Schicksal zu kennen. Gabrielle mag keine Imitatorin sein, aber wenigstens ist sie bereit, alles zu tun, was in ihrer Macht steht, um mir zu helfen. Ich werde dafür sorgen, dass es ihr nicht an den Mitteln dazu fehlen wird.

Laurie erwartet mich am Hintereingang eines aus sandfarbenen Steinen gemauerten Rundturms am Rand von *Classy-Gardens* – dem Namensgeber der Meetings. Sie nimmt mir den leeren Kaffeebecher ab und zeigt mir die Treppe, die ins Untergeschoss zu den Toiletten führt.

Als ich in den kleinen Raum mit den drei Kabinen komme, steht Wynter gerade vorm Spiegel und streicht sich mit einer theatralischen Geste durchs Haar, bevor sie sich genervt zu mir umdreht. »Ich schätze, ab jetzt kann ich dir keine Sonderausflüge mehr genehmigen.«

»Tut mir leid. Hat sich sowieso fürs Erste erledigt.«

Sie deutet auf eine Tasche auf der Ablage über den Waschbecken. »Da sind Klamotten für dich beziehungsweise mich drin. Anziehen!«

Ich lasse mich nicht gern herumkommandieren, aber besser, ich verärgere sie nicht noch mehr.

Schnell wechsle ich in meine Imitation von ihr, greife nach der Tasche und verschwinde damit hinter einer der Türen.

Unterwäsche, ein schulterfreies helles Jeanskleid, eine silbrige Strumpfhose, Ballerinas. Ich streife meine Sachen ab und schlüpfe in Slip, BH und Kleid.

»Es gibt einen Notfall«, sagt Wynter auf der anderen Seite der Kabinentür. »Oder besser gesagt, sogar zwei.«

»Notfälle, für die ich gebraucht werde?« Eine rhetorische Frage, denn warum sonst sollte sie davon anfangen?

»Es geht um übermorgen. Da ist ein Nachdreh für eine Szene angesetzt, die leider geändert werden muss. Und am späten Nachmittag habe ich auch noch einen Interviewtermin mit *Shinebrighter*. Allerdings wurde ich spontan zu einem ziemlich wichtigen Geschäftstermin eingeladen und werde den ganzen Tag unterwegs sein.«

»Du glaubst doch nicht, dass ich …?«

»Laurie und ich werden morgen ausgiebig mit dir für beides trainieren. Mir wäre es natürlich auch lieber, ich könnte selbst vor der Kamera stehen, aber es geht diesmal halt nicht anders. Ich muss Prioritäten setzen.«

Reglos stehe ich da und spüre, wie ich am ganzen Körper zu zittern beginne. Das ist zu viel, das kann ich in so kurzer Zeit auf keinen Fall schaffen! »Was, wenn die Leute, die du triffst, herausfinden, dass du parallel einen vollen Arbeitstag hinter dich bringst?«, wende ich ein.

»Davon erfahren sie schon nichts. Das Treffen ist auch nicht hier in der Nähe.«

Es muss um ein vielversprechendes Angebot gehen. Ein *sehr* vielversprechendes. Andernfalls würde sie es niemals in Kauf nehmen, mir etwas zu übertragen, bei dem es derart wichtig ist, wie sie sich verhält.

»Keine Panik«, sagt sie. »Sieh es einfach als Herausforderung.«

Ich versuche mich mit dem Gedanken anzufreunden, in weniger als achtundvierzig Stunden am Set zu sein, mit der Aussicht, danach auch noch ausgefragt zu werden. Das wird ein absoluter Härtetest.

»Heute wird dagegen eine Kleinigkeit«, sagt Wynter, als wäre das in irgendeiner Weise tröstlich. »Nur noch eine Sache: Laurie und Tim wollen, dass ich nach der Session mit zu Nord fahre. Scheint so, als hätte er eingewilligt. Was mich echt überrascht, immerhin wird man danach seine Adresse kennen. Na ja, jedenfalls soll die Regenbogenpresse mich mit ihm ins Gebäude gehen sehen.«

Ich atme tief durch und erinnere mich daran, dass ich mich mal fertig umziehen sollte, weil das Meeting gleich beginnt. »Ich hoffe, sowohl für deine Notfälle als auch dafür bekomme ich was zusätzlich«, sage ich.

»Das sollte jetzt so viel heißen wie: ›Klar, macht mir keine Umstände‹?«

»So ähnlich.«

Wynter räuspert sich. »Ich habe mir was überlegt«, sagt sie dann.

Da bin ich ja mal gespannt.

»Es lief doch bisher ziemlich gut mit Nord, oder?«

»Kommt drauf an, was du unter *gut* verstehst. Und *bisher* ist aktuell noch kein allzu langer Zeitraum.« Ich setze mich auf den zugeklappten Klodeckel, verdränge den Gedanken an verpatzte Einsätze und peinliche Interviewfragen und versuche, die schimmernde Strumpfhose anzuziehen, ohne sie dabei mit meinen Fingernägeln zu zerstören. Warum bringt sie mir ausgerechnet so ein Teil mit, das man nur Zentimeter für Zentimeter anziehen kann? Ich dachte, wir hätten es eilig?

»Glaubst du …?«, beginnt sie und setzt dann noch mal neu an: »Wenn die Gelegenheit schon so günstig ist, sollte ich ihm, denke ich, ein bisschen näherkommen nachher. Du verstehst?«

»Was?« Also langsam häufen sich die Anzeichen: Sie hat den Verstand verloren.

»Das würde das, worüber wir neulich gesprochen haben, sicher beschleunigen.«

»Wynter.« Es fällt mir schwer, nicht die Stimme zu heben. »Das mache ich auf keinen Fall.« Ich würde diesem Auftrag eine Menge opfern, aber ich werde nicht meinen Körper dafür hergeben. Imitation hin oder her, es ist *meiner*.

Ich stehe auf und wage es, mit ein bisschen mehr Kraft an der Strumpfhose zu ziehen. Endlich gleitet sie über meine Hüften. Entschlossen stürme ich aus der Kabine. »Das kommt nicht infrage!«

Wynter hebt beschwichtigend die Hände. »Ich dachte, du würdest dich freuen. Du wirkst immer so verspa…«

»Ich werde für dich nichts mit Nord anfangen, klar?«

Sie schüttelt den Kopf.

»Wynter?«, dringt wie aufs Stichwort Nords Stimme durch die Tür zur Treppe. Dann wird die Klinke heruntergedrückt, und ich schrecke heftig zusammen. Geistesgegenwärtig verlasse ich meine Imitation. Wynter verdeckt größtenteils die Sicht auf mich, also war ich hoffentlich schnell genug. Mist, ich glaube, die Hose ist gerade an der Rückseite meines Oberschenkels eingerissen!

»Wie lange sollen wir bitte noch auf dich wart… Moment, wer …?«

Wynter verzieht keine Miene. Während ich im Spiegel genau sehen kann, wie ertappt ich wirke, bleibt sie vollkommen cool.

»Darf ich vorstellen? Elodie. Meine neue Lifestyle-Beraterin.«

Nein, nein, nein, was tut sie denn?

»Elodie – Nordyn. Ich hab dir ja schon von ihm vorgeschwärmt.« Der letzte Teil gerät ihr doch einen Tick zu sarkastisch.

Ich hätte es definitiv vorgezogen, wenn sie bei der Geschichte mit Lauries Praktikantin geblieben wäre. Ist ihr wohl entfallen. Lifestyle-Beraterin? Wie soll ich da bloß wieder rauskommen?

»Gehört Pünktlichkeit nicht zu einem erstrebenswerten Lebensstil?«, fragt Nord mich.

»Ähm …«

»Lass sie in Ruhe«, sagt Wynter, geht an ihm vorbei und streift ihn dabei mit voller Absicht mit der Hüfte. »Jetzt bin ich ja da. Also los!«

Nord sieht überfordert aus. Ich kann es ihm nicht verdenken.

»Dann bist du heute also mit dabei?«, fragt er. »Finde ich gut, die Runde muss dringend mal aufgemischt werden.«

Wynter hat ihn zum Glück gehört. »Keine Externen bei den Tower Sessions, schon vergessen?«

»Ich wollte sowieso …«, setze ich an, doch Nord schneidet mir das Wort ab. »Ausnahmen bestätigen die Regel.«

Die beiden bekriegen sich mit Blicken, und ich beginne mich zu fragen, ob es hier überhaupt noch um meine Anwesenheit bei dem Meeting geht.

»Na dann, Elodie, komm!«, sagt Wynter, als wäre ich ihr fluffiges kleines Haustierchen.

Was denkt sie sich dabei, jetzt nachzugeben? Und dass sie mich so mir nichts, dir nichts vorgestellt hat, war total daneben. Keiner von den Menschen, die in Berührung mit einer meiner

Auftragsimitationen gekommen sind, hat mich je in echt gesehen. Und das hätte sich auch nicht ändern sollen. Nicht ändern *dürfen*.

Ich steige hinter Wynter die Treppe wieder rauf und suche verzweifelt nach einer Ausrede, um so schnell wie möglich verschwinden zu können. Nord darf nichts über mich wissen. Jedes noch so kleine Detail könnte mir am Ende zum Verhängnis werden.

»Wir kriegen das schon hin«, sagt Wynter durch zusammengebissene Zähne.

Wir? Schätze, sie meint mich.

Ohne weiter auf mich zu achten, verschwindet Wynter in dem Hauptraum des Turms.

»Herzlichen Glückwunsch«, sagt Nord hinter mir. »Du hast dir die schlimmste Arbeitgeberin der Welt ausgesucht.«

Wie recht er hat!

Am liebsten würde ich ihn einfach ignorieren, aber das wäre erst recht auffällig. »Sie ist ein toller Mensch«, sage ich. »Ich dachte, ihr tut so, als wärt ihr zusammen? Da solltest du das ja als Erster bestätigen. Du konntest schließlich nicht sicher sein, ob ich zu den Eingeweihten gehöre.«

Mein Wissen irritiert ihn, das sehe ich ihm an. Allerdings nicht genug, um ihn aus dem Konzept zu bringen. »Toller Mensch? Wenn du willst, zeig ich dir bei Gelegenheit mal, wie ›toller Mensch‹ geht, dann siehst du den Unterschied.«

Ich kann seinem Blick nicht länger ausweichen, halte ihn eine Sekunde, zwei Sekunden, drei.

Er lächelt und lässt mich voran in den Raum gehen.

»Leute«, sagt er, und mindestens zehn neugierige Augenpaare richten sich auf ihn und mich, »darf ich euch den Grund für die Verspätung meiner bezaubernden, anbetungswürdigen Nicht-Freundin vorstellen? Das ist Elodie, Wynters Lifestyle-Beraterin.« Er runzelt die Stirn. »Was machst du noch mal genau? Ihr Yogatipps geben? Smoothies anrühren?«

»Nicht so ganz«, sage ich lahm.

Von ihrem Platz auf einem mit türkisen Federn besetzten Bodenkissen aus wirft Tiff mir einen alarmierten Blick zu.

Ich erwidere ihn mit einem stummen Hilfeschrei.

»Schön, dass du da bist«, sagt sie und klopft einladend auf ein weiteres monströses Kissen in ihrer Reichweite. »Endlich mal ein neues Gesicht!«

»Hier sind aber keine Außenstehenden zugelassen«, kräht Caden Row, der Arabellas Bruder Rick spielt und sich am Ende der ersten Staffel mit Deven geprügelt hat.

»Aber Wynter hat sie mitgebracht«, sagt Nord, »und wer könnte es ihr schon abschlagen, wenn sie sie gern hier haben möchte?«

Damit ist die Sache leider geklärt.

Extra für mich gibt es eine kleine Vorstellungsrunde. Die hätte ich gar nicht gebraucht; inzwischen habe ich mich genug mit der Besetzung von *WIn* beschäftigt, um allen Anwesenden Namen zuordnen zu können.

Nur die Darsteller und Darstellerinnen, die in allen vier Staffeln mitgewirkt haben, wohnen fest in *ClassyGardens*. Für vorübergehende Cast-Mitglieder gibt es einige möblierte Apartments, die schon verschiedene Bewohner gehabt haben.

Zu ihnen gehören zum Beispiel Lucas Stable und Tory Moreland, die die Zwillinge spielen, die erst in der dritten Staffel dazugestoßen sind.

Neben Caden sitzt Miyu Takahashi. Sie spielt Saphira, die Protagonistin des Handlungsstrangs in Mor-Lagerre.

Jemma Bounds – Devens Schwester Kerry – ist da, genau wie Steve Landry, Shaun Foster, Daliah Byrd und all die anderen bekannten Gesichter. Romana Perez Merino, die ich schon bei Fiora gesehen hatte und deren schwarzes Haar nun von karamellfarbenen Strähnchen durchzogen ist, telefoniert noch auf Spanisch mit irgendwem, bis sie mit dem Vorstellen dran ist.

»Na, dann lass mal hören!«, sagt Nord zu mir, als die Runde durch ist. »Bestimmt können wir alle von deinen Tipps profitieren.«

»Das wär mal 'ne gute Abwechslung«, springt Steve gleich darauf an und klingt dabei wie in seiner Rolle als Arabellas Kollege Landon, wenn der eine neue Artikelidee für *NoFlaws* hat.

Ich stehe auf und gehe ein paar Schritte rückwärts. Hoffentlich sieht niemand das Loch in meiner Hose. Wie peinlich! Der Bund kneift, und auch das Kleid spannt ganz schön über Bauch und Brust. Bestimmt denken sie, ich bin eitel und kaufe extra zwei Nummern zu klein.

Aus dem Stand ringe ich mir einen fünfzehnminütigen Vortrag ab, in dem ich mit den Begriffen Work-Life-Balance, Ernährungsbewusstsein, Meditation und Achtsamkeitstraining nur so um mich werfe. In solchen Auftritten bin ich richtig gut, und als ich darüber zu schwadronieren beginne, wie wichtig Selbstreflexion und erfüllte Beziehungen sind, um sich für ein tieferes Empfinden zu öffnen, laufe ich zur Bestform auf.

»Äh … danke für die Einblicke«, sagt Nord, als ich geendet habe.

Höflichkeitshalber hat mich niemand unterbrochen.

»Dank Elodie fühle ich mich schon jetzt viel wohler in meinem eigenen Körper«, sagt Wynter.

Ich bin mir nicht sicher, ob das ein Seitenhieb sein soll. Vermutlich schon.

»Als ob das jemals anders gewesen wäre«, murmelt Romana. Sie scheint nicht unbedingt zum Team Wynter zu gehören.

Ich bin froh, mich endlich wieder setzen zu können, und ziehe auf meinem Platz unauffällig den Gummibund ein Stückchen höher. Mein Bauch fühlt sich echt abgequetscht an.

Der Rest des Meetings verläuft für mich zum Glück eher unspektakulär. Kurz geht es um den Nachdreh, der, wie sich herausstellt, zu allem Überfluss eine Szene nur mit Wynter, Deven und Arabella betrifft. Wynter hat wohl bei den Aufnahmen ihre magische Kette getragen, was aus irgendeinem Grund ein Logikfehler ist. Nord und Tiff äußern sich kaum zu dem ganzen Thema. Vorfreude sieht anders aus.

Dann werden ein paar Aktionen für die Imagepflege von *ClassyGardens* besprochen. Passend dazu hat Romana sich die Team Task überlegt, gemeinschaftlich ein Video zu erstellen, in dem jeder aus dem Cast seinen liebsten Ort in *ClassyGardens* zeigt. Daraufhin wird ein Mini-Drehbuch mit einer ersten Reihenfolge dafür erarbeitet und geklärt, wer was organisiert.

Ich halte mich im Hintergrund, atme flach, damit am Ende nicht noch die kleine Knopfleiste des Kleids platzt, und sage mir, dass es schlechtere Wege gibt, um an Geld zu kommen.

Erschöpft lasse ich mich auf die Bettkante sinken. Was für ein Tag! Wahrscheinlich sollte ich es als Ehre betrachten, dass ich bei dem Meeting dabei sein durfte. Trotzdem bin ich einfach nur erleichtert gewesen, als es vorbei war und Wynter an meiner Stelle selbst mit Nord abgezogen ist. Sie hatte nicht die geringste Chance, unbemerkt zu verschwinden.

So war mein Zuspätkommen sogar noch zu etwas gut. Wenigstens für heute bin ich erlöst. Eine weitere Imitationseinlage hätte ich nicht durchgestanden.

Ich will einfach nur noch schlafen. Aber erst mal raus aus diesen blöden Klamotten! Diesmal geht die Strumpfhose endgültig drauf. Auch egal.

Ich krieche unter die Decke und schalte die Nachttischlampe aus. Mein Handy vibriert und will nicht aufhören. Ich weiß genau, es ist Stian. Ich wünschte, er würde aufgeben. Ich hoffe, er tut es nicht. Warum fällt es mir so schwer, loszulassen?

Endlich wird es wieder still. Ich sollte das Ding trotzdem auf lautlos stellen, aber dafür müsste ich das Bett wieder verlassen. Dann riskiere ich lieber, dass es mich später aus dem Schlaf reißt.

Ich drehe den Kopf zur Seite, dabei raschelt etwas unter dem Kopfkissen. Ich setze mich im Dunkeln auf und taste darunter herum, in der Erwartung, einen festgenähten Zettel mit Wasch- und Herstellerangaben zwischen die Finger zu bekommen. Doch das Papier, das ich finde, ist nicht am Kissen befestigt. Ich halte es mir dicht vor die Augen und dann vors Fenster in den schummrigen Mondschein, kann aber nur erkennen, dass etwas Handschriftliches draufsteht, nicht, was. Ich knipse das Licht wieder an, blinzle, und dann bleibt mir fast das Herz stehen: *Ich behalte dich im Auge, kleine Imitatorin.*

Wie auf Kommando bekomme ich Bauchschmerzen. Mir wird schlecht. Wer auch immer das geschrieben und hier versteckt hat … die Person hatte keine Probleme, all die Sicherheitsvorkehrungen von *ClassyGardens* zu umgehen. Was dafürspricht, dass es jemand Gefährliches sein muss.

Ich hätte niemals Kontakt zu Kelsey Dawson aufnehmen dürfen. Das war ein fataler Fehler.

Kapitel 13

Jetzt kommt's drauf an.

Wenigstens ist es kein Außendreh. Ich trete ins Studio und sehe die Kulisse vor mir, die ich gestern schon mindestens zwanzig Mal im Aufnahmematerial der noch unveröffentlichten Staffel bewundern durfte. Es handelt sich um einen herrschaftlichen Raum mit schweren, dunkelroten Wandbehängen zwischen Regalen aus schwarzbraunem Holz, die voller Glasvasen stehen. In der Mitte des Zimmers befindet sich ein ausladender Sessel mit perlenbesetzten Lehnen, und der Boden ist mit großen weißen Federn bedeckt. Deckenleuchten strahlen flächiges Licht aus, sodass helle Schatten mit weichen Rändern entstehen.

Die Szene, die nachgedreht werden muss, ist eine Traumsequenz in der Mitte der Staffel. Arabella träumt – wie sollte es anders sein – von dem problematischen Liebesdreieck um Deven. Inzwischen weiß ich auch, was das Problem mit Wynters Kette ist: Arabella hat sie zum Zeitpunkt der Szene noch nie zu Gesicht bekommen. Dann kann sie natürlich auch nicht in einem ihrer Träume vorkommen. Wäre toll gewesen, wenn dieses Detail *vor* meiner Zeit in *ClassyGardens* jemandem aufgefallen wäre.

Wynter hat nicht zu viel versprochen, als sie sagte, Laurie und sie würden mich intensiv vorbereiten. Das hatte den positiven Nebeneffekt, mich von dieser Botschaft unter meinem Kissen abzulenken, jedenfalls mehr oder weniger. Fast wünschte ich, es wäre eine eindeutigere Drohung gewesen. Warum hat die Person, die sie verfasst hat, keine Forderung gestellt?

Es gibt eigentlich nur zwei Möglichkeiten: Entweder ich bin tatsächlich ins Visier eines der Feinde meines Vaters geraten, oder jemand in *ClassyGardens* hat die Wahrheit über mich herausgefunden und überlegt noch, wie er am meisten Profit daraus schlagen kann. Mein erster Gedanke – dass Dr. Dawson selbst unter Beobachtung stand oder mich sogar verraten hat – erscheint mir bei Tageslicht betrachtet nicht mehr so wahrscheinlich. Zwischen meinem Besuch bei ihr und dem Auffinden der Nachricht ist ja nicht mal ein ganzer Tag vergangen – da müsste alles wirklich schnell gegangen sein. Ganz ausschließen kann ich das aber leider auch nicht. Sie könnte auch immer noch selbst dahinterstecken.

Ich hasse es, nichts unternehmen zu können, nicht zu wissen, was da auf mich zukommt. Abzuhauen und unterzutauchen kommt allerdings sowieso nicht infrage. Solange der Auftrag nicht unmittelbar gefährdet ist, bleibe ich. Auch wenn es hart wird.

Obwohl ich wenigstens knapp sieben Stunden Schlaf bekommen habe, schwirrt mir noch der Kopf von all den Anweisungen und Probeläufen, die ich gestern über mich ergehen lassen musste. Außerdem weiß ich nicht, was ich von Nord zu erwarten habe. Irgendetwas muss an dem Abend nach der Tower Session vorgefallen sein, denn Wynter war supergereizt und wollte weder mit Laurie noch mit mir darüber sprechen. Selbst mein Argument, dass ich es wissen *muss*, hat sie nicht zum Reden gebracht. Die Presse hat jedenfalls nichts über ihren Besuch im Loft verlauten lassen.

Ich schaue mich um und gehe die Personen durch, die schon hier sind. Jacob Ward, Kameramann. Francine Dearing – Regieassistentin. Der Mann, der gerade am Mikrofongalgen herumhantiert, müsste … Liam Johnson sein. Und der da mit der Glatze …

»Das wird der blanke Horror!« Tiffy tritt hinter mich und legt mir ihre Hand auf die Schulter.

Ein Glück, sie ist da! Wynter hat sie nämlich gebeten, während des Drehs ein bisschen auf mich aufzupassen.

»Für dich oder für mich?«, frage ich.

»Na ja, vermutlich für uns beide. Sorry, falls dich das jetzt beunruhigt.«

Sie hat echt Pech, dass es ausgerechnet so eine Szene treffen musste. Wynter hat zwar auch nicht den besten Part und muss in einem Nichts von einem Kleid um Deven herumtänzeln, aber davon abgesehen bleibt es recht harmlos. Arabella dagegen küsst ihn, einmal nur kurz, aber nach einem Streit, der Nord und Tiff wahrscheinlich einiges abverlangen wird. Und die Szene endet mit weiterem Geknutsche auf dem Sessel, während Wynter bloß im Hintergrund stehen und bedrohlich gucken muss.

Ganz ehrlich – ein großer Verlust wäre es auch nicht gewesen, das Ganze einfach rauszuschneiden. Angeblich soll der Traum Arabellas Entwicklung unterstreichen: Er gibt den Anstoß dazu, dass sie am Folgetag einen neuen Plan gegen Wynter ausheckt, statt sich der Resignation hinzugeben. Sehr dramatisch alles.

»Wynter hat echt ’nen Knall«, murmelt Tiff. »Unglaublich, dass sie dich das machen lässt.«

Ich nicke und versuche, nicht daran zu denken, auf wie viele Arten ich alles in den Sand setzen könnte.

»Ruhe am Set!«

»Kamera?«

»Läuft!«

»Ton?«

»Läuft!«

Die Klappe wird vor Nord und mir zugeschlagen. Es ist bereits der dritte Take für die erste Einstellung. Überraschenderweise bin nicht ich der Grund für die bisherigen Fehlschläge. Es ist Nord.

»Und … bitte!«

Ich blende Roland Brookely an dem Monitor zu meiner Rechten aus, der offenbar nicht weiß, wo seine Tochter wirklich ist.

Mit leichten Schritten schreite ich um Nord herum, wobei der Rock dieses katastrophal kurzen, katastrophal weit ausgeschnittenen Kleidchens im Luftzug der Windmaschine flattert.

Wir bringen die ersten Sätze einwandfrei über die Bühne.

Nord versteift sich minimal, als ich mit meinen Fingerspitzen von seinem Handgelenk bis zu seinem Oberarm über seine bloße Haut fahre, doch das merke nur ich, weil ich so nah bei ihm stehe. Er hat mich vorhin nicht begrüßt und scheint ziemlich geladen zu sein. Wir sind wieder bei null, und er hasst

Wynter. Großartig, wirklich. Aber damit befasse ich mich später, Hauptsache, das hier geht glatt.

»Denkst du immer noch an Arabella?«, säusele ich, exakt so, wie Wynter es mir gestern Dutzende Male vorgemacht hat.

»Ich weiß nicht, warum ich jemals an sie gedacht habe«, raunt er und berührt meine Wange, betrachtet mich voller Neugier und Sehnsucht.

Die Imitation lässt mich ein leichtes Flattern spüren, und ich drücke meine Zungenspitze von hinten gegen meine Schneidezähne, um mich davon abzulenken. Sie darf mich jetzt nicht im Stich lassen!

Ein Klirren ertönt, als Tiff, die vom Regal gegenüber aus zugesehen hat, eine der Glasvasen am Boden zerschmettert. Federn wirbeln auf.

Sie kommt auf uns zu – was später mit Slow Motion und Unter-Wasser-Geräuschen bearbeitet werden wird.

Wir nähern uns dem Moment, den Nord beim letzten Mal dadurch verbockt hat, dass er unbewusst die Hände zu Fäusten geballt hat.

Tiff spielt unfassbar gut. Der Zorn auf ihrem Gesicht, ihre Haltung, ihre Tonlage. »Warum hast du nicht an uns geglaubt?«, schmettert Arabella Deven entgegen.

Ich weiche ein Stück zurück, als sie sich vor ihm aufbaut. Für die nächste Minute muss ich einen auf Statue machen.

Diesmal hält er ihr wie vorgesehen hilflos die Hände entgegen. »Ich bin nicht der Einzige, der zu viel gezweifelt hat.«

Als Nächstes kommt etwas, das eine ziemliche Situationskomik birgt – was außer Tiff und mir aber niemand hier mitbekommt. Arabella imitiert Wynter, ganz ohne ihre Gestalt zu ändern.

Sie ahmt ihren hochnäsigsten Blick nach und verstellt die Stimme, um zu wiederholen, was Wynter in einer anderen Szene in ihrer Anwesenheit gesagt hat: »Ich weiß was, was du nicht weißt, Deven, und das ist, dass du mir verfallen wirst. *Wieder*. Du …«

Ich höre nicht mehr hin, sondern nehme nur noch wahr, wie sie Wynters Sprachmelodie und ihre Bewegungen parodiert. Sie kommt wahnsinnig gut an die Serien-Wynter ran.

Wie aus dem Nichts überfällt mich eine Erinnerung. Stian auf der Bühne. Sein Onkel Lutz tritt als Comedian auf und hat uns genötigt, zu einer seiner Shows zu kommen. Wo er seinen Neffen dann fieserweise plötzlich nach vorne gerufen hat – der vieles ist, aber kein Entertainer. Das war jedenfalls, was ich bis zu diesem Abend dachte.

Ich sehe ihn wieder vor mir, wie er aus dem Stand seinen Vater imitiert. Die Art, wie Carsten Gespräche am Frühstückstisch führt. Wie er ausrastet, wenn er seine Schlüssel nicht sofort findet. Wie er über Bundesligaspiele schwadroniert, unabhängig davon, ob das Gegenüber Ahnung davon hat.

»Ich hab gedacht, ich sterbe vor diesem ganzen Publikum«, hat Stian später zu mir gesagt. »Aber ich würde es wieder tun, um dich *so* lachen zu sehen.«

Ein Schmerzblitz zuckt durch meine rechte Schläfe und zerrt mich zurück zum Geschehen im Studio, eine Warnung meines Körpers. Gerade noch so gelingt es mir, die Imitation vorm Zerfallen zu retten. Habe ich panisch geguckt oder mir sonst etwas anmerken lassen? Dann hätten sie doch bestimmt direkt unterbrochen? Das geht gar nicht, ich darf mich nicht so von meinem Unterbewusstsein steuern lassen!

»Wynter kann dir nichts geben!«, insistiert Tiff-Arabella in diesem Moment, und mir wird klar, dass ich gleich noch mal dran bin. »Deven, wie kannst du es ihr so leicht machen, dich einzulullen?«

Also gut, toppen wir das Ganze noch mal mit einer Imitation in der Imitation: Die falsche Wynter imitiert die von Tiff gespielte Rolle. »Ja, Deven«, sage ich, streiche mir so durchs Haar, wie Arabella das typischerweise tut, und füge ihren treuherzigsten Augenaufschlag hinzu. »Das zwischen uns war doch so viel echter.«

Nord-Deven ignoriert das. Er hat nur Augen für Arabella. »Ist es wirklich vorbei? Ich soll einfach weitermachen und dich vergessen? Was, wenn ich das nicht will?«

»Du musst.«

»Nein.«

Der Moment für den ersten Kuss ist gekommen. Arabella packt Deven am Shirt und drückt ihre Lippen auf seine.

Gefühlt halten alle im Studio den Atem an.

Arabella tritt zurück. »Es hätte anders kommen können«, sagt sie, jedes Wort ein einziges Beben. »Du Vollidiot hättest mich nicht gehen lassen dürfen!«

»Tiff«, stößt Nord gequält hervor.

Francine ruft »Cut!«, und Brookely stöhnt frustriert.

»Was ist los?«, raunzt er Nord an. »Es ist nicht das erste Mal, dass wir drehen, seit euren … privaten Spannungen. Halt das hier raus, Nordyn, und reiß dich zusammen!«

Er ordnet eine kurze Pause an.

»Nord …«, beginnen Tiff und ich gleichzeitig.

»Schon gut.« Er geht Richtung Tür. »Ich muss nur mal kurz raus.«

Tiff flucht leise.

»Denkst du, er fängt sich?«, frage ich. Ich weiß nicht, wie viele Wiederholungen ich noch schaffe.

»Ja«, sagt sie nicht ganz überzeugt.

»Und du? Geht es dir gut?«

Sie tut meine Frage mit einem Schulterzucken ab und senkt die Stimme, damit die anderen sie nicht hören: »Wie Wynters Dad schon sagte: Es ist nicht das erste Mal.«

Es hat gedauert, aber endlich ist die Szene im Kasten. Nord hatte sich wieder im Griff und hat sogar die Sessel-Sache auf Anhieb gemeistert, wie Brookely sie haben wollte. Wirklich unglaublich – als hätte er ebenfalls einen Imitator, auf den er zurückgreifen kann. Leider steht bereits mein nächster Termin an, sodass ich ihn nach Drehschluss nicht abfangen konnte, um sein neuestes Problem mit Wynter zu klären.

Wenn es doch nur eine Möglichkeit gäbe, dieses Interview abzusagen! Ich bin total durch und habe keine Ahnung, wie ich mich auf die Imitation und das Fragenbombardement gleichzeitig konzentrieren soll.

»Noch fünf Minuten«, sagt Laurie durch den Türspalt. Sie hat mich in dieses Lagerräumchen geschickt, als ich sie um eine Pause gebeten habe, und es hat unsagbar gutgetan, die Imitation abzuwerfen. »Kannst du loslegen?«

Loslegen. Als ob das Imitieren eine Zaubershow wäre oder etwas in der Art.

Mein ganzer Körper kribbelt, als ich die Täuschung aufbaue. Das ist normal – es passiert immer, wenn ich die gleiche Person mehrfach hintereinander imitiere. Mit jedem weiteren Auftritt als Wynter wird es langsam wieder nachlassen. Jetzt muss ich das eben aushalten.

»Werden sie versuchen, mich in einem möglichst negativen Licht darzustellen?«, frage ich. Wenn ja, bin ich geliefert. Für Psychospielchen habe ich wirklich keine Energie mehr übrig.

»Unwahrscheinlich. Nicht dass sie nicht versuchen würden, deine Worte zugunsten des besten Unterhaltungswertes auszulegen, aber sie werden es nicht riskieren, dich zu verstimmen. Sie wollen ihr Interview, und zwar vollständig und mit einer kooperationsbereiten Wynter.«

Hoffentlich behält sie recht. Mit schwitzigen Händen ziehe ich die Jeans wieder an, die ich für die Unterbrechung unmöglich anbehalten konnte. Schon an Wynters Beinen sitzt sie eng wie eine Wurstpelle. Für die Knöpfe der schwarzen Longbluse brauche ich mehrere Versuche, weil meine Finger mir nicht gehorchen wollen. Laurie wirft einen prüfenden Blick in mein Gesicht, um zu schauen, ob das Make-up noch in Ordnung ist, als ich zu ihr auf den Gang hinaustrete.

»Bereit?«, fragt sie mich dann.

»Habe ich heute schon erwähnt, dass ich Nordyn unsterblich liebe?«, quietsche ich, was mit Wynters Stimme so absurd klingt, dass ich selbst lachen muss. Lachen ist gut, das senkt den Aufregungspegel.

Auch Laurie kann sich ein Grinsen nicht verkneifen.

»Ich denke, ich schaff es, sie nicht zu blamieren. Allein schon, weil ich viel zu viel Angst davor habe, was sie sonst mit mir machen würde.« Sich zuversichtlich zu geben, kann bestimmt auch unterbewusst beruhigen.

»Unsere Probefragen hast du alle super beantwortet. Tu einfach so, als würdest du immer noch mit Wynter und mir üben.«

Eigentlich habe ich wirklich nichts zu befürchten. Wir sind alle Eventualitäten durchgegangen, haben uns überlegt, wie ich ausweichen und ablenken kann. Durch ältere Interviews mit Wynter und einige des Magazins mit anderen Stars habe ich zusätzlich ein ungefähres Gefühl für den Ton entwickelt, auf den ich mich einzustellen habe.

Aber du hast die Imitation eben schon kaum noch halten können, höhnt es in mir. *Was nutzt es dir, den Dreh überstanden zu haben, wenn du gleich entlarvt wirst?*

Ich bringe meine innere Stimme zum Schweigen – oder zumindest zum Leisersein –, besinne mich auf Wynters Gang, auf ihre Mimik, darauf, wie sie den Kopf hält. Das Kribbeln konzentriert sich jetzt auf meine Arme und Schienbeine. Danach wird es sich in die Hände und Füße zurückziehen und schließlich ganz verklingen. Unangenehme Symptome lassen sich viel besser ertragen, wenn man sie genau kennt.

Ich gebe zu, vor dem endgültigen Ablegen der Imitation graut es mir da schon etwas mehr. Ich bin mir nicht ganz sicher, wie hart das werden kann. Einmal hatte ich einen Auftrag, für den ich eine Erstsemesterin zu insgesamt neun verschiedenen Gelegenheiten imitiert habe. Nach dem letzten Mal habe ich noch eine ganze Woche lang Schmerzen gehabt – ein entsetzliches Ziehen, untergründig, aber immer präsent. Und jeden

Morgen nach dem Aufwachen das Gefühl, als würde jemand mit einer Kuchengabel in meinen Eingeweiden herumstochern. Es wäre besser, wenn ich solche Nebenwirkungen in den Griff kriege. Könnte passieren, dass ich mehr als neun Mal Wynter werde sein müssen.

Ich habe Savannas Gesicht vor Augen, als ich auf die Interviewerin zugehe. Für meine Schwester werde ich das hier schaffen – und alles, was noch kommt.

»Du wirst gemerkt haben, dass ich ein bestimmtes Thema bisher umschifft habe«, sagt Raylene mit einem verschmitzten Lächeln, das sie mehr an die Kamera richtet, die unser Gespräch aufzeichnet, als an mich.

Ich kröne meine Imitation mit dem Blick, den Wynter aufgesetzt hat, als sie vorgestern mit Nord den Turm verlassen hat: ihr Genervtsein, weil sie selbst mit ihm losmusste, hat sie da perfekt mit Selbstgefälligkeit übertüncht, gepaart mit einem Hauch gespielter Aufregung und Verruchtheit. »Dabei brenne ich doch schon die ganze Zeit darauf.«

Bisher ist es erstaunlich gut gelaufen. Wir haben einen ungezwungenen Einleitungspart hinter uns, in dem ich ein bisschen von meinem Schauspielerinnenleben geschwärmt und ein paar der Anekdoten vom Dreh zum Besten gegeben habe, die Wynter bei ihrem Meet and Greet noch nicht gebracht hatte. Ich habe natürlich auch durchblicken lassen, wie ätzend ich es finde, nun schon so lange mit Tiff zusammenarbeiten zu müssen, und betont, dass Roland Brookely mich nicht bevorzugt behandelt, nur weil er mein Vater ist. Raylene hat an den passenden Stellen gelacht, die erwarteten Fragen gestellt, mir alles sehr leicht gemacht. Und nun kommen wir also zum Herzstück meiner heutigen Darbietung.

»Es ist also wirklich wahr? Nord und du seid liiert?«

»Sind wir. Aber ich will später nirgendwo lesen oder hören, ich hätte das für absolut verbindlich erklärt. Wir werden sehen, wohin es führt.« Während ich das sage, ziehe ich leicht die Brauen hoch. Schritt 1 erfolgreich abgeschlossen: es klingen lassen, als wäre es bisher etwas Lockeres, eine Tändelei zwischen *WIn*-Kollegen, der man nicht allzu viel Gewicht beimessen sollte. Damit alles, was sich zwischen Nord und Wynter noch entwickeln soll, dann umso mehr einschlägt.

»So wie sich das anhört, bin ich ja fast versucht zu denken, das Ganze ist ein reiner Racheakt, der auf Tiffys Herz abzielt.«

»Ich würde niemals nur mit jemandem ausgehen, um ihr eins reinzuwürgen. Das habe ich nun wirklich nicht nötig.«

Ganz überzeugt wirkt Raylene nicht. »Dann war das auf Romanas Party damals also kein Manöver, um die beiden auseinanderzubringen?«

Ääääähm. Mist. Das musste ja so kommen. Ich habe keine Ahnung, worüber sie spricht.

Sie bemerkt mein Zögern natürlich sofort. Ich kann die Sekunden förmlich verstreichen hören.

Meine einzige Möglichkeit ist die Flucht nach vorn: »Ich weiß nicht, wovon du redest.« Ich betone es so, als wüsste ich es eigentlich eben doch. Worauf auch immer sie anspielt – es kann nichts sein, zu dem Wynter sich einfach bekennen würde.

Jetzt ist Raylene am Zug. Hoffentlich holt sie noch mal weiter aus!

»Oh doch, ich bin sicher, du erinnerst dich.«

Ich stecke ganz schön in der Patsche. Wenn ich sage, ich will keinen Kommentar dazu abgeben, wird sie das als indirekte Antwort auf ihre Frage werten.

»Hilf mir auf die Sprünge«, bitte ich, aber wieder in einem scherzhaften Tonfall. Wenn sie dieses Spiel weitertreibt, um mich dazu zu bringen, es selbst auszusprechen, habe ich verloren.

»Das Bild, das du verbreitet hast – auf dem sie ziemlich eng mit Joe Abbott tanzt, diesem Typen vom Catering.«

Okay, das muss irgendwie in Absprache zwischen Wynter und Tiff abgelaufen sein, als Teil ihrer unechten Fehde.

»Ich fand, die Welt sollte ruhig erfahren, dass sie nicht so unschuldig ist, wie sie tut«, behaupte ich. »Das zielte nicht auf Nord ab. Zu dem Zeitpunkt war es für mich noch unvorstellbar, mich in jemanden zu verlieben, der mit *ihr* zusammen war.« Ich führe meine Hand vermeintlich erschrocken zu meinen Lippen, als hätte ich mich verplappert.

Raylene geht mir in die Falle, ich sehe es an dem Aufleuchten in ihren Augen.

»Es hat also so richtig gefunkt?«, fragt sie.

»Wie ich schon sagte – verbindlich ist da bisher nichts. Mit Betonung auf *bisher*. Wir werden sehen, ob Nord sich darauf versteht, eine Frau wie mich zu halten.« Möglicherweise wird Wynter mich für den Kommentar später lynchen. Obwohl er original von ihr hätte stammen können.

Ich erzähle ein bisschen davon, wie Nord und ich uns angeblich schon bei der Arbeit an der aktuellen Staffel nähergekommen sind, und gebe dem Ganzen den Touch des Romantisch-Verbotenen. Dass daraus das Gerücht entstehen wird, Wynter könnte eben doch ein, wenn nicht sogar der hauptsächliche Grund für die Trennung von Devabella im echten Leben gewesen sein, ist dabei absolut beabsichtigt.

Endlich neigt sich die Zeit dem Ende zu, und Raylene leitet zur Abmoderation über. Mir gelingt ein charmanter Abschied, der Wynters ungeahnt menschlich-weiche Seite enthüllt, und dann wird die Aufnahme beendet.

Ich finde noch ein paar persönliche Worte und Komplimente für Raylene, bevor ich mich zutiefst erleichtert zum Gehen wende.

Doch mein Plan, erst mal Wynter zu besuchen, um den Stand der Dinge zu erfahren und mich danach für den Rest des Tages zurückzuziehen, wird durchkreuzt.

»Wynter, Darling!«, höre ich, im nächsten Moment wirft schon ein Wirbelwind aus schwarzen Locken und einem Duft nach Jasmin die Arme um mich. Verdattert lasse ich mich fest drücken.

»Heeey«, bringe ich heraus.

»Das ist alles? *Heeey?* Wo bleibt das Freudenkreischen?«

Die junge Frau schiebt mich auf Armeslänge von sich, um mich ausgiebig zu mustern. »So sieht also eine Wynter aus, die's mit Nord getan hat. Du bist echt so eine Schlimme, Süße.«

Ich muss improvisieren, schon wieder. »Was denn nun?«, frage ich heiter. »Schlimm oder süß?«

Sie lässt ein glockenhelles Lachen hören. Ich müsste wissen, wer sie ist. Vom Sehen her kenne ich sie, ich glaube sogar, aus *WIn*, aber ich komme nicht drauf, wer sie ist.

»Fallon und ich dachten, es wäre doch 'ne Idee, dich hier zu überraschen. Und anschließend auf ein Doppeldate zu schleppen. Wann hast du zum letzten Mal die Nacht durchgetanzt, Brookely?« Der Typ, der sich uns genähert hat, ist Reece Young, und dank ihm fällt bei mir jetzt auch in Bezug auf seine Begleiterin der Groschen: Fallon Tremblay! Wynter und sie haben vor Jahren in derselben Teenie-TV-Romanze ihr Debüt gegeben. Später dann war sie auch Guest Star bei *WIn*, ich erinnere mich wieder, müsste Staffel 2 gewesen sein. Wynter hat sogar erwähnt, dass sie noch Kontakt haben. Vertieft haben wir das Thema allerdings nicht. Wie hätte ich auch ahnen sollen, ihr so schnell zu begegnen? Vor allem, wenn sie einfach hier reinplatzt?

Raylene ist jedenfalls hocherfreut und hat ihr Kamerateam längst angewiesen, mehr oder weniger unauffällig ein paar Bilder zu schießen.

»Klingt nach einem Plan, der mir gefallen könnte«, sage ich und suche den Raum mit den Augen ab. Wo ist Laurie? Hilfe!

»Was hältst du vom *Dimmed* 2.0 in Little Italy? Ich war seit der Neueröffnung noch nicht da, und es ist nicht weit zu unserem Hotel.«

Ich schätze, sie spricht von einem Club, den Wynter großartig fände, also nicke ich mit aller Begeisterung, die ich vortäuschen kann.

»Hat noch einen weiteren Vorteil«, sagt Reece grinsend. »Mit etwas Glück findest du später raus, wo Nords Versteck ist.«

Die beiden wissen also genauso wenig über vorgestern Abend wie ich. Obwohl Wynter inzwischen wissen dürfte, wo Nord wohnt, sage ich mal lieber nichts dazu.

Endlich entdecke ich Laurie im Gespräch mit einer Frau aus dem Technikteam von *ClassyGardens*. »Entschuldigt ihr mich ganz kurz? Ich muss noch was mit Laurie klären, bevor ich Feierabend machen kann.«

Ich rette mich zu ihr hinüber und tippe ihr auf die Schulter. Sofort habe ich ihre volle Aufmerksamkeit. Ich deute unauffällig auf Reece und Fallon, die gerade über irgendetwas lachen. »Die da wollen ein Doppeldate«, erkläre ich mein Problem mit gesenkter Stimme.

Laurie reißt die Augen auf. »Moment, ich versuche, Wynter zu erreichen.« Sie zieht ihr Handy heraus und startet den Anruf. Mir fällt ein Stein vom Herzen, als Wynter ihn entgegennimmt.

»Bist du zurück? … Gut. Du musst so schnell wie möglich herkommen, Fallon ist mit Reece hier. Sie wollen mit Nord und dir ausgehen.«

Ich kann nicht hören, was Wynter erwidert.

»Bist du dir sicher?«, fragt Laurie schließlich zurück. »Möchtest du nicht …? Ja, doch, natürlich, ich sag es ihr.«

Sie legt auf, und allein schon ihr entschuldigender Blick verrät mir, wie wenig mir gefallen wird, was Wynter diesmal will.

»Du bekommst einen Tausender extra, wenn du die beiden bespaßt. Wynter möchte sich lieber ausruhen. Du sollst Nord schreiben, dass er dich in dem Club treffen soll.«

Wynter hat echt Nerven! Schlimm genug, was sie mir heute schon alles zugemutet hat. Jetzt soll ich auch noch Nord überreden, mitzukommen – was supergefährlich ist, weil ich keine Ahnung habe, wie ihre Beziehung zu ihm sich seit vorgestern verändert hat. Und seine zu ihr. Ohne von ihr eingeweiht zu werden, habe ich doch keine Chance, das vernünftig hinzukriegen! Hätte sie ihn nicht wenigstens selbst schon dorthin bestellen können?

Wenn ich glauben würde, dass das etwas bringt, würde ich jetzt sofort zu Wynter marschieren und ihr das klarmachen. Doch sie weiß natürlich genau, in welche Lage sie mich bringt. Wenn ihr daran gelegen wäre, mir zu helfen, hätte sie das angeboten.

Kurz denke ich an mein Zimmer, an die Nachricht. Eigentlich will ich auch gar nicht freihaben und allein sein.

Fallon und Reece sehen schon wieder zu mir herüber und fragen sich vermutlich, warum ihre Freundin sie warten lässt.

Ich schreibe Nord und hoffe, nichts falsch zu machen, wenn ich mich ein bisschen flirty gebe. *Doppeldate im Dimmed* 2.0. *Wir sollten das mit uns feiern, findest du nicht?*

»Drück mir die Daumen«, sage ich zu Laurie, die mich aufmunternd anlächelt.

Dann kehre ich zu Fallon und Reece zurück.

»Alles klar? Kann's losgehen?« Fallon scheint ja ein echtes Energiebündel zu sein. Man merkt ihr richtig an, wie gern sie Toronto bei Nacht unsicher machen will.

»Und die wichtigste Frage: Hast du Nord schon gefragt?«

Genau in dem Moment vibriert mein Handy. Ich lese Nords Antwort. *Aber sonst geht's dir gut?*

Ähm … »Er ist schon unterwegs.« Hoffe ich. Oder sollte ich mir lieber wünschen, dass er nicht aufkreuzt?

Wenn diese Nacht keine Katastrophe wird, weiß ich's auch nicht. Ich stecke echt in der Tinte.

Kapitel 14

»Er wird dich doch nicht etwa versetzt haben?« Fallon beugt sich zu mir rüber, damit ich sie verstehen kann, und stützt sich dabei auf Reeces Oberschenkel ab. Die Bässe wummern trotzdem so laut, dass ich die Worte praktisch von ihren dunkelrot geschminkten Lippen ablesen muss. »Oder findet er uns vielleicht nicht?«

Das *Dimmed* 2.0 hat einen großen Hauptfloor. An den Wänden verläuft im Rechteck ein Podest mit kugelförmigen Sitzbereichen entlang, die etwas von Zugabteilen haben. Kleine Leitern mit je drei Stufen führen in diese Kugeln hinauf – ziemlich gewagt für einen Club, da kann man schnell mal das Gleichgewicht verlieren, wenn man angeschickert ist. Die Türen kann man verschließen und sich damit praktisch einen Kokon, einen eigenen kleinen Kosmos im Partygeschehen, schaffen.

In einem dieser Gebilde sitzen wir auf gut gepolsterten Bänken an einem ovalen Tisch und warten – bei noch offen stehender Tür und voller Geräuschkulisse – auf Nord, der vermutlich niemals erscheinen wird.

Ich checke noch mal mein Handy. »Er müsste eigentlich jeden Moment hier sein«, lüge ich und starre auf meine letzten beiden Nachrichten an ihn: *Ich hab noch was gut bei dir, schon vergessen?* Und als er darauf die ganze Fahrt zum Club über nicht geantwortet hat: *Bitte.*

Vielleicht sollte ich mir lieber eine Geschichte einfallen lassen, was den Fake-Freund der Frau, die ich imitiere, daran hindert, herzukommen. Migräne? Paparazzi, die er nicht abschütteln kann, aber auch nicht zu uns führen will?

Wynter wird wütend sein, wenn Nord sie vor ihren Freunden bloßstellt, indem er ihre Einladung ausschlägt. Das zusätzliche Geld kann ich dann vergessen. Aber wenn ich jetzt eine Ausrede bringe und er dann doch noch auftaucht, wirkt alles nur noch seltsamer.

Wynter selbst habe ich auch schon ein paarmal geschrieben. Sie ignoriert mich.

»Du solltest endlich auch einen Drink ordern«, meint Reece. »Du weißt, Fallon und ich werden anstrengend, wenn wir was getrunken haben – das hältst du nur aus, wenn du auch nicht mehr ganz nüchtern bist.«

»Mach ich gleich«, behaupte ich. Noch so ein Problem: Wie soll ich erklären, dass ich nichts trinken werde? Am Ende vermuten sie noch, Wynter könnte schwanger sein!

Neben Nervosität und Unkonzentriertheit gibt es nur zwei Umstände, die meinen Imitationen ernsthaft gefährlich werden können: Ich bin krank, oder ich trinke Alkohol. Selbst die winzigste Schnapspraline kann sofort alles durcheinanderbringen.

Am besten hole ich mir einen alkoholfreien Cocktail, wenn sie gerade nicht aufpassen.

»Lasst uns doch schon mal tanzen gehen«, schlägt Fallon vor. »Die Nacht ist noch lang, aber so lang nun auch wieder nicht.«

Ich habe nicht die geringste Lust, unseren Schutzraum

aufzugeben. Schon beim Reinkommen haben wir viel zu viele Blicke auf uns gezogen. Doch natürlich kann ich mich nicht einfach weigern.

Reece und ich folgen ihr hinaus auf die Tanzfläche. Die Decke der Halle ist über und über mit Kugeln in verschiedenen Höhen behängt, die das gedimmte warme Licht verströmen, das dem Club seinen Namen gibt. Sie sehen aus wie überdimensionale Glühwürmchen und sorgen für ein gemütlich-verträumtes Ambiente. Die laute Musik steht in scharfem Kontrast dazu.

Ich kenne Wynters Tanzstil nicht, doch das ist gerade meine geringste Sorge, dicht gefolgt von dem dummen Gefühl, von mindestens drei Handykameras gefilmt zu werden. Ich folge einfach dem Rhythmus, werfe die Arme in die Luft und bewege mich so anmutig, wie ich kann. Die Zeit schwimmt an mir vorbei, und ich blende alles aus. Die Imitation schmiegt sich ganz natürlich um mich.

Irgendwann stößt Fallon mich an und reißt mich aus dem Schwebezustand. »Da ist er ja endlich!«

Ich suche die Menge ab. Nord hält inne, als unsere Blicke sich treffen. Dann steuert er direkt auf uns zu. Erschrecken und Erleichterung halten sich die Waage. Wie wird er sich verhalten? Wie soll *ich* mich verhalten? Ich darf das hier nicht versauen, darf ich einfach nicht.

Obwohl Fallon und Reece weitertanzen, merke ich, wie neugierig sie auf unser Aufeinandertreffen warten. Der Eindruck kann täuschen, weil bei den Lichtverhältnissen hier Gesichtsausdrücke von Weitem schwer zu erkennen sind, doch für mich sieht Nord wie jemand aus, der gleich jemand anderen so richtig zusammenstauchen wird.

Wynter, was hast du nur getan?

Je näher er kommt, desto klarer wird, dass er nach wie vor alles andere als erfreut ist, sie zu sehen.

Meine einzige Chance besteht darin, an sein Mitleid zu appellieren.

Ich lasse Wynter ganz große, unschuldige Augen machen, in denen pure Verzweiflung steht, und deute leicht mit dem Kopf in Richtung von Fallon und Reece.

Komm schon, blamier mich nicht vor ihnen, sagt meine Körpersprache. *Es ist okay, wenn du mich hasst, aber zeig das nicht aller Welt.*

Ich sehe, wie er mit sich ringt und dann tatsächlich nachgibt. Seine Züge entspannen sich, alles an ihm wird von einem Moment auf den anderen freundlich und erwartungsvoll. Wie schon nach seinen Aussetzern am Set zeigt es sich auch jetzt wieder: Nord mag kein Imitator sein, aber er beherrscht etwas anderes perfekt – sich selbst in verschiedenen Rollen zu spielen.

Er schiebt sich zwischen zwei tanzenden Pärchen durch und wimmelt freundlich, aber bestimmt ein Mädchen ab, das ihn, wie es aussieht, anbettelt, ihr Dekolleté mit einem Lippenstift zu signieren. Sie sieht ihm schmollend nach. Gleich wird er direkt vor mir stehen.

Wow, ich muss echt meinen Hut vor ihm ziehen, dieses warme, liebevolle Lächeln ist phänomenal gut gefälscht!

»Süße!« Er zieht mich an sich, und meine Hände finden wie von selbst seinen Nacken.

Seine Lippen treffen auf meine. Ich stelle mich auf die Zehenspitzen und erwidere den Kuss, als hätte ich unendliche Sehnsucht nach ihm gehabt.

Ein paar Sekunden sollten reichen, oder? Nur ein etwas leidenschaftlicherer Begrüßungsk… Nord bringt seine Zunge ins Spiel, und ich kriege das mit dem Nachdenken nicht mehr so richtig hin. Sofort muss ich alle verbleibenden Ressourcen meines Verstands auf die Imitation richten. Oh, oh, das wird nicht lange gut gehen.

Als ich Reece pfeifen höre, weiß ich, dass wir unsere Sache gut machen. Na ja, eigentlich habe ich das vorher schon gewusst.

Ich fass es nicht, wie kann man jemanden *so* küssen, den man gerade noch in der Luft zerreißen wollte, selbst wenn es nicht echt ist? Ich meine, Wynter … ich … Nord … das hier … oha … wieso ist er so talentiert darin, nicht fair, ich …

Okay, das reicht jetzt!

Mit einem gekicherten »Hey!« drücke ich Nord von mir weg. Meinen Mund mag ich von seinem wegbekommen haben, aber irgendwie schaff ich es nicht, auch den Blick von ihm loszureißen. *Nicht durchdrehen, Elly, alles wird gut. Ja, du hast ihn gerade noch mal geküsst, so richtig diesmal, aber du bist ja nicht du, und überhaupt … Da ist doch nichts dabei, oder? Wynter wird begeistert sein, und es ist ja jetzt wirklich nicht so, als ob es schrecklich gewesen wäre.*

»Ich hab zu Reece gesagt, wenn ich es nicht mit meinen eigenen Augen sehe, werde ich nie und nimmer glauben, dass ihr wirklich was miteinander habt«, schreit Fallon gegen die Laute an, die der DJ gerade in den Song mischt – sie klingen, als ob jemand viel zu schnell und zu fest die Fenster schrubbt. Wir bewegen uns zum Rand der Fläche, wo sie Nord umarmt; danach begrüßen sich die beiden Jungs per Handschlag. Am

Rande nehme ich wahr, wie meine Bodyguards einige Clubgäste davon abhalten, auf uns zuzustürmen. Ob der Kuss von jemandem aufgezeichnet wurde? War das Nords Absicht?

»Manchmal dauert es eben etwas, bis man checkt, wer die Richtige ist!«, sagt er jetzt zu Fallon.

»Aber von Tiff zu Wynter? Krasse Umstellung, mein Lieber!«

Dafür bekommt sie einen harten Knuff in die Seite, mit den besten Grüßen von Wynter.

Nords Lächeln wirkt jetzt nicht mehr ganz so überzeugend. Er geht nicht auf den Kommentar ein. »Macht's euch was aus, wenn ich sie euch für eine Weile entführe? Wir haben uns den ganzen Tag noch nicht gesehen und …« Er lässt den Satz unvollendet in der Luft hängen, und Reece und Fallon können sich ihren Teil denken.

Fallon streckt den Arm aus und zeigt auf unsere Kugel. »Sie gehört euch!«

Nord legt den Arm um meine Taille und führt mich von den beiden weg. Sein Glück, dass sie denken, er kann es nicht erwarten, mit mir allein zu sein. Andernfalls wäre er gerade doch etwas unhöflich rübergekommen.

Ich erklimme die kleine Leiter und setze mich vor Fallons halb leeres Glas. Nord muss sich ducken, um sich nicht den Kopf an dem niedrigen Rundeingang zu stoßen. Er knallt die Tür hinter sich zu, und augenblicklich wird es hier drin um einiges leiser. Gut isoliert, die Dinger.

Nord setzt sich mir gegenüber. »Was bildest du dir eigentlich ein?«, eröffnet er die Schlacht.

»Und ich dachte, du wolltest wirklich weiter rumknutschen. War doch nicht übel, oder?«

Er stößt Wynters Namen aus wie einen Fluch.

»Na schön. Danke, dass du hier bist und den anderen nichts gesagt hast.« Ich formuliere das bewusst möglichst offen. Wie soll ich bloß herausfinden, was Sache ist?

»Sag mir, was das vorgestern sollte«, verlangt er.

Okay, also eins und eins zusammengezählt: Wynter hat den Annäherungsversuch, den eigentlich ich für sie unternehmen sollte, wirklich in die Tat umgesetzt, und Nord war nicht begeistert davon?!

»Ich dachte, es würde die Dinge ein wenig vereinfachen«, erfinde ich. »Rein objektiv betrachtet passen wir gut zusammen.«

Er fährt sich mit der Hand durch den Pony, sodass die Haare danach in alle Richtungen abstehen. »Du machst mich fertig.«

»Ich wollte dir sicher nicht zu nahetreten.« Eine lächerliche Behauptung angesichts von Wynters Wesen, aber was soll ich schon sagen? »Wir sind zwei attraktive Menschen, und ich war einfach auf ein bisschen Spaß aus.«

Er wirft einen Blick nach oben, den ich als ein »Lass Hirn vom Himmel regnen!« verstehe.

»Wynter«, sagt er noch mal, vielleicht glaubt er, das würde seine Ernsthaftigkeit unterstreichen. »Ich schlafe nicht mit Fremden.«

Merkwürdige Aussage, aaaaber immerhin ein Indiz. Da ist so was von nichts gelaufen zwischen den beiden.

»Ach, Nord«, seufze ich. »Wie lange arbeiten wir jetzt schon zusammen?«

»Selbst du solltest wissen, dass der Grad an Fremdheit zwischen zwei Menschen nichts damit zu tun hat, wie lange es her ist, dass sie sich zum ersten Mal begegnet sind.«

Gut gesagt. Würde Wynter allerdings anders sehen. »Großartig, das drucke ich mir vielleicht auf das Kleid für die Premiere. Dann sehen alle, wie intellektuell ich bin.«

Diesmal schaffe ich es nicht, ihn zum Schmunzeln zu bringen. »Ich werde das nicht wiederholen: Versuch noch einmal was in der Richtung, und die Team Task ist für mich Geschichte.«

Dass er Wynter hat abblitzen lassen, erklärt alles. Wahrscheinlich wäre sie nicht mal bereit, das zuzugeben, wenn ich sie direkt damit konfrontieren würde. Die Frage ist: Wie verletzt ist ihr Stolz? Wird sie aufgeben? Oder werden ihre Forderungen an mich ab jetzt nur noch schlimmer werden?

»Liegt es an Tiff?«

»Es liegt vor allem daran, dass ich dich kein Stück leiden kann.«

»Was spielt das für eine Rolle? Gibt 'ne Menge Leute, die es nicht kümmert, mit wem sie zusammen sind, solange die Person eine gute Figur macht und man mit ihr angeben kann.«

»Tja, zu denen gehöre ich nicht.«

»Klar, du bist ein Heiliger.«

Er hustet. »Das würde ich so nicht unbedingt unterschreiben.«

»Dann denk noch mal drüber nach.« *Aber bitte nicht heute, denn ich werde dich auf keinen Fall in meine Nähe lassen.*

»Ich will so was nicht noch mal erleben, okay? Ehrlich. Und du hättest auch wissen müssen, dass ich dich niemals mit zu mir nehmen würde. Das hab ich Laurie nur zugesagt, damit sie Ruhe gibt. *Niemand* weiß, wo ich wohne. Warum hätte ich also ausgerechnet dich einweihen sollen?«

»Weil wir jetzt ein Paar sind?« Ich hebe abwehrend die Hände, als ich sein Gesicht sehe. »Ist ja gut, war ein Scherz.«

Meine nächste Frage ist raus, bevor ich darüber nachgedacht habe, und kommt noch dazu ziemlich unvermittelt: »Sag mal, wie hast du es vorhin geschafft, doch noch so krass abzuliefern?«

Er sieht mich nur schweigend an.

»Ich meine, ich hab dich bei der Arbeit noch nie so neben der Spur erlebt.« Zumindest gemessen an den Reaktionen der anderen, die dabei waren, sollte das stimmen. »Und dann lief es plötzlich super.«

Er schüttelt den Kopf. »Kein Trick, den du für dich nutzen könntest.«

»Das macht mich erst recht neugierig.« Mir fällt auf, dass sein Blick jetzt durch mich hindurchgeht.

»Ganz einfach. Ich hab gedanklich die Zeit zurückgedreht und mir eingeredet, sie hätte sich nicht von mir getrennt.«

Verstehe.

»Tun wir so, als hätte ich dir nicht geantwortet.« Er streckt eine Hand aus, und ich brauche einen Moment, um zu kapieren, dass ich ihm meine reichen soll. »Wir spielen, solange wir müssen, und behandeln uns währenddessen fair, Deal?«

Ich schlucke. Wenn jemand ihn nicht fair behandelt, sind das Wynter und ich.

»Ich geb mein Bestes« sage ich, was wenigstens halb wahr ist.

Er drückt meine Hand, und ich drücke zurück.

»Dann lass uns auf die abgeschlossenen Friedensverhandlungen anstoßen«, sagt Nord. »Was darf ich dir holen?«

»Cola Light.«

Er zieht eine Braue hoch, lässt meine Wahl aber unkommentiert.

Es dauert nicht lange, bis er wieder da ist.

Dankend nehme ich die Coke entgegen. Er stößt mit seinem Cuba Libre mit mir an. »Auf eine erfolgreiche weitere Zusammenarbeit!«

»Auf mich!«, erwidere ich, weil Wynter das ziemlich sicher gesagt hätte.

Ich trinke. Schon beim ersten Schluck habe ich das Gefühl, jede Faser meines Körpers will sich wehren. Ein zweiter ist bereits gefolgt, als ich checke, dass das Zeug im Rachen brennt. Das hier ist keine Cola Light. Es ist eine mit Schuss, mit einem kräftigen sogar.

Ich fluche.

»Sorry, ich dachte, ein bisschen Alkohol könnte dir vielleicht sogar ganz guttun.«

Im Gegenteil.

Jetzt bloß nicht panisch werden! Ich gehe meine Optionen durch. Besonders zahlreich sind sie nicht. Ich könnte auf der Stelle abhauen und später irgendeine Entschuldigung erfinden. Das würde aber nicht besonders glaubhaft wirken, egal, was ich mir Brillantes würde einfallen lassen. Ich könnte mich zur Toilette verabschieden und versuchen, diesen Schluck wieder hochzuwürgen, was … bäh, nein. Einfach nein.

Bleibt nur eine Lösung übrig: Ich halte noch ein bisschen aus und fliehe dann. Ungefähr zwanzig Minuten sollte ich haben, bevor mir die Kontrolle entgleitet, mit Glück eine halbe Stunde. Das sollte reichen, um aus dem Club raus und in ein Taxi zu kommen. Von unterwegs könnte ich Laurie schreiben, dass sie mich in *ClassyGardens* unbedingt in Empfang nehmen soll. Sie hat versprochen, die ganze Nacht für mich erreichbar zu sein.

Das sollte klappen. Nord beobachtet mich, während ich ihr meinen Plan schreibe, doch mitlesen kann er nicht. Ich füge noch hinzu, sie soll sich nicht wundern, wenn ich in seltsamer Verfassung, vollkommen apathisch oder sogar ohnmächtig eintreffe.

Ein kleiner Trost: Wenigstens entkomme ich Fallon, Reece und Nord bald fürs Erste, denn das hier ist wirklich anstrengend. Ich habe wie gewünscht Wynters Freunde in den Club begleitet und etwas Zeit mit ihnen verbracht und dann sogar noch Wynters Fauxpas ausgebügelt. Das sollte genügen für heute.

»Zurück zu den anderen!«, beschließe ich.

Nord folgt mir widerstandslos auf die Tanzfläche.

Wie viel Zeit werde ich wirklich haben? Besser, ich entschuldige mich so schnell wie möglich. Ich könnte auch einfach zwischen all den Leuten verschwinden und später behaupten, ich hätte ihn aus den Augen verloren und die Suche in wynterischer Ungeduldsmanier aufgegeben, um nach Hause zu fahren.

Kaum habe ich die Idee durchdacht, spüre ich Nords Hand, die sich auf meinen unteren Rücken legt. Inmitten der vielen Menschen bringt er seine Lippen an mein Ohr. »Je mehr Leute uns hier zusammen sehen, desto besser, oder? Vielleicht dringt dann was nach außen.«

Die Gelegenheit ist vorbei. Fallon und Reece haben uns entdeckt und bewegen sich mit etwas schrägen Moves auf uns zu. Okay, wahrscheinlich wäre es sowieso viel zu auffällig gewesen, mich auf die Art davonzustehlen.

Noch fühle ich mich sicher. Als ich meine Augen kurz schließe, kann ich jeden Millimeter der Imitation spüren. Sie ist stabil, jedenfalls für den Moment. Vielleicht schaffe ich es, sie im Griff zu behalten.

Doch es dauert nicht lange, bis mir klar wird, dass es völlig aussichtslos ist. Mir wird unnatürlich heiß, und meine Bewegungen bekommen einen roboterhaften Touch. *Unternimm was. Jetzt!*

Nords Hände liegen an meiner Taille, aber davon abgesehen tanzen wir nicht besonders eng – nur gerade so, dass es nicht so aussieht, als würden wir … na ja … eben absichtlich nicht besonders eng tanzen.

Ich beuge mich zu ihm vor, damit er mich verstehen kann. »Ich muss mal kurz an die frische Luft! Mir ist nicht gut!«

Obwohl er Wynter vor sich zu haben glaubt, tritt sofort Besorgnis in seine Augen.

»Bin gleich wieder da! Wenn es nicht besser wird, lass ich mich nach Hause bringen.« Ich spüre Schweißtropfen, die mir vom Nacken kalt den Rücken hinunterrinnen, auch auf meiner Oberlippe sammeln sie sich. Etwas zieht an mir, nein, in mir. Die Imitation fängt an zu kratzen, zu beißen, will, dass ich sie abwerfe. Als Nächstes werden Blackouts kommen – oder Schlimmeres. Ich werde flackern und schließlich nur noch ich sein, Aschenputtel, die Zweite.

»Ich komm klar, bleib du bei …«

»Das kommt so was von nicht infrage!« Nord schiebt mich sanft voran, raus aus der Menge. »Ruhig atmen, das geht gleich vorbei.«

Ich wünschte, er hätte recht.

Er gibt meinen Bodyguards ein Zeichen, dass er sich um mich kümmert. Auf dem Weg Richtung Ausgang flankieren sie uns so unauffällig wie möglich.

»Nord, wirklich, ich … vielleicht geh ich lieber zur Toile…«

»Nicht dran denken, du wirst nicht kotzen! Glaub mir, sobald wir vor der Tür sind, wird es besser.«

Ich bin so eine Idiotin! Wie konnte ich denken, es würde keine Probleme geben? Ich kann ihn nicht loswerden, weil er ein verfluchter Gentleman ist.

Mein Puls rast inzwischen so sehr, dass ich ihn in meinen Ohren trommeln höre.

Dann passiert es zum ersten Mal: Die Imitation rutscht mir an einer Ecke weg, Wynters Finger werden für Sekundenbruchteile zu meinen. Ich verstecke meine Hände hinter dem Rücken. Verzweifelt tue ich so, als würde ich tief durchatmen. Mir wird schwindelig.

»Wynter?«

Ich blicke mich hektisch um. Wodurch alles nur noch mehr um mich herumzuwirbeln scheint. Wie durch ein Wunder entdecke ich den Wagen, der uns hergebracht hat, auf der anderen Straßenseite. Ich muss es nur da rüber schaffen, dem Fahrer zu verstehen geben, dass er das Gaspedal heute nicht vernachlässigen soll, und die Abtrennung zwischen Fahrerbereich und Rückbank hochgefahren lassen. Dann wird alles gut.

Die Imitation muss runter. So schnell wie möglich. Wenn ich sie noch viel länger halte, werde ich das Bewusstsein verlieren.

»Ich glaube«, stoße ich hervor, während ich mich in Bewegung setze, »ich glaube, das war's heute für mich. Da drüben ist mein Fahrer. Ich will nicht in der Öffentlichkeit zusammenbrechen, okay? Und schon gar nicht vor dir!«

Zum Glück ist am Ende der Straße gerade die Ampel rot, sodass wir sofort hinüberkommen.

»Ist wahrscheinlich irgendeine Unverträglichkeit, ich bin da etwas empfindlich«, plappere ich vor mich hin.

Nord hat mich untergehakt und stützt mich. Die Wärme seiner Hand spüre ich bis unter den dünnen Stoff meines Kleides, und sie macht alles noch viel schlimmer. Ich halte die Imitation fest, kralle mich hinein. Nehme den Schmerz hin, den das in meinem Kopf auslöst.

»Alles in Ordnung?«, fragt der Fahrer durch das heruntergelassene Fenster, als er uns kommen sieht.

»Nach *ClassyGardens* – schnell!«, würge ich heraus.

Nord hält mir die Tür auf, und ich rutsche auf den Sitz hinter dem Fahrer. Die Abtrennung ist oben, sehr gut. Lichtblitze zischen vor meinen Augen durch die Welt.

»Ich meld mich, wenn ich angekommen bin«, verspreche ich Nord und ziehe die Tür zu, bevor er etwas zurückgeben kann. *In Sicherheit.*

Ich höre Nord draußen noch irgendetwas zum Fahrer sagen. Der Motor wird angelassen.

Mir entweicht ein Seufzer der Erleichterung, der mehr wie ein Aufschluchzen klingt. Hastig schnalle ich mich an und lasse den Kopf gegen die Lehne sinken. Wie auf Kommando rollt die Ohnmacht heran. Der Augenblick, in dem es um mich dunkel wird, sollte still sein. Stattdessen klingt er wie eine sich öffnende Autotür.

***Wonderful Intrigues*, Season 2, Episode 11**

Was bisher geschah: In Mor-Lagerre, dem Königreich, aus dem Wynter und auch Deven stammen, geht seit dem Verschwinden der beiden in die ›reale‹ Welt einiges drunter und drüber. Wynters Stellvertreterin Saphira kann Wynters Krone nur mit Mühe verteidigen. Böse Stimmen behaupten, Wynter werde nicht zurückkehren, und die Nächsten in der Thronfolge lauern darauf, die Macht an sich zu reißen. Warum Wynters Verlobter das Land verlassen hat, ist der Bevölkerung nicht bekannt. Doch es gibt einige Eingeweihte …

Die Szene beginnt mit einem Long Shot auf den prächtigen Thronsaal. Zwischen den edlen, reich verschnörkelten Leuchtern und den Skulpturen, die aussehen wie versteinerte Schmetterlinge auf Sockeln, wirkt Miyu Takahashi in der Rolle von Saphira klein. Ihr schwarzes Haar fällt glänzend zu beiden Seiten nach vorn über das über und über mit Stoffblüten in allen Schattierungen von Violett besetzte Kleid.

Shaun Foster als Jerjan, einer von Wynters treuesten Kriegern, schreitet gerade mit zwei weiteren Wachmännern herein.

»Ihr habt mich rufen lassen?« Vor Saphira macht er eine tiefe Verbeugung, und seine beiden Begleiter tun es ihm nach wie zwei Schatten.

»Es ist an der Zeit, Euch in Wynters Pläne einzuweihen. Sie hätte längst zurück sein müssen, und ich möchte, dass Ihr loszieht, um sie zu suchen.«

»Es ist mir eine Ehre. Dann werdet Ihr mir nun sagen, wohin sie gegangen ist?«

Saphira gibt den anderen Wachen mit einem Wink zu verstehen, dass ihre Anwesenheit nicht länger erwünscht ist. Man hört die schwere Tür zum Thronsaal hinter ihnen zufallen.

»Das ist der springende Punkt: Sie ist in eine andere Welt gereist.«

»In eine andere Welt?«

»Ja – eine, in der die Menschen keinerlei besondere Fähigkeiten haben.«

»Wissen wir das sicher?«

»Nein. Vielleicht sind nur einige von ihnen begabt. Oder viele, und ein Großteil weiß selbst nichts davon.«

»Entschuldigt, wenn ich so direkt frage, aber nach was würde unsere Königin in einer solchen Welt suchen?«

Saphira beginnt ihre Antwort mit einem Stoßseufzer. »Sie hat Dev dorthin verbannt und zuvor ihre Gabe auf ihn losgelassen.«

Jerjan schlägt sich die Hand vor den Mund. »Er hat seine Identität als Prinz verloren?«

»So ist es.«

»Dann ist ihm wohl auch entfallen, dass er die Verlobung mit Ihrer Majestät Wynter gelöst hat?«

»Nun, das könnte die Ursache von dem ganzen Debakel gewesen sein.«

»Lasst mich raten: Sie hat ihre Reaktion bereut und ist ihm nach?«

»Nicht ganz. Sie wollte ihm wohl nur eine Lektion erteilen.

Auch sie kann er nicht mehr erkennen, und sie will ihn zurückgewinnen und wieder herbringen.«

»Also spielt sie mit ihm.«

»Sie ist unsere Königin. Sie kann spielen, mit wem es ihr beliebt.«

»Ihr sagtet, Ihr hättet sie schon längst zurückerwartet? Habt Ihr Nachricht aus dieser anderen Welt erhalten?«

»Nein, aber Inselda hat in ihrer Glaskugel gesehen, was passiert ist. Es sieht so aus, als wäre Wynter auf ein unvorhergesehenes Problem gestoßen.«

»Welches?«

»Er hat sich dort in eine andere verliebt.«

Kapitel 15

Himmel, warum bin ich mit BH schlafen gegangen? Das ist echt unbequem. Ich blinzele ins Tageslicht. Eine Bewegung direkt neben mir lässt mich heftig zusammenzucken. Da sitzt eine Person am Boden neben meinem … Moment!

Mit einem Fluch auf den Lippen fahre ich hoch.

Nord hält sein Handy wie eine Waffe auf mich gerichtet, allerdings so herum, dass ich die letzte Kameraaufnahme auf dem Display sehen kann: das schlafende Gesicht einer ziemlich zerknautschten Blonden, der eine Strähne über die kopfkissenabdruckgemusterte Wange hängt. Sie hat leider nicht viel Ähnlichkeit mit Wynter, nicht mal mit viel gutem Willen.

»Morgen«, sagt Nord. »Du hast zwanzig Minuten.«

»Zwanzig Minuten?«, echoe ich. Ich würde mich gern nach einem Fluchtweg umschauen, aber ohne meine Brille sieht das – im wahrsten Sinne des Wortes – schlecht aus.

»Ich schätze, so lange wird deine Erklärung mindestens dauern.«

Ich kneife die Augen zusammen und versuche, Details auszumachen. Das Bett steht in einem Raum mit Schrägen, direkt unter einem Dachfenster. Über mir ist blauer Himmel mit bauschigen Wolken. Ich betrachte die Decken- und Stützbalken aus hellem Holz und das Ende einer Wendeltreppe. Um auf die Fluchtmöglichkeiten zurückzukommen: Die scheint der einzige Zugang zu sein. Es gibt noch eine Glastür an der Stirnseite des Zimmers, sieht allerdings ganz so aus, als ob die auf eine Dachterrasse rausgeht. In waghalsigen Sprung- oder Kletteraktionen bin ich leider auch nicht so die Beste.

»Wohin hast du mich gebracht?« Panik pocht hinter meinen Schläfen, in meinen Ohren, flutet vom Kopf aus überallhin.

»Was denkst du denn?«

Sosehr ich mich auch anstrenge, ich kann mich an nichts erinnern, was nach meinem Zusammenbruch im Auto passiert ist. Es wäre möglich, dass ich danach nicht mehr zu mir gekommen, sondern übergangslos in einen tiefen Dornröschenschlaf gefallen bin. Das hier ist kein Hotelzimmer, und wenn wir in *ClassyGardens* wären, wäre Laurie mir zu Hilfe geeilt, also lässt Nords Gegenfrage nur einen möglichen Rückschluss zu. Oh Mann, die Lage ist echt ernst! Er hat mich in sein Loft gebracht. Dessen Standort niemand kennt, weshalb mich auch keiner jemals finden wird, wenn Nord beschließt, mich zu zerstückeln und in seinen Kühlschrank zu packen.

»Wo sind meine Bodyguards hin?«

»Die habe ich in den Feierabend geschickt, als wir losgefahren sind.«

Also wissen sie auch nichts über meinen Verbleib.

»Ich hatte nicht wirklich eine Wahl«, sagt er. »In *ClassyGardens* hast du Verbündete, oder?«

Ich habe nirgendwo Verbündete. Ich bin ganz allein, und ich bin *aufgeflogen*. Das kann ich nie wieder geradebiegen. Wie konnte mir das passieren?

»Die Sache ist die: Wenn ich dieses Foto hier poste und darunter irgendeine mysteriöse Zeile haue, so was wie …

hm … *My Sleeping Beauty* … werden dich die Aasgeier da draußen nie wieder in Ruhe lassen. Ich kann nicht beweisen, was ich gesehen habe, aber ich kann dein Leben komplett ruinieren.«

Wie es aussieht, kriege ich das auch ohne ihn schon hin.

»Du willst die Welt glauben lassen, dass du was mit mir hast?«, frage ich zaghaft. »Das wäre für dich doch auch nicht so vorteilhaft. Würde ziemlich viele Fragen aufwerfen.«

Er zuckt mit den Schultern. »Lieber eine geheimnisvolle Affäre als eine Fake-Beziehung mit Wynter. Oder stopp – bist du Wynter oder nicht?«

Ich könnte die Imitation wiederherstellen, jetzt sofort. Wäre das in Wynters Sinne? Okay, seien wir ehrlich, nichts, was ich jetzt noch tun kann, wäre in ihrem Sinne. Oder in meinem.

»Ich bin nicht Wynter«, sage ich schwach.

»Bist du denn, wer du jetzt bist? Oder ist das auch nur eine … Hülle?«

Wenn ich behaupte, dass mein aktuelles Aussehen nicht echt ist, verliert er sein Druckmittel.

Es gibt zwei Wege, die ich jetzt einschlagen kann: ihn weiter anlügen – oder die Wahrheit sagen. Beides ist gefährlich und kann nach hinten losgehen. Eigentlich *ist* längst alles nach hinten losgegangen. Ich bringe kein Wort heraus.

»Unterschätz mich besser nicht«, sagt Nord. »Ich bin nicht blöd. Ich weiß nicht, was hier läuft, aber ich bin mir ziemlich sicher, ich kann den Spieß umdrehen.«

Mir kommt in den Sinn, dass ich doch einen Wunsch bei ihm frei hatte, aber dummerweise habe ich den ja gestern verschwendet. Nord ist in den Club gekommen, weil ich ihn darum gebeten habe. Hätte ich das nicht getan, wäre jetzt immer noch alles in Ordnung.

Er wird mich verraten. Wynter wird ausrasten. Ich werde keinen Cent mehr von ihr bekommen. Savannas Behandlung wird abgebrochen werden.

Die Gewissheit meines Versagens schlägt über mir zusammen. Obwohl ich es nicht will, laufen meine Augen über. Mit zittrigen Atemzügen kämpfe ich um Fassung.

»Du hast schon unter Beweis gestellt, dass dir in Sachen Schauspielerei niemand was vormachen kann, also spar dir das Theater«, fährt Nord mich an.

Ich kann ihm sein mangelndes Mitgefühl für mich nicht wirklich übel nehmen. Trotzdem sind die Tränen nicht aufzuhalten. Ich wische sie mir mit dem Handrücken von den Wangen.

»Ich hab das nur für meine Schwester gemacht!« Das zu sagen, habe ich nicht geplant, es ist einfach passiert.

Nords Gesicht verfinstert sich noch mehr.

»Wynter hat mich beauftragt, ihr die Team Task abzunehmen – und ein paar ihrer öffentlichen Auftritte. Ich brauche das Geld wirklich dringend, ich …« Ich schniefe. Was interessiert ihn das? Ich habe ihn verarscht, und er hat keinen Grund, mir das zu verzeihen, egal, womit ich es begründe. »Sie will, dass ich dich für sie an Land ziehe, um ihre Unwiderstehlichkeit zu demonstrieren. Wobei ich ihr gleich gesagt habe, das wird nichts.«

Was labere ich nur, das wird mir doch auch alles nicht helfen. »Es tut mir leid«, stoße ich hervor. »Ich habe diesen Auftrag so sehr gebraucht. Aber das rechtfertigt nicht, was ich mit dir abgezogen habe.«

Ich überlege verzweifelt, was ich noch sagen, wie ich es wenn auch nicht entschuldigen, aber zumindest erklären kann.

Doch viel mehr gibt es eigentlich nicht zu wissen: Wynter hat ihn reingelegt, ich habe ihr geholfen. Mein Motiv mag ehrenhaft gewesen sein, trotzdem war es eigennützig.

Nord schweigt lange.

»Du warst gestern wie … eine Sinnestäuschung«, sagt er schließlich. »Im Auto konnte ich dich kaum ansehen, davon ist mir praktisch schlecht geworden, weil du geflimmert hast wie ein kaputter alter Fernseher. Du kennst doch diese GIFs, wo man klicken kann, um zu stoppen? Du warst Wynter, dann warst du es nicht, dann warst du es wieder, und dabei hattest du die ganze Zeit die Augen geschlossen und hast auf nichts reagiert.«

»Sorry für die traumatische Erfahrung.« Das meine ich ernst.

»Und weißt du was? Ich hatte die ganze Nacht Schiss, dass jeden Moment die Polizei klingelt. Ich musste dich nämlich vom Wagen zum Haus schleppen, und der Fahrer hat wahrscheinlich das Schlimmste von mir gedacht.« Er funkelt mich wütend an. »Also beantworte mir jetzt gefälligst meine Fragen und sag mir, was zum Teufel mit dir nicht stimmt.«

Er hat recht, etwas stimmt nicht mit mir. Das trifft es absolut. Das Imitieren ist mein persönlicher Dachschaden.

»Eigentlich weißt du schon alles: Ich imitiere Menschen.« Mein Magen krampft sich zusammen, vor Angst, vor Stress, als Nachwirkung des gestrigen Abends, von allem etwas.

»Das darf niemand erfahren.«

Nord lacht, nicht unbedingt spöttisch, eher entgeistert.

»Wynter Brookely zu doubeln, ist nicht gerade der beste Weg, um ein Geheimnis zu hüten. Vor allem nicht *so eins*. Was du kannst, ist … es ist unmöglich.«

»Ich wünschte, das wäre es«, murmele ich. Dann starte ich einen Versuch, aus dieser schrägen Situation rauszukommen. »Du siehst aus, als bräuchtest du erst mal Zeit zum Nachdenken. Vielleicht …?«

Nord hält seine Hand hoch wie ein Stoppschild, gegen das meine begonnene Frage prallt. »So leicht kommst du nicht davon. Ich will alles wissen. Hier, ich hab eine Liste.«

»Kann es sein, dass du auf Listen stehst?« Warum kann ich das mit den flapsigen Kommentaren nicht mal jetzt lassen?

»Schon«, gibt er zu. »Also, kann ich loslegen? Nein, warte, wir machen das anders. Kommst du mit 'ner Handkaffeemühle klar? Hab so 'ne alte vom Flohmarkt. Und dann mit der French Press zubereiten. Ich geh duschen, und du kümmerst dich um Kaffee. Ich brauch unbedingt welchen.«

»Ich soll für dich Kaffee kochen?«

»Du kannst froh sein, dass das für den Moment alles ist, was ich von dir verlange. Ich habe dich in der Hand.«

Mit diesem nicht gerade beruhigenden Hinweis rappelt er sich auf und tapst barfuß zur Treppe. Hat er mich ernsthaft gestern hier hochmanövriert? Respekt! Auch wenn mir die Vorstellung von meinem bewusstlosen, imitationsfreien Ich in seinen Armen so gar nicht behagt. Ich höre jeden Schritt auf jeder Stufe, kurz darauf schlägt unten eine Tür zu.

Ich lausche in mich hinein, spüre meinem Herzschlag nach. Mich überkommt eine plötzliche Übelkeit, als ich mich nun doch zurück in meine Imitation von Wynter zwinge. Trotzdem fühle ich mich besser so, wie in einer Art Schutzanzug. Wynters Mimik und Gestik habe ich zudem wahrscheinlich besser unter Kontrolle als meine eigene. Und ich kann wieder klar sehen.

Ich wage mich auf etwas wackligen Beinen ebenfalls die Treppe runter, dabei lasse ich für keine Sekunde das Geländer los.

Der untere Teil des Lofts ist recht minimalistisch eingerichtet und in Wohn- und Küchenbereich unterteilt. Fast die Hälfte des unverputzten Mauerwerks ist mit Fotos übersät, die Nord vermutlich selbst gemacht hat. Die meisten zeigen verloren wirkende Gegenstände, einen Hut mit Schleife auf einem menschenleeren Gehweg, ein Theaterticket zwischen Steinen, ein einsames buntes Puzzleteil in einer Pfütze, ein Drachen in Form einer Qualle, der zwischen Betonwänden Richtung Himmel zu fliehen versucht. An ein paar Stellen sind Lücken. Vielleicht gab es ein paar Aufnahmen von Tiff. Oder sogar Tiff mit Nord.

Ich wende mich der Küchenzeile zu und stürze erst mal zum Spülbecken, um Wynters Gesicht notdürftig von den Make-up-Resten zu befreien. Sie würde mich umbringen, wenn sie wüsste, dass ich irgendjemanden sie so sehen lasse, ganz besonders, wenn es sich bei diesem Jemand um Nord handelt. Macht zwar auch schon keinen Unterschied mehr, aber hey.

Als ich gerade den Hahn zugedreht habe, sehe ich die Clutch, die ich gestern dabeihatte, bei der Tür liegen. Ich eile hin und sehe hinein – alles noch da: Brillenetui mit Brille, Portemonnaie, Deo (das ich sofort benutze), Handy.

Ich teste, ob die Tür abgeschlossen ist. Ist sie nicht.

Ich würde liebend gern sofort abhauen und irgendjemandem texten, der mich retten kommen kann. Doch Nord hat die Schlinge eng gezogen, und das weiß er auch. Wenn ich jetzt einen Fehler mache, verrät er mich sofort. Ganz ehrlich, ich wüsste sowieso nicht, wem ich schreiben sollte. Dass alles vorbei ist, muss ich Wynter und Laurie persönlich beibringen.

Zu einem kann ich das Handy dann aber doch gebrauchen: um herauszufinden, ob man bei der Handmühle was falsch machen kann und was um alles in der Welt eine French Press ist.

»Du bist noch da«, stellt Nord fest, als er aus dem Bad kommt.

Als ob ihn das überraschen würde!

In Schale geworfen hat er sich nicht gerade. Er trägt ein grau meliertes Shirt zu einer dunkelblauen Jogginghose, seine Haare sind noch feucht. Der Gerade-aus-der-Dusche-Look steht ihm leider genauso gut wie jeder andere.

»Muss das sein mit der Fake-Wynter? Gefällt dir ihr Aussehen so viel besser?«

»Das ist es nicht«, wehre ich mich. »Ihre Klamotten passen mir nur nicht richtig.« Ein immerhin zutreffender Vorwand. Dass ich mich seltsam nackt fühle, wenn mich jemand als mich sieht, der bisher nur mit einer meiner Imitationen zu tun hatte, werde ich ihm bestimmt nicht anvertrauen.

Er lässt das Thema zum Glück fallen. »Du kannst dir auch ’ne Tasse nehmen«, erlaubt er gnädigerweise, als er sieht, dass ich nur eine vollgeschenkt habe. »Zucker ist hinter der Schranktür direkt vor deiner Nase, Milch im Kühlschrank.«

»Und was von beidem möchtest du?« Eigentlich sollte ich das wohl noch von Tiffs Nord-Vortrag wissen.

»Ich trink ihn schwarz.« Er kommt näher und schnappt sich die Tasse. Keine Ahnung, wie er es schafft, dabei nichts überschwappen zu lassen.

Ich hole mir eine zweite Tasse, fülle sie und gebe ordentlich Zucker dazu.

Nord tritt ans Fenster zu meiner Rechten. Erst jetzt nehme ich die atemberaubende Aussicht dahinter wahr: Dächer, so weit man blicken kann, vereinzelte Baumkronen im Stadtlabyrinth. Nur die Wolkenkratzer sind noch höher.

»Wann warst du sie, und wann warst du es nicht? Wie lange geht das schon so?«

Ich hole Luft, obwohl ich noch nicht weiß, was genau ich sagen soll, doch er kommt mir ohnehin zuvor: »Nein, warte. Lass mich raten.« Er pustet leicht in seine Tasse und sieht aus, als wolle er schon mal nippen, traut sich dann aber doch noch nicht. »Du bist erst seit Kurzem da. Zum ersten Mal sind wir uns an dem Abend vor dem Dinner-Date begegnet. Du warst im Restaurant, ich hab dich geküsst, und gestern hast du versucht, Wynters fehlgeschlagene Abschleppnummer wiedergutzumachen.«

Ich glaube, ich mache gerade keinen besonders intelligenten Gesichtsausdruck. »Woher weißt du das?«

Er zieht wieder seine Liste mit den Dingen hervor, die er von mir wissen will. »Ernst gemeinte Frage? Ich arbeite seit einer Ewigkeit mit Wynter zusammen. Und meine Bemerkung beim Date war kein Witz: Ich habe regelmäßig Albträume von dieser Frau. Ich *weiß* es, wenn sie ganz sie selbst ist.«

Dennoch spricht das für eine erschreckend gute Menschenkenntnis. »Du konntest doch nicht ahnen …«

»Nein, aber inzwischen ergibt alles Sinn.«

Ich bin also längst nicht so gut gewesen, wie ich dachte.

Trotzdem hätte alles glattgehen können, wenn ich nicht so eine Idiotin wäre!

»Weiß Tiff davon?«

Das ist seine dringlichste Frage?

»Das ist auf Lauries und Wynters Mist gewachsen.« Ich werde nicht auch noch Tiff reinreiten.

Leider lässt sein Blick darauf schließen, dass er mein Ausweichen bemerkt und richtig interpretiert hat.

»Was genau will Wynter von mir? Sie hat dir doch nicht wirklich gesagt, du sollst mich für sie weichklopfen?«

Ich schaue in die dunkle Brühe vor mir, als stünde darin zu lesen, was ich tun soll. »Doch, hat sie. Anscheinend ärgert es sie, dass du sie nicht willst – obwohl umgekehrt das Gleiche gilt.«

Er lacht. »Das klingt leider absolut nach ihr.« Er wendet sich vom Fenster ab und bedeutet mir, ihm in den Wohnbereich zu folgen. Die Sofagruppe ist … interessant. Das dunkelbraune Kunstleder ist über und über mit Farbspritzern übersät. Als ich mich setze, fällt mir das *T + N* auf, das in Quietschgrün auf die Armlehne gepinselt worden ist.

»Ich dachte, niemand weiß, wo du wohnst«, rutscht es mir raus.

»Du dachtest auch, du könntest mich bis zum bitteren Ende austricksen.«

Ich möchte nicht unbedingt herausfinden, welches bittere Ende ihm jetzt für *mich* vorschwebt.

»Was ist mit deiner Schwester?«, fragt er.

Ich glaube nicht, dass es helfen wird, ihm etwas vorzuheulen, zumindest hat das vorhin kein bisschen Wirkung gezeigt. Außerdem geht es ihn nichts an. Nichtsdestotrotz entscheide ich mich für die Wahrheit, auch wenn ich sie auf eine sehr kurze Erklärung runterbreche: »Sie ist wie ich, aber … bei ihr hat es zu einer Identitätsstörung geführt. Sie hat mehrere Persönlichkeiten entwickelt. Ich brauche Geld für ihre Behandlung. Viel Geld.« Auf einmal habe ich das Bedürfnis, mich zu verteidigen. »Ich bin sonst nicht die Art Mensch, die glaubt, dass der Zweck die Mittel heiligt. Aber Savanna steht für mich an erster Stelle. Ich habe nur noch sie.«

Nord seufzt tief. »Ich habe auch eine Schwester.«

»Oh, das wusste ich gar nicht.«

»Gehört zu den Dingen, die ich normalerweise für mich behalte.«

Kann man sich mit Kaffee eigentlich auch ein bisschen Mut antrinken? Ich nehme einen großen Schluck und verbrenne mir prompt die Zunge. »Pass auf, Nord, sonst habe ich gleich genug zusammen, um dich gegenzuerpressen.«

Er schüttelt den Kopf. »Mein Urteil über dich ist schon gefallen: Du bist verzweifelt, nicht grausam. Du wirst meine Geheimnisse wahren.«

Ich würde gern behaupten, dass ich nicht anfällig dafür bin, wie er mich jetzt anschaut, aber es ist diese Art von »Lass-uns-Komplizen sein«-, »Hallo-Mitverschwörerin«-Blick. Die, die eine Verbindung zwischen uns aufbaut, einfach aus dem Nichts heraus.

»Trotzdem, um ganz sicherzugehen, dass ich mich nicht täusche: Bist du bereit, ab jetzt für *mich* zu arbeiten?«

Meint er das ernst? Will er mich zu einer Doppelagentin machen, oder wie?

»Mein Risiko«, sagt er. »Wenn Wynter es rausfindet, sage ich, ich habe dich gezwungen.«

»Tust du das nicht?«, frage ich. »Mich zwingen?«

»Nein, du kannst auch so weitermachen wie bisher – mit dem kleinen Unterschied, dass ich Bescheid weiß und du es dadurch echt schwer haben wirst. Aber ich biete dir mehr, wenn du die Seite wechselst.«

»Inwiefern?«, frage ich vorsichtig. Ich will auf keinen Fall gierig wirken oder als wäre ich käuflich.

»Ich würde dich dabei unterstützen, Wynter zufriedenzustellen, und dir durch unsere Auftritte helfen«, sagt er. Und dann hebt er einfach meine Welt aus den Angeln: »Und ich würde mich verpflichten, solange es nötig ist, sämtliche Behandlungskosten deiner Schwester zu tragen. Egal, wie hoch sie noch werden.«

Kapitel 16

Ausgerechnet heute soll ich mich mit Tiff treffen. Neben diesem Beschluss verraten Wynters zahlreiche Sprachnachrichten (auf einmal befindet sie es wieder für nötig, mit mir in Kontakt zu bleiben), wie sehr sie darauf brennt, jedes Detail meiner letzten Nacht zu erfahren.

Durch die Nachrichten von Fallon zu »ihrem« gemeinsamen Abend hat sie herausgefunden, dass Nord und ich den Club zusammen verlassen haben. Reece und sie sind auch der Grund, warum Wynter mich nicht persönlich ausquetschen kann: Sie fliegen heute Nacht zurück nach Edmonton, und Wynter verbringt den Tag mit ihnen. Sie hat vor, sich den beiden gegenüber einfach geheimnisvoll zu geben.

Ich habe ihr meinerseits eine etwas vielversprechendere Version der Wahrheit getextet: Es ging mir nicht gut, und Nord hat sich um mich bzw. sie gekümmert. Ich habe aber für heute Abend ein privates Date für sie rausgeschlagen und bin auf einem guten Weg, ihn für sie rumzukriegen.

Das meiste davon stimmt ja tatsächlich. Nur dass ich im Loft war und wieder dort sein werde, durfte ich nicht erwähnen.

Nord wollte meine Handynummer – dass Wynter bei der anderen mitliest, hat er sofort erraten –, und hat mir bis zu diesem Treffen Bedenkzeit gegeben. Wofür ich ihm allerdings versprechen musste, niemandem gegenüber auch nur ein Sterbenswörtchen zu verlieren. Das bedeutet in allererster Linie: nicht Laurie, nicht Wynter und nicht Tiff.

Ganz besonders nicht Tiff, hat Nord mir geschrieben, kaum dass ich aus der Tür war.

Weshalb ich mich jetzt schon schlecht fühle. Trotz allem werde ich die Gelegenheit nutzen und versuchen, mehr über Nord herauszufinden, jetzt nicht mehr in Wynters, sondern in meinem eigenen Interesse. Ich muss wissen, mit wem ich es zu tun habe, denn ob es mir passt oder nicht: Im Moment liegt mein Schicksal in seinen Händen.

Tiff und ich treffen uns in der Brimley Road in Scarborough, um zusammen durch den Bluffer's Park zu spazieren. Sie hat behauptet, ohne Perücke und das gewohnte Make-up von Arabella wird sie in der Öffentlichkeit nur selten erkannt.

Als ich sie auf mich zukommen sehe, glaube ich das sofort. Sie trägt eine verspiegelte Sonnenbrille mit braunen Gläsern und ein lavendelfarbenes Maxikleid.

Ich selbst werde ohnehin niemandem auffallen. Auch wenn ich mich wie ausgekotzt fühle, seit ich die Imitation wieder abgelegt habe, kann Wynter selbstverständlich nicht gleichzeitig mit ihrem Besuch *und* mit Tiff an verschiedenen Orten unterwegs sein. Abgesehen davon bin ich ganz froh, heute mal ohne Personenschutz unterwegs sein zu dürfen.

Tiff umarmt mich, als ob wir alte Freundinnen wären.

»Tut mir so leid, dass Wynter dich gestern mit den Irren alleingelassen hat!«

»Na, dafür, dass sie berühmt sind, kamen sie mir noch ziemlich normal vor«, räume ich ein.

»Niemand von uns ist normal.« Sie klingt nicht, als ob sie es witzig meinen würde.

Ich bin die Letzte, die ihr da widersprechen sollte.

Wir biegen in den Park ein. Jetzt um die Mittagszeit ist nicht so viel los.

»Die sammeln sich gerade wahrscheinlich alle am Strand und bei den Picknickbereichen«, sagt Tiff, als hätte sie meine Gedanken gelesen. »Bist du schon mal hier gewesen?«

Ich schüttle den Kopf. Meine Freizeit ist bisher schließlich komplett für meinen Besuch bei Savi und die Tagesreise nach Hamilton draufgegangen.

»Ich komme oft her. Jedenfalls, wenn ich drehfrei habe.«

»Muss komisch sein, nicht zu wissen, ob und wie es weitergeht«, sage ich.

»Das ist es. Ich weiß manchmal gar nicht, worauf ich hoffen soll.« Sie lacht. »Wow, das klang ja fast philosophisch.«

Der Weg führt uns jetzt direkt am Ufer des Lake Ontario entlang. Das Wasser ist tiefblau, und ein sanfter Wind macht die Hitze erträglicher. Die Kronen der kleinen Bäumchen rascheln.

»Für die meisten von uns dreht sich jetzt seit Jahren alles um *WIn*. Während so viele Serien eingestellt wurden, ging es für uns immer weiter. Drei Verlängerungen! Und man könnte sagen, dass Wynters Vater erreicht hat, was er wollte: Durch *ClassyGardens* hat er uns zu viel mehr gemacht als lediglich Kollegen. Ich bin mir nur mittlerweile nicht mehr so sicher, ob er uns damit einen Gefallen getan hat.«

»Ich hatte bisher nicht den Eindruck, dass Wynter das Ganze positiv betrachtet.«

Tiff legt im Gehen den Kopf in den Nacken, um die Flugbahn eines großen Vogels zu verfolgen. »Ja, Wynter und Nord sind da ein bisschen außen vor. Sie wollen es so.«

»Wynter ist sich zu gut für den Rest, und Nord macht lieber sein eigenes Ding«, vermute ich.

Der Vogel geht in den Sinkflug und landet auf der Wasseroberfläche. Vor uns eröffnet sich ein atemberaubender Blick auf die Bluffs: grün bewachsene Steilklippen, erhaben und wunderschön. Ich verstehe, warum Tiff gern hier ist.

»Das habe ich früher auch gedacht«, sagt sie. »Stimmt aber nicht ganz. Wynter will mehr Unabhängigkeit von ihrem Vater und seinen Ideen und nicht nur für diese eine Erfolgsserie stehen.«

Als wir schon mindestens hundert Meter weiter gegangen sind und sie immer noch nicht mehr gesagt hat, frage ich vorsichtig: »Und Nord?«

»Nord erträgt keine Nähe.«

Keine Bitterkeit, kein Vorwurf, nur eine kühle Feststellung. Ich kaufe ihr diese Abgeklärtheit nicht ab.

Jetzt nachzubohren ist taktlos, trotzdem versuche ich es – quasi mit einem ganz sanften Bohrer. »Aber ihr wart ja doch recht lange zusammen …?« Wenn ich keine direkte Frage stelle, kriege ich vielleicht eher etwas aus ihr raus.

»Ich habe mich von ihm täuschen lassen«, sagt sie langsam, als müsse sie erst ausprobieren, wie die Worte schmecken. »Ich *dachte*, wir wären uns nah. In Wahrheit war er mir nah und ich ihm nicht.«

»Klingt nicht gut.«

»Was ich sagen will: Nord weiß alles über mich. *Alles*. Aber mir hat er nur eine Seite von sich zugestanden, einen kleinen Teil seines Lebens.«

Ich habe schon lange keine Gespräche mehr über Beziehungen geführt, und vermutlich war ich noch nie so richtig gut darin. Dass ich durch Wynter auch noch ziemlich unglücklich in die Nord-Tiff-Spannungen verwickelt bin, macht es nicht gerade einfacher.

»Was hat dir denn gefehlt?«, frage ich. »Also … wovon hat er dich deiner Meinung nach ausgeschlossen?«

»Ich weiß gar nicht, wo ich anfangen soll. Aufzuzählen, wovon er mich *nicht* ausgeschlossen hat, ginge schneller.«

Und da ist sie doch, die Bitterkeit. Ich habe einen eingebauten Sensor für dieses Gefühl, schließlich bin ich selbst voll davon. Auch meine Enttäuschung hat damit zu tun, dass ich an ein Vertrauen zwischen Stian und mir geglaubt habe, das ganz offensichtlich nie existiert hat.

»Alles, was ich habe, ist die Zeit, die wir zusammen verbracht haben. Sein Neuanfang hier in Toronto, seine Karriere bei *WIn*. Was davor war … keine Ahnung. Seine komplette Kindheit ist ein Mysterium. Ich habe nie seine Familie kennengelernt.« Sie seufzt. »Ich hätte früher darauf beharren müssen. Aber ich hatte ein paar schlimme Phasen in den letzten Jahren. Ich war so mit mir selbst beschäftigt, dass mir lange Zeit gar nicht aufgefallen ist, wie sehr er sich verschließt.«

Ich denke daran, wie traurig sie gewirkt hat, als ich bei unserem letzten Treffen gesagt habe, dass Nord sein Privatleben für sich haben will. Das scheint noch viel extremer zu sein, als ich bisher angenommen habe.

Eigentlich hätte ich ihn überhaupt nicht so zurückgezogen

und geheimnisvoll eingeschätzt. Wahrscheinlich hat er mir fast genauso viel vorgemacht wie ich ihm.

Kurz denke ich darüber nach, Tiff zu fragen, was sie mit den schlimmen Phasen meint, doch das traue ich mich dann doch nicht, es ist zu persönlich. Ich weiß, dass es Gerüchte von Klinikaufenthalten gegeben hat. In der Mitte der ersten und auch während eines Teils der dritten Staffel ist Arabella für eine ganze Weile nicht aufgetaucht, und es ist nicht so ganz sicher, ob das von Anfang an vom Drehbuch so vorgesehen war oder ob sie umdisponiert haben, weil Tiff ausgefallen ist.

»Weißt du … ich hab gedacht, die Trennung würde ihn aufrütteln. Ich habe nicht damit gerechnet, dass er nicht versuchen würde, mich zurückzugewi … Ach, sorry, ich will mich gar nicht bei dir ausheulen!«

Mein Handy vibriert in der Handtasche.

»Du solltest schauen, ob das Wynter ist«, sagt Tiff, als ich nicht danach greife.

Seufzend sehe ich nach. Es ist nicht Wynter. Leider. Hätte nicht gedacht, dass ich darüber mal nicht erleichtert sein würde.

Wie kann ich dir beweisen, dass du immer noch auf mich zählen kannst?

Eigentlich will ich überhaupt nicht antworten. Doch der Teil von mir, der Stian verletzen will, wie er mich verletzt hat, lässt mich doch zurückschreiben.

Chance vertan.

»Du siehst gerade aus wie eine Killerin. Willst du darüber reden?«

»Nicht unbedingt.« Ich will nicht mal darüber nachdenken. Allerdings fällt mir da etwas anderes ein, womit sie mir vielleicht weiterhelfen könnte. »Außer Laurie, Wynter und dir weiß doch niemand über den Auftrag Bescheid, oder?«

Der Themenwechsel ist zugegebenermaßen ziemlich plump, doch Tiff stört sich nicht daran.

»Nein. Zumindest nicht, soweit ich weiß. Warum? Hast du Angst, es könnte rauskommen?«

Soll ich es ihr wirklich sagen? Keine Ahnung, wie sie zu mir steht, aber wenn ich mir eine Person hier aussuchen müsste, der ich es erzähle, würde ich sie wählen.

Ich gebe mir einen Ruck. »Jemand hat mir eine Nachricht ins Bett gelegt. Jemand, der weiß, was ich kann.«

Vielleicht bin ich zu unvorsichtig. Sie selbst könnte es gewesen sein. Jedenfalls ist sie – abgesehen von den Feinden meines Vaters – die Einzige, für die mir ein Motiv einfallen würde, mich in Schach halten zu wollen. Na ja, Nord hätte vielleicht auch eins.

Tiff sieht ehrlich besorgt aus. »Hat die Person eine Gegenleistung für ihr Schweigen verlangt?«

»Das ist es ja gerade: hat sie nicht.«

Wir erreichen einen schmalen Strand. Tiff streift sich die Keilsandalen von den Füßen und lässt sie von ihrer Hand baumeln. Ich ziehe ebenfalls meine Schuhe aus und folge ihr zum See. Der Sand unter meinen Füßen fühlt sich wunderbar an, fein und weich.

»Sag sofort Bescheid, wenn so was noch mal vorkommt. Am besten auch Laurie. Du bist sicher bei uns. Aber wenn dein Geheimnis auffliegt, wird dir niemand helfen können.«

Sie taucht eine Zehenspitze ins Wasser. Da sie keine Miene verzieht, teste ich ebenfalls mit einem Fuß die Temperatur.

»Waaaah, ist das kalt!«

Offensichtlich ist sie hart im Nehmen, ihre Füße werden jetzt komplett umspült. Wobei … ich würde sagen, das ist Gänsehaut an ihren Beinen.

»Fühlt es sich gut an?«, fragt sie.

Ich bin noch so sehr mit dem Wasser beschäftigt, dass ich nicht gleich verstehe, was sie meint.

»Das Imitieren«, setzt sie nach.

»Nicht wirklich. Man stößt schnell an seine Grenzen.« *Viel* zu schnell, wie mir die letzte Nacht nur noch mal allzu deutlich vor Augen geführt hat. »Ich vermeide es, wenn ich kann. Aber es ist schwierig, einen besser bezahlten Job zu finden.«

Tiff schaut mich an, scheint jedoch durch mich hindurchzusehen. »Wenn ich diese Gabe hätte, würde ich ganz von vorne anfangen.«

Ich habe keine Ahnung, was ich darauf entgegnen soll. Sie hat das nicht nur so dahergesagt, und ich kann ihren Wunsch verstehen. Zwar weiß ich nicht, was sie dazu bewegt, sich nach einem Neustart zu sehnen, aber es ist nicht so, dass ich selbst noch nie darüber nachgedacht hätte. Wenn Savi gesund wäre, würde ich es in Erwägung ziehen, mit ihr fortzugehen, mir vielleicht sogar eine neue Identität zulegen. Ich möchte am liebsten nie wieder mit den Dettmers zu tun haben.

»Du hast doch schon einiges erreicht in deinem Leben«, sage ich. Oder ist das gerade das Falsche, weil sie es bereut, berühmt geworden zu sein?

»Und viel vom Rest ist echt scheiße gelaufen.«

Sie setzt sich wieder in Bewegung, und ich gehe neben ihr

zurück zum Weg. Dort klopfen wir uns den Sand von den Fußsohlen. Ich ziehe meine Schuhe wieder an, Tiff bleibt barfuß.

»Wo würdest du leben?«, frage ich. »Wer würdest du sein?«

Sie zuckt mit den Schultern. »Ich würde zurück nach Dublin gehen. Vielleicht könnte ich tatsächlich in einer Zeitschriftenredaktion arbeiten.«

Für das Schulterzucken war das ganz schön konkret.

Wir schlendern weiter und lassen das Thema fallen.

»Ich habe eine neue Theorie, warum Nord Wynter gibt, was sie will.« Von der Seite sehe ich, wie Tiff sich auf die Unterlippe beißt.

»Das tut er gar nicht.« Wenigstens in dem Punkt kann ich sie trösten. »Er hat mir selbst gesagt, dass er sie abgewiesen hat.«

Sie sieht nicht wirklich erleichtert aus. »Na, ganz leicht fällt es ihm natürlich nicht, Interesse an ihr zu zeigen. Aber er scheint es zumindest zu versuchen. Der Kuss …«

»Der war für die Presse.«

»Er war auch für Wynter.«

Als ich sie nur verständnislos anschaue, erklärt sie: »Die Team Task hat einen anderen Hintergrund, als ich dachte. Ich glaube, die anderen haben mich nicht eingeweiht, um mich zu schonen, ich gelte ja als psychisch labil.« Sie stößt zischend die Luft aus. »Sie versuchen, Wynter zu halten. Sie wollen, dass sie dem Cast treu bleibt, damit Staffel 5 nicht ins Wasser fällt. Und jetzt hat Nord sich der Sache angenommen.«

Ich lasse mir durch den Kopf gehen, was sie damit sagen will. »Er würde doch nichts mit ihr anfangen, um ihr einen Grund zum Bleiben zu geben«, sage ich schließlich. »Das kann ich mir nicht vorstellen. Er kommt ja echt nicht besonders gut mit ihr klar, das wäre die reinste Hölle für ihn.«

»Wäre es das?« Sie sieht mich von der Seite an, ich kann ihre Augen hinter den Gläsern der Sonnenbrille nicht sehen, aber ich kann mir genau ausmalen, was gerade in ihrem Blick liegt. »Wynter ist eine hübsche Frau. Und ich weiß zufällig aus erster Hand, wie überzeugend er sein kann.«

Ich frage lieber nicht nach, von was für einer Art Überzeugungskraft sie redet.

»Außerdem … jetzt hat er ja dich.«

»Ähm …«

»Auch wenn er das nicht weiß. Ihm wird nicht entgehen, dass Wynter plötzlich viel umgänglicher scheint. Das wird seine Hemmungen definitiv abbauen. Noch dazu ist er verzweifelt. Er glaubt, wenn Wynter uns verlässt, verliert er alles, was ihm wichtig ist.«

»Hast *du* keine Angst, dass sie geht?«

Tiff zuckt mit den Schultern. »Ich habe die Arbeit an der Serie immer geliebt, aber nur bis … Sagen wir, bei der letzten Staffel war es nicht mehr schön. Ich bin nicht sicher, ob ich so überhaupt weitermachen könnte.«

Ich öffne den Mund, doch sie lässt mich gar nicht erst zu Wort kommen. »Nord mag vielleicht grundsätzlich nicht der Typ für bedeutungslose Affären sein, aber Wynter würde garantiert nicht von ihm erwarten, sich ihr gegenüber zu öffnen. Das sollte ihm entgegenkommen.« Sie schaut zum Horizont und legt die Stirn in Falten. »Ich glaub, da zieht ein Gewitter auf«, sagt sie, als würden die Gedanken, die sie soeben in Worte gefasst hat, sie überhaupt nicht berühren.

Da schiebt sich in der Tat eine ziemlich dunkle Wolkenwand über den See.

»Wir sollten besser umdrehen«, meint Tiff.

Ich nicke. Wahrscheinlich sollte ich einfach so stehen lassen, was sie über Nord gesagt hat, aber ich kann nicht anders: »Warum hast du zu mir gesagt, dass Nord der beste Mensch ist, den du kennst? Das eben hat sich anders angehört.«

»Wieso? Man kann doch ein guter Mensch und gleichzeitig ein idiotischer Geheimniskrämer sein, der es hasst, über sich und seine Gefühle zu reden?« Sie lächelt mich verhalten an.

Ich hoffe, sie hat recht. Ich hoffe, trotz allem, was ich tue, bin auch ich ein guter Mensch.

Kapitel 17

Erst unmittelbar vor dem Haus imitiere ich Wynter, nicht, ohne mich vorher mehrfach nach allen Seiten umzusehen. Mir sollte eigentlich niemand gefolgt sein, aber ich versichere mich dessen lieber ein paarmal zu oft als zu wenig.

Nord versichert sich durch die Gegensprechanlage, dass ich es bin, drückt den Summer und erwartet mich an der Tür zum Loft. »Ich würde es vorziehen, wenn du den Blödsinn jetzt lassen und du selbst sein würdest. Außer in der Öffentlichkeit, versteht sich.«

»Du bist dir ja sehr sicher, dass ich weitermache.«

»Was bleibt dir auch anderes übrig?«

Leider geht der Punkt an ihn.

»Hast du schon gegessen?«, fragt er. »Ich könnte was bestellen.« Er nimmt mir meine Jacke ab und hängt sie ordentlich auf einen Bügel. »Du machst ein Gesicht, als wärst du unterwegs zum Galgen.«

Jedenfalls hatte ich mich nicht auf ein ungezwungenes Abendessen eingestellt.

»Wir müssen uns nicht bekriegen«, sagt Nord. »Tut mir leid, falls du den Eindruck hast, dass ich dich erpressen will. Am liebsten wäre mir ehrlich gesagt sogar ein Vorgehen, von dem wir beide was haben. Das alles könnte auch eine ziemlich glückliche Wendung sein, wenn du mich fragst.«

»Für mich steht eine Menge auf dem Spiel«, sage ich.

»Nicht nur für dich.«

»Du versuchst, Wynter dazu zu bringen, in *ClassyGardens* zu bleiben«, sage ich ihm auf den Kopf zu.

Seine Überraschung währt nur für einen kurzen Moment und weicht dann etwas, das fast nach Belustigung aussieht. Jedenfalls funkelt es in seinen dunklen Augen. »Du bist clever.«

»Die Lorbeeren gehen an Tiff.«

Vielleicht habe ich es mir eingebildet, weil ich so sehr darauf zu achten versuche, aber ich glaube, er ist leicht zusammengezuckt.

Wir gehen in die Sofaecke, mit der ich heute Morgen schon Bekanntschaft gemacht habe.

»Was hältst du von Pasta?«, fragt Nord. »Ich kenn da einen Lieferservice, der ein echter Geheimtipp ist.«

Ich weiß nicht, ob ich überhaupt etwas runterkriegen werde. »Entscheide du«, sage ich und zucke mit den Schultern.

Er lacht. »Dass ich nicht sofort gemerkt habe, dass du nicht Wynter sein kannst!«

Die Sache ist, jetzt muss ich mir ja keine Mühe mehr geben. Trotzdem fühle ich mich nach wie vor besser, wenn er mich im Original so wenig wie möglich zu sehen bekommt.

»Zurück zu Tiff«, sagt er, während er zu einem Sideboard aus Nussbaumholz hinübergeht und in einem Stapel Flyer zu wühlen beginnt. »Es wäre für dich und mich von Vorteil, wenn du den Kontakt zu ihr auf ein Minimum reduzierst.«

»Und warum?«

Ganz kurz nur huscht sein Blick zu den auf die Sofalehne geschriebenen Initialen. »Liegt das nicht auf der Hand? Wenn sie herausfindet, dass ich Bescheid weiß, war's das. Für mich, für dich und für deine Schwester.«

Vielleicht übertreibt er, vielleicht aber auch nicht. Tiff ist von der ganzen Geschichte nicht begeistert, das hat sie sehr deutlich gemacht. Und es wäre durchaus möglich, dass sie sich eher auf Wynters Seite stellen würde als auf Nords. Schwer zu sagen.

»Ich kann keine Treffen ablehnen, die Wynter oder sie vorschlagen. Das wäre verdächtig.«

»Ist okay.« Er ist fündig geworden, kommt wieder zur Sitzecke zurück und wirft mir einen bunt bedruckten Flyer zu. Er fliegt nicht weit genug und flattert knapp vor mir auf den Boden. »Sorry.«

Ich hebe ihn auf und scanne die Gerichte, ohne wirklich etwas aufzunehmen.

»Hast du sie über mich ausgefragt?« Nord verschränkt die Arme vor der Brust und beobachtet mich ganz genau.

»Glaubst du denn, sie hätte mir was Interessantes verraten können?«

»Sie kennt mich besser als jeder andere Mensch.«

»Klang für mich nicht so.« Mehr werde ich dazu nicht sagen. »Ich nehme … Al Pesto. Aber ohne Knoblauch bitte.«

Offenbar hat Nord die Nummer des Imbisses eingespeichert. Er ruft an und gibt meine Wahl durch. »Und dann noch einmal Al Tonno. Alles klar, danke.«

Ob die Person am anderen Ende der Leitung weiß, mit wem sie da gerade telefoniert? Vermutlich nicht.

»Ist es nicht ein bisschen riskant, überhaupt irgendwem deine Adresse zu geben?«, frage ich, als er das Gespräch beendet hat.

»Ich benutze den Mädchennamen meiner Großmutter, Ridgeway. Und hey, Nordyn kann theoretisch jeder heißen.«

Ich habe gar nicht auf das Klingelschild geachtet, doch da steht als Vorname sicher höchstens ein *N.* drauf. »Besonders häufig ist das aber nicht.«

»Meine Mom wollte mich Nordian nennen, das war dann der Kompromiss. Sie hat's mit nordischen Göttersagen.«

Na, dafür, dass er angeblich niemals von seiner Familie spricht, rückt er ja schnell mit Detailinfos raus! Hat er heute Morgen nicht auch eine Schwester erwähnt?

»Wie kommt es, dass du Deutsch sprichst, Elodie?«

Erinnerungsfetzen ziehen an mir vorüber. Schande. Ich glaube, als er mit mir den Club verlassen hat, habe ich in der falschen Sprache mit ihm geredet! Ich weiß nicht mehr, in welcher er geantwortet hat. Aber er hat mich verstanden. So ein Mist.

Solange er nichts übers Imitieren wissen will, bitte. »Meine Mutter war Deutsche, mein Vater Kanadier. Sie hat ihn in ihrem Auslandssemester kennengelernt.« Irgendetwas an seinen Augenbrauen sagt mir, dass er die Vergangenheitsform registriert hat. Ich rede schnell weiter: »Mit 'nem französischen Vornamen für die erste Tochter wurde keiner von beiden benachteiligt. Bei meiner Schwester war's schon schwieriger. Mein Vater hat sich immer aufgeregt, weil meine Mutter und ich Savanna Deutsch ausgesprochen haben.« *Komm zum Punkt, was juckt ihn das?* »Eigentlich lebe ich in der Nähe von Dortmund, kennst du wahrscheinlich nicht.«

Er lacht.

»Was?«

Jetzt ist er es, der ins Deutsche wechselt: »Ich bin in Castrop-Rauxel aufgewachsen. Teilweise zumindest. Bei meinen Eltern ist es genau andersherum mit den Nationalitäten.«

Was sagt man dazu?

»Du bist allein nach Amerika gekommen? Für *WIn*?«

»Stopp. Ich habe nichts davon gesagt, dass wir jetzt Freunde sind und du das Recht hast, mir solche Fragen zu stellen.«

Es ist ziemlich merkwürdig, ihn in meiner zweiten Muttersprache reden zu hören. Es wirkt, als ob eine Synchronstimme aus dem Off käme, nur klingt sie genauso wie seine echte. Ehrlich gesagt habe ich sogar einige Folgen auf Deutsch gesehen. Wenn ich jetzt so drüber nachdenke … könnte sein, dass er seine Parts tatsächlich selbst eingesprochen hat.

»Wynter hat dich also extra einfliegen lassen? Unfassbar. Aber kommen wir zum Geschäftlichen.« Ich weiß nicht genau, ob das ein unheilvolles Lächeln ist. Könnte auf jeden Fall eins sein. »Wir liefern ihnen nicht nur irgendeine Liebesgeschichte, sie kriegen die beste, die sie je bezeugen durften. Du erhältst deine Doppelbezahlung und sorgst im Gegenzug dafür, dass ich mich möglichst wenig mit der richtigen Wynter rumschlagen muss. Während du ihr klarmachst, wie toll es mit mir läuft und wie viel sie durch unsere ›Beziehung‹ gewinnt – bearbeite sie wegen der fünften Staffel. Und das wär eigentlich auch schon alles.«

Na, er zeigt ja vollen Einsatz! Glaubt er wirklich, mit meiner Hilfe kann er bei Wynter weiterkommen? Hält er mich und mein Imitieren für so nützlich? Oder geht es ihm vor allem darum, Wynter ihre Trumpfkarte abzuluchsen? Vielleicht ist das alles auch nur ein Anzeichen von Verzweiflung.

Nord lässt mir Zeit, über die Sache nachzudenken, aber ich sehe, wie er in meinem Gesicht zu forschen versucht. In Wynters Gesicht.

»Du hast keinen Grund, mir zu vertrauen«, sage ich schließlich. Ich könnte so tun, als ob ich mich auf seinen Plan einlasse, und alles brühwarm Wynter erzählen. Während er glauben würde, sie auszutricksen, wäre in Wahrheit sie es, die mit *ihm* spielt. Wie schon die ganze Zeit. Wie auch die Wynter in *WIn* mit Deven spielt.

Nord schaltet die beiden hohen Stehlampen ein, die wie Wächter links und rechts von der Sitzecke stehen. Ihre Ständer haben etwas von zugeklappten Regenschirmen.

Dafür macht er die Deckenlampe aus. Die Atmosphäre wird heimeliger – was so überhaupt nicht zur Situation passt.

»Irgendwo müsste ich noch Kerzen haben«, murmelt Nord.

»Ähm …«

»Das hier ist ein Strategie-Meeting. Aber ich habe den ersten Schritt schon mal ohne dich geplant.« Er geht wieder zum Sideboard und öffnet eine Schublade nach der anderen. »Uns auf die Klatschpresse zu verlassen, reicht nicht. Wir müssen diese beschissene Fake-Beziehung unbedingt für alle Welt online dokumentieren. Das würde schließlich auch von uns erwartet, wenn sie echt wäre, oder nicht?«

Ich muss an die Fotos von ihm und Tiff auf ihren Accounts denken. Ob sie ihn überreden musste, sie hochladen zu dürfen?

»Ich habe uns ein Pärchenprofil angelegt. Unter *Nordwynter*. Die anderen nerven mich schon seit einer Ewigkeit, weil ich mich nicht so viel mit den Fans austausche. Ich denke, es kommt gut, wenn ich behaupte, dass Wynter mich überzeugt hat. Macht mich nach außen hin zum stolzen Freund, der sich gern mit ihr sehen lässt.«

Wieso hat man ihm überhaupt erlaubt, sich so zurückzuziehen? Wahrscheinlich hat es ihn für die Öffentlichkeit nur umso interessanter gemacht. Wenn er jetzt plötzlich mehr von sich preisgibt, werden sie sich darauf stürzen, und genau darauf scheint er zu spekulieren.

Nord macht einen erfreuten Laut, als er findet, wonach er gesucht hat; im gleichen Moment ertönt die Klingel.

»Wow, das ging schnell!« Nord stellt drei dunkelgrüne Stumpenkerzen vor mich auf den Couchtisch und eilt zur Tür.

Kurz darauf erfüllt der Duft von Pasta den Raum. Nord hantiert an der Küchenzeile herum und kommt dann mit den dampfenden Boxen zurück zu mir.

»Erst die Arbeit, dann das Vergnügen«, sagt er. »Bedeutet in unserem Fall: erst die Fotos. Ehrlich gesagt sind Handybilder echt nicht meins; es geht nichts über eine richtig gute Kamera. Aber für unsere Zwecke wird's auch so genügen.«

Langsam beginne ich zu verstehen. »Wir geben ihnen einen romantischen Abend zu zweit?«

»Genau das. Kriegst du das hin?«

Ich werfe ihm einen Blick zu, der so viel sagt wie: *Ernst gemeinte Frage?*

Worauf er mit seinem antwortet: *Na, dann los!*

Es stellt sich heraus, dass es gar nicht so einfach ist, authentisch wirkende Selfies zu machen, wenn man als Requisiten dampfende Pastaboxen hat. Und dass es dafür umso mehr Spaß macht.

Mit andächtigen Gesichtern stoßen wir mit den bescheuerten Boxen an. Wir halten sie uns gegenseitig hin und tun so, als würden wir beim jeweils anderen probieren. Wir lachen uns halb tot, als Nord versucht, ein paar Nudeln dekorativ um seine Gabel zu wickeln, sie aber wegfallen und er sie reflexartig mit der Box wieder auffängt.

»Wir könnten eine Bildfolge hochladen«, meint er. »Also eine, die den Verlauf unseres vermeintlichen Essens zeigt – während wir in Wahrheit kaum zu einem Bissen gekommen sind. Als Höhepunkt könnten wir dann als letztes Foto einen …«

»… Kuss einbauen?« Die Welt da draußen würde es lieben. Würde Wynter und Nord lieben, die wie verspielte Teenager zusammen Nudeln vom Imbiss nebenan essen, herumalbern und total verliebt sind.

»Im Moment schmecke ich zumindest noch nicht nach Thunfisch.«

Ich nehme ihm seine Box ab und stelle sie zusammen mit meiner auf den Couchtisch. Nord bringt das Handy in Position, und ich klettere mehr oder weniger auf seinen Schoß, um ihn zu küssen.

Ich schließe die Augen dabei. Keiner von uns bewegt die Lippen. Ich zögere, bevor ich meine leicht öffne. Nord nimmt die Einladung an. Obwohl ich weiß, dass es nicht echt ist, beschleunigt sich mein Puls. Eins, zwei … *siebzehn*? Nach drei wollte ich aufhören. Warum hab ich das nicht? Warum tut er es nicht?

»Ich glaub, es sollte was geworden sein«, murmelt er da gegen meinen Mund.

Ich weiche zurück. Großartig, ich bin echt wahnsinnig professionell, so schnell, wie ich mich aus dem Takt bringen lasse.

Nord betrachtet mit fachmännischem Gesicht die Fotos. »Ich glaube, wir können jetzt endlich reinhauen. Haben wir uns verdient.«

In irgendwie unangenehmer Stille leeren wir unsere inzwischen nicht mehr dampfenden Boxen.

Es sind gefühlt zehn Minuten vergangen, bis Nord das Schweigen durchbricht. »Unechte Küsse sind echte Stimmungskiller, hm?«

Vorsichtig ausgedrückt.

»Ich denke, es wäre besser, wenn ich bald zurückfahre.« Ich stelle meine Box auf den Tisch. »Falls wir also noch irgendwas planen wollen, sollten wir das jetzt tun.«

»Okay. Wir müssen uns weiter über die Nummer schreiben, die Wynter überwacht. Lassen wir sie dort lesen, was sie zu lesen kriegen möchte. Zum sonstigen Ablauf … Laurie und Tim werden natürlich mitreden, aber da es unsere Task ist, müssen sie uns auch Freiräume lassen und Vorschläge von unserer Seite durchwinken. Du wirst die ehrenvolle Aufgabe haben, Wynter von allem zu überzeugen. Je mehr wir uns aussuchen können, was wir tun wollen, desto besser.«

»Und was *wollen* wir tun?« Mit einer der Papierservietten, die Nord auf den Tisch gelegt hat, wische ich mir etwas Pesto von der Lippe.

»Na ja … Alles, was uns gut dastehen lässt. Vielleicht mit dem einen oder anderen Hauch Desaströsem, so wie die Welt es mag. Wir können ihnen genau das vorsetzen, was sie sehen wollen.«

»Das Date im Restaurant war kein schlechter Auftakt, oder?«

»Das Date war super!«

Wir grinsen uns an.

»Für morgen hätte ich eine ganz coole Idee. Willst du sie hören oder dich überraschen lassen?«

»Ich hasse Überraschungen! Aber ich werde dir einen Vertrauensvorschuss gewähren.«

Er zieht einen Mundwinkel hoch, und ich muss an den Stimmungskiller denken. Ehrlich gesagt hat der sich nur im Nachhinein unangenehm angefühlt, nicht währenddessen. Ich bin mir nicht sicher, ob ich darüber erleichtert oder besorgt sein soll, denn es wird vermutlich nicht das letzte Mal gewesen sein, dass wir uns geküsst haben.

»Dann hole ich dich ab. Um neun – oder ist dir das zu früh?«

»Passt.«

Nord bietet mir noch Nachtisch an. Angeblich hat er das beste Eis überhaupt im Gefrierfach. Ich lehne ab. Wir werden noch genug Zeit zusammen verbringen – zusammen verbringen *müssen* –, da halte ich es für besser, so viele Pausen wie möglich einzulegen und das Ganze auf unsere gemeinsame Mission zu beschränken.

Er versucht nicht, mich zum Bleiben zu überreden, sondern ruft mir sogar persönlich ein Taxi.

»Könntest du … wieder du sein, wenn du gehst? Dann ist die Gefahr geringer, dass jemand das Loft findet. Vielleicht wird das früher oder später sowieso passieren, aber später wäre mir lieber. Und selbst dann werde ich diese Festung bis zu meinem letzten Atemzug verteidigen.«

Natürlich kann ich mich schlecht weigern, er hat ja recht.

»Kannst du weggucken?«

Er zuckt mit den Schultern und tut es.

Es ziept hinter meiner Stirn, als ich mich aus der Imitation herausschäle. Obwohl es nur Sekunden dauert, bis ich mich wieder als mich selbst wahrnehme, fühlt es sich an wie eine Wandlung in Zeitlupe.

Nord hat nicht auf mich gehört und sofort wieder hingesehen. Jetzt starrt er mich ungeniert an.

»Hallo? Das ist … als würde ich mich umziehen, okay?« Das stimmt eigentlich nicht, vor Laurie, Wynter und Tiff war es mir ja auch nicht peinlich. Aber irgendwie ist es anders in seiner Anwesenheit.

Als er mich schließlich nach draußen begleitet, mache ich mich über ihn lustig, weil er dabei aussieht wie ein Gangster mit der tief in die Stirn gezogenen Kapuze seines marineblauen Hoodies.

»Das ist gar nicht so viel anders als dein Trick.«

»Stimmt auch wieder.«

Wir gehen zur nächsten Straßenkreuzung, da Nord das Taxi schlauerweise nicht direkt zu sich bestellt hat.

Er knufft mir zum Abschied die Faust gegen die Schulter.

Als der Wagen losfährt und ich durch die Heckscheibe schaue, steht er immer noch dort, wo wir uns verabschiedet haben, und sieht mir nach. Ich wünschte, ich könnte seinen Blick deuten.

Ich wühle in meiner Handtasche, um das Handy herauszuholen und Wynter zu schreiben, dass alles gut läuft und sie dringend prüfen soll, ob die von Nord hochgeladenen Fotos ihr recht sind, da knistert etwas zwischen meinen suchenden Fingern. Ich ziehe einen zerknitterten Zettel hervor und streiche ihn mit einer unguten Vorahnung auf meinem Bein glatt. Da es im Inneren des Taxis schon so dämmrig ist, muss ich ihn nah vor meine Augen halten, um lesen zu können, was draufsteht: *Mach keinen Unsinn, Elodie.*

Wer um alles in der Welt kann heute an meiner Tasche gewesen sein? Eigentlich ja nur Tiff und Nord. Beide habe ich im Laufe des Tages als mysteriöse Zettelschreiber ausgeschlossen. War das zu voreilig? Spielt auch mit mir jemand ein doppeltes Spiel? Oder war dieser Zettel schon in der Tasche, als ich sie zu dem Treffen im Bluffer's Park mitgenommen habe?

Wenn ich es nicht besser wüsste, würde ich glauben, mein eigenes Gewissen lässt mir diese Nachrichten zukommen.

Wonderful Intrigues, Season 2, Episode 16

Was bisher geschah: Wynter und Deven spielen nun schon ziemlich lange ein Katz-und-Maus-Spiel miteinander. Eins, bei dem manchmal nicht ganz klar zu sagen ist, wer darin eigentlich welche Rolle übernimmt. Nachdem die letzte Partie an Deven ging, der herausgefunden hat, dass Wynter keinen gültigen Pass besitzt, hat sie ihn ziemlich altmodisch per Postkarte ins Distillery District bestellt. Angeblich, um ihm endlich die Wahrheit zu sagen …

Wynter wartet an der Seite eines roten Backsteinhauses, das offensichtlich ein Restaurant beherbergt. Die Kamera lugt mit ihr um die Ecke und zeigt ein paar Nachtschwärmer an laternenbeleuchteten Tischen, die nur darauf warten, dass die laue Dämmerung sich in laue Dunkelheit verwandelt. Niemand bemerkt die junge Frau in ihrem Versteck.

»Interessanter Treffpunkt.« Deven tritt aus dem Schatten des benachbarten Hauses.

»Ich hatte schon fast nicht mehr mit dir gerechnet.«

Er stellt sich neben sie, den Blick unverwandt auf sie gerichtet. »Aber hier bin ich. Du kannst loslegen.«

»Du glaubst wirklich, ich würde dir meine Geheimnisse verraten?«

»Beantworte einfach meine Fragen.«

»Dann stehen wir morgen noch hier. Vielleicht sogar übermorgen.«

»Woher kennst du mich? Wer bist du? Was willst du? Warum kannst du Arabella nicht in Frieden lassen? Woher habe ich dieses Foto von dir?«

Wynter verdreht nur die Augen und streicht über den abgeflachten Kugelanhänger an ihrer Halskette – dem Schlüssel, der das Portal zurück in ihre Welt öffnen kann. Was Deven selbstverständlich nicht ahnt.

»Schön, wie wäre es mit dieser Story? Wir sind adelige Verlobte aus einer anderen Welt, und du hast mich praktisch verflucht?«

Die Gelassenheit fällt von ihr ab. Sie greift nach seinem Handgelenk und packt so fest zu, dass sich ihre Fingernägel sichtlich in seine Haut drücken. »Soll das ein Witz sein?«

»Keine Ahnung. Hat mir so eine Irre im Ein-Euro-Laden erzählt.«

»Ach die. Tja, schuldig. Die hab ich auf dich gehetzt.«

Deven schaut misstrauisch, aber obwohl man gern durch den Bildschirm greifen und ihn schütteln möchte, ist verständlich, dass er ihr glaubt. Es würde nur zu gut zu Wynters Methoden passen.

»Warum wolltest du mich sehen, wenn du mir doch wieder nichts sagen willst?«

»Doch, will ich ja. Also, spitz deine süßen Öhrchen.« Sie baut sich direkt vor ihm auf, jeder Zentimeter an ihr eine einzige Herausforderung. »Ich denke, dir gefällt all das: die Ungewissheit, der Nervenkitzel, dass ich es dir so schwer mache.« Ihre Stimme wird von Wort zu Wort kratziger, auf eine nahezu laszive Weise. Sie hat den Griff um Devens Handgelenk gelockert, und ihre Fingerspitzen wandern ein Stück seinen Arm hinauf und dann wieder zurück. »Du willst wissen, wer ich bin? Das würde doch den ganzen Spaß verderben.

Die sanfte, brave Arabella ist vielleicht nicht die Richtige für dich, weißt du?«

»Ich glaube, wir sind dann hier fertig«, fährt er sie an und drückt seine freie Hand gegen ihr Brustbein.

»Oh, das sind wir nicht.« Und bevor er sie wegschieben kann, stößt sie ihn gegen die Mauer.

Sie fixieren einander mit Blicken.

Dann kommt der Kuss, auf den vermutlich nicht wenige Fans schon lange gewartet haben. Und was für einer! Er hat eine ganz eigene Eleganz, in der so viel Wildheit liegt. Einmal blitzen sogar Devens Schneidezähne auf, die über Wynters Unterlippe fahren.

Am Releaseday dieser Folge wurden Tiffy Gregorys Accounts mit Hunderten von Kommentaren geflutet. Die postete daraufhin ein Bild, auf dem Wynter ziemlich unvorteilhaft gähnt (es geht das Gerücht um, dafür habe sie Tiffy später mit einer Klage gedroht). Daneben: *DIE seht ihr als Bedrohung für mich? Nur, dass ihr's wisst – nach diesem Drehtag war Nord so verspannt, dass ich ihn stundenlang massieren musste.*

Kapitel 18

Ich bin Wynter. Wynter wird nicht bedroht. Wynter wird einfach den Tag genießen.

Fast glaube ich das wirklich, als Nord endlich auftaucht, um mich abzuholen.

Ich stehe vor dem Seitentor zum Parkplatz der Anlage, und nur der Sicherheitsmann, der es bewacht, wird Zeuge unseres Zusammentreffens.

»Und, hat sie sich gewundert?«, fragt Nord.

»Dir auch einen guten Morgen.«

Er nimmt mich am Arm. »Morgen, Liebste.«

Wie schafft er es, so nicht-ironisch zu klingen? Ich fürchte, er könnte der Erste sein, der mir in diesen Dingen ernsthaft Konkurrenz macht.

»Sie hat mich vorhin zu sich zitiert«, sage ich und senke dabei die Stimme, obwohl niemand in der Nähe ist, der mich hören könnte. Man weiß ja nie. »Allerdings hatte sie Kopfschmerzen und hat mich schnell wieder weggeschickt. Sie hat mir grünes Licht gegeben, auch wenn sie natürlich am liebsten jedes Bild freigeben würde, das von ihr veröffentlicht wird. Sie hat aber eingesehen, dass ich nicht verhindern kann, wenn du in meiner Gegenwart etwas gleich posten willst – apropos, die Pasta-Fotos haben sie mehr als überzeugt.«

Nord stößt triumphierend die Faust in die Luft. »Hat was,

mich nicht mehr direkt mit ihr rumplagen zu müssen, wirklich.«

»Und wie abgemacht werde ich sie dir auch weiterhin vom Hals halten.« Er hat mehr Verständnis für meine Situation gezeigt, als ich verdient habe, also werde ich ihm nun ebenfalls helfen. Außerdem kann ich nachvollziehen, warum er sich auf den Plan des Casts eingelassen hat. Es geht für uns beide um viel.

»Ich habe uns einen Fahrer geordert, ausnahmsweise. Wir haben ein straffes Programm.« Nord klingt vorfreudig, doch das könnte genauso gut gespielt sein.

»Verrätst du mir jetzt, was wir vorhaben?«

Er führt mich zu einem unauffälligen dunkelblauen Auto und hält mir die Tür hinter dem Fahrer auf. Dann geht er auf die andere Seite und setzt sich zu mir auf die Rückbank.

»Erste Station: Casa Loma«, weist Nord den Fahrer an. Er grinst mich an und wischt ein Haar von seinem schwarzen Shirtärmel, das offensichtlich von mir stammt. Wenn man genau hinsehen würde, würde man sehen, dass es einen etwas anderen Blondton hat als Wynters. »Ich dachte, wir machen eine Art Sightseeing draus, nach dem Motto: Wir armen Stars hatten noch nie Zeit, uns so richtig die Stadt anzusehen. So kriegen wir automatisch ein paar super instagramtaugliche Kulissen und wirken wie ein Pärchen im Urlaub. Und noch dazu hast du dann ein bisschen was von deinem Aufenthalt hier.«

Ich zeige ihm zwei hochgereckte Daumen. »Du bist ein Genie.«

»Will ich doch meinen.«

Wir schweigen eine Weile. Seit gestern Abend fühlt sich alles so entspannt an zwischen uns. Wir sind Verbündete, irgendwo auch Leidensgefährten. Ich habe so unendlich viel Glück gehabt, an ihn geraten zu sein.

»Der Personenschutz wird uns folgen«, sagt Nord und deutet zur Heckscheibe hinaus.

Ohne den Hinweis hätte ich vermutlich nicht gemerkt, dass uns ein Wagen nachfährt.

»Sie halten sich zurück und greifen nur ein, wenn sie gebraucht werden sollten. Ich würde aber sagen, ein paar Selfies mit Fans sind auch drin. Wir sind heute mal großzügig.«

»Und wie großzügig wir sein werden!«

»Hashtag Nordwynter!«, ruft er und hält mir seine Hand hin, damit ich einschlagen kann – was ich mache.

»Hashtag Nordwynter!«, wiederhole ich.

Wir parken beim George Brown College. Von dort sind es nur dreihundert Meter zu Fuß bis zu dem bekannten Schloss.

»Zuerst die Infos, die ich so weiß«, sagt Nord, als es in Sichtweite kommt. »Es war unter anderem Drehort für *X-Men*, *Chicago* und *The Tuxedo*.« Er zieht sein Handy heraus und sucht nach irgendetwas. »Außerdem musst du unbedingt wissen, dass es … Moment … 1911 bis 1914 gebaut wurde von Sir Henry Pellatt. Oder besser gesagt, von dreihundert Bauarbeitern. Für schlappe 3,5 Millionen kanadische Dollar.«

Ich stoße einen Pfiff aus.

Nord steckt das Handy wieder weg und legt mir eine Hand in den Rücken. »Nutzen wir die Zeit, in der uns noch niemand erkannt hat. Ich muss dich was fragen.«

»Dann frag.«

»Bist du in einer Beziehung?«

»Was …? Warum wollen das ständig alle wissen?«

»Ich sichere mich einfach gern ab. Du weißt schon, falls irgendein eifersüchtiger Typ mitverfolgt, was du hier so treibst und mir irgendwann irgendwo auflauert, um mich zusammenzuschlagen.«

Mein Kopf wird von ziemlich surrealen Bildern geflutet.

»Wärst du eifersüchtig, wenn deine Freundin als Double einer anderen vortäuschen würde, was mit jemandem zu haben?«

»Ganz ehrlich? Jep.«

»Zu deinem Glück gibt es niemanden. Ich bin vollkommen frei und ungebunden.«

Er wirft mir einen Seitenblick zu. »Gut. Dann weiß ich ja, wie frech ich werden darf.«

»Ich dachte, wir hätten schon geklärt, dass du niemals frech wirst?«

Er lacht. »Da hast du was missverstanden.«

»Flirtest du etwa mit mir?«

Seine Hand liegt immer noch in meinem Kreuz, und jetzt spüre ich, wie er mit den Fingern gegen meine Wirbelsäule trommelt. »Ich würde es nicht wagen.«

Ich schnaube.

»Allein schon, weil du diese Angewohnheit hast, als Double einer anderen vorzutäuschen, was mit jemandem zu haben. Du weißt ja … Eifersucht und so.«

Wir erreichen das Schlösschen und umrunden es, um den besten Winkel für unser erstes Toronto-Tour-Foto zu finden.

Tatsächlich bleiben wir erst mal unerkannt. Es sind nur Rentner und Familien mit kleinen Kindern hier.

Nord bittet sogar eine alte Dame, die zu einer Reisegruppe gehört, ob sie ein Bild von uns machen kann, und erklärt ihr, wo auf dem Display sie drücken muss.

Bei Tageslicht ist es leichter, die verknallte Wynter zu spielen. Jedenfalls fühlt es sich überhaupt nicht seltsam an, den Arm um Nord zu legen und mich an ihn zu schmiegen, während er dasselbe tut.

»Sie geben ein schönes Bild ab zusammen«, meint die alte Frau, als sie Nord das Handy zurückgibt, und er bedankt sich mit seinem Deven-Strahlen. Ich garniere es mit einem glücklich-stolzen Wynter-Lächeln.

Nord lädt das Bild sofort hoch. *Zwei Lovebirds, die heute durch die Stadt flattern,* schreibt er dazu.

»Für diese kreative Meisterleistung nominiere ich dich als Kitsch-König.« Beim Blick auf die Followerzahl, die sich seit gestern angesammelt hat, wird mir schwindelig.

Er wirft mir einen Handkuss zu. »Ich lauf gerade erst zu meiner Höchstform auf.«

Ich habe gar nicht damit gerechnet, dass wir das Schloss auch von innen besichtigen, aber Nord besteht darauf. Auf die Audioguides verzichten wir allerdings.

Die Eingangshalle – besser bekannt als The Great Hall – gibt einem wirklich das Gefühl, in einer alten Burg zu sein. Von der hohen Decke hängen Kronleuchter und Flaggen herab. Rundbögen, alte Gemälde, eine Ritterrüstung. Besonders beeindruckt mich die alte Orgel.

Nord fotografiert mich, als ich zu den Pfeifen weit über mir hinaufschaue.

In die Bibliothek würde ich sofort einziehen. Die Bücher stehen in hübschen Regalen hinter Glas, die mit der Wand verschmelzen und wundervolle Holzverzierungen haben.

Nord macht eine Panoramaaufnahme vom ganzen Raum. Er grinst diabolisch, und ich sehe ihm über die Schulter, während er es online stellt. *Wusstet ihr, dass man hier drin seine Hochzeit feiern kann?*

Sofort entzündet sich ein Feuerwerk aus Kommentaren. Ich erspare sie mir und gehe weiter zu dem festlich gedeckten Tisch, den man im Erker bewundern kann.

Im Wintergarten können Nord und ich uns richtig austoben: ein Foto von unten, auf dem man praktisch nur unsere Kinns und das schöne runde Buntglasfenster über uns sehen kann, ein züchtiges Wangenkussbild vor dem mit Blumen dekorierten Springbrunnen, das ein junger französischer Tourist von uns macht.

»Vielleicht heiraten wir auch *hier*«, scherze ich und lasse den Blick über die Bäumchen und Pflanzen gleiten, die rundherum den Raum schmücken.

In die anderen Räume im Erdgeschoss werfen wir nur je einen kurzen Blick: in den ziemlich beeindruckenden Oak Room, den Serving Room, das Speise- und das Studierzimmer sowie den Billardraum. Im Smoking Room konnten sich die Herren früher die Zeit am offenen Kamin mit Schach- und Kartenspielen vertreiben.

Im zweiten Stock durchschreiten wir die eichenverkleidete Peacock Alley – anders als *durchschreiten* kann man es bei einem Flur, dessen Vorbild sich im Windsor Castle befindet, wohl kaum nennen. Entsprechend führt er zum Windsor Room, in dem Sir Pellatt royalen Besuch zu empfangen hoffte.

In der Lady Pellatt's Suite posiere ich vor den hellblauen Wänden, im Hintergrund das farblich passende Bett und eine mit weißen Schnörkeln gestaltete Kommode.

Es gibt noch viel, viel mehr zu sehen, immerhin hat das Schloss mehr als sechstausend Quadratmeter Wohnfläche, die sich auf achtundneunzig Räume verteilen, darunter dreißig Badezimmer. Dann wären da noch drei Bowlingbahnen und im Keller ein Indoor-Pool, der nie fertiggestellt wurde, außerdem ein zweihundertfünfundvierzig Meter langer Tunnel. Es gibt sogar Geheimgänge, und in den ehemaligen Pferdeställen sind Oldtimer ausgestellt, erzählt mir Nord.

Ich frage ihn nicht, wann er zuletzt hier war und mit wem.

Wir lassen die Gäste-Suites und das Queen's Own Rifles Museum aus und steigen auf den Aussichtsturm hinauf. Zum Glück findet sich auch hier oben ein Schlossbesucher, der bereit ist, uns vor der Stadt im Hintergrund abzulichten.

Nord drängt zur Eile, er fürchtet, dass unsere Bilder bald die ersten Paparazzi und Fans zu uns führen werden.

Wir nehmen uns vor, die nächsten erst zu posten, wenn wir den jeweiligen Ort schon verlassen haben.

Auf dem Weg zurück zum Wagen folgt uns ein junges Pärchen.

»Wetten, die sprechen uns gleich an?«, fragt Nord leise.

»Glaube ich n…«

»Entschuldigung?«, unterbricht das zögerliche Rufen der Frau mich.

Nord bleibt stehen, und wir drehen uns zu den beiden um. Er legt mir wie selbstverständlich die Hand auf die Schulter, während das Pärchen auf uns zukommt.

»Meine Freundin ist süchtig nach *WIn*«, erklärt der Typ fast entschuldigend. »Dürfte ich vielleicht ein Foto machen?«

Es wurde definitiv noch keine meiner Imitationen jemals so oft auf Bildern festgehalten wie die von Wynter.

»Klar, gern, wenn Wynter nichts dagegen hat?«

Wynter hat nichts dagegen. Jedenfalls nicht meine Version.

Wir nehmen die junge Frau, die sich als Natasha vorstellt, zwischen uns, und ihr Freund schießt das Foto.

Danach verabschieden wir uns schnell von den beiden, damit nicht noch jemand auf uns aufmerksam wird.

»Gooderham Building«, weist Nord den Fahrer an, als wir wieder im Auto sitzen. »Unsere Route ist nicht die schlauste von den Wegen her, aber wir nehmen die Skyline und das Toronto Sign in der Dämmerung mit – das muss sein.«

»Ich vertrau da ganz auf deine Planung«, sage ich.

Nord macht ein ernstes Gesicht, doch seine Augen verraten ihn – sie lachen. »An dieser unterwürfigen Einstellung musst du noch arbeiten. Das ist so was von *nicht* Wynter.«

»Vielleicht lass ich dich ja nur glauben, dass du das Sagen hast, um dich dadurch letztendlich umso gefügiger zu machen.«

Jetzt grinst er doch, und für einen kurzen Moment denke ich wieder an Stimmungskiller. Frage mich, wie viele davon ich noch vor mir habe und ob es leichter wäre, wenn es mir davor grauen würde.

»Wynter, ich weiß nicht, was für ein verfluchter Zauber hier im Spiel ist, aber ich werde den Teil von mir, der sich zu dir hingezogen fühlt, auslöschen«, zitiert er aus *WIn*.

»Bevor das passiert, wirst du schwach werden«, erwidere ich. »Wieder und wieder und wieder.«

Er zieht die Augenbrauen hoch, fächelt sich Luft zu und lässt das Fenster ein Stück herunter. »Mir war nicht klar, dass du deinen Job so ernst nimmst, dass du alles auswendig gelernt hast. Respekt!«

»Hab ich nicht, die Folge hab ich gerade gestern gesehen.«

»Vor dem Dreh dieser Szene hab ich echt Panik geschoben«, gibt er zu.

»Muss hart gewesen sein, so zu tun, als würde dir dieser Körper gefallen«, seufze ich und deute mit beiden Händen auf meine Imitation.

»Das gar nicht mal so sehr. Ich mein, wer müsste da schon so tun?«

»Ich bin schockiert.«

»Komm schon, du weißt, sie sieht gut aus. Aber das ist eben auch schon alles.«

»Glaub mir, dasselbe würde sie auch über dich sagen.«

Er zuckt mit den Schultern. »Und du?«

»Du willst wissen, ob ich dich gut aussehend finde?«

»Das würde zwar mein Ego streicheln, aber nein. Meine Frage ist, ob du zustimmen würdest, dass das schon alles ist.«

»Soll ich dich denn mögen?«

»Wenn es dir keine Umstände macht«, sagt er. »Ich mag dich jedenfalls.«

Ich mag dich jedenfalls.

Die Worte wirbeln so rebellisch und ungestüm durch meinen Kopf, dass mir nichts einfällt, was ich darauf entgegnen könnte.

Kapitel 19

Nach unserem Stopp am Gooderham Building, das auch als die kanadische Version des New Yorker Flatiron Building gilt, mir persönlich aber mit den roten Steinen und dem Türmchen weitaus besser gefällt, geht es weiter zum High Park.

Unterwegs schreibe ich zu dem Foto mit uns vor dem bekannten flachen Gebäude, dass es das Allerschönste auf der Welt ist, mit dem Menschen, den man liebt, die Stadt, die man liebt, zu erkunden.

Als ich es Nord vor dem Hochladen zeige, lacht er mich aus und fügt noch ein paar Herzchen hinzu.

Die Follower tun uns den Gefallen, erneut völlig durchzudrehen. Eine Megan.Watts kommentiert scharfsinnig, dass Wynter ihren Glücksrausch in dem Interview mit *Shinebrighter* ja noch ziemlich gut versteckt hat.

Zu dem Zeitpunkt habe ich nicht mal ansatzweise geahnt, wie schnell Nord mir so wichtig werden würde, antworte ich. Wenn das nicht niedlich ist!

Im Park lassen wir uns etwas mehr Zeit. Da hier recht viel Betrieb ist, folgen uns die beiden Bodyguards jetzt mit weniger Abstand. Nord bittet einen von ihnen, ein Foto von uns auf der Anhöhe vor dem aus roten Blumen gepflanzten Maple Leaf zu machen, das von einem Ring aus hellen Gehwegplatten sowie einem weiteren aus gestutzten Büschen umgeben ist.

An einem Tisch im Außenbereich des *Grenadier Cafés* essen wir zu Mittag. Da Wynter nach dem Dinner-Date extra noch mal betont hat, sie wolle in der Öffentlichkeit nicht verfressen rüberkommen, entscheide ich mich schweren Herzens für den Spinat-Walnuss-Salat – eine unerwartet gute Wahl, denn er ist richtig lecker.

Nach dem Essen legen wir am Ufer des Grenadier Ponds eine weitere kurze Fotosession ein. Wir setzen uns nebeneinander und schauen aufs Wasser, während der Bodyguard sich wieder als Fotograf versucht.

»Und jetzt machen wir eine kleine Pause und stellen uns vor, wir wären zwei ganz normale junge Leute, die einen gechillten Nachmittag im Park verbringen«, sagt Nord, als er mit den Ergebnissen zufrieden ist.

Mir ist nicht ganz klar, wie das gehen soll, allein schon wegen der Aufpasser in unserem Rücken.

»Solange du dich nicht umdrehst, kannst du dir einbilden, sie wären nicht da«, liest er meine Gedanken.

»Ich versuch's.«

Obwohl es wahrscheinlich unhöflich ist, checke ich mein Handy. Wynter hat mir geschrieben, dass ich genau so weitermachen soll. Werde ich, wohl oder übel.

»Möchtest du über deine Schwester reden?«, fragt Nord.

»Hast du nicht eben was von *ganz normal* und *gechillt* gesagt?«

»Ich bin ein guter Zuhörer.«

»Außerdem dachte ich, du willst nicht, dass wir persönliche Themen bequatschen.«

»Hast du denn jemand anderen dafür?«

Ich denke an Dr. Dawson. Es ist wohl besser, wenn ich sie nie wieder kontaktiere.

»Willst *du* denn über *deine* Schwester sprechen?«

Nord hebt die Hände. »Hey, ich überlege nur, wie ich helfen kann. Könnten wir nicht vielleicht einen kleinen Kurzurlaub vortäuschen, damit du sie sehen kannst?«

Das verschlägt mir die Sprache. Sein Vorschlag ist aus so vielen Gründen nicht gut, und doch kann ich nicht verhindern, dass urplötzlich Hoffnung durch meine Adern gepumpt wird.

»Wynter weiß von ihr, sie würde sofort misstrauisch werden«, beginne ich mit dem ersten Gegenargument. »Außerdem dürfen wir nicht zusammen gesehen werden, also ich als ich mit dir, meine ich. Und sie lassen mich im Moment auch gar nicht zu Savanna.«

Nord legt sich mit dem Rücken ins Gras und verschränkt die Arme im Nacken. »Das kriegen wir hin. Du verkaufst es Wynter als deine Idee. Du tauchst ausschließlich in der Klinik als du selbst auf, präsentierst mich dem Verantwortlichen vertraulich als einen Freund, der sich bereit erklärt hat, für die Kosten aufzukommen, und …«

»Das kann ich doch nicht bringen!«

»Denk drüber nach. Ist mir nur so eingefallen.«

Vielleicht ist es gar nicht total abwegig. Es könnte mir sogar einen Vorteil verschaffen, Nord und Carsten einander vorzustellen. Sollte mit dem Wynter-Masterplan etwas schieflaufen, könnte Nord sein Versprechen, die Behandlung zu zahlen, dann nicht ohne Weiteres zurückziehen.

Ich könnte Carsten persönlich davon überzeugen, in die Weiterbehandlung einzuwilligen. Und ich würde Savanna früher wiedersehen, als ich zu hoffen gewagt hätte. Das Risiko ist eigentlich relativ gering, wenn ich es mir so überlege. Wir müssten uns einfach ein zweites Ziel aussuchen, dem Nord und Wynter offiziell einen Besuch abstatten, und dann einen heimlichen Abstecher zur Klinik machen.

»Ich rede mit Wynter«, sage ich.

»Dachte ich mir.«

»Und wahrscheinlich hast du auch schon einen perfekten Vorwand?«

»Du lernst schnell, Elly.«

Ich will ihm sagen, dass ich ihm nicht erlaubt habe, mich so zu nennen. Doch aus irgendeinem Grund bleibe ich stumm.

»Lass hören.«

»Wir tun so, als würde ich Wynter meiner Familie vorstellen.«

Was? Ich dachte, seine Familie ist tabu?

»Was beinhaltet ›wir tun so‹?«

Hat er echt vor, mich zu seiner Familie mitzunehmen? Woher kommt dieser Sinneswandel? Für mich klang es so, als würde er alles daransetzen, ihnen aus dem Weg zu gehen. Oder vielmehr noch: sie totzuschweigen.

»Dass wir nicht hinfahren.«

Ach so, also doch.

»Glaubst du nicht, für Tiff wäre das trotzd…«

»Hör bitte auf, ständig von Tiff zu reden, okay? Du erzählst ihr einfach vorher, dass es ein Ablenkungsmanöver ist.«

»Wann bist du denn zuletzt zu Hause gewesen?«, frage ich vorsichtig.

Er muss tatsächlich rechnen. »Vor drei oder vier Jahren,

glaube ich. Vielleicht auch fünf.« Er hat die Augen geschlossen, sodass ich nicht sehen kann, ob darin Wut, Wehmut oder etwas anderes steht. Seine Stimme hat er jedenfalls vollkommen unter Kontrolle.

»Zieht dich gar nichts zurück?«, frage ich. Ich stelle mir vor, ich würde Savanna aus dem Land holen und nie zurückblicken. Wahrscheinlich würde auch mich nichts zurückziehen. Vor allem niemand. Zumindest würde ich das nicht zulassen.

»Hattest du noch nie das Bedürfnis, komplett neu anzufangen?«, fragt er. »Du hättest ja die besten Voraussetzungen dafür.«

Erst Tiff und jetzt er. Warum ist eigentlich niemand glücklich mit dem Leben, in das er hineingeboren wurde? Nicht mal diejenigen, die es schon so weit gebracht haben.

»Und würdest du nicht manchmal gern die Person, die du warst, für neue Menschen, die in dein Leben treten, vergessen?«, setzt Nord noch eins drauf. »Sodass nur noch die Gegenwart zählt?«

Ich denke daran, wie leer ich war, nachdem wir unsere Eltern verloren hatten. Daran, wie naiv ich mich in Stian verliebt habe. Daran, wie ich auf ganzer Linie versagt habe, als es darum ging, meine Schwester vor dem Imitieren zu schützen.

»Ich weiß genau, was du meinst«, sage ich.

Am späten Nachmittag fahren wir zum Hafen weiter.

Hochgradig romantisch, dieser High Park …, schreibe ich im Auto zu dem Foto, das wir für den Post ausgesucht haben.

Und: *Ich habe den besten Freund der Welt* ♥

Die ersten Kommentatorinnen pflichten mir stürmisch bei.

Nord verdreht nur die Augen, als ich ihn darauf hinweise.

Das nächste Foto entsteht am Jack Layton Ferry Terminal, kurz bevor wir die Fähre nach Ward's Island nehmen. An Bord machen wir natürlich auch noch ein Selfie.

Am liebsten würde ich alle der Toronto Islands erkunden. Sie sind miteinander verbunden, sodass man von einer zur anderen laufen kann. Doch Nord vertröstet mich auf ein anderes Mal. Sein Ziel ist die Seneca Ave auf Algonquin Island.

Als sich die Skyline der Stadt am gegenüberliegenden Ufer vor uns abzeichnet, bleibt mir fast die Luft weg. Es ist ein unfassbar schöner Anblick.

In einer Viertelstunde oder vielleicht einer halben wird es dämmern. Der Himmel kann nur im Sommer so aussehen, dunkel und verheißungsvoll. Die Luft ist lau, und ein leichter Wind streift meine Haut. Der High Park mag vielleicht romantisch sein, aber er ist nichts gegen das hier.

»Lass mich raten – hier willst du mich küssen?« Ich bin von der Vorstellung natürlich total unbeeindruckt.

»Nope. Noch nie was von Spannungsaufbau gehört? Hier werden wir uns mit der Stadt im Hintergrund so tief in die Augen sehen, als würden wir ineinander ertrinken. Der Kuss kommt erst später.«

Aber er wird kommen.

Die Mundwinkel des Personenschutztypen zucken. Ich frage mich, ob er uns intensiv genug beobachtet hat, um zu durchschauen, dass wir nur eine Show abliefern, oder ob er uns wirklich für ein Celebrity-Pärchen hält.

Nord und ich setzen uns auf die Wiese voreinander und probieren das mit dem Blicke-Ineinander-Versenken. Natürlich bin ich diejenige, die es nicht auf die Reihe kriegt. Ich muss die ganze Zeit lachen. Könnte auch ein Schutzmechanismus sein. Nord sehnsuchtsvoll anzuschauen, ist ehrlich gesagt gar nicht so einfach. Gab es da nicht mal diese Studie, wo Leute sich blitzverliebt haben, nur indem sie einander in die Augen gesehen haben? Irgendwas klingelt da bei mir. Nicht dass ich gefährdet wäre.

»Wir machen das anders«, beschließt Nord. »Setz dich mit dem Rücken zur Kamera. Kinn leicht anheben, schau zur Spitze des CN Towers – nein, doch nicht *so* hoch. Nur bis zur Aussichtsplattform. Gut, ja.«

Er rutscht neben mich, stützt die Hand hinter mir auf dem Boden auf und verlagert sein Gewicht darauf. »Ich werde dich auf die Schulter küssen, okay?«

»Wenn du meinst.«

»Ich hoffe, das würdest du nicht zu jedem sagen.« Ohne sich nach ihm umzudrehen, fragt er unseren Fotografen, ob er bereit ist, und bekommt ein Ja.

Warum muss ich ausgerechnet ein Kleid mit Spaghettiträgern tragen?

Nords Lippen berühren meine Schulter. Ohne die Vorwarnung hätte ich wahrscheinlich gequietscht. Die neue Pose hat klare Vorteile: Man wird mein Gesicht nicht sehen. Und auch nicht die Gänsehaut, die eine Mikrohügellandschaft aus meinen Armen und Beinen macht.

Nord lässt seine Lippen viel zu lange dort verweilen.

Er will nur, dass eins von den Bildern gut wird und wir es nicht noch mal versuchen müssen.

»Da sollte was dabei sein!«, verkündet der Bodyguard und befreit Nord und mich aus unserer Standperformance.

Wäre es peinlich, jetzt noch nach seinem Namen zu fragen? Na ja, Wynter kennt ihn entweder längst oder interessiert sich nicht dafür.

Während Nord aufsteht, um sich die Ergebnisse anzusehen, bleibe ich, wo ich bin. Ich wünschte, ich könnte einfach so im Gras sitzen, bis die Sonne untergegangen ist. Hier fühlt sich alles weit weg an. Aus der Entfernung wirkt mein Leben weniger bedrohlich.

»Süße? Auf geht's. Letzter Halt: City Hall.«

Also machen wir uns auf, zurück zum Fähranleger, von wo aus wir wieder zur Altstadt übersetzen. Die knapp zwei Kilometer zum Nathan Philipps Square legen wir zu Fuß zurück. Die Menschen auf den Straßen sind in Feierabendstimmung. Die meisten beachten uns nicht, und die, die neugierig gucken, lassen wir schnell hinter uns.

Das Rathaus der Stadt hat eine ziemlich moderne Architektur. Zwei schmale Hochhäuser in unterschiedlicher Höhe stehen sich wie zwei Bogenstücke gegenüber. Auf den Innenseiten sind unfassbar viele Fenster, die hell erleuchtet funkeln wie ein Kristallmosaik, auf den Außenseiten dafür überhaupt keine; dort haben die Fassaden ein graues Riffelmuster.

»Das runde Ding zwischen den beiden Gebäuden ist der Plenarsaal«, erklärt mir Nord.

»Der sieht ein bisschen wie ein Ufo aus.«

»Und von oben wirkt das Gesamtkonstrukt wie ein Auge. Daher wird die City Hall auch *The Eye of Government* genannt.«

»Vielleicht wird ja doch noch ein richtiger Stadtführer aus dir.«

Die Buchstaben des Toronto Sign und das Maple Leaf rechts neben ihnen leuchten in unterschiedlichen Farben.

»Bereit für die Krönung?«, fragt Nord und sieht sich nach der besten Stelle für das letzte Foto des Tages um.

Bin ich das?

Wir stellen uns vor die Wasserfläche, hinter der sich die Leuchtlettern befinden. Nord dirigiert mich so, dass ich links vom T stehe.

»Also, wir kommen an den linken Rand«, erklärt er dem Mann, dessen Namen ich immer noch nicht kenne. »Rechts von uns das Sign und dahinter die City Hall – wie ein Filmplakat.«

Ich bin nicht nervös. Überhaupt nicht nervös. Tiefenentspannt.

Nord stellt sich vor mich, tritt so nah, dass unsere Körper sich berühren.

»Wir müssen das nicht zwingend machen«, sagt er leise. »Der Tag war so oder so ein Erfolg. Die Leute lieben uns.«

»Ruderst du etwa zurück?«

»Nein. Du?«

Ich lehne mich vor und küsse ihn.

Im selben Augenblick drängt Stian sich in meine Gedanken. Keine Überraschung, er ist schließlich ziemlich lange der Einzige gewesen, den ich geküsst habe.

Mit geschlossenen Augen und mutigen Lippen verdränge ich die Erinnerungen, sperre sie weg.

Nord macht es mir leicht. Die Art, wie er meinen Kuss erwidert, ist fragend und antwortend zugleich, zögernd und sicher, Teil eines Spiels, aber so echt.

Mein Blut löst sich in Funken auf, die durch meine Adern

sprühen. Mein Inneres ist eine einzige große Wunderkerze. Was passiert da gerade? Und warum passiert es?

»Ich bin mir ziemlich sicher, das ist das beste Foto der Weltgeschichte geworden«, murmelt Nord, als er sich von mir löst.

Und ich bin mir ziemlich sicher, dass Wynter absolut dämlich ist. Wer würde jemandem einen solchen Auftrag erteilen wie sie mir? Wer bei einigermaßen klarem Verstand würde auch nur auf einen Tag an der Seite von Nordyn Degenbrunner verzichten?

Kapitel 20

Wynter scheint eine Eingebung gehabt zu haben. Am nächsten Tag will sie Nord tatsächlich für sich.

Inspiriert von unserer Stadttour, hatte sie die mehr oder weniger brillante Idee, dem Ganzen ein spontanes Fan-Event anzuschließen. Wobei ich mir nicht ganz sicher bin, ob sie das macht, um zu kontrollieren, wie sehr Nords Zuneigung zu ihr dank mir schon gewachsen ist, oder ob sie sich einfach gern von all diesen Leuten beweihräuchern lässt. Könnte auch beides zutreffen.

So gehe ich jetzt in der Gristmill Lane im Distillery District an einem gefühlt kilometerlangen Personenleitsystem aus Edelstahlpfosten mit schwarzem Absperrband vorbei und teile Zettelchen aus, auf die die Schlange stehenden Menschen ihre Namen schreiben können – damit es mit den persönlichen Autogrammen schneller geht, wenn sie an der Reihe sind.

Irgendwo ganz vorne sind Nord und Wynter. Als Schauplatz für das Ganze dient das Restaurant, an dessen Hauswand es in der Serie zum ersten Kuss zwischen Deven und Wynter gekommen ist.

Ich kann die beiden von hier aus nicht mal mehr sehen.

Keine Ahnung, warum Wynter mich unbedingt dabeihaben muss. Laurie ist auch hier, und ich denke, sie wäre auch ohne mich klargekommen.

Über Nacht sind unsere Posts von gestern noch tausendfach mehr kommentiert und geteilt worden. Die Promiseiten im Netz sind auch nicht untätig geblieben und haben sie mit einer beeindruckenden Fantasie breitgetreten. Ich habe mir heute Morgen nur einige wenige Kostproben davon gegeben.

Wynter hat mich schon wieder gelobt. Ohne mich wäre sie aufgeschmissen, hat sie gesagt. Ob ich mir da jetzt was drauf einbilden kann?

Leider scheint das Ganze für Tiff noch heftigere Auswirkungen zu haben, als ich dachte. Ein Blick auf ihre Accounts hat mir verraten, dass ihre Fans sie verstärkt bedrängen. Sie fordern sie dazu auf, Wynter zu zeigen, dass die sich Nord nicht einfach schnappen kann. Sie wollen die Fetzen fliegen sehen. Ob sie darauf eingehen wird? Kann sie es sich leisten, nicht zu reagieren?

Ich habe mir vorgenommen, mal in Ruhe mit Laurie über das Problem zu sprechen. Ihr traue ich genügend Einfühlungsvermögen zu, wenn es um die Spannungen zwischen ihren *WIn*-Schützlingen geht. Auch Nord gegenüber sollte ich das Thema anschneiden – falls mich in seiner Gegenwart nicht weiter die Worte im Stich lassen. Seit unserem letzten Kuss haben sie sich verflüchtigt. Bis auf ein paar organisatorische Sätze, die die Rückfahrt betrafen, und ein »Ciao« am Tor von *ClassyGardens* ist mir gestern Abend nichts mehr über die Lippen gekommen.

»Wie viel Zeit bekommt man, wenn man dran ist?«, fragt mich eine Frau, die vom Alter her Wynters Mutter sein könnte.

Ich habe keinen Plan. Dass Wynter sich besonders viel Zeit nimmt, kann ich mir nicht vorstellen.

»Genug für ein Foto und Autogramme, dazu vielleicht drei, vier Sätze«, vermute ich.

Daraufhin rasten die beiden höchstens fünfzehnjährigen Mädchen hinter der Frau, die mich angesprochen hat, aus.

»Drei bis vier Sätze?«, wimmert die im Minirock.

Die beiden beginnen zu beratschlagen, wie sie in so kurzer Zeit einen bleibenden Eindruck hinterlassen können.

Schätze, sie sind wegen Nord da.

Ich arbeite mich bis zum Ende der rekordverdächtigen Schlange vor und bleibe für eine Weile dort, um neu Hinzukommenden gleich die ungefähre Wartezeit (mittlerweile anderthalb bis zwei Stunden laut Lauries Einschätzung) mitzuteilen. Als sich schließlich nur noch vereinzelt jemand anstellt, gebe ich diese Position wieder auf.

Auf dem Weg nach vorne kommt mir Laurie entgegen.

»Wir legen eine Pause ein, Wynter möchte sich kurz frisch machen.«

Wie sie *frisch machen* betont, lässt eine Vorahnung in mir aufkeimen.

»Soll ich …?«

»Ja.«

Wir bewegen uns außer Hörweite der Fans.

»Du gehst gleich in das Restaurant – die Toiletten sind hinten links. Niemand darf dich sehen. Wynter ist schon drin. Du kommst als sie wieder raus, und ich bringe sie etwas später mit einer Beanie durch die Seitentür nach draußen; der Wagen wartet hinterm Haus.«

Eine Beanie? Bei den Temperaturen? Zum Glück soll ich die nicht tragen. Auch wenn das nur ein kleiner Trost ist. Dass

Wynter mich als Ablösung zur Verfügung haben wollte, hätte ich mir ja eigentlich denken können. Warum hätte sie mir das auch mitteilen sollen? Dann hätte ich mich ja darauf einstellen können, stundenlang ihre Fans bei Laune zu halten. Aber da ich sie ja noch um einen Gefallen bitten will, ist es wohl besser, klaglos mitzuspielen.

»Alles klar«, sage ich also betont fröhlich und schleiche mich zu den Toiletten, als gerade alle Kellner mit den Gästen beschäftigt sind.

Wie oft werde ich wohl noch in irgendwelchen Klokabinen meine Imitation annehmen müssen?

Wynters Gestalt gleitet noch müheloser über mich als bei den letzten Malen. Sie fühlt sich an wie ein maßgeschneiderter Tarnanzug, geschmeidig und angenehm auf der Haut.

Ein Pochen an der Tür. »Elodie?«, fragt Wynter leise.

Ich lasse sie zu mir in die Kabine.

»Ich brauch jetzt einen Proteinshake und ein Sonnenbad auf dem Balkon.«

Na, wenn die Dame sonst keine Wünsche hat!

»Unfassbar, wie viel Süßholz Nord auf einmal raspelt. Keine Ahnung, was du mit ihm gemacht hast, aber es hat seine Wirkung offensichtlich nicht verfehlt. Du brauchst gar nicht viel zu tun, steh einfach neben ihm, sieh gut aus und lächle.«

»Krieg ich hin. Schönen Nachmittag dir!«

Ich weise sie nicht darauf hin, dass es riskant ist, jetzt die Fliege zu machen und vielleicht von irgendwem gesehen zu werden, und auch nicht darauf, dass es ja wohl nicht zu viel verlangt gewesen wäre, den Rest der Fans auch noch zu bespaßen. Immerhin wollte *sie* das Ganze doch. Andererseits ist es vielleicht sogar besser, wenn sie jetzt geht. Schließlich habe ich Nord mein Wort gegeben, sie auf Abstand zu halten, und dem bin ich für diesen Tag bislang nicht wirklich gerecht geworden.

Ich verlasse die Restauranttoiletten als Erste und gehe mit festen Schritten zu dem Platz, den Wynter vor einigen Minuten verlassen hat. Nord harrt immer noch dort aus und strahlt unermüdlich Offenheit und gute Laune aus, obwohl das doch langsam anstrengend werden muss.

»Gut, dass du da bist«, raunt er mir zu.

»Woher weißt du …?«

»Ich kann das spüren«, sagt er und zwinkert mir zu.

Ich finde es ein bisschen beunruhigend, wie leicht es ihm schon nach so kurzer Zeit fällt, zu erkennen, wann er mich vor sich hat und nicht Wynter. Der einzige andere Mensch, der das so mühelos beherrscht, ist … *Nein! Und was bedeutet das schon? Stian hat dich bei Weitem nicht so gut gekannt, wie du dachtest. Und Nord weiß seit gerade mal zweieinhalb Tagen, dass es dich gibt.*

»Hi, ich bin Addison«, reißt mich eine junge Frau aus meinen Gedanken.

»Hey«, grüßt Nord zurück und lächelt sie an, als wäre sie die coolste Person, die ihm heute über den Weg gelaufen ist.

Mein Hallo fällt dagegen ein bisschen schwach aus.

Addison erzählt uns, dass sie sich an ihrem Tee verschluckt hat, als sie die Kuss-Szene zum ersten Mal gesehen hat, die hier gedreht worden ist.

Nord geht völlig mühelos auf sie ein, macht einen Witz darüber, dass ihm was Ähnliches passiert ist, als er damals den ersten Blick ins Drehbuch geworfen hat.

Ich wünschte, ich hätte Wynter vorhin beobachtet. Wie ist sie all diesen Menschen gegenübergetreten? Welches Bild soll ich für sie vermitteln?

Wir nehmen Addison für ein Foto in unsere Mitte.

Ein älterer Herr, der ein Autogramm für seine Zwillingstöchter möchte, tritt als Nächster vor, danach eine vollbusige Frau in den Zwanzigern, die Nord ziemlich angräbt. Zum Ausgleich folgen zwei Teenie-Jungs, die mir Komplimente für mein Aussehen machen.

Nord stellt immer wieder unter Beweis, wie perfekt er die Kunst der kleinen Signale beherrscht. Seine Hand streift mich Dutzende von Malen in der Dimension zwischen Zufall und Absicht, in den winzigen Momenten, wenn sich jemand zum Gehen wendet und jemand Neues näher kommt, sagt er süße Dinge zu mir, gerade laut genug, dass ich nicht die Einzige bleibe, die sie hört. Das heißt, Dinge, die süß wären, wenn er wirklich mit Wynter sprechen würde. Wie, dass er mit niemand anderem würde hier sein wollen. Dass er wünschte, wir hätten einen Moment für uns. Dass er nicht glauben kann, wie viel sich zwischen uns verändert hat, seit wir zum letzten Mal zusammen hier waren.

Ich übe mich in einem Lachen, das hoffentlich nicht gepresst, sondern flirty klingt, bis ich eine ganz trockene Kehle habe.

Die Schlange scheint kein Ende zu nehmen, aber Nord besteht darauf, niemanden stehen zu lassen, und pflichtbewusst stimme ich ihm zu.

Erst am frühen Abend, nachdem sich die letzten beiden – ein Pärchen, dessen Beziehung sich laut eigener Aussage zum

Großteil beim *WIn*-Schauen entwickelt hat (soll ich das witzig oder traurig finden?) – von uns verabschiedet haben, können wir das Feld räumen. Ich habe den Verdacht, Laurie hat irgendwann angefangen, Nachzügler wegzuschicken. Falls es so ist, war ich lange niemandem dankbarer. Klar, das war … eine Erfahrung. Aber ich kann kaum noch stehen, geschweige denn lächeln. Wenigstens ist die Imitation zuverlässig haften geblieben. Kein Flackern, keine Schmerzen oder sonst etwas.

»Darf ich dich auf ein Feierabend-Date einladen?«

Ich schaue Nord nur ratlos an. Feierabend-Date? Meint er eins als Teil unserer Show oder eins als, na ja, als Feierabend im wörtlichen Sinne? Sollte ich in einem der Fälle bejahen?

»Guck nicht so verschreckt«, sagt er. »Ich rede nur von einem netten Abend. Du wolltest doch noch mehr von den Inseln sehen, oder? Lass uns zur Centre Island übersetzen und zum Gibraltar Point Beach gehen.«

»Okay.« Nicht okay. Keine gute Idee. Noch mal versuchen! »Okay.« Ach Mensch.

Nord lächelt mich an und zieht los, weil er irgendwem Bescheid geben und irgendwas besorgen will.

Laurie mustert mich aus einiger Entfernung. Ich hoffe, sie bekommt keinen falschen Eindruck. Schnell gehe ich zu ihr. Ich wollte ja sowieso noch mit ihr reden.

»Nord will noch zum Strand. Vielleicht würde Wynter lieber selbst mit? Ich glaube nur, wir kriegen sie nicht rechtzeitig wieder her, ohne dass er etwas merkt.«

Laurie winkt ab. »Genau für solche Fälle bist du ja zuständig, oder nicht?«

Einen Versuch war's wert.

»Sie hat ohnehin gleich einen Massagetermin. Natürlich bei einer Internen, die zu neunundneunzig Prozent nicht mitbekommen wird, dass sie zur gleichen Zeit privat mit Nord unterwegs war. Falls doch, werde ich ihr verklickern, dass wir ein stinknormales Double engagiert haben, und uns ihr Schweigen erkaufen.«

Ein stinknormales Double. Wäre es leichter, das zu sein? Vermutlich auch nicht.

»Gut, danke. Da ist noch etwas anderes … was denkst du, wie es Tiff mit der ganzen Sache geht? Ich mache mir Sorgen.«

Ich erwarte, dass Laurie erneut eine wegwerfende Handbewegung macht und mir sagt, Tiff sei ja im Bilde über den Plan und werde klarkommen. Stattdessen macht sie ein trauriges Gesicht. »Du hast recht, ich schaue nachher mal bei ihr vorbei. Es wäre schlimm, wenn sie …« Sie bricht ab. Das, was ihr auf der Zunge gelegen hat, war offenbar nicht für meine Ohren bestimmt. »Früher oder später muss sie sowieso über die Trennung hinwegkommen«, fährt sie schließlich anders fort. »Wahrscheinlich ist dieser Weg immer noch weniger schmerzhaft für sie, als wenn Nord echtes Interesse an einer anderen zeigen würde.«

Und wenn es so ist?, fragt eine Stimme in meinem Kopf, der ich ganz sicher nicht erlaubt habe, sich zu Wort zu melden. Ich war schon immer gut darin, mir Dinge einzubilden. Mir einzureden, dass Nord sich in mich verlieben könnte, sähe mir ähnlich. Weshalb ich es nicht tun werde.

Natürlich legt er genau in diesem Moment die Arme von hinten um mich. Ich friere förmlich am Boden fest vor Schreck.

»Sorry, Laurie, Wynter und ich machen uns jetzt aus dem Staub. Wir sehen uns.«

»Bring sie vor Mitternacht nach *ClassyGardens* zurück. Du weißt, danach ist das Tor nicht mehr besetzt und …«

»Ja, Mom.« Nord zieht mich mit sich.

»Süß, oder?«, fragt er, als wir außer Hörweite sind. »Sie hat Angst, dass du an Wynters Stelle in Schwierigkeiten gerätst.«

»Schwierigkeiten?«, frage ich dümmlich.

»Schwierigkeiten«, bestätigt er und bewegt seinen Zeigefinger zwischen uns hin und her.

Ah, *Schwierigkeiten*. Von der Sorte, in die ich gar nicht kommen kann, weil ich ja meine Kein-Klauen-keine-Kerle-keine-Komplikationen-Regeln unerschütterlich einhalte.

»Da kann Laurie ja glücklicherweise total beruhigt sein«, sage ich.

Den Blick, den er mir daraufhin zuwirft, kann ich beim besten Willen nicht deuten.

Eine knappe Stunde später erreichen wir den Gibraltar Point Beach. Nord meint, dass es einer der weniger besuchten Strände der Inseln ist, und tatsächlich ist außer uns fast niemand da.

Nord sucht einen Platz unter den Bäumen aus, nicht weit entfernt vom Ufer. Aus dem Rucksack, den ihm irgendwer zum Restaurant gebracht hat, zaubert er eine Decke und eine Flasche Wein sowie zwei Gläser hervor.

Oha, das sieht schon nach einem richtigen Date aus.

»Im Ernst, ich werde dich nicht fressen. Du musst wirklich mit diesen Blicken aufhören, die passen absolut nicht auf Wynters Gesicht.«

Ich atme tief durch und setze mich, meinen anscheinend so verräterischen Blick auf den See gerichtet.

Zwei Mädchen in meinem Alter gehen mit hochgekrempelten Hosenbeinen durch den Sand und stoßen spitze Schreie aus, wenn eine der leichten Wellen es bis zu ihren Zehen schafft.

»Magst du überhaupt Weißwein?«, fragt Nord.

»Schon. Aber nicht, wenn ich imitiere, sorry.«

»Oh, jetzt wird mir einiges klar. Dann Saft?«

»Gern, danke. Du bist ja auf alles vorbereitet!«

»Ehrensache.«

Um das Glas entgegenzunehmen, muss ich doch wieder zu ihm hinschauen. Den ganzen Tag über hat er so bewundernswert lässig gewirkt, aber jetzt merke ich doch den Unterschied zu echter Ungezwungenheit – an der Art, wie seine Schultern entspannter wirken, und daran, wie offen sein Blick ist. Er hat wohl seit unserem Aufbruch nirgendwo mehr sein Spiegelbild gesehen; sonst hätte er gemerkt, dass ihm eine einzelne Haarsträhne von der Stirn absteht wie bei einem verrückten Professor. Meine Hand zuckt, aber ich unterdrücke den Drang, sie glatt zu streichen, gerade noch so. Sollte ich was sagen? Wie formuliert man das? Streich mal über deine Haare?

Wir stupsen unsere Gläser aneinander. Das leise Klirren scheint noch ewig nachzuhallen.

»Du würdest wirklich eine gute Schauspielerin abgeben«, sagt Nord nach dem ersten Schluck. »Schon mal drüber nachgedacht, damit Karriere zu machen? Wäre etwas ungefährlicher als das, womit du dein Geld verdienst. Das beim Nachdreh warst doch auch du, oder? Lief doch nicht schlecht!«

»Ja, der Gedanke ist mir tatsächlich schon gekommen. Aber wenn ich ich bin, bin ich nicht halb so talentiert.«

»Das glaube ich kaum. Darf ich dich sehen?«

»Nein.«

»Nur zwei Minuten!«

»Nein.«

Er seufzt.

Eine ganze Weile sitzen wir so da, ruhig, jeder in seinen Gedanken versunken, für sich, trotzdem fühlt es sich wie etwas Gemeinsames an. Wir bekommen langsam Übung darin, an schönen Plätzen zu sitzen und schweigend Zeit miteinander zu verbringen. Ehrlich gesagt genieße ich das. Nach dem nervenaufreibenden Tag voller Worte tut es gut, einfach mal nur da zu sein.

Meine Imitation macht auch weiterhin keine Zicken; sie schmiegt sich an mich wie eine Decke.

Mir fällt wieder ein, dass ich auch mit Nord noch mal über Tiff sprechen wollte. Doch etwas lässt mich zögern. So lange, bis aus dem Zögern eine Entscheidung geworden ist, nichts zu sagen.

»Würde es wehtun?«, fragt Nord irgendwann.

»Was?«, frage ich nach, obwohl ich weiß, dass er mich genau dazu bewegen wollte.

»Ein bisschen für mich zu schwärmen.«

»Tun das nicht schon genug andere Menschen?«

Er streckt die Beine aus und lässt mich nicht aus den Augen. »Aber selten jemand, bei dem es mich freuen würde.«

Obwohl ich langsam ein Gefühl für ihn als Person bekomme, kann ich immer noch nicht richtig einschätzen, ob er sich über mich lustig macht, mich testet oder mit mir flirtet. Wenn er gleich sagt, dass ihm jemand wie ich noch nie begegnet ist, weiß ich zumindest, dass das stimmt. Haha.

»Tut mir leid. Aber mir würde es nichts ausmachen, wenn *du* dich dazu entscheiden solltest, für *mich* zu schwärmen.«

Der Witz ist: Ich kann auch noch nicht richtig einschätzen, ob ich mich über ihn lustig mache, ihn teste oder mit ihm flirte.

»Ja, vielleicht mache ich das.«

Vielleicht macht er das. Klar. Alles gut. Super, um genau zu sein. Ich sollte mich in Zukunft an meinen Vorsatz halten, nicht mehr privat mit ihm abzuhängen. Gilt es überhaupt als privat, wenn ich noch in meiner ›Arbeitskluft‹ stecke?

Vielleicht hat er ja auch seine Pläne, Wynter um den Finger zu wickeln, einfach auf mich ausgeweitet und lässt seinen Charme spielen, um sich meiner Loyalität zu versichern.

Oder – und ich weiß nicht, welche der Möglichkeiten ich weniger unheimlich finde – er hat die Wahrheit gesagt und mag mich echt. Jeder Star hat doch so seine Laster, oder? Vielleicht ist seines, dass er auf Freaks steht.

»Jetzt mal im Ernst«, sagt er. »Ich bin froh, dass Wynter dich auf mich angesetzt hat.«

Ich kann mir nicht helfen, nun beuge ich mich doch vor und streiche die widerspenstige Strähne glatt. Was noch viel, viel schlimmer ist, als wenn ich ›Ich auch‹ gesagt hätte. Was zusätzlich eine Lüge gewesen wäre, da ich ja nur aus einer Notlage heraus hier gelandet bin.

»Ich auch.«

Wonderful Intrigues, Season 3, Episode 2

Was bisher geschah: Deven plant schon seit Tagen die Geburtstagsfeier für seine Schwester Kerry – die eigentlich gar nicht feiern will, weil ihr Freund am letzten Wochenende mit ihr Schluss gemacht hat. Doch Deven zieht alle Register, um sie wieder zum Lachen zu bringen. Nach einigen knisternden Begegnungen mit Wynter, die er jedes Mal sofort danach bereut, ist das für ihn die perfekte Ablenkung …

Deven und Kerry sitzen zusammen in dem Eiscafé, in dem sie sich jede Woche auf einen Kaffee treffen.

»Ich weiß, du willst morgen am liebsten einfach nur im Bett liegen und deprimierende Musik hören, so wie die letzten Tage, aber …«

»Das mache ich gar nicht.«

»Ach nein? Was dann?«

»Kekse essen.«

»Wie originell.«

Kerry seufzt. »Was wolltest du sagen?«

»Jay hat einen Bekannten, der einen ziemlich coolen Partykeller vermietet, und es könnte sein, dass ich … ein bisschen was organisiert und ein paar Leute eingeladen habe. Ich weiß, du hasst Überraschungen, deswegen sag ich es dir jetzt.«

In Kerrys Augen stehen plötzlich Tränen.

»Hey, bitte nicht schon wieder weinen. Auf die Gefahr hin, mich zu wiederholen: Der ist es nicht wert.«

»Ich … es geht gerade gar nicht um …« Sie vergräbt das Gesicht in den Händen.

Deven rückt mit seinem Stuhl auf ihre Tischseite und legt den Arm um sie.

»Ich kann das nicht mehr!«, schluchzt sie.

»Du kannst was nicht mehr?«, säuselt eine vertraute Stimme außerhalb des Kamerafelds. Dann schrammen die Beine eines weiteren Stuhls über den Boden, und Wynter setzt sich Kerry und Deven gegenüber.

»Ich glaub's nicht«, murmelt Deven.

»Ich bin nicht deinetwegen hier. Kerry hat mich angerufen.«

»Kerry kennt dich nicht mal.«

»Klar kennt sie mich. Wir haben uns im Nagelstudio kennengelernt.«

Deven blickt auf Kerrys Nägel, die nicht unbedingt aussehen, als hätten sie in letzter Zeit eine Maniküre genossen.

»Cleveres Dummchen«, sagt Wynter.

Kerry hebt den Kopf und zeigt anklagend auf sie. »Sie hat mich bezahlt!«

»Kerry, Darling, willst du das jetzt wirklich tun?«, fragt Wynter.

»Er verdient die Wahrheit, okay?« Kerry schluckt. Dann: »Deven, ich bin gar nicht deine Schwester. Wynter gibt mir schon die ganze Zeit Geld.«

Na, darüber, ob Kerry auch von Wynter gekauft ist, gab es online und vermutlich auch offline schon diverse Debatten. Auch die richtige Familie des Prinzen ist noch ein einziges Mysterium. Genauso übrigens die von Nordyn Degenbrunner in der Wirklichkeit. Es ist fast, als hätte er nie Eltern oder Geschwister gehabt.

»Wo wir schon bei den Geständnissen sind …«, sagt Wynter mit einem zynischen Lächeln, »… deine vermeintlichen Eltern sind Rentner aus Oregon, denen sehr langweilig war. Das ist auch der Grund, warum ihr nie einen Termin für einen Besuch gefunden habt.«

Die Kamera schwenkt zurück auf Kerry, die ziemlich verwirrt darüber scheint, dass Wynter die Enthüllung nun sogar vervollständigt.

»Netter Versuch«, sagt Deven. »Aber zufälligerweise habe ich eine ganze Menge Kindheitserinnerungen.«

Kerry schüttelt in seiner Umarmung den Kopf. »Sie kennt jemanden, der reale Erinnerungen abwandeln kann.«

»Wer nicht? Gleich kommen wir also wieder zu der Sache mit der königlichen Verlobung und so?«

»Ganz genau«, sagt Wynter. Dann streckt sie die Hand über den Tisch und berührt seine Wange mit einem kleinen Gegenstand. Deven fährt zusammen, als hätte sie ihm einen Stromschlag verpasst. Sofort beginnt sein ganzer Körper zu zucken. Kerry schreit und versucht ihn festzuhalten, aber da ist Deven schon zu Boden geglitten.

Wynter steckt den Stein mit dem eingebrannten Emblem wieder in die Tasche.

Deven liegt mit geschlossenen Augen da, reglos.

»Was hast du getan?«, kreischt Kerry.

»Ganz ruhig, er kommt gleich wieder zu sich. Es ist doch deine Schuld, dass ich auf Nummer sicher gehen musste.«

»Auf Nummer sicher gehen, dass *was*?«

»Na, dass er sich selbst nicht wiedererkennt. Dafür ist es wirklich noch viel zu früh.«

Kapitel 21

Ich kann nicht glauben, dass wir hier sind.

Es ging so schnell. Das Okay von Wynter habe ich vor zwei Tagen bekommen, ohne viel erklären zu müssen. Ich glaube, sie denkt, ich werde Nord in einem Hotelzimmer endlich für sie verführen. Weshalb ich ihr nichts von der Airbnb-Unterkunft erzählt habe, wo ich allein im Kinderzimmer zu schlafen gedenke.

Laurie war auch hellauf begeistert, allerdings vor allem wegen des Besuchs bei Nords Familie. Sie glaubt, das wird Nordwynter noch mal in völlig neue Sphären heben, weil es so viel über die Beziehung auszusagen scheint.

In den beiden Tagen vor der Abreise habe ich Nord nicht zu Gesicht bekommen. Stattdessen habe ich Wynter in ihrem sogenannten Alltag begleitet – zu ihrem Training im *ClassyFit* (was auch sonst?), zu einem Maniküretermin – noch nie hab ich so schöne Nägel gehabt! –, zum Lunch mit ein paar Leuten, bei denen ich nicht wirklich verstanden habe, in welcher Beziehung sie zu Wynter stehen – irgendwelche Kontakte, die sie für potenziell wertvoll hält –, zum Stimmtraining. Vorgestern Abend bin ich mit ihr auf einer Benefizgala gewesen, auf der ihr Vater sie dabeihaben wollte. Ich war hauptsächlich dafür da, ihr die Drinks zu organisieren und dass sie, wenn sie gerade mit niemandem im Gespräch war, nicht allein in der Gegend herumstehen musste.

Nord hat in der Zwischenzeit den Trip fast allein vorbereitet. Er hat sich auch persönlich um die Flüge gekümmert. Zwei Plätze nebeneinander gab es so kurzfristig nicht mehr. Möglich, dass ich darüber gleichermaßen enttäuscht wie erleichtert war.

Vom Toronto Pearson-Airport sind wir, nur mit Handgepäck, über Nacht via Direktflug nach Frankfurt gereist. Nach der Landung um 6:20 Uhr haben wir den bestellten Mietwagen abgeholt. Ich war Nord ziemlich dankbar, dass er sich bereit erklärt hat zu fahren. Ich war völlig durch.

Und jetzt stehen wir auf dem Parkplatz der Klinik. Ich frage mich, ob das alles nicht eine total hirnverbrannte Aktion ist – ein Gedanke, der sich noch verstärkt, als ich meinen Blick aus dem Fenster schweifen lasse und Stians Auto am anderen Ende des Parkplatzes entdecke. Ja, er hat immer noch Semesterferien, und das wusste ich. Aber seit wann verbringt er so viel Zeit in der Klinik? Ich hatte so sehr gehofft, ihm nicht zu begegnen.

»Keiner da, der was mitkriegen könnte«, sagt Nord, der meinen suchenden Blick falsch gedeutet hat.

Ich lasse ihn in dem Glauben, dass ich besorgt bin, jemand könnte Zeuge meiner Rückverwandlung werden.

Diesmal besitzt er den Anstand, ohne Aufforderung wegzuschauen.

Als ich mich nach dem Abend am Strand in *ClassyGardens* von meiner Imitation gelöst habe, hat es extrem wehgetan. Ungewöhnlich extrem. Es war, als würde meine Haut gleichzeitig verbrennen und von Eiszapfen durchstoßen. Der normalerweise so schnelle Vorgang hat fast zehn Sekunden gedauert –

mitzuzählen war das Einzige, was geholfen hat, mich von dem unerträglichen Gefühl abzulenken.

Ich hatte die zweitägige Pause offensichtlich nötig.

Vor der Fahrt zum Flughafen wieder Wynters Gestalt anzunehmen, war dagegen einfach. Sie gleitet über meine wie ein sich schließender Vorhang. Normalerweise ist es schwierig für mich, eine Imitation aufzunehmen, nicht, sie loszulassen. Es ist merkwürdig. Wenn ich die Gelegenheit dazu finde, werde ich nachher Gabrielle fragen, ob sie sich das erklären kann. Auch wenn sie mir wegen der Wynter-Sache sicher die Leviten lesen wird. Vielleicht nicht, wenn sie vorher erfährt, dass unser finanzielles Problem sich endlich in Luft aufgelöst hat.

»Wird das heute noch was?«, fragt Nord.

»Ja, sorry, Moment noch.«

Seit wann zögere ich es hinaus?

Ich schließe die Augen und … *Schmerz.* Mir entfährt ein leises Zischen, und Nords Kopf fliegt zu mir herum, während ich gegen die Imitation ankämpfe. Ich presse die Zähne zusammen und löse mich mit einem letzten Ruck von dem Trugbild.

»Alles okay?«

»Bestens«, lüge ich. Nicht mal einen Tag lang habe ich die Imitation diesmal getragen. Warum fühle ich mich dann jetzt wie durch den Fleischwolf gedreht? Wenigstens töten mich diesmal Wynters Klamotten nicht. In weiser Voraussicht habe ich eine Hose mit Gummizug gewählt, trage ein Oversized-Shirt, das so gut wie jedem passen würde, und darunter einen Soft-BH.

»Du siehst aus, als …«

»Los, lass uns reingehen!« Schwungvoll stoße ich die Wagentür auf und steige aus.

Ohne mich zu vergewissern, dass er mir folgt, laufe ich zum Eingang.

Er holt mich ein und berührt meinen Arm. »Hey, mach langsam, okay?«

Ich kann nicht langsam machen, wenn es um Savi geht. Angesichts der Neuigkeiten, die ich mitbringe, kann Carsten mir nicht verweigern, sie zu sehen, oder?

»Verhalt dich unauffällig«, sage ich, obwohl das Problem ja nicht Nords Verhalten, sondern sein, nun, sein Nord-Sein ist. Außer gegenüber Carsten und Gabrielle soll er sich, wenn irgend möglich, niemandem zu erkennen geben.

Ich habe Carsten vor zwanzig Minuten eine Nachricht geschrieben. Angemeldet hatte ich uns schon, sobald die Flüge gebucht waren. Was wahrscheinlich ein Fehler war – denn Stians Wagen könnte darauf hindeuten, dass sein Vater es ihm erzählt hat. Jedenfalls erwartet Carsten uns in seinem Büro, das hat er eben in einer Nachricht bestätigt. Daher fahren wir mit dem Aufzug direkt in den ersten Stock.

Hoffentlich werden wir den Teil mit Nords ›Spende‹ schnell über die Bühne bringen. Eigentlich kann Carsten gar nicht Nein sagen. Gabrielle hat mir versprochen, sie wird die Weiterbehandlung möglich machen, wenn ich nur das Geld herbeischaffe.

Carsten ist allein. Ich bin einerseits beruhigt – weil sich mein Wiedersehen mit Stian also noch verzögert und er sich nicht in dieses Gespräch einmischen wird. Andererseits hätte ich Gabrielle gerne zur Verstärkung dabeigehabt und war auch eigentlich fest davon ausgegangen, sie bei ihm anzutreffen. Sie trägt jede Entscheidung mit, die Savis Behandlung betrifft;

schließlich weiß sie am besten über die Entwicklung ihrer Störung Bescheid.

»Degenbrunner«, murmelt Carsten vor sich hin, nachdem er Nord die Hand gegeben hat, und dann direkt an ihn gerichtet: »Kann es sein, dass ich Ihren Vater kenne?«

Nord zögert. »Er hat an der Uni Witten/Herdecke Psychologie studiert.«

Carsten lacht. »Na klar … Maximilian, richtig? Wir waren Kommilitonen!«

Das gibt's ja nicht.

»Die Welt ist klein«, floskelt Nord. Sein Grinsen sieht mehr nach einer In-eine-Zitrone-gebissen-Grimasse aus.

»Und welchen Bezug haben Sie zu meiner … Beinahe-Schwiegertochter?«

Nord wirft mir einen Seitenblick zu. Nein, ich habe keinen Satz mehr als nötig über die Dettmers oder meine Verbindungen zu ihnen verloren.

»Elly und ich haben uns durch einen witzigen Zufall kennengelernt. Als sie mir von Savanna erzählt hat, wollte ich sofort helfen. Ich weiß, was es heißt, eine Schwester zu verlieren.«

In der Stille, die seinen Worten folgt, wird mir bewusst, wie wenig ich ihn eigentlich kenne.

Wir hatten eine andere Story abgesprochen: dass wir uns in der Klinik begegnet sind, wo ich Dr. Dawson aufgesucht habe, während er bei einer Cast-Kollegin war, die vermeintlich dort behandelt wird. Warum ist er von dieser Version abgewichen? Was ist mit seiner Schwester passiert? Oder nutzt er nur Carstens losen Bezug zu seiner Familie, damit er keinen Grund hat, misstrauisch zu werden?

Ich habe ernsthaft darüber nachgedacht, die Wahrheit zu sagen. Aber meine Arbeit für Wynter ist noch nicht getan, und ich will nicht, dass Carsten mir ins Gewissen redet. Und natürlich soll Stian nicht erfahren, wo ich zurzeit bin und worin mein neuer Job besteht.

»Es wundert mich, dass sie Ihnen von ihr erzählt hat. Unsere Elodie vertraut normalerweise niemandem.«

Ich habe deinem Sohn vertraut – und schau, wo es mich hingebracht hat.

»Wir haben sehr viel gemeinsam«, sagt Nord. »Da war vom ersten Augenblick an etwas Besonderes zwischen uns.«

Obwohl es mir widerstrebt, das vor Carsten zu tun, nehme ich Nords Hand. Dass er Nord als Geldgeber für Savis Behandlung akzeptiert, ist alles, was zählt.

»Verstehe«, sagt Carsten.

Ich habe keine Ahnung, was er gerade denkt.

Sein Seufzen verspricht nichts Gutes. »Dann hat sie Ihnen sicher auch gesagt, dass ich die Kosten selbstverständlich selbst übernehmen würde, wenn eine Chance auf Heilung bestünde.«

Nord gibt zum Glück nicht so schnell auf. »Alles, worum wir Sie bitten, ist ein Versuch. Sie haben doch nichts zu verlieren, oder?«

Carsten seufzt ein weiteres Mal. Etwas in seinem Blick jagt mir Angst ein. Stimmt irgendetwas nicht? Ist da etwas, das er mir noch nicht gesagt hat?

»Savanna ist extrem instabil. Wir dürfen sie nicht gefährden, und die Methoden, die Gabrielle vorschweben, sind nicht erprobt. Es hat sich herausgestellt, dass ihr Körper so schon übermäßig geschwächt ist, sie …«

»Wie bitte?«, rufe ich. Mein Herz zieht sich zusammen.

Nord drückt meine Hand, die immer noch seine hält.

»Wir haben alles unter Kontrolle«, sagt Carsten beschwichtigend. »Sie hat eine Magenverstimmung – womöglich hat das Mittagessen gestern sich nicht mit ihren Medikamenten vertragen. Im Moment behält sie nichts bei sich. Wir wollten ihr wenigstens einen Teil der gewohnten Dosis intravenös verabreichen, konnten aber keine entsprechende Flüssigform des Wirkstoffs finden. Und ausgerechnet jetzt ist Gabrielle bei ihrer Familie. Ihre Mutter hatte einen Zusammenbruch.«

Wenn Savi ihre Tabletten vorübergehend absetzen muss, könnte das ihren Rhythmus völlig durcheinanderbringen! Was, wenn ihr das schadet? Und die arme Gabrielle! Erst letztens hat sie mir erzählt, wie besorgt sie wegen ihrer Mutter ist. Ich kann das nicht alles auf einmal verarbeiten.

»Stian ist bei deiner Schwester und meldet sich, wenn sich ihr Zustand verschlimmern sollte.«

Mehr braucht es nicht, um mich zum Explodieren zu bringen. »*Er?* Wo ist Dr. Graudorfen? Hat sich nicht deutlich genug gezeigt, dass er nicht mit Savanna umgehen kann, verflucht?«

»Elodie, er ist im Moment der Einzige, den sie auch nur auf zwei Meter an sich heranlässt. Sie ist verwirrt, sie …«

Ich höre nicht weiter zu. Nord wird beinahe von den Füßen gerissen, als ich aus dem Raum stürze und ihn dabei mit mir zerre.

Carsten folgt uns nicht. Wahrscheinlich weiß er, dass es keinen Zweck hat.

Irgendwo unterwegs komme ich dann auch mal auf den Gedanken, Nord loszulassen, aber er lässt es nicht zu. »Was hast du denn jetzt vor?«

Ich antworte nicht, verringere mein Tempo nicht für eine Sekunde, reiße die Glastür auf, die ins Treppenhaus führt, und haste schon die ersten Stufen hinauf, ihn immer an meiner Seite.

Atemlos erreiche ich den Flur, in dem nur Savi untergebracht ist, die einzige geheime Patientin. Nord keucht nicht halb so sehr wie ich.

Die Reinigungskraft, die bei ihr Dienst hat, kommt gerade mit einem Putzeimer aus dem Zimmer. Als die Frau uns – oder wohl eher mein wutentbranntes Gesicht – sieht, zuckt sie vor Schreck zusammen. Dann winkt sie mir mit der freien Hand unbeholfen zu. Sie setzt sich wieder in Bewegung. Nach wie vor mit Nord verkettet, eile ich zur Zimmertür und stoße mit etwas zu viel Wucht dagegen, bevor sie zufallen kann. Sie schlägt mit einem lauten Knall gegen die Wand.

»Elly?«

Ich hasse Stian dafür, dass immer noch seine Augen aufleuchten, wenn er mich sieht.

Ich blicke starr an ihm vorbei, zu dem blassen Gesicht, das unter der Bettdecke hervorlugt. Es ist, als ob jegliche Luft aus meiner Lunge entweicht. In all der Zeit, in der sie hier ist, habe ich so etwas noch nie gesehen: Meine Schwester *flackert*. Sie steckt in ihrer Pia-Imitation, doch es ist, als würde die Luft um sie herum flirren. Als wäre sie nicht real.

Stian steht auf und kommt ein paar Schritte auf mich zu, bleibt dann aber wie angewurzelt stehen.

Er muss Nord doch gleich bemerkt haben?! Dann dämmert mir, welches Detail Stian allerdings erst in diesem Moment registriert hat: meine Hand in Nords.

Okay, wem will ich hier was vormachen? Ein Teil von mir hat es genau darauf angelegt. Ein nicht sehr erwachsener Teil. Dennoch ziehe ich meine Hand weg, bevor Savanna auch noch etwas mitbekommt.

»Und du bist?«, fragt Stian kühl.

»Es stand ja schon vorher nicht gut um mich«, kommt es krächzend vom Bett. »Aber jetzt halluziniere ich auch noch. Da steht Deven Hall in meinem Zimmer.«

Ich glaube nicht, dass Stian weiß, wer das ist. Und ich habe nicht vor, es ihn allzu schnell herausfinden zu lassen.

Klar, vor den ganzen Einschränkungen, als sie noch nicht auf Medienentzug war, hat Savi aus Ermangelung an Alternativen viele Filme und Serien geschaut, aber *WIn*?

»Nordyn«, sagt Nord. »Elodie wollte mir gern ihre Schwester vorstellen.«

»Ich dachte, niemand darf zu mir, weil ich verrückt bin?«, gibt Savi zu bedenken, bevor Stian etwas erwidern kann.

Ich hätte Nord bitten sollen, draußen zu warten. Ich weiß doch, wie eifersüchtig Stian ist, immer war. Öl ins Feuer zu gießen, ist keine gute Idee.

»Du bist nicht verrückt«, sagen Stian und ich gleichzeitig.

Sein Blick trifft meinen.

»Du hast hier nichts verloren«, sage ich eisig, weil ich das Gefühl habe, diesen Moment der Einigkeit ausgleichen zu müssen. Und weil es stimmt: Ich will ihn nicht mehr in Savis Nähe haben. Oder in meiner.

Er seufzt. Tief. »Können wir eine Minute unter vier Augen reden?«

»Nein.«

»Dann gehe ich auch.«

Schön, eine Minute. Das schaffe ich.

Also lassen wir Nord mit Savi allein und treten auf den Flur.

Es passiert zu schnell und zu unerwartet; ehe ich es verhindern kann, hat Stian eine Hand an meine Wange gelegt. Sie erinnert sich an ihn. Ich spüre, wie sie unter seiner Berührung warm wird. Ich weiche zurück, und er lässt seinen Arm wieder sinken.

»Geht es dir gut?«

Er fragt das nicht nur so, und in Anbetracht der Tatsache, dass ich ihm nicht mehr als die ausgemachte Minute geben werde und er das nur zu genau weiß, erschreckt mich die Frage umso mehr. Egal, wie energisch ich ihn wegzustoßen versuche, er hört einfach nicht auf, der zu sein, der er so lange für mich war.

»Sicher. War das alles?«

»Du wirkst, als hättest du zu lange am Stück imitiert. Oder zu oft hintereinander.«

»Habe ich nicht.« Habe ich doch.

»Was will der Typ von dir?«

Manchmal ist er ja echt vorhersehbar. »Vielleicht geht das ja von mir aus.« Was auch immer ich damit sagen möchte. Soll *er* sich das überlegen.

Er lächelt. Warum lächelt er jetzt? Eigentlich ist es eher ein trauriges Lächeln, aber ich sehe eine Hoffnung darin, von der ich dachte, dass ich sie ihm längst genommen hätte. »Ich kann meine Gefühle nicht einfach abstellen«, sagt er. »Will ich auch gar nicht.«

»Die Minute ist um.«

Er legt seinen Finger auf den Sensor, damit ich wieder ins Zimmer komme. »Ich weiß, zumindest Ersteres gilt auch für dich«, sagt er. »Nur, dass du es besser überspielen kannst. Wie du so vieles überspielst, vorspielst, runterspielst.«

»Lass mich einfach in Ruhe.«

»Du bist mein Original«, sagt er leise.

Und du meins. Die Antwort ist immer noch das Erste, was mir in den Sinn kommt, so oft habe ich sie ihm gegeben. Aber in Wirklichkeit waren wir kein Team, keine Freunde, keine Seelenverwandten, waren füreinander keine Originale. Wir waren gar nichts. *Sind* nichts.

Ich rette mich in Savannas Zimmer und schlage die Tür so schnell wieder zu, dass es selbst mir wie eine Flucht vorkommt.

Irgendetwas stimmt nicht mit mir. Da ist ein Druck auf meinem Brustkorb, und gleichzeitig scheint er sich in mir auszubreiten, alles von innen nach außen zu drücken, meine Wirbelsäule gewaltsam zu verschieben.

Nord hat Stians Platz am Bett eingenommen. Offenbar lässt Savi ihn dort sitzen. Obwohl ihre Stimme immer noch schwach klingt, höre ich ein Lächeln darin. Ich kann mich nur nicht darauf konzentrieren, was sie sagt.

»Ich bin mal kurz im Bad«, presse ich hervor.

Drinnen lässt mich der Gestank nach Putzmitteln augenblicklich würgen. Ich stütze mich auf dem Waschbecken ab und versuche, meine Atmung zu kontrollieren. Langsam hebe ich den Blick, so langsam, dass es einen geradezu gruseligen Effekt hat, als mein Gesicht auf dem Spiegelglas in Sicht kommt. Ich sehe aus, als würde mich etwas auffressen, zermürben, ausbrennen lassen. Ich bin blass wie ein Geist, und die Ringe unter meinen Augen sind so tiefdunkel, wie von einer Maskenbildnerin für eine Horrorszene in einem Keller aufgemalt. Einem sehr düsteren Keller, in dem ich eine noch düsterere Gestalt spielen soll, die aus einer Ecke gekrochen kommt. So schlimm war das doch das letzte Mal nicht, als ich ich war? Wynter hätte mir was erzählt, wenn sie sich so mit mir hätte blicken lassen müssen.

Ein plötzlicher Schmerz zerreißt meine Gedanken. Alles zerfasert. Mein Kopf!

Und dann erkenne ich, was mein Körper von mir will. Ein Blitz, der durch mein gesamtes Inneres zuckt, und plötzlich ist es ganz klar. Ich greife nach der Imitation von Wynter wie nach einer Rettungsleine. Samtig legt sie sich über meine erhitzte Haut. Erleichterung strömt in jeden Winkel jeder Zelle meines Körpers. Ich atme hörbar auf und bekomme im nächsten Moment Panik, dieser Laut könnte durch die Wand bis zu Nord und meiner Schwester gedrungen sein. Ich lausche, aber keiner von beiden ruft nach mir. Gut.

Ich lehne die Stirn gegen das kalte Glas, schließe die Augen und beginne zu zählen. Ich muss das in den Griff kriegen, und zwar jetzt. *Jetzt.*

Aber ich kann nicht.

Ich öffne die Augen wieder und lehne mich ein Stückchen zurück. Dabei fällt mir etwas auf: Spuren auf dem Spiegel, die nur aus einem bestimmten Lichteinfallswinkel zu sehen sind. Offenbar hat die Frau vom Reinigungsdienst nicht allzu gründlich geputzt.

Moment, ist das ein Wort?

Ich hauche meinen Atem über die Fläche, überziehe sie damit, und es wird sichtbar, was dort steht. Ein Name.

SAVANNA.

Ich sehe vor mir, wie sie hier gestanden hat. Wie es in ihr getobt haben muss. Als sie das geschrieben hat … hat sie es gewusst? Hat sie versucht, sich selbst zu überzeugen, oder hat sie es *gewusst*?

Ich kneife die Lider zusammen, und Tränen lösen sich aus meinen Augen. Blinzelnd betrachte ich Wynters Gesicht. Es sitzt perfekt, nichts erweckt auch nur den leisesten Anschein einer Täuschung.

Ich hauche erneut gegen den Spiegel. Schreibe Buchstabe für Buchstabe über Savis Namen auf das beschlagene Glas. ELODIE.

Dann drehe ich mich um und zwinge die Imitation zurück, obwohl mein Körper dabei fast zersplittert. Ich sinke auf die Fliesen und krümme mich zusammen, bis das Reißen und Dröhnen abebbt.

Kapitel 22

Nachdem ich mein Gesicht mit eiskaltem Wasser benetzt habe, kehre ich ins Zimmer zurück, die Fingernägel in die Handflächen gepresst. Was auch immer gerade mit mir passiert – ich muss stark sein. Ich bin bei Savi, und ich muss mich vergewissern, dass es ihr besser gehen wird. Nord darf nicht erfahren, was für ein Chaos in meinem Inneren herrscht. Auf keinen Fall gehe ich das Risiko ein, ihn als Investor zu verlieren. Etwas sagt mir, er würde sich sofort weigern, mich weiter als Wynter auftreten zu lassen, wenn er auch nur den kleinsten Verdacht hätte, es könnte mir in irgendeiner Weise schaden.

»Alles in Ordnung?«, fragt Nord sofort.

»Ja, ich brauchte nur einen Moment für mich. Worüber habt ihr geredet?«

»Ich hab ihm gerade gesagt, dass ich ihn kaltmache, wenn er sich zwischen dich und Stian drängt.«

Na wunderbar.

Savi sitzt, das Kopfkissen auf den angezogenen Beinen, an die Wand gelehnt auf dem Bett. Ihre Gesichtszüge verschwimmen immer noch ununterbrochen, und unter dem tendenziell blonden Haar blitzt immer wieder ihr eigenes Schwarz auf. Wenn das überhaupt möglich ist, wirkt sie noch verletzlicher als sonst.

»Und dass ich ein ziemlich cooler Typ bin«, ergänzt Nord, woraufhin sie … grinst sie etwa?

»Kannst du mich kurz mit meiner Schwester allein lassen?«, fragt sie ihn.

Er nickt, erhebt sich und stupst mich im Vorbeigehen aufmunternd gegen den Arm. »Bin draußen, lasst euch Zeit.«

Die Tür ist noch nicht zugefallen, da bin ich schon auf dem Bett und ziehe Savi an mich. Ich spüre, wie sie zittert, als sie die Umarmung erwidert.

»Ist das dein Ernst, Elly?«, fragt sie leise in mein Ohr. »Bist du vollkommen irre, mit Stian Schluss zu machen?«

Er hat es ihr also erzählt. Nicht mal an diese simple Abmachung hat er sich halten können, war ja klar. Ich werde ihn erwürgen.

»Wir wollten nicht, dass du es mitkriegst, weil …«

»*Du* wolltest nicht, dass ich es mitkriege.«

»Du brauchst Konstanten, keine Veränderungen.«

Savi lacht traurig. »Das sagt ja gerade die Richtige.«

Sie rutscht wieder zur Wand zurück. Eben im Bad habe ich geglaubt, *ich* würde erschöpft aussehen. Savanna allerdings ist der Inbegriff dieses Wortes. Sie wirkt fast durchscheinend, und das nicht nur wegen der mehr als brüchigen Imitation.

»Ich werde nicht mit dir über Stian diskutieren«, sage ich. »Warum war er überhaupt hier?«

»Ich hab nach dir gefragt, aber niemand wusste, wo du steckst. Er war sofort da und ist die ganze Nacht geblieben – hat meine Haare festgehalten, während ich mir die Seele aus dem Leib gekotzt hab. Was echte Freunde eben für einen tun.«

»Echte Freunde, die ein schlechtes Gewissen haben«, rutscht es mir heraus.

Savi wischt sich mit der Hand über die schweißnasse Stirn. Sie ist eigentlich nicht in der Verfassung für ein Gespräch wie dieses.

»Ich weiß, du willst das nicht hören«, sagt sie. »Aber ich glaube, Stians Geschichte stimmt.«

Es kostet mich einiges, nicht aus der Haut zu fahren. Darum ging es ihm also. Er hat ihr erfolgreich eingeredet, dass sie ihn tatsächlich angegriffen hat.

»Ich kann mich nicht erinnern«, sagt sie, und es klingt so elend, dass mir Tränen in die Augen treten. »Aber, Elly, ich habe *viele* Erinnerungslücken. Natürlich würde ich nie jemanden böswillig verletzen, aber ich … ich habe nicht die Kontrolle über Savannas Handlungen. Oder die von Kim, Pia oder … von *irgendjemandem*.«

Sonst redet sie nicht in der dritten Person von derjenigen, die sie währenddessen verkörpert – eigentlich immer noch Pia. Doch ich frage nicht nach, wer sie denn in diesem Augenblick zu sein glaubt. Kein Wort kommt über meine Lippen.

»Vor einer Weile …«, sie schluckt und beginnt noch einmal von vorn. »Ich weiß nicht mehr genau, wie lange es her ist, aber ich weiß, dass ich … ich hab die Scheuner attackiert.«

»Was? Warum habe ich davon ni…«

»Sie hat es für sich behalten. Es war auch nicht so schlimm, ihr ist nichts passiert. Ich weiß nicht mehr genau. Da war nur Wut und … Elly, ich bin *wirklich* gefährlich. Bitte bestraf Stian nicht dafür.«

Wenn es wahr ist, was sie sagt – warum hat Gabrielle mich

nicht informiert? Und Stian hätte sich doch garantiert sofort gemeldet, um seine Behauptungen zu unterstreichen. Oder Carsten, der nur noch Argumente dafür sammelt, die Behandlung aufzugeben.

Na klar! Genau deswegen wissen die beiden von nichts. Gabrielle beschützt meine Schwester. Wenn dieser Vorfall sich tatsächlich zugetragen hat und sie es gemeldet hätte, wären die ohnehin schon geringen Chancen auf Carstens Unterstützung ganz geplatzt.

Andererseits möchte ich nicht glauben, dass Savannas Erinnerung real ist. Savi ist harmlos – darauf hat Gabrielle genau wie ich immer wieder beharrt. Vielleicht lag ich mit meiner ersten Vermutung doch richtig, und Stian hat Savis Schwäche in den vergangenen Stunden dazu genutzt, sie zu manipulieren. Möglicherweise tut er das schon viel länger. Sie hat ihm immer vertraut und sich über seine Besuche gefreut. Nachdem ich die lächerlichen Beweise, die er für seine Lügen hatte, ignoriert habe, muss ihm klar gewesen sein, dass nur eins mich dazu bringen könnte, ihm zu glauben: ein Geständnis meiner Schwester.

Nicht mit mir!

»Savi, das ist Unsinn! Du würdest noch etwas davon wissen, wenn du Stian hättest wehtun wollen. Kim hatte zum Beispiel auch überhaupt keine Ahnung von dem Ganzen. Und das mit Gabrielle … vielleicht hat dir etwas nicht gepasst, was sie verordnet hat, und ihr hattet eine kleine Auseinandersetzung. Und wenn?«

Das Argument mit Kims Unwissenheit ist leider hinfällig – Savis Unterpersönlichkeiten sind selten alle auf dem gleichen Stand. Aber ich würde alles sagen, um sie zu beruhigen.

»Es könnte einfach eine Nebenwirkung sein. Du weißt doch, wie viele Tabletten ich einnehmen muss, oder?«

Ich nicke. Wenn überhaupt, ist das die einzige Erklärung, die ich akzeptieren würde. Gabrielle nimmt immer mal wieder Anpassungen in der Medikation vor und probiert vorsichtig auch neue Stoffe aus. Natürlich kann das Auswirkungen auf Savis Verhalten haben. Doch Gabrielle ist sich ganz sicher gewesen, dass meine Schwester Stian niemals angreifen würde, genauso sicher wie ich. Ich muss dringend mit ihr sprechen!

»Nordyn ist süß, aber du musst größenwahnsinnig sein, wenn du denkst, aus euch könnte was werden.«

»Hier wird aus niemandem irgendwas! Bitte, sag mir, wie ich dir helfen kann.«

»Du würdest mir helfen, wenn du einsiehst, dass du mir nicht helfen kannst.« Sie atmet tief durch, während mein Hirn es nicht annähernd schafft, ihre Worte zu verarbeiten. »Bitte! Das alles macht mich so müde. Sie sollen einfach weitermachen wie bisher. Es hat keinen Sinn, so zu tun, als könnte ich eines Tages entlassen werden.«

Etwas in mir reißt entzwei. Mein Herz kann es nicht sein, das arme Ding ist schon lange ziemlich hinüber.

»Du wirst entlassen werden!«

Sie schüttelt den Kopf, streckt ihre Beine an mir vorbei, legt sich hin und zieht die Decke wieder über sich. Stian hat wirklich ganze Arbeit geleistet.

In diesem Moment öffnet sich die Tür. Will Nord wissen, wo ich bleibe? Aber das kann ja gar nicht sein, weil er wegen des Fingerabdrucklesers nicht reinkann und klopfen müsste.

»Wir haben Dr. Scheuner erreicht!« Dr. Graudorfen schiebt

einen Ständer mit einem Infusionsbeutel herein. »Sie hat mir erklärt, wie ich eine Lösung mit dem Wirkstoff herstellen kann.«

Nord lugt hinter ihr ins Zimmer.

Ich bin unendlich froh, sie zu sehen. Bei ihr ist Savi in guten Händen.

Obwohl alles in mir sich dagegen sträubt, schon wieder zu gehen, ist mir klar, dass es noch Dinge zu regeln gibt und Savanna ein bisschen Ruhe braucht.

»Du wirst entlassen werden«, wiederhole ich zum Abschied leise und berühre vorsichtig ihre flackernde Wange.

»Bitte versöhnt euch«, murmelt sie, ohne darauf einzugehen.

Dieses Versprechen muss ich ihr schuldig bleiben.

Wie sich herausstellt, hat Carsten Nord im Flur angetroffen, und die beiden haben die Geldfrage und die Fortsetzung der Behandlung geklärt.

»Tu mir einen Gefallen und halt deinen Sohn von Savi fern«, sage ich leise. Ich weiß, ich müsste eigentlich Stian selbst suchen und noch einmal damit konfrontieren, aber mir fehlt die Kraft dazu.

»Es gibt nicht viel, was deine Schwester selbst entscheiden kann, aber ob sie seine Besuche will oder nicht, liegt bei ihr.«

Ich weiß, es hat keinen Sinn, eine Diskussion anzufangen. Stattdessen wünsche ich ihm noch einen schönen Tag und wende mich zum Gehen.

»Ich glaube, deine Schwester nimmt mich als Gefahr wahr«,

meint Nord, als wir kurz darauf wieder auf dem Parkplatz stehen.

Stians Wagen ist weg. Warum achte ich überhaupt darauf?

»Dein Ex ist clever. Er hat auf jeden Fall erkannt, über welche Person der Weg zu deinem Herzen führt.«

Wenn das so wäre, hätte er nicht versucht, sie mir wegzunehmen. Würde es nicht so offensichtlich immer noch versuchen.

»Du bist doch derjenige, der seine Kohle in sie investiert. Demnach müsstest du mich ja jetzt an der Angel haben.«

»Wäre mir recht.« Er entriegelt das Auto, und ich mache, dass ich reinkomme.

Ich schaue mich nicht mal mehr richtig um. Als Nord auf den Fahrersitz gleitet, bin ich schon wieder Wynter. Ich lasse ihm keinen Raum, das zu kommentieren. »Und jetzt lern ich deine Familie kennen?«

Seine Gelassenheit verpufft genauso schnell wie mein wahres Aussehen. »Nur meine Schwester«, sagt er. »Und die auch nur mit etwas Glück.«

»Oh. War eigentlich nicht ernst gemeint, die Frage. Du hattest doch nicht vor, hinzufahren?!«

»Hab's mir anders überlegt.«

Ohne weitere Erklärungen lässt er den Motor an und steuert Richtung Straße.

Ob er mir extra nichts gesagt hat, um sich die Entscheidung bis zum letzten Moment offenzuhalten? Ich lasse ihn knappe zwanzig Minuten lang in Ruhe, genau die knappen zwanzig Minuten, die wir von der Klinik bis nach Castrop-Rauxel brauchen.

»Wohnt sie hier?«, frage ich, als wir vor einem großen roten Backsteinhaus mit grauen Dachschindeln halten.

»Ich bin mir nicht sicher.«

Er ist sich nicht sicher???

In der Wiese neben der gepflasterten Zufahrt steckt ein Schild. Ich lehne mich vor, um an Nord vorbeisehen und die Aufschrift lesen zu können:

Psychotherapeutische Praxis

Dipl.-Psych. Maximilian Degenbrunner

Termine nach Vereinbarung

Darunter eine Telefonnummer.

»Ich hab auf seiner Website gesehen, dass er Urlaub hat. Er geht dann immer auf Bildungsreise, also sollte er weg sein. Sonst wären wir nicht hier.« Er stößt die Autotür auf. »Also los.«

»Warte! Was ist mit mir? Falls sie da ist … Willst du mich ihr echt als Wynter vorstellen?«

»Eigentlich nicht. Wird trotzdem das Beste sein. Sie würde dich wahrscheinlich nicht verraten – andererseits wäre es möglich, dass sie mich inzwischen genug hasst, um genau das zu tun.«

Hat er Tiff deshalb nichts von seiner Familie erzählt? Weil er sich online über das Leben seines Vaters informiert, um ihm weiter aus dem Weg zu gehen, und weil er nicht genau weiß, wo seine Schwester wohnt und wie sie aktuell zu ihm steht? Schämt er sich dafür? Wollte er sie nicht mit reinziehen? Warum dann mich?

»Soll ich denn überhaupt mitkommen? Vielleicht wäre es besser …?«

»Bitte. Ich brauche … Ich schaff das nicht allein.«

Er wirkt plötzlich viel jünger, als er ist, und viel hilfloser, als ich ihn mir je hätte vorstellen können.

»Okay.«

»Lass uns vorher noch schnell ein Beweisfoto machen«, sagt Nord beim Aussteigen.

Wir stellen uns nebeneinander, und er bringt ein Selfie von uns zustande, auf dem man auch ein Stück vom Haus erkennt, natürlich aber nicht die Nummer oder etwas anderes, das irgendwen hierherführen könnte.

Dann gehen wir zur Eingangstür, die sich unter einem kleinen Vordach versteckt.

Nord steht reglos da und starrt auf das gewölbte Glas der in die Tür eingelassenen Fenster.

Es gibt zwei Klingeln, eine für die Praxis und eine, die demnach die private sein müsste. Ich drücke Letztere. Von drinnen ertönt ein Gong, und Nord zuckt zusammen.

»Okay, niemand da«, sagt er nach drei Sekunden und will umdrehen, aber ich halte ihn am Arm fest.

Fünf weitere Sekunden später nähert sich ein Schatten der Tür. Ein blondes Mädchen mit Nords braunen Augen öffnet uns.

Nord holt tief Luft, so tief, dass ich schon glaube, er wird sich jeden Moment einfach umdrehen und lossprinten. Sicherheitshalber verstärke ich den Griff um seinen Arm. Doch statt einen Fluchtversuch zu wagen, hebt er die Hand und hält sie ihr flach entgegen.

»Team Sky«, murmelt er.

Was ein ganz, ganz schwaches Lächeln über ihre Lippen

huschen lässt. Sie zögert, hebt dann aber ebenfalls die Hand und drückt die Innenfläche gegen seine. »Team Sky.« Gleich darauf zieht sie sie wieder zurück, verschränkt die Arme vor der Brust und sieht mich an. »Wynter, richtig?«

»Im Prinzip«, antworte ich.

Ihr scheint nicht aufzufallen, dass das eine ziemlich bescheuerte Antwort war. »Was soll das werden? Kommt ihr, um eure Fotosammlung um ein Bild mit der unnützen Schwester zu erweitern?«

Nord ignoriert das. »Das ist Emica«, stellt er sie vor.

Sie schnaubt und geht ohne ein weiteres Wort ins Innere des Hauses zurück, lässt die Tür aber offen. Trotz der insgesamt doch eher kühlen Begrüßung bedeutet Nord mir, ihr zu folgen.

Gleich links zweigt ein Flur zur Praxis ab. Wir steuern geradeaus, an einer Treppe vorbei in den Teil des Erdgeschosses, der anscheinend von Nords Familie bewohnt wird.

Die Schuhe lassen wir im Eingangsbereich stehen und gehen durch einen gemütlichen Ess- und Wohnbereich mit Kamin, Wandspiegel und Landschaftsgemälden, hellen Möbeln und tief hängenden Deckenlampen mit blütenförmigen Schirmen.

Emica erwartet uns auf der Terrasse, hinter der sich ein großer Garten erstreckt. Zwei mächtige Blautannen an dessen Ende versperren die Sicht auf die Straße.

»Kann ich den Herrschaften irgendwas anbieten?«, fragt Nords Schwester sarkastisch.

»Lass mal.« Nord zieht zwei der Gartenstühle an dem dunklen Aluminiumtisch zurück.

Ich setze mich zögerlich, und er pflanzt sich neben mich. Emica bleibt stehen, immer noch in Abwehrhaltung.

»Sag, was du mir zu sagen hast«, fordert Nord leise.

Lange Augenblicke vergehen. Entweder sie hat ihm gar nichts zu sagen oder zu viel – zu viel ist wahrscheinlicher.

Als sie einen Anfang findet, ist es einer mit den Eigenschaften einer Pistolenkugel: »Du bist genau wie Mom!«

Nord senkt nur den Kopf.

»Dass du im Gegensatz zu ihr angekündigt hast, dass du gehst, hat es *nicht* besser gemacht. Und wage es jetzt nicht zu sagen, die Entscheidung hätte bei mir gelegen.« Sie beißt sich auf die Lippe, als wollte sie ihre eigenen Worte zurückhalten, aber schon in der nächsten Sekunde schießen sie weiter aus ihr heraus: »Es kotzt mich an, weißt du? Wie du deinen Traum lebst! Wie du dich weigerst, zurückzublicken, und das seit *Jahren*! Wie ich dir scheißegal geworden bin, während ich dich jeden einzelnen Tag vermisse.«

»Oh, Em.«

»Und jetzt bist du hier, um … um was? Soll ich dir eine Szene machen, die sich gut vermarkten lässt? Schneidet sie das mit?« Ihr Blick zuckt kurz zu mir, bevor er sich wieder in Nords Gesicht brennt.

»Du bist mir alles andere als scheißegal.«

Jetzt setzt sie sich doch, die Beine des Stuhls schaben mit einem unangenehmen Geräusch über den steinernen Boden. »Ach ja? Wenn das so wäre, hättest du mich wohl kaum abgewiesen, als ich dich am dringendsten gebraucht habe. Du hättest mir nicht durch deine Freundin – die bis dahin wohlgemerkt nicht mal von meiner Existenz wusste – ausrichten lassen, ich solle verschwinden.«

Von der kleinen Hoffnung, die in ihren Augen aufgeglommen ist, als sie uns vor der Tür hat stehen sehen, scheint nichts mehr übrig zu sein. Da ist nur noch enttäuschter Zorn.

»Ich dachte nicht, dass du allein gekommen warst.«

»Soll das eine Entschuldigung sein?«

»Was hast du denn gewollt?«

Sie lacht so bitter, wie ich noch nie jemanden habe lachen hören. »Gar nichts, Nord. Ich war nur am absoluten Tiefpunkt. Dad hatte mich rausgeschmissen, weil ich dachte, ich wär schwanger. Sonst war alles einfach super.«

Nord atmet scharf ein.

»Aber hey«, fährt sie fort, »wie du siehst, darf ich gnädigerweise wieder hier im Hort der Verlassenen leben, weil es zum unermesslichen Glück aller ein Fehlalarm war. Und bevor du fragst: Olek ist weg. Du hattest mit allem recht. Hoffentlich bist du jetzt glücklich.«

Ich habe das Gefühl, ihre Worte werden immer scharfkantiger. Obwohl ich keine Ahnung habe, wovon sie spricht, würde ich Nord am liebsten in Schutz nehmen. Er sieht aus, als ob er … ich weiß nicht … in Tränen ausbrechen würde, wenn sie so weitermacht?

»Der Witz ist nur, du warst es, der mir vorhergesagt hat, er wird mir nur wehtun. Aber für dich selbst gilt das noch hundertmal mehr. Denn ich bin dir doch scheißegal. Du hast ja jetzt deine Fake-Schwester Kerry. Und natürlich deine Hollywood-Schnittchen.« Sie schenkt mir ein falsches Lächeln. »Wahrscheinlich weißt du nicht mal, wer seine Mutter ist, oder? Chelsea Bergeron – klingelt da was bei dir?«

Chelsea Bergeron? Die Millie in *Starry Adventure* gespielt

hat und Margaret in *The Clearpark Thieves*? Die Leinwandgöttin aus *Life Without Abby*?

»Klar weiß ich das«, lüge ich. Der Beschützerinstinkt gegenüber Nord scheint ausgeprägter zu sein, als ich angenommen hatte.

»Na ja, wundert mich eigentlich auch wieder nicht. Wahrscheinlich hat sie deinen Daddy bestochen, damit Nord in eurer tollen Serie mitmischen darf. Ohne sie wär er jedenfalls niemals so weit gekommen.«

»Das ist nicht wahr«, stößt Nord hervor.

Emica wendet sich wieder ihm zu. »Nicht? Dann sag ich dir jetzt mal was, das definitiv wahr ist: Nach allem, was diese Familie durchgemacht hat, hast du mir das Einzige weggenommen, an das ich noch glauben konnte – die Gewissheit, dass mein Bruder für mich da sein wird, egal, was kommt.«

Und das ist der Moment, in dem Nord aufsteht und geht. Er *geht.*

Schockiert starre ich ihm nach, bis ich die Haustür ins Schloss fallen höre.

»Das ist ja wieder typisch«, sagt Emica. Ihre Stimme bebt leicht. Wenn sie allein wäre, würde sie weinen, das kann ich ihr ansehen. Sie ist nur zu stolz, um es in meiner Gegenwart zu tun.

Ich springe auf. »Ich rede mit ihm.«

Sie winkt ab, aber die Geste kann nicht über den Schmerz hinwegtäuschen, der ihr ganzes Gesicht überschattet. »Wenn du schon dabei bist, sag ihm, er braucht nicht wiederzukommen.«

Das meint sie nicht wirklich so. Ich erkenne diesen Tonfall im Schlaf.

»Mach's gut!«, sage ich in Ermangelung einer Verabschiedung, die in irgendeiner Weise passen würde.

»Stell dich auch schon mal drauf ein!«, ruft sie mir hinterher. »Abhauen ist seine Spezialität. Nutz die Zeit, die er dir noch gewährt.«

Kapitel 23

Ich bin heilfroh, dass Nord uns ohne Unfall zu unserer Unterkunft gefahren hat. Aber er steht immer noch ziemlich neben sich. Während Theresa, unsere Gastgeberin, uns durch die kleine Wohnung führt, zeigt er kaum eine Reaktion.

Er saß schon im Auto, als ich aus dem Haus seines Vaters kam. Auf meinen Vorschlag, noch einmal in Ruhe mit Emica zu reden, bekam ich nichts weiter als ein schlichtes Nein. Ich habe meine tausend Fragen fürs Erste hinuntergeschluckt. Aber gleich, wenn Theresa uns allein lässt, ist die Schonfrist vorbei. Es war Nords Entscheidung, mich zu seiner Schwester mitzunehmen, und ich finde, dafür muss er mir auch Rede und Antwort stehen.

»Und hier ist das Bad«, sagt Theresa und lässt uns einen Blick in das grau geflieste Räumchen werfen, in dem sich sofort eine Lüftung brummend in Gang setzt, weil sie das Licht eingeschaltet hat.

Wir gehen zurück zur Eingangstür, wo sie den kleinen Rundgang beendet. »Ihr könnt den Schlüssel morgen früh einfach in den Briefkasten werfen«, schließt Theresa und lächelt noch einmal von Nord zu mir. Zum Glück hat sie *WIn* offenbar nie gesehen.

»Machen wir«, sage ich. »Noch einen schönen Abend!«

»Ebenso!«

Und weg ist sie.

»Ich mach mir 'nen Tee«, sage ich. »Magst du auch einen?«

Nord bringt ein halbherziges Nicken zustande. Er schiebt seine Reisetasche mit dem Fuß in Richtung Schlafzimmer, lässt sie dann aber liegen und verkrümelt sich in den roten Wohnzimmersessel.

Ich durchforste die Teeauswahl in der Box, die Theresa offiziell freigegeben hat. Schließlich entscheide ich mich für Herzkirsche, Nord bekommt persischen Granatapfel. Es zieht mich zu ihm ins Wohnzimmer, gleichzeitig scheue ich mich davor, zu ihm zu gehen. Ich bereite zwei Tassen mit den Beutelchen vor. Schon beginnt das Wasser im Kocher zu brodeln. Aufgießen, fertig.

Nord beobachtet wortlos, wie ich mit den beiden Tassen hereinkomme und sie auf dem Tischchen abstelle.

»Muss noch ein bisschen ziehen«, sage ich überflüssigerweise.

Sein Blick gleitet zum Fenster. Draußen hat sich der Himmel zugezogen, wodurch es schon dunkler wirkt, als um diese Uhrzeit normal wäre. »Es war der Moment, in dem du mir erklärt hast, dass du das Ganze für deine Schwester tust«, sagt er. »Da wusste ich, ich muss Emica sehen.«

Ich lasse mich in den cremefarbenen Sitzsack sinken und warte, doch mehr wollte er anscheinend nicht loswerden.

»Was hat es mit Team Sky auf sich?«, frage ich.

Er rutscht auf die äußerste Kante der Sitzfläche und streckt sich, um an seine Tasse zu kommen. Am Henkel hebt er sie zu sich, stellt sie dann auf seinem Oberschenkel ab und schließt beide Hände darum. Die Hitze lässt ihn das Gesicht verziehen, doch er hält sie weiter umfasst. »Meine Mom hat darauf bestanden, uns allen denselben Zweitnamen zu geben. Eine ihrer Macken. Ich war ihr erstes Kind, aber sie konnte natürlich nicht wissen, ob sie nicht auch noch ein Mädchen bekommen würde. Daher musste es ein geschlechtsneutraler Name sein.«

»Nordyn Sky?«, frage ich.

»Ja. Und Emica Sky und Tarja Sky. Das war unser Geschwisterteam. Tarjas Idee, natürlich.«

Ich möchte glauben, dass seine Mutter eine ihrer Töchter mitgenommen hat, als sie Deutschland verließ. Meine bisherigen Anhaltspunkte sprechen jedoch beunruhigend deutlich dagegen.

»Jede Familie ist ein eigenes Planetensystem«, sagt er. »Es muss nicht immer ein Sonnensystem sein, aber unsere war eines. Wir waren die Himmelskörper, die um Tarja gekreist sind.« Er löst seine Hände vom Porzellan, die Innenflächen sind gerötet. »Sie war erst elf, als sie auf dem Parkplatz ihrer Schule überfahren wurde. Drei Wochen Koma. Meine Mutter hat an ihrem Todestag die Koffer gepackt. Sie war nicht mal mehr bei der Beerdigung dabei.«

Ich schlucke. Habe ich etwa gedacht, Menschen wie Wynter und er seien vor den wirklich harten Schlägen des Lebens gefeit? Nicht mal der größte Erfolg schützt einen Menschen vor den Tragödien, die einem widerfahren können. Vor den schmerzhaftesten, ungerechtesten Verlusten.

»Man muss nicht imitieren können, um sich neu zu erfinden«, murmelt Nord. »Mom hat es auch so geschafft. Sie mag immer noch Chelsea Bergeron sein, aber jetzt ist sie *die* Chelsea Bergeron. Ihre Karriere wurde aus Kummer geschmiedet.« Er atmet aus. »Meine vielleicht auch.«

Ein Weg, dem eigenen Leiden zu entkommen? Sicher nicht

auf Dauer. Doch ich verstehe ihn. Ich verstehe, wie seine Art der Trauerbewältigung – oder zumindest der Versuch – aussieht. Es ist mir nicht fremd, wie er mit seiner Vergangenheit umgeht, nein, vertraut träfe es auf den Punkt. Ich denke, er weiß das. Aber eine Sache begreife ich nicht. »Du hast Emica früher sehr nahegestanden, oder?«

»Ich hatte nie vor, sie zurückzulassen. Niemals. Es sieht so aus, als hätte ich *WIn* meiner trauernden Familie vorgezogen, das ist mir klar. Ganz so ist es nicht gewesen.«

»Wer ist Olek?«, frage ich.

»Hat dir schon mal jemand gesagt, dass du echt ein Talent dafür hast, die richtigen Fragen zu stellen?«

»Emicas Freund?«, mache ich gleich weiter.

Nord gibt einen unwilligen Laut von sich. »Sagen wir mal so: Ohne Tarja mussten wir alle herausfinden, wer wir ohne sie sein konnten. Mein Vater wurde noch mehr zum Arbeitstier, und obwohl er anderen Menschen hilft, mit den Abgründen ihrer Psyche fertigzuwerden, haben seine eigenen ihn völlig verändert und uns gegenüber verschlossen. Meine Mutter ging weg, um den Durchbruch zu schaffen. Und Emica wurde Emica-mit-Olek.«

Mir ist nicht entgangen, dass in seiner Aufzählung jemand gefehlt hat. »Und du?«

»Na ja, das Endergebnis kennst du.« Er lächelt dieses Lächeln, das nicht seins ist und das es normalerweise nur auf Bildschirmen zu sehen gibt. »Um auf Olek zurückzukommen … er war es. Er hat meine Schwester überfahren. Und zwar, *bevor* er meine andere um den Finger gewickelt hat – als tragischer, reumütiger, falsch verstandener Traum-Boyfriend.«

»Scheiße«, rutscht es mir heraus.

»Meine Rede. Vielleicht kein cleverer Schachzug von mir, aber ich habe Em vor die Wahl gestellt: Entweder er geht oder ich.«

»Scheiße«, wiederhole ich.

»Ich war nicht stark genug, um zu bleiben, als sie sich gegen mich entschieden hat.«

Ich denke nach. »Vielleicht habt ihr den Abstand voneinander erst mal gebraucht«, sage ich vorsichtig. »Und vielleicht war *WIn* in der Situation das Beste, was dir passieren konnte.«

Er hebt seine Tasse und trinkt einen ersten Schluck. Wie er so dasitzt, könnte man meinen, er wäre ein ganz normaler junger Mann – weder ein Star noch jemand, dessen Familie von einem Schicksalsschlag auseinandergesprengt wurde.

»Selbst wenn«, sagt er. »Jemandem den Rücken zuzukehren, der einem so wichtig ist wie Em mir, ist idiotisch. Dafür ist das Leben zu kurz, und das habe ich jeden Tag gewusst.«

»Aber jetzt hast du den ersten Schritt gemacht.«

»Ja. Deinetwegen. Ich glaube aber nicht, dass sie mir je verzeihen kann, d…«

»Hör auf! Sie kann und sie wird. Ich hab es in ihren Augen gesehen.« Außerdem hat sie jede einzelne Folge von *WIn* gestreamt, da bin ich mir sicher. Vielleicht mehrmals.

Nord sieht aus, als ob er eine Menge Zweifel an meinen Worten anzumelden hätte, nickt dann aber nur langsam. »Danke.«

Von irgendwo aus dem Flur ertönt der Klingelton meines Handys.

»Ist es okay, wenn ich rangehe? Vielleicht ist es wegen Savi.«

Nord scheucht mich mit einer Handbewegung weg.

Ich kann es kaum glauben, als ich tatsächlich Gabrielles Namen auf dem Display sehe.

Zum Glück hat sie gute Neuigkeiten für mich: Sie hat sich bei Carsten gemeldet und ihm durchgegeben, was zu tun ist. Sie will so schnell wie möglich zurückkommen, um sich persönlich um Savi zu kümmern. Ihre Mutter wird wieder auf die Beine kommen und kann in den nächsten Tagen vorübergehend bei der Familie von Gabrielles Bruder einziehen, sodass sie an dieser Front ein bisschen entlastet wird. Savi konnte am Nachmittag ein wenig essen und hat es bis jetzt gut vertragen. Ich frage auch nach dem angeblichen Vorfall zwischen ihr und meiner Schwester, aber sie sagt, es war wirklich nicht der Rede wert. Savi sei frustriert und verzweifelt gewesen und habe ihr einen Schubs versetzt und sie angeschrien, das sei aber auch schon alles gewesen.

Diese beiden Nachrichten – zusammen mit der Gewissheit, dass Gabrielle bald wieder da sein wird – beruhigen mich.

Ich beschreibe ihr auch meine aktuellen Probleme beim Ablegen der Imitation, und sie meint, ich solle auf keinen Fall in Panik verfallen. Sie vermutet einfach Anspannung dahinter und schlägt mir vor, ausnahmsweise mal über Nacht in der Imitation zu bleiben. Die vielen Wechsel könnten mein Gleichgewicht durcheinandergebracht haben. Warum die Schmerzen nur beim Ablegen und nicht beim Aufbauen auftreten, verwundert sie allerdings auch. »Vielleicht wird eine Art Kurzschluss in deinen Synapsen ausgelöst, der allerdings nur in eine Richtung auftritt.« So weit ihre Theorie.

Sie ist nicht halb so alarmiert wie ich, und das tut gut. Es ist alles etwas viel im Moment; das Imitieren war noch nie so wichtig wie gerade jetzt. Ich muss versuchen, mit meinen Ressourcen besser hauszuhalten.

Während meines Gesprächs ist Nord ins Bad verschwunden und kommt frisch geduscht und in kurzem Pyjama heraus, als ich mich gerade von Gabrielle verabschiedet habe.

»Darf ich dich um was bitten?«, fragt er beinahe schüchtern.

»Immer, um was geht's?«

»Kannst du mit mir im selben Zimmer schlafen? Ich möchte jetzt nicht allein sein.« Er deutet auf die Tür zu dem eigentlichen Kinderzimmer.

»Wenn du damit leben kannst, dass die Person, wegen der du nicht allein bist, wie Wynter aussieht?! Gabrielle meint, ich soll lieber nicht so oft hin- und herswitchen.« Wie sie überhaupt darauf gekommen ist, lasse ich lieber weg.

»Nicht meine erste Wahl, aber okay.«

Ich umarme ihn. Es ist keine bewusste Entscheidung, mir war einfach danach. Was eine völlig neue Erfahrung für mich ist. Ich bin es gewohnt, alles zuerst zu zerdenken, bevor ich mich auch nur einen Zentimeter auf jemanden zubewege.

Nord verschränkt seine Finger auf meinem Rücken und hält mich ein paar Momente zu lang fest. Er duftet nach einem dieser maskulin-sportlichen Duschgels, Wasserminze, wenn ich raten müsste. Stian benutzt eins, auf dem ›Gletschermineralien‹ draufsteht. *Nur eine Werbemasche*, höre ich ihn sagen. *Placebo-belebend sozusagen, aber bei mir funktioniert's.* Warum auch immer ich jetzt an Stian denken muss. Und sein verfluchtes Gletscherduschgel. Wahrscheinlich eine Müdigkeitserscheinung, passend zu dem Gähnen, das ich in Nords Shirt verberge, bevor wir uns voneinander lösen.

»Ich putz mir noch schnell die Zähne«, sage ich und verschwinde zu meiner Tasche.

Im Bad ziehe ich meine für Wynters Körper zu weiten Schlafsachen an. Ich hatte die Nacht als Pause vom Imitieren eingeplant, aber so ist es auch in Ordnung.

Für heute reicht es wirklich. All die Sorgen und ungeklärten Dinge in meinem Kopf werden einfach auf stumm geschaltet.

Nord hat sich schon hingelegt, und als ich ins Zimmer komme, drücke ich den Lichtschalter bei der Tür, woraufhin alles in Schwärze versinkt, durch die ich mich zu meinem Bett vortaste.

Mein Vorsatz, es fürs Erste gut sein zu lassen, bröckelt schon. Es ist leichter, heikle Fragen zu stellen, wenn man den anderen dabei nicht ansehen muss – und er einen im Gegenzug auch nicht ins Gesicht blickt.

Dennoch verkneife ich es mir für weitere Sekunden, verkrieche mich unter die Decke und ziehe sie bis zum Kinn hoch. Es hilft alles nichts, ich werde nicht schlafen, bevor ich meine Neugier nicht gestillt habe. »Nord?«, flüstere ich ins Dunkle.

»Hm?«, kommt es schläfrig zurück.

»Warum hast du es Tiff nicht erzählt?« Ich meine damit alles: seine Familiengeschichte, den Unfall, den Streit wegen Olek, die Gründe, die ihn zu *WIn* geführt haben.

Er antwortet sofort; wahrscheinlich hat er darüber schon sehr oft nachgedacht, es hinterfragt oder vor sich selbst gerechtfertigt. »Als ich sie kennengelernt habe, brauchte sie einen Helden, kein Wrack«, murmelt er. »Und ich brauchte wieder jemanden, dessen Held ich sein konnte.«

Ich glaube, das bist du für sie immer noch. Es liegt mir auf der Zunge, aber ich schweige. Ich wünschte, ich wüsste nicht, wieso.

***Wonderful Intrigues,* Season 3, Episode 8**

Was bisher geschah: Arabella hat einen Privatdetektiv engagiert, um mehr über Wynter herauszufinden. Der hat ihr einiges an Material geliefert, nur leider nicht viel Brauchbares. Doch dann ist er mit einer Videoaufnahme von Wynter und Deven um die Ecke gekommen, die vor irgendeiner Hauswand miteinander knutschen. Ein Zwischenfall, von dem Deven ihr selbstverständlich nicht das Geringste erzählt hat …

Chiara sitzt auf der Bettkante und spricht mit einem Deckenberg. »Arabella, du kannst dich doch jetzt nicht auf ewig verkriechen!«

»Klar kann ich«, kommt es dumpf unter dem Berg hervor.

Da beugt Chiara sich langsam vor und zieht ihrer besten Freundin ihren Schutz gewaltsam weg.

»Hey! Lass mich!« Arabella rollt sich wie ein Embryo zusammen. Sie trägt ein Nachthemd mit kleinen wolligen Schäfchen. Ihre Haare sehen verknotet aus, und ihre Augen sind vom Weinen rot gerändert. »Und mach bitte die Rollos wieder runter!«

»Willst du ihn nicht wenigstens fertigmachen? Oder sie? Oder beide? Oder soll ich? Sag mir, was ich tun kann, und ich tu's.«

»Dreh die Zeit zurück und mach, dass ich ihm nie begegne«, nuschelt Arabella.

Chiara beginnt, ihr den Rücken zu reiben. »Das willst du doch gar nicht wirklich.«

Die Erwiderung ist ein erstickter Leidenslaut.

»Willst du ihr wirklich die Genugtuung gönnen, dich jetzt einen totalen Zusammenbruch erleiden zu sehen?«

»Denkst du, das kann ich mir aussuchen?«

»Wir könnten uns ins Café setzen, eine Jumbo-Schokolade mit einer Jumbo-Portion Sahne bestellen und einen Schlachtplan entwerfen.«

»Oder wir könnten die Rollos wieder runterlassen, und ich schlafe ein bisschen.« Arabella rutscht zur anderen Seite des Bettes und steht schwerfällig auf, um das gleich in die Tat umzusetzen. Tracking Shot, der ihr quer am Raumteiler vorbei zu einem der Fenster folgt. Dann steht sie mit dem Rücken zum Betrachter und ballt die Hände zu Fäusten. Langsam dreht sie sich zu Chiara um. »Ich werde sie nicht gewinnen lassen.«

»Keine Ahnung, woher das jetzt kommt, aber find ich gut. Ich stehe voll hinter dir.«

»Ich weiß, dass er mich liebt.«

»Aber …«

»Sag jetzt nichts.«

»Du willst doch nicht ernsthaft immer noch mit ihm zusammen sein, oder? Glaubst du, dass er es wert ist? Sah nicht so aus, als ob er dazu gezwungen wurde, mit …«

»Du sollst doch nichts sagen.«

»Ich mein ja nur … vielleicht wäre es besser für dich, ihn loszulassen.«

Arabella schüttelt den Kopf. »Es heißt: Was du liebst, lass frei. Kommt es zurück, gehört es dir – für immer. Nicht: Wenn du etwas liebst, überlass es einer Verrückten. Wie könnte er denn zu mir zurückkommen, wenn sie erst mal ihre Krallen in ihn geschlagen hat?«

»Er ist immer noch ein eigenständig denkendes Wesen, das für seine Fehler geradestehen muss. Noch dazu eins, das dich extrem unglücklich gemacht hat. Vergiss das nicht.«

In Arabellas Blick scheint noch mehr zu stehen, als eine Schauspielerin normalerweise hineinlegen kann. Vielleicht schimmert hier etwas von Tiffy durch. Wenn man bedenkt, dass Nordyn und sie mittlerweile kein Paar mehr sind … vielleicht lief es schon zu diesem Zeitpunkt nicht mehr so gut zwischen den beiden.

Arabella seufzt. »Die Sache ist nur, er hat mich nicht unglücklich genug gemacht, um keine Hoffnung mehr zu haben.«

Kapitel 24

Während online die Gerüchte über das Foto vor dem Haus von Nords Familie toben, gehen die Dinge hinter den Zäunen von *ClassyGardens* ihren gewohnten Gang.

Ich sitze mit Caden und Jemma im Turmzimmer. Wir warten noch auf die anderen.

Wynter hat mir mal wieder keine lange Pause gegönnt. Kaum war ich gestern zurück, hat sie mich vor Fioras Salon abgefangen und in ihr Apartment kommandiert.

Auf dem Flug habe ich mit Nord abgeklärt, wie viel ich ihr und den anderen erzählen darf. Danach habe ich mich gerichtet und ihr grob skizziert, dass die Familie gespalten ist, seit Nords Mom gegangen ist. Ich habe das schwierige Verhältnis zwischen ihm und seinem Vater erwähnt und vage von dem Streit mit Emica gesprochen. Sie war sehr zufrieden damit, dass die halbe Welt jetzt glaubt, Nord habe sie offiziell seiner Familie vorgestellt. Natürlich wollte sie wissen, wie ich damit vorankomme, ihn in Liebe für sie entflammen zu lassen. Zum Glück konnte ich ihr erfolgreich eine Hinhaltetaktik verkaufen: Je länger sie auf Abstand bleibt, desto mehr wird er sich nach ihr verzehren. Jetzt sollte ich hoffentlich für eine Weile Ruhe haben.

Tiff kommt herein, gefolgt von Shaun und Daliah. Sie sieht ein bisschen besser aus als bei unserer letzten Begegnung, hat etwas mehr Farbe im Gesicht und wirkt gut gelaunt. Ich hoffe, das täuscht nicht.

Nord erscheint als Letzter und kommt nach einem knappen Hallo in die Runde ziemlich zielstrebig zu mir herüber.

Wahrscheinlich nehme nur ich das kurze Zögern wahr – und das ist auch schon der einzige Hinweis, den ich kriege. Er küsst mich, sehr kurz, aber er küsst mich. Was ein ziemlich peinliches Gejohle vom Rest der Anwesenden nach sich zieht. Wynter würde die Krise kriegen, wenn sie sehen könnte, wie rot ich an ihrer Stelle werde.

Ich frage mich, ob Nord mit den anderen ausgemacht hat, die Mission »Halte-Wynter-in-*ClassyGardens*« jetzt auf die Stufe zu heben, ab der er auch in weniger öffentlichem Rahmen ihren Freund spielt. Hoffentlich hat er, denn wenn Tiff nicht vorgewarnt war … Ich vermeide es, in ihre Richtung zu sehen.

»Wo ist eigentlich die kleine Lifestyle-Beraterin?«, will Caden wissen. »Die fand ich unterhaltsam.«

Danke. Falls das ein Kompliment war.

»Sie dekoriert gerade mein Apartment so, dass die romantischen Schwingungen besser … schwingen können. Nord bleibt ausnahmsweise mal in unserem wunderschönen Dörfchen heute Abend«, sage ich und nutze das anzügliche Lächeln, das Wynter in *WIn* nicht gerade selten zum Besten gibt. Sollen die anderen ruhig rätseln, ob sie ihn langsam doch mag oder als nette Trophäe sieht – oder das alles nur ein Witz für sie ist.

Nord kneift mich unauffällig in den Oberschenkel. *Autsch.*

»Ich bin sicher, Elodie hat da ein Händchen für. Und Wynter eins für alles andere«, sagt er zu Caden und tauscht ein Grinsen mit ihm, für das wiederum ich ihn kneifen muss.

Die erste Hälfte des Meetings vergeht größtenteils mit Tratsch. Die anderen versuchen uns auch wegen der Deutschlandreise auf den Zahn zu fühlen, aber wir halten uns bedeckt.

Jemma spricht mich relativ unumwunden darauf an, ob ich bestimmte Pläne für die nächste Zeit habe, was meine Karriere angeht. Ich speise sie mit einer wenig aussagekräftigen Antwort ab und sage, *ClassyGardens* sei mir schon ziemlich wichtig – natürlich nicht ohne theatralischen Schmachtblick in Richtung Nord.

Die Team Task darf diesmal ausgerechnet Tiff stellen. Kurz habe ich schon Angst, dass sie irgendetwas Fieses ausgeheckt hat und deshalb so fröhlich scheint, aber das Ganze erweist sich als harmlos. In der kommenden Woche soll jeder und jede Einzelne vom Cast einen *WIn*-Fan unter fünfzehn auftreiben und die Person zu einer Privatführung durch *ClassyGardens* einladen, die alle zusammen auf die Beine stellen werden.

Wynter würde vermutlich rausgehen, um sich zu übergeben, aber ich entscheide mich mal wieder für eine nettere Ausgabe ihrer selbst und lasse alle wissen, wie cool ich die Idee finde.

Als die Gruppe sich schließlich auflöst, fragt Tiff mich, ob sie kurz mit mir reden kann. Obwohl sie nicht unfreundlich klingt, ist ihr Blick seltsam argwöhnisch. Vielleicht bilde ich mir das auch nur ein.

Nord verspricht, draußen zu warten. Erst jetzt wird mir klar, was ich angerichtet habe: Die anderen werden im Auge behalten, ob er *ClassyGardens* auch wirklich nicht wie gewohnt verlässt. Hoffentlich kann ich ihn irgendwie durchs Wohngebäude schleusen, sodass es aussieht, als sei er wie angekündigt in Wynters Apartment verschwunden.

Aber jetzt erst mal das überstehen, was auch immer da auf mich zukommt.

Tiff geht zu einem der Fenster, die in regelmäßigen Abständen in die gerundete Wand eingelassen sind, und schaut hinaus. »Elodie«, beginnt sie. Obwohl sie leise gesprochen hat, zucke ich zusammen und sehe mich reflexartig um.

»Sorry«, sagt sie. »Es ist nur so seltsam, mit jemandem zu reden, der in Wahrheit jemand anders ist. Ich musste mich vergewissern, ob sie dich jetzt echt auch für die Tower Sessions einsetzt.«

»Tut sie.«

»Aber eigentlich geht es um Nord.«

Ich trete an das Fenster links von ihr. »Keine Sorge, ich denke nicht, dass er sich jemals in Wynter verlieben könnte.«

Ich spüre ihren Blick, tue aber so, als würde der Ausblick auf einen zugegebenermaßen sehr unspektakulären Busch draußen meine volle Aufmerksamkeit beanspruchen.

»In Wynter vielleicht nicht.«

Gespräche, die ich niemals führen wollte, die Weiß-nicht-Wievielte.

Ich hole Luft, um mich von jedem Verdacht freizusprechen, doch sie ist schneller: »Er weiß es, oder?«

»Was meinst du?«

»Er ist nicht blöd. Und sicher begabt, aber nicht *so* begabt, um derart überzeugend vorzutäuschen, mit jemandem glücklich zu sein. Also hast du ihm alles gesagt?«

»Bitte!«, bringe ich hervor. Mehr nicht. Das hier könnte das Ende sein.

»Denkst du, ich würde zu Wynter rennen und petzen?«

Ich könnte es ihr nicht mal übel nehmen.

»Das habe ich nicht vor«, sagt sie. »Und da ist noch was, das wir klarstellen sollten: Ich werde dir nicht im Weg stehen. Wenn sich da etwas entwickelt zwischen euch ... Es wäre nicht leicht für mich, aber ich könnte damit leben. Besser als mit vielem anderen.«

Wenn mein Leben ein Seriendreh wäre, würde ich in diesem Moment nicht nur meinen kompletten Text vergessen, sondern müsste auch erst mal im Drehbuch zurückblättern. Habe ich was verpasst?

»Wynter hat mir erzählt, er hat dich wirklich mit zu seiner Schwester genommen. Das sagt einiges. Er vertraut dir – und ich denke, das ist noch nicht alles.« Sie schluckt. »Mein Herz ist vielleicht noch nicht ganz so weit, aber ich meine es ernst: Er verdient es, sich wieder zu verlieben, und wenn er sich in *dich* verliebt, ist das vielleicht gut.«

Vielleicht gut? Das wird mir hier gerade zu viel. Ehrlich, wo ist das Skript, in dem drinsteht, wie ich mich jetzt verhalten sollte?

Schließlich umarme ich sie einfach. Ganz unabhängig davon, dass sie Dinge sieht, die nie passieren werden, muss sie das hier ganz schön viel gekostet haben. Ich kann mir nur ansatzweise ausmalen, wie sich diese ganze schräge Sache für sie anfühlen muss. Ich glaube kaum, dass ich derart selbstlos damit umgehen könnte.

»War nicht so wichtig.« Mehr sage ich Nord gegenüber nicht dazu, was Tiff von mir wollte. Schließlich ändert sich nichts an meiner Einstellung, nur weil sich etwas an ihrer geändert hat.

Er gibt sich damit fürs Erste zufrieden. »Kommen wir zu dem Ärger, den du uns eingebrockt hast …«

»Ich bring dich schon hier raus«, unterbreche ich ihn. »Sie werden uns ja wohl kaum nachstellen.«

Er setzt einen Gesichtsausdruck auf, den Deven nicht selten hat – es ist interessant, dass so viel von seiner Rolle in *WIn* eigenständig funktioniert, aber ein Teil davon doch so unumstößlich er selbst ist. »Wer von uns beiden arbeitet denn mit den Spinnern zusammen, du oder ich? Und ob sie spionieren werden! Was glaubst du, warum die freiwillig hier leben? Um nichts zu verpassen.«

Ich schlage ihm vor, ein bisschen zusammen zu flanieren und dabei total entspannt und glücklich zu wirken. Er stimmt zu – vermutlich, weil ihm nichts anderes übrig bleibt. Er nimmt meine Hand, und wir schlendern durch die Gegend wie zwei Vollidioten. Das machen Pärchen schließlich so.

Wir gehen an den hübschen Häuschen in der Gasse vorbei, in der auch Fioras Salon liegt. Ehrlich gesagt würde ich mich am liebsten auf mein Zimmer retten. Ich muss noch mal versuchen, die Imitation vernünftig abzulegen, und auch sonst geht mir so viel durch den Kopf. Eine Pause wäre nicht schlecht. Auch von Nord. Gerade von ihm.

Wahrscheinlich sollte es mich nicht überraschen, dass Wynter mir einen Strich durch die Rechnung macht.

Hab gehört, Nord übernachtet heute bei MIR?, schreibt sie. *Mein Apartment steht euch offen, bin ausgeflogen. Schlüsselkarte liegt unter der Matte.*

»Okaaay.«

Ich war nicht schnell genug mit dem Handy-Wegziehen – Nord hat die Nachricht gesehen.

»Ich schreib ihr, dass es ein Missverständnis war.«

Woraufhin er mir das Handy wegnimmt. »Du schreibst ihr …«, sagt er tippend, »… du wirst ihr auf ewig dankbar sein. Und gesendet.«

»Ähm …«

»Lass uns wenigstens einen kleinen Blick reinwerfen, ja? Ich bin neugierig.«

Meine Beteuerungen, wie unglaublich unspannend Wynters privates Reich ist, nutzen rein gar nichts. Keine zehn Minuten später stehen wir vor ihrer Tür. Ich kann nicht fassen, dass sie sofort angeboten hat, das Apartment heute Nacht zu räumen. Was mir aber noch viel mehr zu denken gibt: Warum wollte Nord das?

Er holt triumphierend die Keycard unter der Fußmatte hervor. »Wir bleiben nicht lang«, verspricht er, schließt auf und geht rein, als wäre er hier zu Hause.

»Ist das dein Ernst? Dir ist schon klar, was sie denken wird?«

Er bedeutet mir, die Tür zu schließen. Dann unterzieht er den Raum einem schnellen Rundum-Check. Offenbar traut er Wynter zu, ihre eigenen vier Wände verwanzt zu haben. Wobei ich mich ehrlich gesagt auch nicht darüber wundern würde. Bestimmt wurmt es sie, dass sie nicht überwachen kann, ob ich meinen Job gut mache.

»Genau das soll sie auch denken. Wir müssen langsam zu drastischeren Maßnahmen greifen. Geben wir ihr das Gefühl, dass es schlau wäre, zu bleiben. Weil ich ihr zu Füßen liege und sie davon profitieren kann.« Er mustert die Designermöbel, die edlen Teppiche, die im Licht, das durch die Fenster fällt, schimmern, das Poster von Wynter an der Wand.

Was tun wir hier? Ich habe mich nicht von der Stelle bewegt. Ob er mir folgt, wenn ich einfach wieder hinausstürme?

»Briony hat mich heute angerufen. Meine Agentin. Um mit mir über *neue Projekte* zu sprechen«, unterbricht Nord meine Gedanken.

»Gibt es Neuigkeiten wegen der fünften Staffel?« Eigentlich überflüssig, das zu fragen. Sein Kurswechsel ergibt plötzlich Sinn.

»Sie hat gehört, dass Wynter eine Filmrolle angeboten wurde. Eine, bei der sie sich zweimal überlegen wird, ob sie ablehnt. Die anderen wissen noch nichts davon.«

»Und du glaubst, du könntest sie davon abhalten, wenn du dich ihr auf dem Silbertablett servierst? Wird am Ende ihr beruflicher Ehrgeiz nicht doch schwerer wiegen als die Aussicht auf …« Okay, was sage ich jetzt, das ihn nicht beleidigt?

»Wynter ist vielleicht arrogant und ätzend, aber sie ist auch einsam. Wenn ich …«

»Das ist doch Irrsinn! Niemand gewinnt etwas, wenn du dich auf ihr Niveau herablässt und sie verarschst.« Ich werde wütend, und diese Wut zerrt aus irgendeinem Grund an der Imitation. Ich habe seit Stunden – wenn ich genauer drüber nachdenke, *seit Tagen* – keine Schwierigkeiten mehr gehabt, sie zu halten. Instinktiv nutze ich den Schwachpunkt in meiner selbst geschaffenen Illusion und reiße sie mit aller Kraft herunter. Der Schmerz ist kurz und heftig – wie wenn man ein ziemlich gut klebendes Pflaster mit einem Ruck abreißt.

»Na endlich!«, stößt Nord hervor. »Ich dachte schon, ich krieg dich nie wieder zu sehen.«

Gut, dass er nicht weiß, wie ich in Savis Badezimmer kämpfen musste. Solange alle glauben, ich funktioniere reibungslos, kann noch alles gut werden. Oder zumindest besser. An *alles gut* glaube ich schon lange nicht mehr.

Mein Körper fühlt sich erschöpft an, von einer Sekunde auf die nächste, aber das hatte ich auch früher schon. Das kann normal sein. Oder?

Warum habe ich eben noch gedacht, dass ich Nord nicht einfach stehen lassen kann? Klar kann ich, muss es vielleicht sogar.

»Weißt du was? Bleib du doch hier und hau morgen ab, bevor Wynter zurückkommt. Ich geh zu mir und ruh mich aus.« Schon greife ich nach der Klinke und stoße die Tür wieder auf.

»Geht es dir nicht gut?« Besorgt mustert er mich.

»Doch, doch. Ich muss den ganzen Wynter-Kram nur mal für eine Weile vergessen.« In jeder Hinsicht.

Bevor er noch irgendetwas sagen kann, bin ich weg.

Mitten in der Nacht schrecke ich hoch. Jemand hat geklopft. Adrenalin schießt durch meinen Körper, reißt mich aus dem benommenen Müdigkeitszustand. Die Person, die die Botschaften geschrieben hat! Ist er oder sie gekommen, um mich persönlich zu konfrontieren??

Als ich das Licht anschalte, bleibt mein Blick an meiner Rechten hängen: fremde schlanke Finger mit perfekten Nägeln. Entsetzt schaue ich an mir hinunter. Meine Imitation ist wieder da. Warum habe ich das nicht sofort gespürt? Sie muss im Schlaf über mich geglitten sein. Das ist mir noch nie passiert.

Mir bleibt keine Zeit, um darüber nachzudenken. Ich stehe auf und schleiche zur Tür. »Wer ist da?«, frage ich mit verstellter Stimme. Wenn es jemand ist, der mich nicht als Wynter sehen darf, werde ich einfach nicht mehr reagieren, bis die Person wieder abzieht. Nicht gerade ein besonders ausgefeilter Plan, aber was sollte ich sonst machen?

»Ich bin's, Elly.«

Mir fällt ein Stein vom Herzen. Ich werfe mir meinen Bademantel über und öffne. »Du bist noch hier?«

Nord schiebt sich herein. »Sorry, ich wollte dich nicht wecken.«

Was man eben so sagt, wenn einem absolut klar war, dass man jemanden wecken würde.

»Was gibt's, das nicht mal bis Sonnenaufgang warten kann? Du hättest mir auch einfach schreiben können.«

»Nein. Könntest du … kurz du sein?« Er streckt den Arm nach hinten aus, um die Tür zuzuziehen, und bleibt davor stehen.

Ich schüttele den Kopf.

»Du machst es einem echt nicht leicht.« Er fixiert den Schreibtisch von Fioras Tochter, als hätte er noch nie einen gesehen. »Ich war nicht ganz ehrlich vorhin«, sagt er schließlich seufzend.

»Inwiefern?« Ich hatte das Fenster vor dem Schlafengehen einen Spaltbreit geöffnet, und jetzt fröstele ich in dem kühlen Zug. Gänsehaut überzieht meine nackten Beine.

»Es geht mir längst nicht mehr nur um Wynter und ihre Ziele.«

Der Moment lässt etwas in mir schmelzen. Ein Dominostein wird umgestoßen, und ich kann förmlich sehen, wie die anderen in der Reihe bereits zu schwanken beginnen.

»Ich hätte niemals gedacht, dass ich diese Team Tasks *lieben* würde«, sagt er, seine Stimme weich und rau zugleich. »Deinetwegen.«

Mir war nie bewusst, was es wirklich heißt, aus einem Impuls heraus zu handeln. Bis jetzt.

Mit beiden Händen schiebe ich Nord gegen die Tür und drücke meine Lippen auf seine. Wie Wynter Deven im Distillery District gegen die Hauswand des Lokals gestoßen hat, um ihn zu küssen. Wie alles in mir es binnen Sekunden ganz ohne die Hilfe meines Verstands beschlossen hat.

Nord weiß, wie man etwas filmreif hinkriegt. Mit der größten Selbstverständlichkeit finden seine Hände ihren Weg in meinen Nacken, seine Zunge ihren Weg zu meiner, seine unausgesprochenen Worte ihren Weg zu dem Ort, wo auch meine begraben liegen.

»Glaub nicht, dass ich für immer damit leben werde, das zu tun, während du imitierst«, murmelt er.

Aber für den Moment spielt das weder für ihn noch für mich eine Rolle. Es mögen Wynters Lippen sein, ihre erhitzten Wangen, ihr Körper, der sich an seinen schmiegt. Das wild klopfende Herz, das mich fast zersprengt, ist meins.

Kapitel 25

Durch das halb geschlossene Rollo fallen Lichtmuster auf die Bettdecke. Nords Atem streift meinen Hals, ruhig und gleichmäßig. Obwohl ich den Bademantel übers Regal geworfen habe und nur noch das lange Schlafshirt trage, das ehrlich gesagt schon ziemlich ausgeleiert ist, ist mir zu warm. Vorsichtig schlage ich die Decke ein ganzes Stück zurück. Besser.

Wenn ich so darüber nachdenke, war das mal Stians Shirt. Was für eine Ironie.

Ich bin nicht sicher, ob ich mein Ich von gestern lieben oder hassen soll. Fakt ist, ich habe noch nie mit jemandem rumgeknutscht, während ich imitiert habe, und ich hatte es auch nicht vor. Generell beläuft sich mein Liebesleben auf ziemlich wenige Personen. Um nicht zu sagen, auf eine. Vielleicht fühlt sich deshalb ein Teil von mir wie eine Betrügerin, obwohl ich offiziell solo bin. *Solo im Shirt deines Ex. In Gestalt einer anderen.*

»Was denkst du?«, fragt Nord mit einer Stimme, in der noch der Schlaf festhängt. Er legt die Arme um mich, und all meine Bedenken verflüchtigen sich.

»Mein Leben entwickelt sich im Moment ziemlich … unerwartet.«

»Schock mich doch nicht so. Ich dachte, du sagst *scheiße*.«

Ich wende ihm mein Gesicht zu und stoße ihm meinen Zeigefinger in die Rippen. »Das hast du nicht gedacht.«

»Stimmt.« Seine Hand berührt meine Hüfte, brennt Hitze durch den dünnen Stoff.

»Hältst du das für eine gute Idee?«

»Das?« Er lacht ein samtiges kleines Lachen. »Es gibt Einfälle, die ich für gute Ideen halte, Konzepte, Drehbuchinhalte, so was. Aber *das* entzieht sich doch jedem Schema einer Bewertung.«

»Was ich meine … bist du bereit dafür?« Okay, gelogen. Meine eigentliche Frage ist: Bin *ich* bereit dafür? Das hätte mir vielleicht mal früher einfallen sollen. Ich habe ja auch gar nicht das Gefühl, es nicht zu sein. Aber auch nicht, es zu sein. Ach verflixt.

»Um ehrlich zu sein …« Er reibt sich über die Bartstoppeln an seinem Kinn. »Hör zu, vielleicht bin ich noch nicht über Tiff hinweg. Aber ich *werde* über sie hinwegkommen. Mit deiner Hilfe wahrscheinlich sehr viel schneller.«

Nicht mal meine Gefühle wissen, wie sie darauf reagieren sollen.

»Du benutzt mich also?«, frage ich in spaßhaftem Ton.

Er lässt sich nicht wie erhofft auf das Herumwitzeln ein. »Auf keinen Fall«, beteuert er. Und dann kommt er so nah, dass ich mich in seinen Augen spiegele. Ich konzentriere mich auf eins, beide sind zu viel für mich. Das Braun der Iris ist von einem dunklen Ring umgeben. So genau habe ich vorher noch nie hingesehen.

Der erste Kuss dieses Tages fällt relativ kurz aus, aber er schmeckt nach der Option auf weitere.

»Hättest du jetzt vielleicht die Güte, mit dieser Wyn…«

»Vergiss es.«

»Dir ist schon klar, wie irritierend das für mich ist?«

»Du kamst mir bislang nicht so wahnsinnig irritiert vor.«

»Elly.«

»Zeit zum Aufstehen! Es wär jetzt nicht absolut dramatisch, wenn uns irgendjemand unten rausgehen sieht statt aus dem Hauptgebäude, trotzdem wär's mir lieber, wenn das nicht passiert.«

In seinen Augen sehe ich Protest, aber er sagt nichts.

Erst als ich Nord bis vors Tor gebracht habe und unauffällig in mein Zimmer zurückgekehrt bin, sehe ich, dass Gabrielle versucht hat, mich zu erreichen. Ich rufe zurück, und zum Glück geht sie sofort ran.

»Geht es Savi gut?«, frage ich, bevor sie etwas sagen kann.

»Guten Morgen. Keine Angst, ich habe nicht ihretwegen angerufen. Mir ist ein Gedanke gekommen, was es mit deinen Imitationsschwierigkeiten auf sich haben könnte.«

Man könnte behaupten, dass ich nicht hundertprozentig konzentriert bin. Sehr frische Erinnerungen wirbeln durch meinen Kopf. Was, wenn Nord hätte weitergehen wollen? Hätte ich es auch gewollt?

»Was, wenn es daran liegt, was du willst?«

Einen Moment lang bekomme ich Panik. Habe ich das eben etwa laut ausgesprochen?

Aber Gabrielle hat sich natürlich nicht darauf bezogen, was mir da durchs Hirn gespukt ist. »Denk doch mal nach: Du hast das Gefühl, dass du diese Imitation dringender brauchst als deine bisherigen, oder? Deswegen hält dein Unterbewusstsein womöglich so stark daran fest.«

Das klingt gut. Mein Unterbewusstsein kann ich vielleicht nicht direkt beeinflussen, aber wenn ich einen Weg finde, mich zu entspannen, kommt alles wieder in Ordnung. Das Geld für Savis Weiterbehandlung ist inzwischen gesichert. Trotzdem stehe ich immer noch ziemlich unter Druck. Irgendwie muss ich den Auftrag schließlich zu Ende führen, und ich weiß wirklich nicht, welchen Ausgang ich mir wünschen soll. Ich bereue es nicht, auf Nords Angebot eingegangen zu sein, aber es hat eins unmöglich gemacht: mit zwei zufriedenen Geldgebern aus dieser Sache herauszugehen. Es wird Ärger geben, tendenziell von Wynter. Kein Wunder also, dass ich Angst davor habe. Und mich in ihrem Körper verstecke.

»Du glaubst, in dem Fall normalisiert sich bald alles wieder?«

»Ja. Vorausgesetzt, du verliebst dich nicht zu sehr in das Leben, das du zu leben vorgibst.«

»Sicher nicht.« *Höchstens in einen Menschen, der darin vorkommt.*

Warum kann man eigentlich manche Gedanken nicht auf die Blacklist setzen, sodass sie einem niemals kommen können? Ich verliebe mich nicht in Nord. Oder bringt es nichts, das zu leugnen, weil das schon von der Ausgangssituation her unvermeidlich war? Hätte ich es kommen sehen müssen? *Habe* ich es kommen sehen?

»Wie ist Savis Zustand jetzt?«

»Sie ist noch geschwächt, aber die Übelkeit ist weg. Ich habe Carsten gebeten, dafür zu sorgen, dass Stian nicht mehr ganz so häufig zu ihr darf. Irgendwie habe ich das ungute Gefühl, er beeinflusst sie auf nicht unbedingt förderliche Weise.«

»*Das* glaube ich allerdings auch. Danke dir.«

»Keine Ursache. Wir werden deine Schwester schon noch zurückholen, auch ohne die Hilfe der Dettmers.«

Das werden wir. Um jeden Preis.

Wir haben kaum aufgelegt, da erreicht mich über meine private Nummer eine Nachricht von Unbekannt. *Hast du deinen Spaß, Süße? Vermutlich nicht mehr sehr lange.*

Die Angst kocht in mir hoch wie überschäumendes Kartoffelwasser auf dem Herd. Ich brauche einige Minuten, um sie zu zügeln. Ich sitze auf dem Boden und sehe nicht zu dem Handy hinüber, das ich möglichst weit von mir weggeschubst habe.

Logisch nachdenken. Diese Nummer habe ich niemals leichtfertig rausgegeben, aber mit der Zeit sind natürlich einige Kunden zusammengekommen, mit denen der Kontakt darüber gelaufen ist. Auch wenn mir niemand Konkretes in den Sinn kommt, könnte es jemand aus diesem Personenkreis sein. Wahrscheinlicher aber ist, es ist wirklich jemand aus *ClassyGardens* – oder jemand, der wiederum mit jemandem hier in Verbindung steht. Der Inhalt dieser neuesten Botschaft könnte sich darauf beziehen, dass ich Nord zu nahegekommen bin. Hoffentlich ist es nur ein Zufall. Ich kann ja auch anderweitig Spaß beim Imitieren haben. Bestimmt.

Warum sagt der- oder diejenige nicht, was er oder sie von mir will? Soll ich nur wissen, dass ich beobachtet werde? Bevor dann irgendwann der Schlag aus dem Nichts kommt und ich gegen Nord oder Wynter ausgespielt werde? Es ist ja nicht so, als ob mir nicht klar wäre, wie wahnwitzig riskant die Situation ist. Und ich habe mich selbst da reingeritten, nur ich allein. Soll ich jemanden um Hilfe bitten? Aber wen? Jeder hier könnte mir seine Freundlichkeit nur vorspielen. Vielleicht ist es Laurie. Oder Jeffrey. Selbst Fiora kommt infrage. Und Tiff? Das wäre nach wie vor nicht unwahrscheinlich. Was, wenn ihr merkwürdiger Sinneswandel ein Ablenkungsmanöver war und sie mich in Wahrheit aus tiefstem Herzen hasst? Vielleicht spielt Wynter mit mir. Oder eben doch Nord. Bitte nicht er!

Plötzlich habe ich das Handy wieder in der Hand, und mein Daumen schwebt über dem Telefonsymbol von Stians Kontakt. *Ganz sicher nicht. Er wäre der Letzte, den du anrufst.*

Ich kratze all meine Kraftreserven zusammen, um mich wieder zu fassen. Wenn eine Bedrohung besteht, kann ich sie sowieso nicht kontrollieren. Es wird sich früh genug zeigen. Bis dahin kann ich nur eins tun: souverän weitermachen. Verängstigt zu wirken, wird mir keinerlei Vorteile verschaffen, und Mitleidspunkte sicher auch nicht.

Ich mag eine Imitatorin sein, und es gibt einiges, was man mir deshalb anlasten könnte. Aber niemand kann irgendetwas davon beweisen. Ich werde mein Geheimnis niemals kampflos aufgeben.

Zwei Tage lang passiert gar nichts. Nicht an der Wynter-Front, nicht an der Nord-Front, nicht in der Ich-verfolge-dich-Sache. Wynter habe ich auf ihre Nachfrage hin geschrieben, dass alles super lief – was genau den richtigen Raum für Interpretationen lässt. Sie hat mich für diese zwei Tage quasi in bezahlten Urlaub geschickt, weil es nichts gibt, zu dem sie sich im Moment nicht selbst herablassen will. Ich versuche, mir nicht allzu ausgiebig den Kopf darüber zu zerbrechen, was das bedeutet. Ohne mich zu konsultieren, wird sie in Sachen Nord hoffentlich nichts unternehmen. Das wäre selbst für sie zu leichtsinnig.

Mir kommt die Pause jedenfalls zugute. Sie ermöglicht mir, mich zurückzuziehen. Wenn Wynter wüsste, wie viel Zeit ich jetzt privat in ihrer Gestalt verbringe, wäre ich unter Garantie gefeuert. Aber sie ahnt nichts – sofern sie nichts mit den Nachrichten zu tun hat. Sie steht allerdings recht weit hinten auf der Verdächtigenliste. Wer vorne steht … keine Ahnung.

Ich lese. Ich recherchiere unsinnige Dinge im Internet, zum Beispiel Kriminalfälle, bei denen sich jemand für jemanden ausgab, der er nicht war. Ich schaue mir zu viele Folgen von *WIn* noch mal an und spule manche Deven-Szenen zu oft zurück, um ihn in Ruhe anzuhimmeln – Deven natürlich, nicht den Typen, von dem er gespielt wird. Schließlich habe ich Nord angekündigt, dem Rest der Welt das Schwärmen zu überlassen.

Das ist mein Ausgleich dafür, dass ich es mir verkneife, mich bei ihm zu melden. Vielleicht bereut er, was zwischen uns passiert ist. Vielleicht bereue ich es. Vielleicht bereut es keiner von uns, aber keiner will es zuerst zugeben.

Es geht mir besser, seit ich nicht mehr gegen die Imitation ankämpfe. Gabrielle könnte recht haben: Das hängt alles mit meiner inneren Anspannung zusammen. Sobald ich irgendwelche besorgniserregenden Symptome bemerke, kann ich immer noch zu drastischeren Maßnahmen greifen. Bislang war das einzig Außergewöhnliche, dass *ich* den ersten Schritt auf Nord zu gemacht habe. Es sieht mir nicht ähnlich. Aber das hat rein gar nichts mit der Imitation zu tun. In diesem Augenblick war ein Teil von mir es einfach endgültig leid, die Vernünftige zu sein. Ich wollte wissen, wie es sich anfühlen würde, wenn nicht mehr nur der Auftrag dahintersteht. Ich fühle mich zu Nord hingezogen, na und? Da bin ich nicht allein. Nur habe *ich* die Chance, die so ziemlich alle anderen nie bekommen werden: Er lässt zu, dass ich ihn kennenlerne.

Und wenigstens einer Sache bin ich mir sicher: Genau das will ich.

Kapitel 26

Als Wynter mich wieder zur Arbeit ruft, bin ich fast dankbar. Abzuwarten liegt mir nicht. Jedenfalls nicht, wenn ich nicht weiß, was als Nächstes passiert.

Es gibt ein letztes Fotoshooting mit den Charakteren von *WIn*, für irgendeine Kooperation mit einer Elektronikhandelskette. Hätte nicht gedacht, jemals jemanden kennenzulernen, von dem die Leute Pappaufsteller haben wollen. Oder jemanden zu imitieren, auf den das zutrifft.

Wynter hat wieder irgendeine andere Verpflichtung, die mit der möglichen zukünftigen Filmrolle zu tun hat. Ich fühle mich furchtbar dabei, sie in der Sache zu unterstützen, selbst wenn es nur indirekt ist.

Bevor sie wegmuss, sind wir noch eine Stunde in ihrem Apartment, wo sie mir zeigt, wie ich für sie zu posieren habe. Sie lässt mich ein gutes Dutzend Fotos von ihr nachstellen und probt dann noch weiter mit mir vor dem bodenhohen Spiegel in ihrem Schlafzimmer.

»Du darfst keinen Moment nachlassen«, bläut sie mir ein. »Sonst gibt es sofort einen Schnappschuss, auf dem ich bescheuert aussehe.«

Als wenn das so schlimm wäre! Solange der nicht verwendet wird, kann ihr das doch schnuppe sein.

»Ich schaue mir hinterher alles an«, verspricht sie warnend.

Ich ahme ihren gerade nicht besonders netten Gesichtsausdruck nach. »Schon verstanden.«

»Wir sind dann hier fertig, du lernst erstaunlich schnell.«

Näher werde ich einem Lob von Wynter Brookely wohl nicht kommen.

Leslie aus der Maske mattiert Wynters Gesicht für mich und denkt laut darüber nach, ob sie einen Highlighter verwenden soll, und wenn ja, welchen.

Ich kann an nichts anderes denken, als daran, dass Nord auch hier ist, nur einen Raum weiter. Noch sind wir uns nicht begegnet, aber ich habe seine Stimme gehört, als ich ins Gebäude gekommen bin.

Leslie wird viel zu schnell fertig.

Ich könnte noch mal zur Toilette, um Zeit zu schinden. Andererseits … ich trage das Kleid aus der letzten Szene des großen Staffelfinales, ein Ungetüm aus fliederfarbenem Satin mit zarten Spitzenapplikationen im Brustbereich. Damit sollte ich möglichst nirgendwohin gehen.

Ich weiß nicht, warum ich erwartet habe, Nord würde mir ausweichen. Das Gegenteil passiert: Mit einem Da-bist-du-ja-Strahlen eilt er mir entgegen. Macht er das wegen der anwesenden Fremden? Oder ist es echt?

»Von dem Lippenstift will ich lieber nichts abkriegen«, sagt er mit Blick auf meinen farblich aufs Kleid abgestimmten Mund. Er grinst. »Jedenfalls nicht *vor* dem Shooting.«

Eine junge Fotografin nähert sich uns und winkt auch die

anderen zu sich, die bereits da sind. »Ich erzähl euch schon mal, was wir im Groben vorhaben, während wir noch auf die Letzten warten.«

Wie sich herausstellt, gehören zum Masterplan unter anderem Fotos mit Nord, Tiff und mir, um mal wieder die Dreiecksgeschichte in den Fokus zu rücken, für die so viele die Serie lieben und hassen. Hoffentlich hat Tiff ihre entspannte Haltung nicht wieder aufgegeben. Noch ist sie nicht da.

Und auch in den nächsten fünfzehn Minuten taucht sie nicht auf.

»Ich ruf sie mal an, es ist untypisch, dass sie zu spät kommt«, meint Caden.

Wir stehen immer noch in einem Pulk zusammen und beobachten, wie er zu ihr durchzukommen versucht. Schließlich runzelt er die Stirn, schaut verwirrt aufs Display, dann ratlos in die Runde. »Angeblich ist die Nummer nicht vergeben.«

Nord tritt zu ihm und reißt ihm das Handy förmlich aus der Hand.

»Es war definitiv die richtige«, meint Caden.

Nord schließt die Augen. »Brenda«, murmelt er.

Die anderen scheinen damit genauso wenig anzufangen zu wissen wie ich.

»Wer von euch hat Tiff zuletzt gesehen?«, fragt Nord.

So, habe ich mir immer vorgestellt, klingt jemand, wenn er erfährt, dass ein Mensch, der ihm extrem wichtig ist, gerade einen schweren Autounfall hatte und ums Überleben kämpft. »Und wann?«

Alle müssen kurz nachdenken. »Bei der Tower Session«, meint Jemma schließlich, und der Rest nickt.

Als Deven hat Nord ein ums andere Mal Panik schauspielern müssen und dabei einen richtig guten Job gemacht. Aber an den Ausdruck blanker, wirklicher Angst auf seinem Gesicht kommt nichts davon heran.

»E…Wynter und ich gehen sie suchen! Macht schon mal ein paar Bilder ohne uns.«

»Aber …«, beginnt die Fotografin entsetzt, doch Nord rennt schon aus dem Raum.

Ich werfe ihr ein entschuldigendes Lächeln zu und mache, dass ich hinterherkomme. Er hätte gerade fast meinen Namen gesagt! Was, zur Hölle, glaubt er, ist los? Ich bekomme es langsam auch mit der Angst zu tun.

»Kann ich noch kurz das Kleid …?«

»Nein, wer weiß, wie lange … Wir müssen sofort zu ihr!«

»Wir wissen doch nicht mal, wo sie ist.«

»Zuerst checken wir ihr Apartment. Bin sicher, sie ist dort.«

Das Studio liegt mitten in der Innenstadt, allerdings eine ganze Ecke von Nords Loft entfernt. Er ist selbst hergefahren und fliegt nun förmlich wieder hinters Steuer. Ich habe die Beifahrertür kaum geschlossen, als er auch schon mit aufjaulendem Motor losrast. Mit einem Affenzahn legen wir die Strecke nach *ClassyGardens* fast in der Hälfte der Zeit zurück, die meine Hinfahrt mit Wynters Chauffeur gedauert hat.

Ich lasse die engen Schühchen im Auto zurück und eile barfuß an Nords Seite durch die Anlage. Wir haben wohlweislich den Seiteneingang beim Parkplatz genommen. Die Fans vor dem Haupttor hätten mein Kostüm sicher gefeiert – muss ja nicht unbedingt sein.

»Wer ist Brenda?«, frage ich atemlos, als wir im Aufzug sind und ich endlich Zeit zum Luftholen hatte. Der voluminöse Rock meines Kleides lässt Nord kaum Platz zum Stehen.

»Tiffs Mom. Die Frau ist ein Albtraum.«

Der Aufzug hält, und wir bringen den Gang zu Tiffs Apartment im Eilschritt hinter uns.

Nord klopft, fest, fester. Keine Reaktion. Er flucht und zieht sein Portemonnaie heraus, aus dem er wiederum eine Schlüsselkarte hervorzaubert.

»Hab vergessen, sie zurückzugeben«, sagt er, wie um sich zu rechtfertigen. Er braucht zwei Versuche zum Öffnen, weil seine Hand so sehr zittert.

Alle Rollos sind runtergelassen, und die Luft ist abgestanden. Nord schaltet die Regentropfen-Lampen an. So ohne Tageslicht wirken sie eher wie Tränen.

Tiffs Handy liegt auf dem grauen Tisch, der extra auf abgewetzt gemacht ist und aussieht wie aus einer alten Werkstatt hierher versetzt. Nord entsperrt es – was mich wahrscheinlich nicht weiter irritieren sollte – und schaut irgendwas nach. »Neue Nummer«, murmelt er dann. Der Betonung nach zu urteilen, glaubt er, den Grund dafür zu kennen.

Er geht zielstrebig auf eine Tür zu, zögert jedoch kurz, bevor er sie aufreißt. Er sieht aus, als würde er sich für etwas wappnen.

Auch dahinter herrscht Dunkelheit.

Ein Stöhnen. Tiff ist im Bett hochgeschnellt und hält sich die Hand über die Augen, als würde die Sonne sie blenden. »Licht aus, ich hab Kopfschmerzen!«

Nord geht zu dem großen Fenster, das auf den Garten hinausgeht, und zieht die Jalousien hoch. Dann stellt er es auf Kipp.

Tiff blinzelt mich an, nimmt das Kleid und meine nackten Füße zur Kenntnis. »Seit wann rennst du so durch die Gegend, *Wynter*?«

Vom ersten Moment hat sie so verletzlich auf mich gewirkt, so niedergeschlagen, aber da war immer Leben in ihrer Stimme. Jetzt ist es weg. Sie klingt benommen.

»Wo sind sie?«, fragt Nord mit einer Schärfe, die sowohl mich als auch Tiff erschreckt. Jedenfalls sehe ich sie zusammenzucken.

»Hau ab, Nordyn.«

»Einen Teufel werde ich tun.«

»Ach, jetzt auf einmal willst du wieder für mich da sein? Aus Schuldgefühlen? Hast du Mitleid? Oder liebst du mich vielleicht immer nur dann, wenn ich zusammenbreche?«

»Meine Gefühle für dich haben nichts mit deinen Problemen zu tun!«, brüllt er.

»Hatten«, korrigiert sie.

Reglos starrt er sie an.

»Tiff, was ist denn los?«, versuche ich mich möglichst sanft einzuklinken. Ein gemeiner Teil von mir fragt sich, was wohl ohne meine Anwesenheit als Nächstes passiert wäre.

»Was wollt ihr?«, fragt sie zurück. »Die letzten Tage war ich doch auch allen egal.«

»Aber bei der Tow…«

Nord fällt mir einfach ins Wort: »Woher hast du sie?«, formuliert er seine Frage noch einmal.

Steht sie unter Drogen? Redet er davon?

»Ich komm nicht zu dem beschissenen Fototermin«, sagt Tiff. »Zwingt mich nicht dazu.«

»Entweder du sagst es mir jetzt sofort, oder ich werde deine ganze Wohnung auf den Kopf stellen.«

Sie zuckt nur mit den Schultern.

»Ich fang im Bad an. Schau du hier im Zimmer nach, Wynter.« Er geht ins angrenzende Badezimmer und schließt die Tür geräuschvoll hinter sich.

Tiff sieht mich an und legt den Kopf schief. Ich werde auf keinen Fall an ihre Sachen gehen, ich weiß ja nicht mal, was genau Nord bei ihr zu finden glaubt.

»Er weiß es, oder?«, fragt sie leise. »Er weiß, wer du bist.«

Trickst sie mich aus? Wiederholt sie unser letztes Gespräch absichtlich? Waren die Botschaften doch von ihr? Oder bin ich paranoid, und sie ist schlicht und ergreifend verwirrt? Hat sie wirklich irgendwas eingeworfen?

»Vermutest du das schon lange?«, frage ich, als ob ich es nicht schon einmal ihr gegenüber zugegeben hätte.

Sie rutscht weiter zurück, bis sie sich an die Wand hinter dem Kopfende lehnen kann. Der Anblick erinnert mich so schmerzhaft an Savi, dass ich einen Stich im Herzen spüre.

»Die Art, wie er dich ansieht, verrät es.«

Die Art, wie er mich ansieht, verrät, wer ich in seinen Augen bin? Ihr vielleicht.

»Und auch, dass da mehr ist zwischen euch. Keine Angst, ich sag Wynter nichts. Aber könntest du mir im Gegenzug vielleicht auch einen kleinen Gefallen tun?«

Okay, das ist neu. Hat sie vor, mich zu erpressen?

Ihre Hand gleitet unter das Kissen, und sie zieht etwas darunter hervor. Sie spricht leiser, so leise, dass Nord sie nebenan auf keinen Fall hören kann: »Entsorg die. Und sag ihm nichts davon.«

Ich trete zum Bett und starre auf den halb leeren Tablettenblister, den sie mir hinhält. »Tiff …«

»Es geht mir gut«, faucht sie, um dann erneut die Stimme zu senken: »Das hier ist ein Zwischen-, kein Rückfall. Und er soll sich nicht die Schuld daran geben.«

Sie packt meinen Arm und drückt den Blister in meine Handfläche. Ich schließe die Finger darum, und es fühlt sich an, als würde er einen Abdruck in sie hineinätzen. Ich weiß beim besten Willen nicht, ob ich das Richtige tue, als ich ihn in den Ausschnitt meines Kleides schiebe.

»Mehr habe ich nicht«, sagt sie.

Lügt sie? Ich habe keine Erfahrung mit so was.

Nord platzt zurück ins Zimmer, keine Sekunde zu früh.

»Wir sollten sie in Ruhe lassen«, sage ich vorsichtig.

»Nicht, bevor ich nicht sicher bin, dass sie …«

»*Sie* hat schon einen Termin bei ihrer Therapeutin vereinbart und wird wieder auf die Beine kommen«, lässt Tiff ihn wissen. »Ruf Dr. Palmer an, wenn du mir nicht vertraust.«

Nord zögert. »Das mache ich«, sagt er dann. Er mustert sie eingehend. »Warum hast du Brenda wieder deine Nummer gegeben?«

Sie stößt ein kleines Schnauben aus. »Das geht dich genauso wenig was an, wie mich dein Leben je etwas anging.«

Für einen Schauspieler ist Nord nicht besonders gut darin, es zu verbergen, wenn ihn etwas so richtig trifft.

»Aber da du ja unbedingt etwas haben willst, das du wegschmeißen kannst: Nimm den Brief. Liegt bei der Spüle.«

»Okay. Ich komme wieder, um nach dir zu sehen.«

»Kommst du nicht.«

»Doch.« Er geht.

Bevor ich ihm folge, sehe ich Tiff noch einmal direkt an. »Hasst du mich?«

Sie schüttelt den Kopf. »Hass bedeutet immer einen Kampf. Und wie du unschwer erkennen kannst, habe ich schon mit genug anderem zu kämpfen. Nichts davon sieht aus wie Wynter.«

Ich schlucke. Ihr fehlt die Kraft, um mich zu hassen? Bedeutet das nicht, im Grunde tut sie es doch?

»Du bist gut für ihn, schätze ich. Nord braucht jemanden, der weniger Probleme hat als ich.«

Ein bitteres Lachen steigt in mir auf. Ich presse die Zähne zusammen, um es ja nicht ausbrechen zu lassen. Nach einem schwachen Lächeln in ihre Richtung, von dem ich selbst nicht weiß, was es ihr vermitteln soll, verlasse ich das Zimmer.

Nord steht in der Küche, die Hände auf die Arbeitsfläche gestützt, und starrt ein beschriebenes Blatt Papier an.

Ich werfe einen Blick über seine Schulter. Betroffen überfliege ich die Zeilen. Einzelne Worte und Sätze bohren sich in mich, obwohl sie nicht an mich gerichtet sind. *Luder. … Schande für die Familie … Geld … Ich sorge dafür, dass du deine Brüder nie wiedersiehst. … Unfähige Ignorantin … Versagerin … Dein Macker hat ja auch schon wieder die Schnauze voll von dir …*

»Das hat ihre *Mutter* geschrieben?«, flüstere ich.

Nord steht einen weiteren Moment lang reglos da, dann kommt Bewegung in ihn. Er zerfetzt den Brief, sein Atem geht in kurzen, abgehackten Stößen.

Er sammelt die Schnipsel ein und lässt sie in einen Mülleimer hinter einer der Schranktüren rieseln. Als er sich zu mir umdreht, stehen Tränen in seinen Augen.

Ich lege die Arme um ihn, und er drückt seine Stirn gegen meine. So stehen wir da. Wahrscheinlich wünscht er sich genau wie ich, diese Welt wäre ein Ort, an dem niemand leidet, den wir lieben.

Wir sind zu Nord nach Hause gefahren. Er wollte um nichts auf der Welt zurück zu dem Shooting und hat mir eine Nachricht an Caden diktiert: *Kommen nicht wieder, frag nicht. Du kannst die anderen wegen Tiff entwarnen.*

»Erzählst du mir die ganze Geschichte?«, bitte ich, als wir dicht beieinander auf der Couch sitzen.

Gedankenverloren legt er einen Arm um meine Schulter. Dann vertraut er mir Tiffs Vergangenheit an. Sie ist schon mit zehn von zu Hause abgehauen – und im Gegensatz zu den meisten Kindern, die das tun, nicht zurückgekommen. Ein Ehepaar fand sie auf der Straße und schaltete das Jugendamt ein. Es stellte sich heraus, dass Tiffs Mom sie wie Dreck behandelt hatte. Tiff war eine ungewollte Teenagerschwangerschaft gewesen, und Brenda zog sie nur auf, um den Unterhalt für sie zu bekommen. Sie hatte zwischenzeitlich einen neuen Freund gehabt, der längst wieder über alle Berge war und Brenda mit den gemeinsamen kleinen Zwillingsjungs alleingelassen hatte.

Tiff wurde aus ihrer Heimatstadt Dunmore in Irland zu ihrer Tante nach Kanada geschickt. Eine Tante, die Connections zu Roland Brookely hatte, der einige Jahre später frische junge Gesichter für ein Serienprojekt suchte. Tiff hatte mehr und mehr Interesse für die Schauspielerei entwickelt, und daher kam die Gelegenheit für sie wie gerufen.

»Als Brenda vom Erfolg ihrer Tochter erfahren hat, ist sie aus Irland hergekommen. Sie wollte Profit für sich daraus schlagen. Tiff hat sie getroffen, ohne dass jemand davon wusste. Danach … sie war wie ausgewechselt. Brenda ist mit einer unverschämt hohen Summe wieder abgereist, aber Tiff hat sich immer mehr zurückgezogen, war irgendwie fahrig, immer müde und so gereizt, wie ich sie noch nie erlebt hatte. Ich habe viel zu spät herausgefunden, dass sie sich Benzodiazepine verschreiben lassen hatte. Sie war inzwischen abhängig von den Beruhigungsmitteln.«

Mir fehlen die Worte. Es ist so unfair, dass Menschen wie Tiff solche Dinge passieren. Dinge, die sie zu anderen Dingen treiben.

»Der erste Entzug war hart«, sagt Nord. »Ich bin in der Zeit kaum von ihrer Seite gewichen. Brookely musste einen ganzen Handlungsstrang umplanen. Ich habe ihn bekniet, ihr noch eine Chance zu geben, aber ich habe den Verdacht, die endgültige Rettung war Wynter. Sie muss ein gutes Wort für sie eingelegt haben.«

Das würde mehr Mitgefühl beweisen, als ich ihr zugetraut hätte. Na ja, Arabella neu zu besetzen oder sterben zu lassen, wäre auch nicht ganz so günstig gewesen. Vielleicht hatte die Entscheidung auch einiges damit zu tun.

»Es ging aufwärts, und Tiff konnte zurück ans Set. Alles schien okay. Aber sie konnte keinen Schlussstrich ziehen. Sie hat zweimal Kontakt zu Brenda aufgenommen. Beim ersten Mal wurde sie rückfällig, beim zweiten Mal fast. Und diesmal scheint dieses Biest sie angeschrieben zu haben.«

Wir sitzen lange so da und hängen unseren Gedanken nach. Ich bin mehrfach kurz davor, Nord den Blister zu zeigen, bringe es aber nicht über mich. Tiff hat recht: Er würde sich die Schuld geben. Ich werde alles tun, um sicherzustellen, dass Tiff den Tabletten nicht wieder verfällt. Aber ich kann ihm nicht das Herz brechen, auch wenn er die Wahrheit schon ahnt.

»Du und ich …«, beginne ich schließlich. »Ich glaube, das ist gerade kein guter Zeitpunkt für …«

Seine Hand legt sich sanft über meinen Mund. »Tu das nicht. Bitte.«

Ich ziehe sie weg. »Wenn wir das wirklich tun … Ich meine, wenn wir wirklich zusammenkommen, wird das mindestens zwei Menschen umbringen.« Bei einem davon kümmert es mich nicht. Aber Tiff hat das nicht verdient.

»Wenn wir es nicht tun, bringt es *mich* um.« Er übertritt die Grenze und küsst mich, fragend zuerst, dann immer entschlossener.

Ich kann es nicht beenden. Es fühlt sich zu gut an. So richtig. *Egoistin!*, schreit es in mir, aber ich wehre mein Gewissen ab. Es ist so lange her, dass ich irgendetwas für mich gewollt habe, mir zugestanden habe, etwas Verrücktes zu tun. Etwas Verrücktes, aus dem etwas wirklich Wundervolles werden könnte.

Vielleicht stürze ich mich da in was hinein, das nicht gut ausgehen kann. Aber solange auch nur eine winzige Chance besteht, dass doch, werde ich daran festhalten.

Wonderful Intrigues, Season 3, Episode 14

Was bisher geschah: Während Saphira sich in Mor-Lagerre einer neuen Gefahr gegenübersieht, weil die Armee des Nachbarreiches Skeynor anrückt, ist Arabella in Toronto auf Jerjan gestoßen. Indem sie vorgegeben hat, alles schon zu wissen, hat sie geschickt die ganze verrückte Wahrheit aus ihm herausgekitzelt. Wird sie Deven damit konfrontieren?

Arabella sitzt vor der Wohnungstür, die *WIn*-Fans mittlerweile sehr vertraut ist: Es ist die zu Devens WG. Keine Frage: Sie lauert ihm auf.

Da kommt er auch schon raus, den Rucksack, den er immer mit zur Arbeit nimmt, über der Schulter.

»Du kannst hierbleiben«, sagt Arabella.

Er hatte sie bis dahin noch nicht entdeckt, weil er damit beschäftigt war, das Armband seiner Uhr zu schließen, und zuckt zusammen.

»Ich hab Jay eine Notiz hinterlegt, dass du krankgeschrieben bist.«

»Du hast *was*?«

»Komm schon, hier spielen doch schon lange alle mit miesen Tricks.«

»Mit ›alle‹ meinst du Wynter?«

»Weißt du inzwischen Bescheid über sie?«

»Nicht wirklich. Aber ich muss dir was …«

»Nein, ich will's nicht hören. Ehrlich.« Sie springt auf und schiebt ihn zurück in die Wohnung.

»Arabella, ich habe …«

»Stopp. Im Ernst, sag es nicht.«

»Hat dir etwa jemand …?«

»Sagen wir's so: Ich hab jetzt den Überblick, was hier läuft. Und ich werde sie nicht gewinnen lassen.«

»Es war falsch, sie …«

»Hallo? Hörst du schlecht?«

»Sorry. Ich will nur nicht, dass du denkst, ich hätte auch nur einen Moment vergessen, wen ich eigentlich will.«

»Werde ich nicht.« Sie lächelt und drückt ihm eine Hand flach gegen die Brust. »Ich schwöre, ich werde Wynter dein Herz niemals zurückgewinnen lassen.«

»Zurückgewinnen? Sie hatte es nie.«

Sie seufzt. »Wenn du wüsstest … Aber lass uns jetzt nicht mehr davon reden.«

»Wovon dann? Weswegen bin ich denn eigentlich angeblich krankgeschrieben?«

Sie taxiert ihn mit dem Blick einer Jägerin. »Verausgabung.«

»Womit sollte ich mich verausgabt haben?«

»Na, mit mir. Wir haben einen ziemlich intensiven Morgen vor uns.« Bevor er noch etwas entgegnen kann, küsst sie ihn … feurig würde es wohl am besten beschreiben.

Es braucht nur Sekunden, bis er sich ohne Worte mit ihren Absichten einverstanden erklärt.

Sie streift ihre Schuhe ab, ohne den Kuss zu unterbrechen, dann zieht sie Deven das Shirt über den Kopf. Er knöpft ihr Kleid am Rücken auf, und es fällt zu Boden. Es ist das erste Mal, dass die Welt Tiffy Gregorys ganzen Körper in Unterwäsche zu sehen bekommt. Es gab ja immer wieder Vorwürfe, sie sei zu mager, aber zumindest aktuell macht sie eine sehr gute Figur und sieht gesund aus. Möglicherweise ist der Personal Trainer, der glaubhaften Quellen zufolge in letzter Zeit mehrfach durch das Tor von *ClassyGardens* eingelassen wurde, ihretwegen gekommen.

Deven hebt Arabella an, sie schlingt die Beine um seine Hüfte, und er steuert mit ihr das Sofa hinter sich an.

Bei den Outtakes gibt es diesen Moment auch – da hat Nord das Gleichgewicht verloren und ist samt Tiffy rückwärts gegen besagtes Sofa gefallen, wo sich beide halb totgelacht haben und der Patzer mit einem ziemlich echten Kuss geendet hat.

Die nächsten fünfzehn Sekunden werden heißer als alles, was Devabella bisher geliefert haben: Hände und Lippen auf samtener Haut, glühende Blicke, Finger, die sich in die Polster krallen.

»War es seltsam, solche Szenen mit Nord zu drehen?«, wurde Tiffy mal in einem Videointerview von Olivia Piper, einer Redakteurin von *StarringUs*, gefragt.

Sie beantwortete das mit einem verschlagenen Grinsen und den Worten: »Ungefähr so seltsam, wie zu atmen.«

Kapitel 27

Die nächsten vier Wochen sind ein Traum. Ich habe mich noch nie so gefühlt: frei, voller Energie und auf positive Weise ein bisschen überdreht. Ich erhalte keine weiteren anonymen Nachrichten, was mich unbeschreiblich erleichtert. Genau wie die Tatsache, dass Tiff sich zu erholen scheint. Jedenfalls taucht sie wieder überall auf, wo sie erwartet wird, und Nord hat sich bestätigen lassen, dass ihre Therapeutin wirklich ein Auge auf sie hat.

Ich habe trotzdem, ohne ihm etwas davon zu sagen, noch mal bei ihr vorbeigeschaut. Um ganz sicherzugehen. Jetzt weiß ich, sie ist in ambulanter Entgiftungsbehandlung, und das beruhigt mich nach der Sache mit dem halb leeren Blister ziemlich. Allerdings hat sie mir auch recht deutlich zu verstehen gegeben, ich solle mich besser nicht mehr bei ihr blicken lassen. Ich versteh sie – warum sollte sie mir auch dabei helfen wollen, mein schlechtes Gewissen ihr gegenüber zu beruhigen?

Ich bin ziemlich sicher, dass Nord auch mindestens ein Mal bei ihr war – die Schokolade auf ihrem Tisch stammt aus seinem Vorrat, würde ich sagen. Doch aus irgendeinem Grund sprechen wir nicht darüber.

Wynter schickt mich zu mehr und mehr ihrer Termine, was wohl bedeutet, dass sie mir vertraut. Ich gehe zu dem verschobenen Shooting und zu den Tower Sessions, nehme an der

Führung durch *ClassyGardens* teil, die unsere Team Task war, fahre mit einigen der anderen nachts zu einem Pub-Besuch in die Stadt. Wynter lässt mich sogar zu dem Sneak-Peak und Frage-Antwort-Abend im Fernsehen. Wo es zu einem kleinen Zwischenfall kommt, der daraufhin in allen Netzwerken ausgiebig breitgetreten wird: Wir sollen unsere Lieblingsstellen aus den bereits erschienenen Staffeln nennen, und Tiff zitiert Arabella, wie sie Deven schwört, Wynter sein Herz niemals zurückgewinnen zu lassen. Im Nachhinein glaube ich nicht, dass das ein Seitenhieb sein sollte. Entweder sie war nicht richtig vorbereitet, oder jemand hat ihr geraten, mal wieder die Fans zu verwirren.

Nord hat die Szene gewählt, in der Deven Kerry und sich aus den Händen ihrer Entführer befreit. In der Nacht darauf habe ich gehört, wie er Emica auf die Mailbox gesprochen hat.

Nord ist bei fast all den Veranstaltungen und Unternehmungen dabei, und bei denen, wo er es eigentlich nicht wäre, deichselt er es oft so hin, dass er mich doch begleiten kann.

Für alle Welt ein glückliches Paar abzugeben, ist unfassbar leicht geworden. Genau, wie privat eins zu sein.

Die Zeit zu zweit reicht uns nicht ansatzweise aus. Wir nutzen jeden Moment davon. Wir sehen uns auch die restlichen Toronto Islands an, haben ein Doppeldate mit Jeffrey und seiner neuesten Eroberung, und Nord führt mich in seine liebsten Restaurants, Bars und Clubs aus – mein Favorit ist *The Loose Moose*. Wir kochen zusammen, gehen gemeinsam auf Jagd nach besonderen Fotomotiven, machen Film- und Serienabende, die meistens damit enden, dass wir nichts mehr vom Film mitbekommen. Wir übernachten mit Decken und

Laternen auf der Terrasse und blicken in die Sterne wie in einem dieser Teenie-Schmachtfetzen.

Ich habe Stians Nummer blockiert, und er hat nicht versucht, mich auf anderem Weg zu erreichen. Leider geht es bei Savi weiterhin nicht voran, aber Gabrielle stellt mit Hochdruck einen neuen Behandlungsplan auf, den sie Carsten vorlegen kann. Es ist mir lieber, sie lässt sich Zeit und geht keine Risiken ein, als dass am Ende etwas schiefgeht.

Zwischen Nord und mir gibt es nur einen einzigen Streitpunkt, aber der kommt dafür immer und immer wieder auf den Tisch: meine Imitation. Er sagt, er kann damit leben, wenn ich in der Öffentlichkeit Wynter bin, aber nicht damit, immer mehr zu vergessen, wie die Person, mit der er fast seine gesamte Zeit verbringt, eigentlich aussieht.

Ich fange an, mich ab und zu wieder in meine Gestalt zu zwingen, und mache ein Spiel daraus, tue so, als würde ich ihn damit necken. Mal bekommt er Elly für fünf Minuten, mal für zehn, fünfzehn sind das Maximum. Er hat keine Ahnung, dass ich es länger nicht aushalten würde. Mein Körper fühlt sich jedes einzelne Mal tonnenschwer an und will immer wieder unter die Imitation zurückrutschen. Es verlangt mir alles ab, auch nur einigermaßen entspannt zu wirken – ein echtes Problem. Wahrscheinlich hat Nord meistens das Gefühl, mit einem nicht gerade lockeren, knisternden Kabelbündel zu kuscheln, aus dem jeden Moment elektrische Blitze schießen könnten.

Allerdings scheint er so froh über die kleinen Kompromisse zu sein, die ich eingehe, dass er nie was dazu sagt. Manchmal habe ich Glück, und er verpasst den Augenblick, in dem ich wieder Wynter werde.

Zugegeben, all das kann kein Dauerzustand sein. Es kann nicht sein, dass ich ihn vor den Augen anderer fast lieber küsse, als wenn wir unter uns sind, dass mir die kleinen, wie zufällig wirkenden Berührungen, die wir die Welt sehen lassen, leichter fallen. Aber nur in diesen Fällen weiß ich, er hat keinen Grund, sich zu wünschen, ich würde die Imitation fallen lassen.

Obwohl also eine gewisse Hintergrundspannung in mein Verliebtsein zu funken versucht, bin ich wirklich glücklich. Ich habe Hoffnung. Etwas, das mir sehr lange gefehlt hat.

Die Premierenfeier rückt unaufhaltsam näher. Die wird Wynter sich auf keinen Fall entgehen lassen – dafür ist sie zu stolz auf ihre Hauptrolle. Trotzdem hat sie mich heute zur Anprobe für das Kleid geschickt, das sie bereits im Vorfeld ausgewählt hat. Es musste noch geändert werden, und ich soll sichergehen, dass nun alles sitzt.

Während die Schneiderin namens Rachael mir hineinhilft und den Reißverschluss zuzieht, hänge ich meinen Gedanken nach. Ich habe schon lange nicht mehr mit Wynter persönlich gesprochen, zumindest nie länger als drei bis vier Minuten. Was der Tatsache, dass ich ihre Gestalt kaum verlassen kann, sehr zugutekommt. Von ihrem anfänglichen Wunsch, mich möglichst oft um sich zu haben, ist sie abgekommen. Wahrscheinlich ist sie dafür zu genervt von mir.

Mir ist der neue Ablauf mehr als recht: Sie gibt mir knappe Anweisungen, und ich führe sie aus. Ab und zu meldet sie mir zurück, dass sie zufrieden ist, oder äußert Kritik – die zum Glück selten besonders schlimm ausfällt. Trotzdem sollte ich vielleicht bald mal gezielt das Gespräch mit ihr suchen, ihr auf den Zahn fühlen, wie es denn nun mit ihren Plänen steht und was ihre aktuelle Meinung über Nord ist. Ich habe das schon zu lange aufgeschoben. Weil ich eigentlich zu keinem von beidem ihre Antwort wissen will.

Hinzu kommt, dass Tiff in den letzten Tagen viel mit ihr umherzieht. Auch wenn sie gesagt hat, sie wird mich nicht verraten, macht mich das ein bisschen nervös. Was, wenn sie sich verplappert?

Ich hasse es, nicht mit ihr reden zu können. Aber ich traue mich einfach nicht. Würden die Dinge anders liegen, hätten wir bestimmt gute Freundinnen werden können. Ich fühle mich vom Leben um diese Möglichkeit betrogen. Vielleicht ja eines Tages.

»Hier ist es noch ein bisschen weit«, meint Rachael und zupft vorsichtig an dem leichten Stoff über meinem Rücken.

Aus meiner Handtasche, die auf einem Stuhl in der Nähe liegt, ertönt das Signal für den Eingang einer Nachricht. Obwohl mich die unbekannte Person jetzt schon so lange in Ruhe lässt, erwarte ich immer als Erstes, eine weitere Drohung zu lesen. Dass ich jetzt nicht sofort nachschauen und mich vom Gegenteil überzeugen kann, macht mich ganz hibbelig.

Rachael braucht gefühlt ewig, bis sie mit der Begutachtung fertig ist. Ich kann gar nicht schnell genug wieder aus dem Kleid herauskommen, was dazu führt, dass ich fast eine Naht aufreiße. Ich entschuldige mich mehrfach und laufe dabei in Unterwäsche zu meiner Tasche. Rachael zieht die dunkel nachgezogenen Brauen hoch. Wahrscheinlich hält sie mich jetzt für handysüchtig.

Die Nachricht ist von Nord. *Sehen wir uns nachher? Ich muss was mit dir besprechen.*

Ich hatte meinem aufgeregt schlagenden Herzen fast schon Entwarnung gegeben, doch das klingt jetzt irgendwie verräterisch nach einer Abwandlung von Wir-müssen-reden.

Kann in einer Stunde bei dir sein, antworte ich mit einem flauen Gefühl im Magen.

Schon beim Reinkommen versuche ich, die Stimmung einzuschätzen. Nord hat eine der Kerzen auf den Tisch gestellt, die wir für unsere ersten Fotos benutzt haben. Das Licht der kleinen Flamme flackert über einem Teller mit meinen Lieblings-Oreos: den hellen.

Das sieht nicht nach der Kulisse für ein Schlussmachgespräch aus. Tut es doch nicht?

Ich setze mich aufs Sofa. Nord kommt mit zwei Tassen heißer Schokolade zur Couchecke. Ich mustere sein Gesicht. Ein Schlussmachgesicht? Vielleicht fährt er all die Geschütze auf, um mich zu trösten?

Als die Tassen sicher auf dem Tisch stehen, beugt er sich zu mir und küsst mich. Definitiv kein Abschiedskuss. Oder?

»Ich sag das nicht gerne, abe…«

»Bitte nicht!«, stoße ich hervor.

Verwirrt sieht er mich an. Kommt es komisch, wenn ich jetzt über die kleinen Falten streiche, die sich gerade auf seiner Stirn bilden? Ich mache es einfach. Könnte das letzte Mal sein.

»Elly, du … Oh Mann, was denkst du denn, was ich sagen will?«

Ich erwidere seinen Blick, bleibe aber stumm. Das hört sich doch eigentlich gut für mich an?!

»Okay, noch mal von vorn.« Er setzt sich ebenfalls, zieht mich ganz nah zu sich und legt die Arme um mich. »Ich habe nachgedacht. Vielleicht habe ich eine Lösung gefunden.«

»Eine Lösung wofür?«

Er bemerkt meinen Blick zu den Keksen und lässt mich kurz los, um sich einen für mich zu angeln und ihn mir in den Mund zu schieben. »Für so ziemlich alle Probleme, die mir im Moment einfallen. Aber bevor ich dir von meinem Plan erzähle, musst du mir eine Frage beantworten.«

»Fürs Heiraten ist es vielleicht etwas früh. Auch wenn das seit Casa Loma einige anders sehen.«

Er verdreht die Augen, muss aber grinsen.

»Wolltest du etwas anderes fragen?«

»Ja. Hat das Imitieren Nebenwirkungen? Kann es dir schaden?«

»Würde ich es dann fast ununterbrochen tun?« Ich erschrecke ein bisschen über mich selbst. So aalglatt gelogen. »Es fühlt sich gut an«, füge ich an, was in letzter Zeit mehr als wahr ist. »Und ich mich sicher.«

»Wie meinst du das?«

Es ist an der Zeit. Wenn ich ihm von meinem Verfolgungswahn erzähle, wird er einiges besser verstehen. Und ich bin es so leid, dermaßen viele Geheimnisse vor ihm zu haben. Dermaßen große Geheimnisse.

»Flipp jetzt nicht aus, die Sache hat sich schon von allein erledigt, glaube ich, aber … Ich habe seltsame Nachrichten erhalten. Sie waren an Orten versteckt, wo eigentlich niemand hätte rankommen dürfen – unter meinem Kissen und in meiner Tasche … Zuletzt auch aufs Handy. Keine direkten Drohungen. Trotzdem hat es mir höllische Angst eingejagt. Irgendjemand wollte mich wissen lassen, dass er Bescheid weiß über mich.«

Wie erwartet, braucht Nord ein Weilchen, um das zu verarbeiten. Ich glaube, er kann sich nicht entscheiden, ob er besorgt, wütend oder beruhigend reagieren soll.

Als er schließlich spricht, klingt von allen drei Regungen etwas mit: »Wie kann das sein, du warst doch so vorsichtig! Warum hast du es mir nicht gesagt, verdammt? Keine Angst, wir kriegen raus, wer das war!«

»Solange nichts nachweisbar ist, kann mir eigentlich niemand was.« Ich wünschte, das würde stimmen. Aber mein Vater ist gestorben wegen dem, was er war. Und wegen dem, wozu er es genutzt hat.

Nord soll sich aber lieber nicht zu viele Gedanken über die Sache machen. Nicht auszudenken, was passiert, wenn er auf eigene Faust versucht, die Person zu stellen. Würde ich ihm durchaus zutrauen.

»Zurück zum Thema: Warum deine Frage nach den Konsequenzen einer Langzeitimitation?«

Er fängt meinen Blick auf. »Du solltest sie vom Thron stoßen«, sagt er. »Die echte Wynter werden, ihr Leben stehlen.«

»Ja klar.«

»Irgendwann wird sie die Sache beenden. Ziemlich bald, wie es aussieht. Glaub mir, ich zerbreche mir pausenlos den Kopf, aber es könnte die einzige Option sein, die wir haben.«

Ich kann nicht fassen, dass er das wirklich vorschlägt. Nach all dem Frust über meine Imitation jetzt *das*?

»Die Welt mag die neue Wynter. *Ich* mag die neue Wynter.«

»Ich bin nicht Wynter.«

»Du könntest ihr anbieten, die gesamten Dreharbeiten für sie zu übernehmen, wenn sie bleibt. Ich glaube wirklich, du wärst gut darin.«

Nur leider will Wynter ja nicht ihren Schauspieljob als solchen nicht mehr, sondern lediglich die Serie und *ClassyGardens* hinter sich lassen. »Es ist völlig ausgeschlossen, dass sie sich auf so was einlässt, und das weißt du auch.«

»In dem Fall erpressen wir sie«, sagt er und hebt die Hand, um meinen Protest gleich abzuwehren. »Mir ist klar, wie mies das gerade klingt. Aber du hast sie kennengelernt. Glaubst du nicht, es wäre sogar gut für sie, mal einen Dämpfer verpasst zu bekommen?«

Legitimiert das Verhalten eines Menschen die Art von Dingen, die ihm zustoßen dürfen? Auf jeden Fall nicht die, die man ihm antun darf. Aber würde es Wynter wirklich wehtun? Sie hat bereits so viel auf mich abgeschoben. Es macht nicht den Anschein, als würde sie ihre privilegierte Situation besonders zu schätzen wissen.

»Wir würden das Ende von *WIn* verhindern, das Problem umgehen, dass ich immer noch angeblich mit Wynter zusammen bin, und – was mir bisher nicht mal klar war – dich außerdem vor der Person schützen, die dir nachstellt. Die Imitation würde dich praktisch unangreifbar machen!«

»Der Plan hört sich nicht besonders wasserdicht an. Es ist schon jetzt schwierig, alles so zu koordinieren, dass Wynters Doppelbesetzung niemandem auffällt. Wo sollte sie bitte hin, wenn ich auch noch ihren kompletten Job übernehmen würde? Für wie lange? Das kann nicht funktionieren.«

»So verrückt, wie du denkst, ist es nicht. Irgendwie könnten wir es möglich machen.«

»So ein Plan kann nur von jemandem kommen, der schon zu lange kein normales Leben mehr führt.« Das ist mir rausgerutscht. Im ersten Moment habe ich Angst, er wird mir diese Bemerkung übel nehmen.

Aber er schaut mich nur an, verzweifelt und viel zu hoffnungsvoll. »Hast du das denn *je* getan?«, fragt er.

Die Antwort darauf liegt wohl auf der Hand. Auch wenn mein Nicht-Normal meilenweit entfernt ist von seinem.

»Ich bin immer noch nicht bereit dazu, *WIn* und alles, was damit verbunden ist, loszulassen«, sagt er.

Ich erlaube mir einen ganz kurzen Ausflug in meine Fantasie. Könnte ich schauspielern? Könnte ich die Rettung sein, die alle sich erhoffen? Diese eine Szene zu drehen, war okay, aber leicht würde ich es nicht nennen. Die anderen haben mir Jahre der Ausbildung und Erfahrung voraus. Ich müsste noch sehr viel lernen.

Nord richtet den Blick auf die Kerzenflamme. »Weißt du, es gibt Momente, da habe ich einfach genug; dann würde ich am liebsten aufgeben und nie zurückblicken. Ich weiß, wenn Wynter geht, wird etwas Neues kommen. Ihr Vater wird neue Bewohner für *ClassyGardens* finden, die dann Teil einer neuen Serie sind, die alle hypen, und es macht keinen Unterschied. Und trotzdem bedeutet es mir so viel. Und auch vielen der anderen.«

Es macht mir schon fast Angst, wie sehr ich ihm helfen will. Wie leicht es mir fallen würde, alle Bedenken in den Wind zu schlagen. »Ich glaube kaum, dass es irgendetwas gibt, das Wynter zu so einer krassen Sache zwingen könnte.«

»Na ja, du und ich könnten sie wirklich sehr dumm dastehen lassen. Die vermeintliche Beziehung zwischen ihr und mir könnte ein für ihr Image sehr schädliches Ende nehmen. Und wenn das alles nicht hilft, könnte ich auch noch mit meiner Mom drohen. Sie könnte Wynters Namen zumindest ein Stück weit verbrennen.«

Wenn er zu diesem Zweck sogar Kontakt zu der Frau aufnehmen würde, mit der er seit Jahren nicht in Verbindung gebracht werden will, geht es für ihn wirklich um alles.

»Da ist noch was.« Er umarmt mich fester und legt seine Wange an meine. »Ich will dich nicht verlieren.«

»Das wirst du so oder so nicht«, murmele ich.

Sein Atem kitzelt mein Ohr. »Ohne die Imitation wärst du für die Welt eine unbekannte, geheimnisvolle neue Frau in meinem Leben. Sie würden sich auf dich stürzen. Ich bin mir nicht sicher, ob du das wirklich möchtest.«

Er hat recht, Wynter zu sein, bietet mir auch in diesem Punkt einen großen Bonus. Gerade ich sollte nicht das Interesse von Tausenden von Menschen auf mich ziehen. Wie tief würden sie graben? Könnten sie etwas über meine Eltern herausfinden? Über Savi? Über das, was ich bin?

Nord lehnt sich wieder zurück, um mir ins Gesicht zu sehen. »Es tut mir so leid, dass ich dich bitte, auch nur über die Idee nachzudenken. Es ist sicher nicht das, was ich mir für dich und mich wünsche. Aber vielleicht trotzdem ein erster Ausweg. Du könntest deine Schwester ins Land holen und ihre Ärztin gleich mit.«

Könnte ich?

»Ich muss das in Ruhe sacken lassen, okay? Ich … ich weiß nicht, vielleicht könnte es doch irgendwie klappen.«

Könnte es tatsächlich. Da gibt es noch eine Menge Details zu bedenken, und ich bräuchte eine Einschätzung von Gabrielle. Über Langzeitimitationen weiß ich rein gar nichts. Sie allerdings vermutlich auch nicht. Savi ist dafür alles andere als ein Musterbeispiel.

Nord malt etwas auf meinen Oberschenkel, das ein Herz sein könnte. »Ich bin ziemlich verliebt in dich.«

»Das ist Bestechung.«

»Okay, schlechtes Timing, aber ich mein's ernst.«

Mein Inneres gerät komplett in Aufruhr. »Obwohl ich Wynter bin?«, versuche ich die Freude, die Panik und meine Verlegenheit zu überspielen.

Er küsst mich und sieht mich danach ein paar lange Momente nachdenklich an, bevor er antwortet: »Weil du nicht Wynter bist.«

»Kann sein, dass ich auch ziemlich in dich verliebt bin.« Und wahrscheinlich würde ich deswegen viel zu weit gehen.

Kapitel 28

Die Sonne zieht hinter den Dächern herauf, schickt ihre Strahlen zwischen den Wolkenkratzern hindurch, blendet mich. Halb sechs. Kaum zu fassen, dass schon wieder Morgen ist. Ich schließe meine Finger um die Terrassenbrüstung.

Zum ersten Mal seit Wochen fühlt die Imitation sich verrutscht an, sie kratzt auf meiner Haut. Scheuert an jeder einzelnen Stelle, die Nord berührt hat, nachdem er mich zum zweiten Mal die Wendeltreppe hoch in sein Bett getragen hat.

Ich hatte meine Regeln. Diese Mission hat sie mich eine nach der anderen brechen lassen.

Das Schlimmste ist, dass ich mir nicht vorstellen kann, zu meinen Prinzipien zurückzukehren.

Nord ist nicht wach geworden, als ich mich hier rausgeschlichen habe. Vielleicht ist es ganz gut, wenn ich noch ein bisschen Zeit für mich habe.

Ich lege den Kopf in den Nacken und schaue in den noch verwaschenen Himmel, der von Minute zu Minute klarer wird.

Die Holzdielen unter meinen Füßen sind kühl, doch die Lufttemperatur ist angenehm. Ich konzentriere mich auf meine Sinne, auf jeden einzelnen von ihnen. Sie liefern mir Details, mit denen ich mich beschäftigen kann.

Ich habe mir eins von Nords Shirts übergezogen. Obwohl er ein ziemlich ordnungsliebender Mensch ist, gibt es diesen Stuhl, über dessen Lehne sich sein halber Kleiderschrank stapelt. Da habe ich es rausgezogen. Ich ziehe es am Kragen ein Stückchen hoch und vergrabe meine Nase darin. Es duftet nach dem Parfüm, das er trägt, holzig mit einer fruchtigen Note – Orange? Grapefruit?

Was mache ich hier, was mache ich hier, was mache ich hier?

»Morgen.« Nords Stimme vom anderen Ende der Terrasse.

Ich blicke über die Schulter zu ihm. In Shorts steht er im Türrahmen und gähnt. Selbst bei so etwas Banalem ist er umwerfend.

Ich richte den Blick wieder nach vorne und verharre in meiner Ich-allein-über-der-Stadt-Pose, bis er hinter mich tritt und eine Wir-allein-Pose daraus macht. Er stellt seine Füße rechts und links neben meine und platziert seine Hände auf meinen.

»Das würde jetzt ein richtig gutes Bild für unsere Nordwynter-Kanäle abgeben«, sage ich.

»Tja, da werde ich die Welt enttäuschen müssen. Dieser Schokomoment hier gehört nur uns beiden.« Er fängt an, meinen Nacken zu küssen.

Mir fällt wieder ein, was ich hier mache.

Was, wenn mich jemand gesehen hätte? Jemand, der weiß, dass Wynter schon in ihrem Apartment ist und schlecht ein zweites Mal reingehen kann? Ich stehe mit schwitzenden Händen vor ihrer Tür und bereite mich darauf vor, was ich gleich tun muss.

Die Sache ist, ich spiele jetzt schon seit einer ganzen Weile mit dem Feuer. Ich laufe als sie herum, während sie irgendwo anders ist. Wenn jemand Nords Loft gefunden hätte, wäre ich längst aufgeflogen. Den Nahverkehr kann ich schon lange nicht mehr nutzen, und immer, wenn ich Zeit mit Nord verbringe, sie aber nichts davon weiß, müssen wir uns hinter verschlossenen Türen aufhalten.

Ich blicke den Flur entlang und beiße die Zähne zusammen. Jetzt oder nie.

Unter leisem Stöhnen zwinge ich mich in meine eigene Gestalt. Viel Zeit werde ich nicht haben. Ich hoffe, sie fasst sich kurz.

Ich klopfe, und wenige Augenblicke später zieht Wynter die Tür auf. Sie trägt ein bauchfreies Shirt und eine Sporthose. Hinter ihr liegt eine Yogamatte am Boden, daneben ihr Tablet, auf dem eine durchtrainierte Frau mitten in der Bewegung erstarrt ist.

Wortlos geht sie zum Tisch, zieht die beiden Stühle zurück und wartet, bis ich mich gesetzt habe.

»Denkst du, ich durchschaue dich nicht?« Sie stützt die Ellbogen auf und beobachtet mich lauernd wie eine Raubkatze.

»Ich weiß nicht, was du meinst.« Die Standardantwort von Schuldigen. Was Dümmeres hätte ich wohl nicht sagen können.

»Es war nur eine Frage der Zeit, bis du der nördlichen Anziehung erliegst. Trotzdem hatte ich gedacht, du würdest dir etwas mehr Zeit lassen nach deiner Trennung.«

Oh nein. Wie viel weiß sie? Habe ich noch eine Chance, es abzustreiten, oder verrate ich mich damit erst recht? Ich muss es darauf ankommen lassen.

»Mir ist genauso klar wie dir, dass ich nicht in seiner Liga spiele. Warum sollte ich also so blöd sein, auf irgendetwas anderes zu hoffen, als ihn weiterhin überzeugend zu täuschen?«

Sie löst das Gummi, mit dem sie ihre Haare zum Sport hochgebunden hatte, und schüttelt ihre Mähne. »In *deiner* Liga vielleicht nicht.«

Es ist, als ob wir in einen Ring gestiegen sind, den Mundschutz eingesetzt, die Hände in den Boxhandschuhen in Position. Wird sie zuschlagen, wenn ich nicht zuerst angreife?

»Wie vielen Dates habe ich in der letzten Zeit zugestimmt, die du vorgeschlagen hast? Hundert?«, fragt sie. »Sehr unauffällig. Leugnen ist zwecklos – du hast beschlossen, ihn für dich zu behalten, und benutzt meinen Körper, um an ihn ranzukommen. Das ist echt schamlos. Gerissen, aber schamlos.«

Viel besser als die Wahrheit lässt diese Version mich auch nicht dastehen. Aber es klingt plausibel, und vielleicht wird sie mich dafür nicht sofort töten, sondern erst später. Richtigstellen werde ich jedenfalls lieber nichts.

»Wenn du mir das Gegenteil beweisen willst, sorg dafür, dass er mich heute Nacht besucht.«

Das will sie natürlich nicht wirklich, sie testet mich nur. Aber was, wenn sie es allein zu diesem Zweck durchziehen würde?

Sie wartet kurz, dann schüttelt sie den Kopf. »Nein? Das dachte ich mir.«

Ausrede. Ich brauche eine Ausrede. Vielleicht … »Okay, ich will dich nicht anlügen.« Übers Lügen gelogen habe ich bisher auch noch nicht. »Du hast mich erwischt, ich will was von ihm.« Wenn überhaupt, kann ich sie nur mit ihren eigenen Waffen schlagen, nur mit ihrer eigenen Art, mit dem Ganzen durchkommen. »Aber das ist nicht der Grund, warum ich dich rauszuhalten versucht habe.«

»Nicht?«

Sie schaut auf meine Hände auf der Tischplatte. Hastig ziehe ich sie weg und lege sie in meinen Schoß. Sie zittern wie die einer Suchtkranken. Wie lange werde ich noch durchhalten? Fünf Minuten? Drei? Ich kann kaum denken. »Er drängt mich … dich … die ganze Zeit, mit deinem Vater über die Zukunft des Casts zu sprechen. Ich hab das Gefühl, das alles ist ein Komplott. Er versucht nur, dich in *ClassyGardens* zu halten. Und ich dachte, wenn du das erfährst, servierst du ihn ab und benötigst meine Hilfe nicht mehr, was bedeuten würde, dass ich … Es tut mir leid. Ich brauche das Geld wirklich.«

Bin ich brillant oder nur egoistisch? Habe ich damit zu viel gesagt?

Sie lacht. Dieses überlegene, kalte Lachen von Prinzessin Wynter aus Mor-Lagerre. »Hab mir schon gedacht, dass er Hintergedanken hat. Haben wir alle, von daher … Soll er seine Hoffnung bis zur Premierenfeier noch behalten. Dort wird mein Vater bekannt geben, dass er aussteigt. Genau wie ich.«

Scheiße.

»Wenn du ihn vorwarnst, zieh ich dir das von deiner Gage ab, du Schauspielerin. Dein Job für mich endet am Vorabend. Verstanden?«

Ich werde sie niemals überreden können. Aber versuchen muss ich es. »Ehrlich gesagt hätte ich einen Gegenvorschlag: Verpflichte dich noch für eine weitere Staffel. Eine einzige. Und lass mich fest für dich arbeiten während dieser Zeit.«

Wahrscheinlich untermauere ich damit nur ihren Verdacht.

Das arme Double, das verzweifelt einen Weg sucht, um ihren großen Fang nicht wieder hergeben zu müssen.

»Denkst du wirklich, ich will mein Leben auf Dauer mit dir teilen? Dafür gefällt es mir dann doch ein bisschen zu gut.«

»*WIn* hat dich berühmt gemacht. Bedeutet dir das überhaupt nichts?« Selbst das Atmen fühlt sich unnatürlich an, ich bekomme zu wenig Luft. Mein Inneres sträubt sich, es hasst das Äußere, in dem es eingepfercht ist. Die Imitation, ich brauche sie. Ich *brauche* sie.

»Vielleicht hätte Nord nicht Tiffs Herz brechen sollen.«

Weicht sie mir aus? Warum ausgerechnet damit? Hofft sie, an meiner Reaktion auf dieses Thema etwas ablesen zu können?

Sie darf mir nicht anmerken, wie elend es mir gerade geht. Wenn ich vor ihren Augen nachgebe und ihr plötzlich ihr Spiegelbild gegenübersitzt, war's das. »Will dein Vater deinetwegen aufhören?« Ich kann ihre Worte genauso gut übergehen wie sie meine.

Sie zuckt mit den Schultern. »Betrifft dich das? Ich würde sagen, nein.«

»Könntest du ihn noch davon abhalten?«

»Werde ich nicht.«

»Aber du könntest?« Wie soll ich das hier schnell beenden? Ich muss hier raus. Warum war ich so blöd, überhaupt herzukommen? Ich hätte sie stattdessen anrufen können.

»Wenn du mit dem Gedanken spielst, an meiner Stelle mit ihm zu reden … sei gewarnt. Dann werde ich ihn sehr schnell in unser Geheimnis einweihen. Und ich dachte, möglichst wenige Leute sollen von deinen Fähigkeiten erfahren?! Nord wäre sicher auch sprachlos.«

Wenigstens traut sie mir nicht zu, dass ich es ihm selbst gesagt haben könnte. Beziehungsweise ihm nicht, mir auf die Schliche gekommen zu sein.

»Gibt es nichts, was dich zum Bleiben bewegen könnte?«

Da ist ein Strudel, der mein Sichtfeld immer enger werden lässt.

»Absolut nichts.«

Ich habe ihr nichts anzubieten. Und ich werde nicht zulassen, dass Nord ihr irgendetwas anbietet.

Wynter wirft einen Blick auf die Wanduhr, die mit den vielen Kristallen in der Fassung schon wieder billig wirkt. »Ich hab nachher noch einen Termin, also zisch ab.«

Mir entwischt ein panisch-erleichtertes Aufseufzen. »Reizend wie immer«, versuche ich es schnell zu überspielen. »Na, dann bis bald.«

Sie bleibt sitzen, während ich zur Tür eile. *Weg, weg, weg*, pocht mein Puls.

»Noch eine kleine Warnung, Elodie: Leg dich nicht mit mir an. Das würde nicht gut ausgehen für dich.«

Es gibt diese Momente im Leben, wo man vernünftig sein und sich zusammenreißen sollte. Das hier ist so ein Moment. Doch ich bin viel zu überreizt, und was mich jetzt packt, kann ich nicht zurückhalten, will es auch gar nicht. Die Imitation ist mir sofort zu Diensten und füllt mich augenblicklich mit einer bodenlosen Ruhe. Alles ist wieder im Gleichgewicht. Langsam drehe ich mich wieder zu Wynter um und setze das bedrohlichste Lächeln aus ihrem Repertoire auf. »Wer ist Elodie?«

Kapitel 29

Als ich am nächsten Abend ins Loft komme – inzwischen hat Nord mir einen Schlüssel gegeben –, merke ich sofort, dass irgendetwas anders ist.

Nord springt vom Sessel auf und lässt das Drehbuch, in dem er gerade geblättert hat, darauf liegen. Mit fast schuldbewusster Miene kommt er zu mir. Noch bevor er mich erreicht hat, sehe ich sie: Tiff schläft auf dem Sofa; eine Decke liegt über sie gebreitet.

»Ich hatte mir eigentlich vorgenommen, nie in eine Situation zu kommen, in der ich das bringen muss«, murmelt Nord. »Aber: Es ist nicht so, wie es aussieht.«

»Ganz ruhig«, flüstere ich zurück. »Ist ja wohl offensichtlich, dass das kein Rendezvous war.«

»Sie stand weinend vor der Tür. Wie ich sie kenne, ist sie einfach eine halbe Ewigkeit lang allein durch die Stadt gestreift, um sich abzureagieren. Angeblich hat sie erst bemerkt, wohin sie unterwegs war, als sie das Straßenschild gesehen hat.«

Ich wünschte, ich könnte glauben, sie wäre aus kaltem Kalkül hier.

»Ich hab ihr einen Kakao gemacht und ihr ein paar Taschentücher gespendet. Sobald sie wach wird, rufe ich einen der Fahrer aus *ClassyGardens*.«

»Ist gut. Schätze, es ist besser, wenn sie mir hier nicht begegnet. Ich verzieh mich nach oben, bis sie weg ist.«

Er gibt mir einen Kuss. »Wird nicht lange dauern, bis ich nachkomme.«

Von der Wendeltreppe aus schaue ich noch einmal zum Sofa hinunter. Warum muss es so sehr so aussehen, als würde Tiff dort hingehören?

Eine Dreiviertelstunde später höre ich, wie Nord sie zur Tür bringt, keine zwei Minuten danach ist er bei mir. Doch dieses Bild – Tiff auf seinem Sofa, in seinem Loft, in seinem *Leben* – geht mir noch eine ganze Weile länger nach.

Muss noch was mit dir besprechen. Komm gegen 15 *Uhr auf die Veranda vom Haupthaus.*

Okay?! In den letzten drei Tagen hat Wynter mir wie gewohnt Nachrichten mit Orten, Uhrzeiten und Kleidungswahl geschickt. Als hätte unser Gespräch gar nicht stattgefunden. Dass sie mich nun noch mal persönlich sehen will, kann alles und nichts bedeuten.

Seufzend lege ich das Handy weg, auf dem ich eigentlich gerade Nordwynter-Fankommentare beantwortet habe. »Wynter will mich in *ClassyGardens* treffen.«

Nord blickt von den Unterlagen auf, die er über den Terrassentisch ausgebreitet hat. Briony hat sie ihm geschickt, und eigentlich will er sich gar nicht damit befassen. Es sind Informationen über mögliche neue Engagements.

Dass Wynters Vater selbst gehen wird, hat die Lage noch so

viel aussichtsloser gemacht. Wir haben nur noch vier Tage bis zur Premiere. Das ist nichts.

Nach meinem gescheiterten Versuch, Wynters Meinung noch zu ändern, bin ich praktisch bei Nord eingezogen. Was allerdings zur Folge hat, dass ich höllisch aufpassen muss. Endlich Nords Wohnort zu finden, wäre sicher ein willkommenes Druckmittel für Wynter, genau wie Beweise dafür, mit wem er wirklich die ganze Zeit zusammen ist. Wer weiß, vielleicht lässt sie mich beschatten und wartet nur auf einen Fehler meinerseits. Könnte sie nicht sogar die anonymen Nachrichten genutzt haben, um mich in meine Schranken zu weisen? Wobei es sich dann eigentlich anbieten würde, jetzt damit weiterzumachen.

»Ich kann mitkommen«, sagt Nord. »Noch mal lass ich dich nicht mit diesem Ungeheuer allein.«

»Sosehr ich die Unterstützung brauchen könnte – dann wüsste sie, dass ich sie nicht nur hintergangen, sondern auch mit dir paktiert habe.«

Er nimmt seine Sonnenbrille ab und legt sie mitten in das Blätterchaos. »Soll sie es doch wissen! Sie sollte besser aufhören, uns zu unterschätzen.«

Ich mag, wie er das sagt.

Damit ist die Sache gebongt: Ich werde einen Überraschungsgast mitbringen.

Nord wartet vor dem Eingang. Wenn er nichts von mir hört, kommt er in zwei Minuten nach. So kann ich erst mal die Lage checken. Ich trete Wynter diesmal in ihrer Gestalt gegenüber. Nord hält das für eine Einschüchterungsstrategie. Eigentlich tue ich es natürlich nur aus der Not heraus. Was bei unserem letzten Aufeinandertreffen mit mir los war, darf sich nicht wiederholen. Ich brauche jetzt unbedingt einen klaren Kopf.

Durch die Glasfassade kann ich niemanden hinterm Haus entdecken. Vermutlich wartet Wynter auf dem kleinen Abschnitt der Veranda, der von hier aus nicht einsehbar ist. Das Handy in der Hand, öffne ich die Tür, die hinters Haus führt. So selbstbewusst wie möglich stolziere ich nach draußen. Doch die Begrüßung, die ich mir zurechtgelegt habe, bleibt mir im Hals stecken. Eine einsame Gestalt steht einige Meter von der Tür entfernt und blickt mir entgegen. Stian.

So fühlt es sich also an, wenn Wynter Brookely einen fertigmacht.

Meine Gedanken schreien wild durcheinander, aber einer ist lauter als alle anderen: Es ist noch nie so sehr darauf angekommen, dass ich überzeugend imitiere. Dann komme ich vielleicht ungeschoren davon.

Ich rekonstruiere in Sekundenschnelle, was passiert sein muss: Wynter hat ihn eingeladen, eine letzte Warnung für mich. Sie hofft, er wird mich davon abbringen, ihr Schwierigkeiten zu machen. Sie muss ihn in Empfang genommen und hier postiert haben. Weiß der Himmel, was sie ihm erzählt hat, aber ich muss davon ausgehen, dass sie meinen Auftrag aufgedeckt hat.

Ich gehe mit missmutig-ungeduldigem Blick auf ihn zu, in der einmaligen Kombination mit einem entschuldigenden Lächeln. »Tut mir so leid, Elodie hat mir gerade abgesagt, während ich mich umgezogen habe. Wahrscheinlich sind Nord und sie heute gar nicht erst aus dem Bett gekommen.« Den plötzlichen Drang nach einem neuen Outfit nimmt man jemandem wie Wynter doch sofort ab. Ich nehme mein Handy. Sie würde jetzt auf jeden Fall eine Hasstirade losschicken, oder?

Bleib, wo du bist!, tippe ich an Nord. *Das ist eine Falle.*

»Ich schreib ihr, es gibt Neuigkeiten wegen ihrer Schwester, dann wird sie es sich noch mal überlegen.«

Ich warte auf seine Reaktion. Vielleicht hat er ja wirklich ein Update für mich. Sobald ich das ausschließen kann, bin ich weg.

»Ich glaube immer noch nicht, dass zwischen ihr und deinem Kollegen was läuft.«

Indiz 1: Inhaltlich eindeutig an Wynter gerichtet, außerdem auf Englisch. Indiz 2: Da ist kein Wiedererkennen in seinen Augen. Was ein paar eigentlich ziemlich gut verstrickte Fäden in meinem Inneren aufzuribbeln droht. Ich wünschte, ich würde das nicht spüren.

»Ich will dir ja nicht zu nahetreten, aber woher willst du das wissen? Sie hat sich sehr verändert seit ihrer Ankunft hier. Nimmt, was sie kriegen kann.«

»Nicht Elly.«

»Willst du eine rauchen?«, frage ich und ziehe den Reißverschluss meiner Handtasche auf, als wollte ich eine Zigarettenschachtel herausholen.

»Danke, ich rauche nicht.«

Weiß ich doch.

»Sollte auch mal damit aufhören.« Ich lasse die Tasche wieder an meine Seite fallen.

Erst jetzt erlaube ich mir, sein Gesicht eingehender zu mustern. Er könnte Tiff Konkurrenz machen, so abgeschlagen, wie er aussieht. Warum kann man anderen Menschen nicht verbieten, sich von einem selbst wehtun zu lassen?

Wie soll ich ihn loswerden? Er ist extra hergeflogen, da wird er wohl kaum einfach aufgeben.

»Es wäre wirklich hilfreich, wenn du Elodie zur Vernunft bringen könntest«, sage ich, auch, um zu checken, ob ich Wynters Absicht richtig einschätze.

»Es gibt Dinge, da hört sie auf niemanden. Und auf mich am allerwenigsten.«

»Das kannst du nicht wissen. Vielleicht liebt sie dich immer noch.«

Sein deprimiertes Lachen ist mehr, als ich ertragen kann. Es ist mir viel zu vertraut. »Wenn das so wäre«, sagt er und berührt federleicht meine Hand, bevor er seine wieder zurückzieht, »würde sie nicht glauben, dass ich sie nicht erkenne, wenn sie direkt vor mir steht.«

Ich sterbe.

»Ich bin derjenige, der sie immer noch liebt, nicht umgekehrt.«

»Stian.« Davon abgesehen fällt mir kein einziges Wort ein.

Er hat die Maske abgelegt, sieht mich so an, wie er *mich* ansieht, nicht eine meiner Auftraggeberinnen. »Bitte lass mich dir helfen.«

»Wobei denn bitte schön?« Wo sind die Steine? Ich muss die Steine wieder zu meiner Mauer aufschichten. »Los, lass hören. Hau mir alles um die Ohren, und dann flieg nach Hause. Wozu hat Wynter dich herbestellt?«

»Hat sie gar nicht. Ich habe sie nur gebeten, dieses Gespräch zu arrangieren.«

Natürlich. Hätte sie mir geschrieben, wer wirklich auf mich wartet, hätten mich keine zehn Pferde hierhergekriegt. Das wusste er genau.

Nachdem er mich in der Klinik mit Nord gesehen hat, hätte mir klar sein müssen, wie leicht es für ihn sein würde, mich zu finden.

»Du musst das hier sofort abbrechen. Nicht meinetwegen, sondern für Savi. Deine Aufträge waren immer gewagt, aber *das*? Du ist dabei, dich selbst zu zerstören – und das auch noch in aller Öffentlichkeit.«

Ach, er ist also gekommen, um den Retter zu spielen? Denkt er, er braucht nur Savi vorzuschieben, und ich werfe sofort alles hin und folge ihm wie ein Hündchen zurück?

»Wie wäre es, wenn du endlich aufhören würdest, dich in mein Leben einzumischen?«, schnauze ich ihn an.

»*Dein* Leben? Dafür müsstest du das ja erst mal wieder aufnehmen. Merkst du nicht, was mit dir passiert?«

Am liebsten würde ich einfach gehen. Das muss ich mir echt nicht antun. Doch er würde es nur als Flucht und damit als Bestätigung sehen, wenn ich ihn jetzt stehen lasse. Meine Wut hätte wahrscheinlich denselben Effekt.

»Lieb, dass du dich sorgst, aber unnötig und nicht mehr deine Aufgabe«, sage ich also ruhig und geduldig. »Ich tue weder etwas Verbotenes, noch bin ich psychisch in irgendeiner Weise beeinträchtigt.«

»Wenn das so ist … warum hast du dann nicht aufgehört, nachdem du deinen Neuen so weit hattest, für Savis Behandlung zu zahlen? Will er etwa nicht nur eine Fake-Beziehung, sondern das auch noch mit einer Frau, die nicht sie selbst ist?«

Typisch, er ist mal wieder der Einzige, der den Durchblick hat. Wer braucht schon Fakten und Hintergründe? Hauptsache, Herr Dettmer hat ausreichend Munition für seine Besserwisser-Darbietung.

»Krieg endlich mal dein beschissenes Eifersuchtsproblem in den Griff«, fauche ich.

»Ach ja, ich vergaß. Ich bilde mir natürlich nur ein, dass du durchdrehst. Weil ich so krass eifersüchtig bin. Genug, um deine Schwester leiden zu lassen, nur damit ich mehr von dir haben kann. Um dich von allem abzuhalten, was dich glücklich macht. Um dir nachzureisen und alles zu ruinieren, wenn du gerade die wahre Liebe mit einem Serienstar erlebst. Der sich vermutlich schon nicht mehr an deinen richtigen Namen erinnern kann. Hörst du, wie das klingt?«

Wenigstens rege ich ihn nicht weniger auf als er mich. »Verschwinde einfach, Stian.«

»Wynter, alles okay?«

Nord! Ich hätte nichts von einer Falle schreiben sollen. Da konnte er ja nicht anders, als mir zu Hilfe zu kommen.

»Ist okay, er weiß Bescheid.« Es ist alles andere als okay.

Nord kommt an meine Seite und legt gerade so beiläufig den Arm um mich, dass es noch als nicht besitzergreifend durchgeht, wenn man ein Auge zudrückt. »Ich respektiere Menschen, die für andere um die halbe Welt fliegen, aber es wäre mir lieber, wenn du es nicht ausgerechnet für meine Freundin tun würdest.«

Wenn ich eine Person hätte nennen sollen, der so was

wie das hier niemals passieren würde, hätte ich bis vor einer Sekunde noch mich genannt. Ganz ehrlich, ich bin keine Frau, um die man sich prügelt. Wäre ich es, würde ich mich Stian gegenüber nicht so schäbig verhalten. Na ja, und Nord wäre dann offiziell mit mir zusammen statt mit der besseren Wynter.

Wynter. Die Imitation ist mal wieder ein echter Segen. Sie erlaubt es mir, meine Gefühle nicht zu zeigen. Tröstend umschmeichelt sie mich, erdet mich.

»Er wollte gerade gehen«, antworte ich für Stian.

Unwahrscheinlich, dass er auf Nords Affront überhaupt etwas entgegnen wollte außer diesem verachtungsvollen Blick. Den im Übrigen ich verdient hätte.

»Aber eine Neuigkeit habe ich tatsächlich noch für dich, bevor ich gehe. Zwei, um genau zu sein.«

Je schneller er weg ist, desto besser.

»Ich höre.«

»Dr. Scheuner hat Dr. Graudorfen gebeten, bei Savi den Test zu wiederholen, mit dem wir damals die Ausprägung eurer Fähigkeiten zu messen versucht haben. Sie wollte wissen, ob sich die Verschlechterung ihres Zustands in den Werten niederschlägt.«

Warum hat mir das niemand mitgeteilt? Ich war doch vor Kurzem erst da! Gabrielle wollte den Test doch mit mir wiederholen?! Bei unseren Telefonaten hat sie nichts mehr davon erwähnt. Das muss mal wieder über Carsten gelaufen sein.

Stian zieht einen Umschlag hervor und übergibt ihn mir. »Mein Vater hat mir das für dich gegeben. Sieh es dir besser in Ruhe an. Tut mir leid, ich konnte nicht anders – ich musste reinschauen. Ich hoffe, es bringt dich zu demselben Schluss wie mich.«

Das Papier zwischen meinen Fingern scheint zu glühen. Trotzdem stopfe ich es betont achtlos in die völlig zigarettenlose Handtasche.

»Und die zweite Sache?«

»Nichts Wichtiges.« Er schaut von mir zu Nord und wieder zurück. Ich habe noch niemals erlebt, wie Stian Dettmer sich mit jemandem vergleicht, glaube aber, genau das tut er gerade. Und er lässt sich selbst dabei nicht besonders gut abschneiden. »Du musst dir keine Sorgen machen. Ich werde dich ab jetzt nicht mehr belästigen.«

Ein Teil von mir feuert ihn an. Endlich ist Schluss mit seinem Verständnis, seiner Nachsicht, seiner unerschütterlichen … Liebe.

Wäre schön, wenn jetzt noch meine Augen damit aufhören würden, zu brennen. Und mein Magen damit, einen neuen Rekord im Verknoten aufzustellen. Zum Glück passiert das alles weit, weit hinter der Imitation. Es dringt nicht in voller Intensität zu mir durch.

»Wirst du jetzt also einfach so weitermachen, *Wynter*?«

Ich habe seine Stimme schon zornentbrannt gehört, zutiefst verzweifelt, glücklich, verführerisch, begeistert, leise, frustriert, flehend, belegt, amüsiert, panisch. Ich weiß, wie sie klingt, wenn er noch nicht lange wach ist oder nicht mehr lange wach sein wird. Wie sie bricht, wenn er weint. Aber niemals zuvor habe ich so viel Enttäuschung darin gehört. Und niemals zuvor hat er mir auf diese gefasste, endgültige Weise den Rücken zugekehrt.

»Ich bin nicht Wynter!«, rufe ich ihm nach. Es ist nicht das erste Mal, dass ich das ausspreche. Aber das erste Mal, dass es sich wie eine Lüge anfühlt.

Wir treten durch das Seitentor auf den Parkplatz. Einer der Wagen, die zur Wohnanlage gehören, fährt gerade rückwärts aus seiner Lücke.

»Wynter! Wynter!«

Der Sprechchor von der Straße irritiert mich sofort. Auch heute stehen dort ein paar Fans, doch wie können sie mich aus einer solchen Entfernung entdeckt haben? Haben die etwa Ferngläser dabei? Und müssten die nicht auch nach Nord rufen?

Erst als wir schon fast bei Nords Auto und inzwischen definitiv in Sichtweite sind, sehe ich sie: die richtige Wynter. Sie hat ihre Bodyguards dabei und ist gerade hinter den Bäumen am Rande des Parkplatzes aufgetaucht und nun am Zaun entlang zu dem Tor unterwegs, durch das wir selbst eben erst gekommen sind.

Im gleichen Moment fällt ihr Blick auf uns, und kurz steht die Zeit still. Selbst die Rufe verstummen, bevor sie umso lauter wieder einsetzen.

Das ist jetzt richtig übel.

Doch es kommt noch schlimmer. Ein langbeiniger Typ mit blauer Cap und riesiger Kamera stürmt an dem Zutrittverboten-Schild vorbei und hält auf uns zu. Dabei knipst er wild drauflos, abwechselnd in unsere Richtung und in Wynters. Ihre Bodyguards haben sich blitzschnell vor sie gestellt – aber was, wenn er sie vorher noch aufs Bild gekriegt hat? Er kann beweisen, dass die Fotos in aufeinanderfolgenden Sekunden entstanden sind.

Nord fasst mich an der Hand, und wir rennen zum Tor zurück. Wir sind fast da, als es geöffnet wird und ein Mann und eine Frau in Security-Uniformen angelaufen kommen, um den Paparazzo zu stoppen.

Nord und ich retten uns wieder ins Innere von *Classy-Gardens*.

Das war knapp!

Allerdings müssen wir eigentlich sofort wieder abhauen, denn …

»Stehen bleiben!« Schon ist Wynter bei uns. Ihre Wangen sind vor Zorn gerötet, und kurz schießt mir die Frage durch den Kopf, ob ihre Bodyguards wohl auf mich schießen würden, wenn sie es befiehlt. Was natürlich Schwachsinn ist, aber sie sieht wirklich gefährlich aus gerade.

In meinem Kopf rattert es. Noch hätte sie hoffen können, dass Nord sie nicht richtig gesehen hat. Wenn sie mich jetzt zur Rede stellt, wo er dabei ist … Sie muss Stian abgefangen haben. Wahrscheinlich hat sie einen Fahrer für ihn abgestellt, und er saß in dem Wagen, der eben weggefahren ist. Es passt zu ihm, mich an sie zu verraten.

Wynter starrt mich an. Ich starre zurück.

»Die ganze Sache musste dir ja früher oder später zu Kopf steigen!«, sagt sie schließlich abfällig. »Und dass du tief im Innern ziemlich eigensüchtig bist, wundert mich auch nicht. Nur für dumm hatte ich dich nicht gehalten.« Ihre Stimme mag kühl klingen, doch ihre Augen sprühen Feuer.

Ich schweige. Warum sollte ich irgendetwas abstreiten? Wir mussten an diesen Punkt kommen. Ganz so war es sicher nicht geplant, aber jetzt gibt es kein Zurück mehr.

»Versuch nicht, ihr zu drohen!«, sagt Nord, als Wynter Luft holt, um weiterzusprechen.

Sie soll nicht auch noch auf ihn losgehen, also mische ich mich schnell wieder ein: »Wenn du unsere Abmachung brichst und der Presse von mir erzählst …«

»Wenn *ich* unsere Abmachung breche?«, fällt sie mir ins Wort. »Komm mal wieder zurück von deiner Traumreise und denk noch mal drüber nach, wer von uns beiden Scheiße gebaut hat.« Sie wendet sich Nord zu. »Wir beide sind fertig miteinander.« Ihr Blick kehrt zu mir zurück. »Und wir beide fast.« Sie geht an mir vorbei, und ihre Schulter streift meine. Am liebsten würde ich sie am Arm packen und ihr sagen, dass ich an ihrer Stelle aufpassen würde, bevor ich in den Krieg gegen eine Imitatorin ziehe. Doch ich kann mich gerade noch zurückhalten. Wir schaukeln uns nur gegenseitig hoch.

»Ein bisschen mehr Panik wäre angebracht«, zischt Wynter. »Denn das wird dir alles noch sehr leidtun.«

Wonderful Intrigues, Season 4, Episode 1

Was bisher geschah: Seit Arabella nach vielem Auf und Ab erneut und diesmal vielleicht wirklich endgültig mit Deven Schluss gemacht hat, um ihr Leben ohne das ganze Wynter-Drama weiterzuleben, ist er selbst mehr darin verstrickt denn je. Ob aus Trotz, aus Verzweiflung oder Wahnsinn – er hat sich auf sie eingelassen. Hat Wynter also endlich alles, was sie will? Sieht fast so aus …

Toronto von oben. Im Sinkflug geht es näher ran, bis wir ein Hotel von oben sehen und uns dann von der Seite durch ein weit geöffnetes Fenster bewegen. Auf dem Kingsize-Bett sind Deven und Wynter gerade in eine wilde Knutscherei vertieft. Beide sind noch vollständig bekleidet, auch wenn das bei Wynter mit ihrem Crop Top und den ziemlich knappen Hotpants relativ zu betrachten ist. Devens Hände liegen an ihrer blanken Taille, ihre in seinen schon ganz zerwühlten Haaren.

Unvermittelt hält Wynter inne und bringt ihr Gesicht auf Abstand zu seinem. »Ich denke, es ist an der Zeit, nach Hause zu gehen. Das Königreich hat lange genug auf uns gewartet.«

An dieser Stelle setzt das Intro der Serie ein. Eine Melodie, die verspielt und dramatisch zugleich ist, ganz klassisch folgen die Gesichter der wichtigsten Charaktere aufeinander, leicht transparent mit Aufnahmen von Toronto sowie Mor-Lagerre im Hintergrund. Zuerst Wynter, dann Deven, Arabella, Saphira, Jerjan und zum Schluss Kerry.

Rückkehr in die bereits gezeigte Szene: Jetzt sitzen sich Deven und Wynter auf der Matratze gegenüber. Sie hat ihre Kette abgenommen und lässt den Anhänger vor sich hin und her schwingen.

»Wir gehen nirgendwohin«, sagt Deven. »Schon gar nicht nach Großbritannien. Falls du das meintest.«

»Ich hätte nicht gedacht, dass ich das mal sagen würde, aber … ich wünschte, du würdest wieder wissen, wer du bist. Dumm gelaufen – nur du selbst kannst rückgängig machen, was ich getan habe. Und dafür müssen wir dorthin, wo du deine Fähigkeiten zurückgewinnen kannst.«

»Wovon redest du?«

»Du liebst mich, oder?«

Er lässt sich auf den Rücken fallen und fängt an zu lachen. »Ich weiß nicht mal mehr, was das bedeutet«, prustet er.

»Warum sonst bist du hier?« Sie rollt sich über ihn und stützt sich mit je einer Hand und einem Knie zu beiden Seiten von ihm ab.

»Keine Ahnung, Wynter. Vielleicht, weil du mein Leben ruiniert hast und ich mich damit abfinden muss, dass wir hoffnungslose Fälle sind und einander verdient haben?«

»Wie romantisch du bist.«

Sie taxieren einander, dann beugt sie den Kopf zu ihm herunter und küsst ihn aufreizend langsam.

»Fühlt sich das für dich falsch an?«, fragt sie schließlich.

»Nein.«

»Es gibt in Fällen wie unserem nichts zwischen Falsch und Richtig. Also: Fühlt es sich richtig an?«

»Es fühlt sich an, als sollte es sich nicht richtig anfühlen.«

»Dann noch mal: Warum bist du hier? Bei mir?«

»Weil ich echt nicht mehr weiß, zu wem ich gehöre. Wer ich bin ohne …«

»Wag es nicht, ihren Namen in meiner Gegenwart in den Mund zu nehmen.«

In dem Moment klopft es an der Zimmertür.

Wynter seufzt, steht auf, geht hin und zupft unterwegs ihr Shirt zurecht, das ihr über die Schulter gerutscht ist.

Sie öffnet die Tür und blickt direkt in den Lauf einer Pistole.

»Mir reicht's jetzt, du Irre«, sagt Arabella.

Kapitel 30

Die Werte beginnen sich vor meinen Augen zu sinnlosen Mustern zu verformen, so lange sitze ich schon hier im Halbdunkel und starre darauf. Ich wünschte, ich könnte jetzt mit irgendjemandem reden. Mir bestätigen lassen, was mir schwarz auf weiß entgegenschreit. Oder noch besser: es widerlegen lassen.

Ich war schon mindestens drei Mal kurz davor, Nord zu wecken, doch etwas hält mich davon ab. Wahrscheinlich dasselbe, das mich dazu gebracht hat, den Umschlag erst jetzt zu öffnen, allein im Lichtschein des Handys, am Boden vor der Terrassentür. Nord hat nicht danach gefragt. Er glaubt bestimmt, Stian habe das mit seinem Vater nur behauptet und mir einen verzweifelten Liebesbrief geschrieben oder etwas in der Art.

Auch wenn mein Hirn sich mir verweigern will, gehe ich jeden der drei Bögen ein weiteres Mal Zeile für Zeile genau durch. Es handelt sich um die Testergebnisse von damals, Savis und meine. Das dritte Blatt zeigt die aktuellen Ausprägungswerte von Savis Imitationskraft. Die Sache ist, dass sie exakt mit *meinen* vom ersten Test übereinstimmen. Ein großer Zufall? Oder liegt eine Verwechslung vor? Stians Andeutung lässt keinen Zweifel daran zu, dass er an Letzteres glaubt.

Wenn das wahr ist, dann bin *ich* es. Dann bin ich die vielleicht mächtigste Imitatorin, die je gelebt hat.

Die Erkenntnis zerreißt mich fast. Es ist wahr. Ich kann es

spüren. Als hätten meine Kräfte sich bis zu diesem Moment zu einem großen Teil vor mir selbst verborgen.

All die vermeintlichen Schwierigkeiten waren in Wahrheit keine. Es waren Zeichen für die Ausmaße meiner Begabung. Sie wollten mir zeigen, was in mir schlummert. Ich bin in der Lage, eine dauerhafte Imitation zu tragen. Ich beherrsche das Imitieren wie keine andere.

Waren es immer nur meine Zweifel und Ängste, die mich ausgebremst haben? Habe ich mich deswegen im Gegensatz zu Savanna nie zwischen meinen Imitationen verloren? Und wie denken Carsten und Stian darüber? Sie wollten, dass ich es so schnell wie möglich erfahre. Stian schien alles andere als erleichtert. Er muss glauben, eine stärkere Gabe bedeutet eine größere Gefahr. Da irrt er sich. Sie bedeutet Hoffnung.

Still sitze ich da und horche in mich hinein. Alle Sorgen sind mit einem Mal verstummt. Was bleibt, sind Frieden und Entschlossenheit. Es gibt nichts mehr, was ich nicht erreichen kann. Von jetzt an werde ich sein, wer ich will.

Wer, wenn nicht ich könnte Wynter Brookely die Stirn bieten?

Wynter muss von der Bildfläche verschwinden. Und ich muss es sein, die sie zum Gehen zwingt. Ich bin schließlich diejenige, die ihren Platz einnehmen wird.

Nord weiß nicht, dass ich unterwegs zu ihr bin. Ich muss ihr zuvorkommen, denn nach unserem Zusammentreffen gestern ist eins klar – sie wird mich keinen Tag länger für sie arbeiten lassen. Der Mann, der die Fotos gemacht hat, ist entkommen und hat sie natürlich schon wenige Stunden später veröffentlicht. Unsere Rettung: Die einzige Aufnahme, auf der man die echte Wynter klar erkennen kann, ist unscharf genug; man kann wenigstens nicht ausmachen, dass wir uns nicht nur ähnlich sehen, sondern einander gleichen wie eineiige Zwillinge. Das hat Wynter genutzt, um online sofort Stellung zu nehmen. Sie habe in der letzten Zeit mit einem Double gearbeitet, um mehr Zeit mit Nord verbringen zu können. Eine Erklärung, die mich unter anderen Umständen zum Lachen gebracht hätte. Doch ich bin viel zu sauer auf mich selbst. Ja, Wynter sollte von meinen neuen Doppelgängerinnen-Ambitionen erfahren, aber nicht so. Und mein Geheimnis wäre um Haaresbreite keins mehr gewesen.

Bei mir hat sie sich bisher nicht wieder gemeldet, aber sie kocht mit Sicherheit immer noch vor Wut. Ich muss ihr noch mal vor Augen führen, wie viel mehr sie zu verlieren hat als ich. Und wie schwierig es werden würde, der Welt zu beweisen, dass sie in der letzten Zeit so gut wie nie sie selbst gewesen ist. Besonders, wenn Nord genau das leugnen wird.

Sie soll nur für ein bis zwei Jahre untertauchen, mehr verlange ich ja gar nicht. Es wird einer Menge Leute zugutekommen, und sie selbst wird keinen großen Schaden nehmen; ihre Pläne kann sie später immer noch verwirklichen. Wenn ich sie erst mal los bin, wird es ein Leichtes sein, ihren Vater von der fünften Staffel zu überzeugen. Hoffe ich jedenfalls. Und im nächsten Schritt werde ich Gabrielle anflehen, mit Savi nach Kanada zu kommen. Aber eins nach dem anderen.

Mein Handy klingelt, kaum dass der Fahrer mich vor den

Toren von *ClassyGardens* rausgelassen hat. Es ist Gabrielle. Seit vorgestern hat sie sich rargemacht und nicht auf meine Anrufe reagiert.

»Hallo?«

»Elodie? Tut mir so leid, ich hätte mich längst bei dir melden müssen.«

»Moment.«

Der Pförtner sieht zum Glück nicht irritiert aus – er scheint nicht zu wissen, dass Wynter bereits im Inneren der Anlage ist. Er nickt mir zu, und ich erwidere den Gruß ebenfalls mit einem Nicken.

Kaum bin ich durchs Tor, eile ich in die Schatten zwischen zwei Gebäuden, um ungestört zu sein.

»Dr. Graudorfen hat den Intensitätstest bei Savi wiederholt?!«, frage ich etwas außer Atem.

»Den Test? Ja … Carsten und ich wollten ausschließen, dass der Grad über die Lebensjahre hinweg wandelbar ist. Ich habe es für mehr als unwahrscheinlich gehalten und dir daher auch noch nichts davon erzählt. Tut mir leid, ich hätte dich sofort anrufen müssen, als wir die Ergebnisse hatten, aber dann …«

»Savannas frühere Werte waren eigentlich meine, richtig? Wie kann es sein, d…?«

»Elodie, warte mal kurz. Hat Carsten dich etwa noch gar nicht benachrichtigt?« Ihre Stimme hat diesen Ärztinnenton angenommen. Den für schlimme Nachrichten. »Ich hasse es, dass ich diejenige bin, die dir das mitteilen muss, aber deine Schwester … sie ist ausgebrochen. Sie hat Dr. Graudorfen überwältigt und ist in ihrer Gestalt geflohen. Meine Güte, Carsten hat gesagt, er meldet sich sofort bei dir!«

Das kann nicht wahr sein! Sie muss mir sagen, dass das nicht wahr ist. Die Hausfassade verschwimmt vor meinen Augen.

»Wir dachten, wir würden sie schnell finden, doch wir haben sie unterschätzt. Es ist jetzt gut dreißig Stunden her. Sie könnte überall sein. In welcher Gestalt auch immer.«

Alle meine Pläne lösen sich in Luft auf, werden zweitrangig, lächerlich, vollkommen bedeutungslos. Meine Schwester braucht mich. Warum dieser Fluchtversuch? Was genau ist passiert? Wo kann sie sein?

»Am besten sprichst du gleich mal mit Carsten! Wir haben wirklich alle Hebel in Bewegung gesetzt, um sie zu finden. Bitte mach dich nicht verrückt.«

Ich soll mich nicht verrückt machen? Was, wenn sie mich sucht? Ihr könnte wer weiß was zustoßen. Jemand könnte sehen, wie sie zwischen den Imitationen wechselt. Dann wäre alles verloren. Vielleicht hat sie keine Orientierung, weiß nicht, wer sie ist und wie sie dort hingekommen ist, wo sie jetzt steckt. Sie hat keine Möglichkeit, mich zu erreichen. Ich muss nach Deutschland! Warum musste ich auch ans andere Ende der Welt gehen? Bis ich da bin und mit meiner Suche beginnen kann, werden viel zu viele weitere Stunden vergehen.

Wie konnte Carsten mir das vorenthalten?

»Ich fahre sofort zum Flughafen. Bitte ruf mich direkt an, wenn du etwas hörst!« Schon laufe ich los.

»Natürlich. Vielleicht haben wir Glück, und sie kommt zur Klinik zurück. Ihre Medikamente so plötzlich komplett abzusetzen, wird ihr nicht bekommen.«

Die Medikamente! Savi wird schon nach kurzer Zeit Entzugserscheinungen haben und gar nicht wissen, wie ihr geschieht.

»Wir sehen uns bald«, sage ich und beende das Telefonat.

Das ist alles meine Schuld! Ich hätte nicht einfach verschwinden dürfen, hätte in ihrer Nähe bleiben müssen.

Wie konnte sie vortäuschen, Dr. Graudorfen zu sein? Dafür imitiert sie doch viel zu unkontrolliert! Und noch dazu hat sie so geschwächt gewirkt. Das ergibt doch alles überhaupt keinen Sinn! Diese Klinik ist wie ein verdammtes Hochsicherheitsgefängnis. Um da rauszukommen, müsste sie ihre Flucht geplant haben. Entweder von langer Hand oder von einem Augenblick auf den anderen. Hat der Test sie überfordert? War sie deswegen durcheinander? Oder hat sie uns doch über ihre wirkliche geistige Verfassung getäuscht?

Meine Gedanken wirbeln, verdichten sich, hasten aneinander vorbei und verhaken sich. Und dann werden sie plötzlich still. Denn da steht sie. Meine Schwester, nur wenige Meter von mir entfernt. Abrupt halte ich an.

Ich verliere den Verstand. Das ist die einzige Erklärung. Oder aber ich habe noch ganz ungeahnte andere Fähigkeiten – wie jemanden mit der Macht meiner Gedanken herbeizuwünschen.

»Entschuldigung«, sagt Savi. »Ich bin auf der Suche nach Elodie Rauch. Arbeitet sie hier?« Sie deutet auf das mannshohe Tor, durch das ich soeben wieder rausgekommen bin.

Die Wahrheit schreit mich förmlich an, es gibt keinen Weg, mich selbst davor zu schützen: Savi erkennt mich nicht. Ein erstickter Laut dringt über meine Lippen.

Sie trägt keine Imitation. Zum ersten Mal seit jenem flüchtigen Moment in der Klinik sehe ich sie so, wie sie wirklich aussieht. Das sind ihre Züge, ihre großen, dunklen Augen, ihre Stupsnase.

Die wenigen Male, die ich es überhaupt gewagt habe, mir diesen Moment vorzustellen, habe ich mir nie, nie, niemals ausgemalt, sie könnte mich für eine Fremde halten.

Wenn ich mich doch nur daran erinnern würde, wie man eine Imitation stoppt! Wie man sie auch nur für einen kurzen Moment unterbrechen kann.

»Ich bin's«, höre ich mich sagen. Mir ist zum Weinen zumute, doch selbst dazu bin ich zu überfordert.

Es zermalmt mich, wie misstrauisch sie mich ansieht.

»Du hast am fünfundzwanzigsten Oktober Geburtstag«, sage ich. »Ich am siebzehnten Mai.«

Sie scheint zu überlegen, ob ich das aus irgendeinem Grund wissen kann, wenn ich nicht ich bin.

»Unsere Eltern haben sich an Bord eines Wassertaxis verlobt.«

Da stürmt sie auf mich zu und wirft ihre Arme um mich.

»Woher wusstest du, wo ich bin?« Ich drücke sie an mich. Sie ist wieder da. Nach all der Zeit habe ich Savi zurück!

»Na, ich wusste ja, dass du neuerdings mit diesem Degenbrunner abhängst. Als Stian mir gesagt hat, dass er zu dir fliegt, bin ich ihm einfach gefolgt.«

»Hast du wirklich Dr. Graudorfen imitiert? Wie …?«

»Nicht hier. Komm mit mir – ich weiß einen Ort, wo wir sicher sind.«

»Sicher?«

»Vor ihr«, sagt sie und zieht sich eine Imitation von

Dr. Graudorfen über. So schnell und kontrolliert, als hätte es ihr nie Probleme bereitet, das zu steuern.

Was will sie damit sagen? Ich darf nicht vergessen, was in den letzten Jahren mit ihr los war. Wunschdenken kann ich mir nicht leisten. Es kann unmöglich mit einem Mal alles in Ordnung sein. Vielleicht haben sich nur die Symptome leicht verändert. Savi hat sich schon einmal in ihrer wahren Gestalt gezeigt. Sie jetzt als Dr. Graudorfen zu sehen, ist eine Überraschung, aber widerspricht nicht dem Krankheitsbild.

Was, wenn sie sich in einer Realität wähnt, die in Wahrheit nur ihrer Fantasie entspringt? Noch viel wichtiger: Was, wenn nicht? Das hier könnte meine Chance sein, uns beiden endlich ein Leben außerhalb von Carstens Kontrolle zu ermöglichen. Ein freieres, hoffnungsvolleres Leben. Wenn ich ihm oder auch nur Gabrielle jetzt sage, wo sie ist – verrate ich damit alles, wofür ich kämpfe? Es nicht zu tun, könnte ein ebenso großer Fehler sein. Oder?

Savi führt mich in die Wohnsiedlung, die an den Park neben *ClassyGardens* angrenzt. In einer schmalen Gasse, in der sich die Wärme des Tages gestaut hat, bleibt sie stehen. Hier ist gerade niemand unterwegs. Aus einem Fenster im obersten Stock des Wohnhauses direkt neben uns hängt Bettzeug zum Auslüften heraus. Ein einzelner weißer Lieferwagen parkt am Bordstein.

Savi kramt in der Umhängetasche herum, die sie bei sich trägt.

Ich versuche, hinter die Imitation zu blicken. Es ist merkwürdig, plötzlich auf der anderen Seite zu stehen, zu erleben, wie echt die Illusion nach außen wirklich wirkt.

Die anonymen Botschaften fallen mir ein, und mir stockt kurz der Atem. Nur rein hypothetisch: Könnte Savi *nicht* Savi sein? Dann wäre ich dabei, in eine Falle zu tappen. Instinktiv scanne ich die Umgebung. Wohin sollte ich rennen, wenn …?

»Du sollst wissen, dass es mir leidtut.«

Ich kann nicht verarbeiten, was sie mir sagen will. Mit einer blitzschnellen, geradezu routinierten Bewegung packt sie meinen Arm. Zieht ihn lang. Rammt eine Spritze in meine Vene.

Ich schreie. Laut, anhaltend, gequält. Es ist nicht der physische Schmerz, der verebbt so schnell, wie er gekommen ist, und hinterlässt nur ein dumpfes Pochen. Es ist das Erkennen. Wie konnte ich ihr einfach folgen? Warum habe ich jede Vorsicht über Bord geworfen, obwohl ich es hätte besser wissen müssen?

»Sei nicht so streng mit dir selbst«, sagt sie. »Es ist keine Schande, wenn deine größte Schwäche darin besteht, eine gute Schwester sein zu wollen.«

Mein Arm wird taub, meine Gedanken trudeln schwerfälliger, langsamer, Schwindel überkommt mich. Als ich zusammenbreche und meinen Körper auf dem Boden aufschlagen fühle, ist das Schlimmste nicht meine eigene Hilflosigkeit, das Ausgeliefertsein oder die Ungewissheit, was jetzt mit mir passieren wird. Das Schlimmste ist, dass ich nicht mit Sicherheit sagen kann, ob ich es mit Savi zu tun habe oder nicht.

Sie kann es nicht sein.

Ich bin noch nicht richtig bei mir. Meine Lider sind schwer, zu blinzeln kostet mich alle Kraft, die ich aufbringen kann. Ich habe einen widerwärtigen Geschmack im Mund, und mein ganzer Körper scheint sich in Gummimasse verwandelt zu haben.

Doch all das rückt plötzlich in den Hintergrund, als ein weiterer Blinzler das Handy in meinem Blickfeld auftauchen lässt. Nur eine Armlänge entfernt liegt es neben mir auf dem Boden im schwachen Licht einer Leuchtstoffröhre.

Meine Beine sind zusammengebunden, meine Arme auch. Aber meine Finger sind frei. Ich rolle mich vom Rücken auf den Bauch und unterdrücke ein Ächzen. Dann robbe ich ein Stück voran und bekomme es zu fassen. Der Akku ist noch nicht leer. Ich habe keine Ahnung, wo ich bin. Trotzdem … ich kann … Hektisch wische ich durch die Kontaktliste. Meine Handgelenke protestieren gegen die Bewegung meines Zeigefingers. Da!

Schritte.

Ich bin nicht schnell genug. Die Person, die wieder Savis Aussehen trägt – oder wirklich Savi ist, aber nein, nein, nein, das weigere ich mich zu glauben –, bückt sich schon zu mir und hebt das Handy hoch. »Interessante Wahl. Leider muss ich dich enttäuschen. Wir befinden uns im zweiten Unterdeck einer Tiefgarage. Kein Empfang.«

Hat sie das Handy nur dort liegen lassen, um zu sehen, wen ich anrufen würde? Die Scham nimmt mir für einen Moment den Atem. Wenn ich in Gefahr schwebe und nicht klar denken kann – warum ist es Stian, dessen Stimme ich hören will? Warum denke ich immer als Erstes an ihn?

»Vielleicht hätte er mich aufhalten können. Glücklicherweise hast du ihn zu sehr abgelenkt, indem du ihm das Herz gebrochen hast. Danke dafür.« Sie lacht.

»Wer sind Sie?« Ich setze mich auf, soweit es meine Fesseln zulassen.

»Komm schon. Du weißt es.«

»Sie sind nicht Savanna.« Wenn ich meine Schwester doch nur sicher in der Klinik wüsste! Aber sie ist abgehauen. Sie könnte hier sein. *Aber sie ist es nicht.*

»Du hättest auf Stian hören sollen. Es geht nicht mehr darum, wer ich in all der Zeit war oder nicht war. Nur darum, wer ich *werde.*«

Wieder höre ich Schritte, leichtfüßig und schnell. Auch sie horcht auf. Meine Hoffnung sinkt, als ihre Schultern sich entspannen.

»Du bist spät dran!«, ruft sie ins Dunkle hinter mir. Dann grinst sie mich breit an. »Vielleicht hättest du dir nicht so viele Feinde machen sollen.«

Ich schaffe die Drehung zur anderen Seite gerade rechtzeitig, da steht sie auch schon vor mir und blickt voller Verachtung auf mich herunter.

»Hast du echt gedacht, ich würde dich nicht vernichten?«, fragt Tiff.

Kapitel 31

Weder Nicht-Savi noch Tiff haben irgendeine meiner Fragen beantwortet. Seit ein paar Minuten habe ich mich daher auf gefasstes Schweigen verlegt. Nicht-Savi arrangiert unheilvoll aussehende Kanülen und Gerätschaften auf einem kleinen Rollwagen, den sie hinter der Tür zum Treppenhaus hervorgeholt hat, und Tiff geht ihr dabei zur Hand.

Ein Teil von mir will sich einfach seinem Schicksal ergeben. Ich verdiene es. Ich verdiene alles, was hier passiert. Was immer noch auf mich zukommt. Das Wissen macht mich seltsam ruhig. Vielleicht sind es auch die Nachwirkungen von dem Zeug aus der Spritze.

Ich habe Tiff verletzt, das weiß ich. Ich wusste es die ganze Zeit, habe es nur sehr erfolgreich ignoriert. Ob ich die andere verletzt habe … um das sagen zu können, müsste ich herausfinden, wer hinter der Imitation steckt. Denn diese Person tut nur so, als wäre sie Savi. Sie tut nur so, tut nur so, tut nur so.

»Wird sie sich an irgendetwas erinnern?«, fragt Tiff.

»Nein«, lautet die Antwort.

»Sollte sie dann nicht alles erfahren?«

»Wieso das? Mir gefällt ihre Ahnungslosigkeit.«

»Aber sie würde leiden. Und ich will sie leiden sehen.« Mit leeren, kalten Augen starrt Tiff zu mir herüber.

Die Fremde scheint über ihren Vorschlag nachzudenken.

»Na gut. Du sollst deine Rache bekommen. Für mich macht es keinen Unterschied.« Sie schiebt den Rollwagen ein Stück zurück und kommt zu mir herüber.

»Warum hast du mir bei der Tower Session gesagt, das mit Nord und mir wäre für dich okay?«, versuche ich noch einmal, zu Tiff durchzudringen. Auch wenn ich ihr das nur zu gern abkaufen wollte – sie war doch so beeindruckend verständnisvoll.

»Hat sie gar nicht, Dummerchen«, sagt Nicht-Savi.

Nein. Wie konnte ich darauf reinfallen? Wahrscheinlich hatte die echte Tiff sich bereits zu diesem Zeitpunkt in ihrem Apartment verschanzt. Das erklärt, warum sie sich an das Gespräch überhaupt nicht erinnern konnte. »Tiff, sie hat dich imitiert? Ist dir klar …?«

»Als ob! Wieso hätte sie das tun sollen?«

Sie glaubt mir nicht? Die Frau hat es doch gerade praktisch zugegeben!

»Je länger ich darüber nachdenke …«, sagt diese jetzt und tritt noch näher an mich heran. »Du hast recht, Tiffy. Sie sollte die Wahrheit kennen. Also: einmalige Chance, Elodie. Was möchtest du wissen?«

Ich muss keine Sekunde überlegen. »Wo ist meine Schwester? Haben Sie sie entführt?«

Sie zögert. Dann löst sie sich von Savis Gestalt und wird wieder Dr. Graudorfen. »Das kleine Biest interessiert mich nicht mehr.«

Ich schlucke schwer. Sie ist es wirklich nicht. Natürlich nicht. Savi ist da draußen. Ich darf nicht aufgeben. Für sie werde ich immer kämpfen. Bis zu meinem letzten Atemzug.

»Was haben Sie mit mir vor?«

Tiff stellt sich neben sie, weidet sich an der Angst, die sie in meinen Augen sieht. Ich hätte sie niemals für grausam gehalten, doch was jetzt in ihrem Gesicht steht, belehrt mich eines Besseren.

»Mit dir direkt gar nichts. Fangen wir von vorne an … wie dir mittlerweile klar sein dürfte, bin ich auch eine Imitatorin, aber meine Gabe ist nur sehr schwach ausgeprägt. Es war immer ein großer Kraftaufwand für mich, jemanden zu imitieren, und mir waren viele Grenzen gesetzt. Altersgrenzen, Körpergrößengrenzen, Geschlechtsgrenzen. Meine Möglichkeiten waren bescheiden.«

Ich betrachte sie genau, versuche, Indizien zu finden. Sie trägt eine feingliedrige Goldkette, die mir bekannt vorkommt. Es ist gut möglich, dass Dr. Graudorfen sie schon öfter in meiner Gegenwart getragen hat. Oder … gehört die nicht Mara, Stians Mutter?

»Ich wollte immer mehr, wurde Ärztin, um nebenher das Imitieren zu erforschen, doch dann lernte ich jemanden kennen, und es wurde mit einem Mal noch so viel dringlicher, dass meine Fähigkeiten wachsen. Nur so würde ich mit ihm zusammen sein können.« Ihre Stimme ist voller Wehmut. Oder ist es Besessenheit? »Dann stieß ich auf deinen Vater. Wie du weißt, hatte er Probleme, das Imitieren im Zaum zu halten. Ich spielte die Wissende, begann eine Behandlung, die in Wahrheit nur ein Vorwand war, um mir Spielraum für … kleine Experimente zu geben. Ich wollte wissen, wie weit es ihn bringen würde und ob ich seine Kraft auf mich übertragen könnte.« Sie seufzt. »Deine Mutter war leider cleverer als er. Sie kam mir auf die Schliche. Sylvius verweigerte natürlich sofort alle Medikamente und weitere Blutentnahmen. Er drohte mir. Zum Glück wusste ich ein paar Dinge über ihn.«

Grauen erfasst mich.

»Ich lockte deine Mutter in eine tödliche Falle, in die er ihr folgte. Er schuldete diesen Typen viel, und mit ihnen war nicht gut Kirschen essen.«

Sie hat meine Eltern auf dem Gewissen. Ihr Leben war wertlos für sie. Genau wie meins. Und Savis.

»Bevor du fragst: ja. Ich brauchte ein neues Versuchskaninchen. Ich hätte Sylvius niemals sterben lassen, wenn ich mir nicht sicher gewesen wäre, dass ich mit seinen Töchtern würde arbeiten können.«

Ich möchte schreien und nie wieder aufhören, doch ich bringe keinen Ton zustande. Die Welt fühlt sich unwirklich und vernebelt an. Ich glaube, ich weine.

»Ich hatte damals schon einen guten Stand in der Klinik, und nach dem Desaster, in das das Imitieren deinen Vater gestürzt hatte, brauchte es keine Überredungskünste. Savanna und du wurdet getestet. Sobald die Ergebnisse da waren, habe ich damit begonnen, ihr die Medikamente zu verabreichen, die ihre Störung in Gang setzen konnten. Ich habe einen vermeintlichen Vitaminmangel bei ihr festgestellt und Carsten die falsch verpackten Tabletten für sie gegeben. Bald schon musste sie eingeliefert werden. Alles lief wie geplant. Ich konnte mit ihr meine Forschung weitertreiben. Die Tabletten, die ich entwickelt habe, verwandelten sie in das psychische Wrack, das sie heute ist. Die Gabe liegt im Blut und kann, wie ich dank deines Vaters inzwischen wusste, tatsächlich auf andere mit der Veranlagung übertragen werden. Also brauchte es nur ein paar

Transfusionen. Je schwächer und verwirrter sie wurde, desto stärker wurde ich.«

Sie hat Savi wehgetan. All die Jahre lang. Während ich alles darangesetzt habe, um meine Schwester zu retten, stand diejenige, die sie überhaupt zu diesem Leid verdammt hat, Tag für Tag an ihrem Bett. Hat sie ihrer Qual überlassen. Sie benutzt.

Mein Verstand sagt mir, ich sollte Zorn, Hass und Angst empfinden. Doch da ist nichts. Ich bin hohl. Innerlich wie tot.

»Doch mein oberstes Ziel konnte ich mit ihr merkwürdigerweise nie erreichen«, fährt sie fort. »Bis sich kürzlich herausgestellt hat, dass irgendein Trottel eure Werte verwechselt hat. Deine Entwicklung in den letzten Wochen ist beachtlich. Ich habe mir erlaubt, dich mit meinen netten Nachrichten noch ein wenig mehr anzustacheln, dich in die Sicherheit der Imitation zu treiben. Und siehe da, das Ergebnis war überwältigend. Genau das, was ich mir erträumt habe. Was ich mir nehmen werde.«

»Und was ist das?«

Ich bin die Einzige, die das gefragt haben kann. Wenn ich es war, sind die Worte ohne mein Zutun herausgekommen.

»Nun, was ist das Begehrenswerteste, was man sich als Imitatorin wünschen könnte? Denk nach, du solltest es doch am besten wissen, *Wynter*.« Sie lacht, dann wendet sie sich wieder dem Wagen zu. »Beeil dich mit dem Rätseln. Viel Zeit bleibt dir nicht mehr. Ich wünsche dir, dass du die Prozedur überlebst, aber versprechen kann ich es dir nicht. Und selbst wenn du durchkommst, wird nicht mehr viel mit dir los sein.«

Ging es Savi deswegen so schlecht, sobald Gabrielle weg war? Weil deren Vertretung ein Monster ist?

Wahrscheinlich wird sie sich auf keinen Fall ins Gewissen reden lassen. Dennoch – solange wir reden, passiert mir nichts. »Wenn Sie sich verliebt haben – wo war das Problem? Wurden Sie zurückgewiesen?« Okay, nicht so schlau, das könnte sie jetzt auch noch mehr reizen.

»Nicht konsequent«, sagt sie und schnaubt. »Er war schon vergeben. Im Laufe der Jahre ist er ein paarmal schwach geworden, aber er hat es jedes Mal bereut. Und vor Kurzem hat er mir dann endgültig den Laufpass gegeben.«

Tiff setzt sich vor mich. Mit einem schneidend eisigen Lächeln lässt sie ihre Finger über das Seil streifen, mit dem meine Fußgelenke zusammengebunden sind. »Ich würde gern langsam mal zu dem Teil springen, in dem ich vorkomme«, sagt sie. »Ich kann dir gar nicht sagen, wie sehr ich mich gefreut habe, als deine Freundin da auf den Plan getreten ist.« Sie deutet auf Dr. Graudorfen. »Wynter hat dir nie getraut. Trotzdem hat sie dir eine Chance gegeben. Zwei sogar, um genau zu sein. Sie hat dich gewarnt. Du hättest dich noch für das Richtige entscheiden können.«

Das Richtige? Oh ja, vom Richtigen bin ich auf meinem Weg irgendwo abgekommen. Meilenweit.

Wynter hatte die ganze Zeit Kontakt zu Dr. Graudorfen? Na klar, sie wusste schließlich auch über Stian und mich Bescheid. Mein Hintergrund war wichtig für sie, als Absicherung. Sie hat mich auf die Probe gestellt. Und ich bin mit Karacho durchgerasselt, habe bewiesen, was für eine miese Hexe ich bin.

»Ich bin nur hier, um mich davon zu überzeugen, dass du deine gerechte Strafe bekommst. Warum ich was gegen dich habe, dürfte ja auf der Hand liegen.«

Ich sollte weiter versuchen, sie gegen Dr. Graudorfen aufzubringen, mich bei ihr zu entschuldigen, sie zu besänftigen. Aber ich kann nicht. Sie hat recht. So recht.

Raff dich verdammt noch mal auf! Lass Savi nicht noch mal im Stich.

Tiff drückt mein Kinn hoch, sodass ich sie ansehen muss. »Wynter ist vielleicht manchmal hinterhältig, aber *du* … Es gibt keinen Begriff, der auch nur annähernd beschreibt, wie selbstsüchtig und intrigant du bist. Ich hoffe nicht, dass du stirbst. Ein Dasein, ohne zu wissen, wer du warst, kommt mir schlimmer vor.«

Dr. Graudorfen hebt eine Spritze hoch. »Zum Ablauf: Ich werde dir jetzt noch etwas spritzen. Der Stoff hält dich zusätzlich in deiner Imitation fest. Danach betäube ich dich wieder und bringe dich in eine Praxis, in der schon alles vorbereitet ist. Ich werde dir Knochenmark entnehmen und einiges an Blut. Drück uns die Daumen, dass mein Plan aufgeht. Sonst brauche ich am Ende noch dein Herz.«

Sie will meine Gabe, meinen Fluch. Und ich wünschte, sie würde mir diese Last nehmen. Aber ich will nicht sterben.

Ein Wimmern kommt über meine Lippen, als sie sich nähert.

Ich schließe die Augen.

Der Stich.

Unter meiner Haut breitet sich sofort ein unangenehmes Prickeln aus, wie wenn man nach einem Nachmittag im Schnee direkt vorm Ofen sitzt.

Ich spüre, wie Wynters Gestalt sich fester um mich schlingt. Bis zu diesem Augenblick hätte ich das gar nicht für möglich gehalten. Sie ist jetzt schwer und unnachgiebig und droht beinahe, mich zu ersticken.

Kämpf dagegen an. Du musst!

Ich blende die Situation aus, so gut es eben geht. Stelle mir vor, ich würde wie früher ganz einfach zwischen zwei Gestalten switchen, sie gegeneinander austauschen, eine Hülle ablegen und darunter wieder selbst zum Vorschein kommen.

Druck.

Schmerz.

Mehr Druck.

Sämtliche Organe wollen streiken. Die Knochen. Einfach alles. Es fühlt sich an, als würden meine Adern kurz vor dem Platzen stehen.

Ich stemme mich gegen diese geballte Wucht der Imitation. Gegen das, was immer da gerade durch mich hindurchgepumpt wird. Gegen den Teil von mir, der Wynters Erscheinungsbild behalten will. Werfe mich in mein eigenes Leiden hinein. In das Reißen und Ziehen und die unerträgliche Spannung, die jede meiner Fasern bis aufs Äußerste zu überdehnen scheint.

Ich sehe es zum ersten Mal: Seit Wochen bin ich eine Gefangene. Genau wie Savi habe ich mich tief ins Imitieren verstrickt, im Gegensatz zu ihr aber ganz allein durch mein eigenes Verschulden. Ich muss ausbrechen.

Ich kriege kaum noch Luft, bunte Punkte tanzen vor meinen geschlossenen Lidern. Nicht ohnmächtig werden! Atmen. Es aushalten.

Meine Schwester kann sich nicht daran erinnern, wer sie einmal war. Aber ich kann es.

Ich bin Elodie Rauch.

Und das Imitieren beherrscht mich nicht.

Ein Riss läuft rasend schnell durch die Wynter-Illusion. Ein Kokon, der sich öffnet. Eine Hülle, die von mir abfällt. Mich freigibt.

Meine Kraft ist aufgebraucht, aber ich bin wieder ich.

»Das ist unmöglich!«, zischt Dr. Graudorfen.

Ich zwinge mich, die Augen zu öffnen. Mein Körper brennt, aber es ist nur ein Nachglühen, nur die Folge der Feuersbrunst.

»Beeindruckend. Na ja, darum kümmere ich mich später.« Sie hält eine weitere Spritze hoch, die mit dem Betäubungsmittel. »Tiffy, wie wär's? Möchtest du?«

»Mit dem größten Vergnügen.« Tiff nimmt die Spritze entgegen.

»Bist du drauf gekommen, was ich will?«, fragt Dr. Graudorfen mich.

Tiff hockt nun neben mir und spannt mit zwei Fingern die Haut in meiner Ellenbeuge. Die Nadel schwebt nur noch knapp darüber. Die erste Einstichstelle ist dick geworden und hat einen lilafarbenen Rand. Ich konzentriere mich ganz darauf.

»Die perfekte Imitation«, antwortet Tiff an meiner Stelle. »Für immer eine andere sein.«

In einer einzigen fließenden Bewegung springt sie auf die Füße, übt einen gezielten Schlag auf Dr. Graudorfens Brustkorb aus und treibt die Spritze in ihren Arm. Dr. Graudorfen setzt sofort zum Gegenangriff an, aber Tiff ist blitzschnell, wendig und hat sie innerhalb von Sekunden zu Boden geworfen.

Dr. Graudorfen flackert. Ihre Imitation fällt.

Ich kann sie sehen. Begreife. Begreife nicht.

»*Gabrielle?*« Ich habe mich schon oft verraten gefühlt. Doch nie hat es meine Körperteile von innen zertrümmert, so wie jetzt.

»Mara!«, stößt sie hervor. Ihre Lider zucken, dann liegt sie ruhig da.

Sie wollte … sie wollte Stians Mutter das Leben stehlen? Obwohl mein Verstand mir den Zusammenhang liefert, kommt die Erkenntnis nicht richtig bei mir an. Sie soll seit Jahren in *Carsten* verliebt gewesen sein? Die Teile fügen sich zusammen. Ich denke an Stians Verhalten bei meinem ersten Besuch während meiner Arbeit für Wynter, wie ungewöhnlich aggressiv er auf seinen Vater reagiert hat. Und auf Gabrielle. Er muss es herausgefunden haben. Wahrscheinlich hat er Carsten zur Rede gestellt, woraufhin der Gabrielle abserviert hat. Wenn ich ihn gefragt hätte … ach, Scheiße!

Tiff holt ein Messer von dem Rollwagen. Fast glaube ich, sie wird Gabrielle töten. Oder mich. Oder uns beide. Stattdessen trennt sie meine Fesseln auf.

»Gern geschehen«, sagt sie.

»Wie hast du …?«

»Hab mal Kampfsport gemacht. Kannst du aufstehen?«

Nein. Ich kann niemals wieder irgendetwas tun.

Gabrielle. Bin ich so leicht zu täuschen? Wie oft habe ich mich von ihr trösten lassen?

Tiff geht erneut zum Wagen, zieht sich Einweghandschuhe über und nimmt mehrere Schachteln mit Tabletten, die sie neben Gabrielle ablegt. Dann fesselt sie sie mit schnellen Handgriffen und holt mein Handy aus ihrer Manteltasche.

»Hoch jetzt, wir gehen.«

Schwankend stehe ich auf, und prompt wird mir schwindelig. Tiff kommt zu mir, um mich zu stützen. Gemeinsam durchqueren wir das verlassene Parkdeck. Abgesehen von der Stelle, wo Gabrielle mich hingebracht hatte, liegt die Garage im Dunkeln. Tiff leuchtet uns mit meinem Handy den Weg.

Wir gehen die Rampe ins nächste Geschoss hoch, dann noch eine. Morgenlicht empfängt uns. War ich die ganze Nacht lang bewusstlos?

Tiff gibt mir das Handy und zieht ihr eigenes heraus.

Ich sehe zu, wie sie die 911 wählt. Sie meldet eine aggressive Frau mittleren Alters, die sie in eine Parkgarage verschleppt habe und mit fragwürdigen Substanzen hantiere.

»Sie wird wohl kaum offenlegen, was sie ist und hinter wem sie wirklich her war«, meint sie nach dem Gespräch zu mir. »Aber besser, wir sagen, sie hat *mich* gekidnappt.«

Ich will eigentlich nicht, dass sie für mich lügt. Doch ich habe keine Kraft für Widerstand. Und natürlich dürfen sie nicht wissen, weshalb Gabrielle es auf mich abgesehen hatte.

Tiff macht einen zweiten Anruf. »Ich bin's. Deine Freundin braucht dich jetzt, du solltest herkommen.« Sie gibt unseren Standort durch, und ich unterdrücke den Impuls, ihr das Handy wegzureißen. Ich weiß nicht, ob ich ihm jetzt gegenübertreten kann. Als ich.

Doch das kann Tiff natürlich nicht wissen.

Ich gerate ins Taumeln und setze mich auf den Boden, bevor ich zusammenbrechen kann. »Wie lange hast du schon geplant, mich zu retten?«, frage ich erschöpft.

»Seit Wynter mir gesagt hat, dass es an der Zeit ist, dich loszuwerden. Sie dachte natürlich, ich würde auf keinen Fall auf deiner Seite sein, also hat sie mich eingeweiht. Diese Frau ist nicht lange nach deiner Ankunft in *ClassyGardens* aufgetaucht. Sie hat Wynter angeboten, dich für sie im Auge zu behalten und einzugreifen, wenn du die Situation für deine Zwecke nutzen solltest. Wynter sollte dich im Gegenzug ihr überlassen, sobald sie deine Hilfe nicht mehr braucht oder du dich gegen sie stellst.«

»Und dann hast du sie gebeten, dich als Handlangerin zu vermitteln?«

»Gut kombiniert! Keine von beiden ist auf die Idee gekommen, ich könnte dir helfen wollen.«

»Dazu hattest du auch keinen Grund.«

»Es war selbstverständlich, Elodie.«

Tiff gönnt mir noch ein paar Minuten zum Ausruhen, dann streckt sie mir die Hand hin, um mich hochzuziehen, und führt mich zu dem Auto, mit dem sie gekommen ist. Sie setzt mich zwei Blocks weiter ab, wo Nord mich abholen soll.

Sie hatte nicht vor, ihm zu begegnen, ganz klar. Als sie ihn neben seinem unauffälligen schwarzen Auto stehen sieht, hält sie kurz die Luft an.

Ich weiß nicht genau, wo wir uns befinden, aber es kann nicht weit von der Stadt sein, sonst hätte er nicht so schnell hier sein können. Ich spiele mit dem Gedanken, Tiff darum zu bitten, auf der Stelle umzukehren und mich irgendwo rauszulassen. Dann könnte ich mich einfach in den nächstbesten Bus setzen. Irgendwohin fahren, vorzugsweise zu einem Flughafen. Doch ich bin viel zu angeschlagen. Bei meinem Glück klappe ich irgendwo zusammen. Außerdem habe ich keinen Cent bei mir.

Was läuft eigentlich falsch bei mir? Nichts von dem ganzen

Desaster ist Nords Schuld. Er kann nicht das Mindeste dafür, dass ich alles total in den Sand gesetzt habe.

Also sage ich nichts.

Als wir hinter seinem Wagen halten, läuft Nord uns entgegen. Läuft mir entgegen. Offensichtlich will er mich in die Arme nehmen.

Ich weiche zurück.

Er hält inne.

»Tut mir leid.« Wofür entschuldige ich mich jetzt? »Ich steh ein bisschen unter Schock.«

Ich zwinge mich, wieder einen Schritt nach vorn zu machen. Lasse mich doch noch umarmen. Ich bin so verflucht schwach.

»Danke«, sagt Nord über die Schulter hinweg zu Tiff.

Ich löse mich von ihm und trete zur Seite, sodass ich nicht mehr zwischen ihnen stehe.

Es dauert ein paar Sekunden, bis sie sich für eine passende Geste entschieden haben. Nord drückt ihre Hand und vergisst beim Rückwärtsgehen kurz, sie wieder loszulassen. Als er es dann tut, fällt ihr Arm einfach wieder runter.

»Ich fahre jetzt zurück zur Garage«, sagt sie. »Die Polizei wird Fragen stellen. Und ich will sicher sein, dass sie diese Frau mitnehmen.«

Sie steigt wieder ins Auto, lässt den Motor an und rollt die Straße hinunter. Mehr als ein mattes Winken bringe ich nicht fertig. Dabei schulde ich ihr mehr als je einem Menschen zuvor.

»Was um alles in der Welt ist passiert?«, fragt Nord, als er wieder hinterm Steuer sitzt und ich auf dem Beifahrersitz in mich zusammengesunken bin.

Ich höre mir zu, wie ich es ihm erzähle. Wie distanziert ich klinge und wie unbewegt! Dabei bewegt sich in meinem Inneren gerade einfach alles.

Wie soll ich ihm begreiflich machen, was für eine Art Sicherung bei mir rausgeflogen ist? Oder warum ich mich plötzlich fühle, als hätten wir uns gemeinsam auf eine stark befahrene Kreuzung gestellt? Ohne nachzudenken, wie zwei Verrückte, ohne jeden Sinn für die Realität.

»Kannst du mich nach *ClassyGardens* fahren?«, frage ich. Weil ich weiß, er will mich zum Loft bringen. Mich aufpäppeln. Für mich da sein. All das, was sich im Moment völlig verkehrt anfühlen würde. Vielleicht nicht nur im Moment.

Ich sollte in dieser Verfassung keine Entscheidungen treffen. Am besten sollte ich gar nicht mehr nachdenken, mindestens für ein paar Stunden. Wobei ... habe ich nicht eben festgestellt, wie schnell Nicht-Nachdenken ein Problem werden kann?

»Ich muss jetzt allein sein«, sage ich. Obwohl ich alle Sanftheit in meine Stimme gelegt habe, die ich aufbringen konnte, hört er etwas heraus, das ich nicht sagen wollte. Oder vielleicht doch sagen wollte. Ich weiß es ehrlich nicht.

Jedenfalls hält er auf dem Standstreifen und sieht mich von der Seite an. »Elly.«

»Bitte. Ich habe eine Menge zu verarbeiten. Und ich muss die Klinik erreichen und klären, ob Savi in Sicherheit ist.« *Savi.* War auch das mit ihrem Ausbruch eine Lüge? Oh bitte, bitte, bitte, es muss ihr gut gehen!

Nord gibt nach, wir fahren weiter. Vielleicht hat er verstanden, was ich noch nicht zu verstehen bereit bin. Oder er diskutiert nur deshalb nicht mit mir, weil er dem noch genauso wenig ins Auge blicken kann wie ich.

Kapitel 32

Wir sind quitt, du musst dir um mich keine Gedanken mehr machen. Habe Laurie meine Kündigung gegeben.

Ich schicke die Nachricht an Wynter ab. Mit etwas Glück werde ich ihr nicht die Mühe wert sein, sich noch weiter an mir zu rächen. Nachdem sie gestern eigenmächtig online bekannt gegeben hat, dass Nord und sie doch wieder getrennte Wege gehen, sollte sie ja eigentlich gute Laune haben. Als ein »intensives, aber flüchtiges Aufbranden von Gefühlen« hat sie das Ganze betitelt und Nord in dem Post alles Gute gewünscht. Nachdem sie ihn als Vorwand für ihren Bedarf nach einem Double benutzt hat, kommt das für die Fans natürlich etwas komisch. Nach dem ganzen Wirbel um Nordwynter äußern sich viele schockiert-enttäuscht bis mitleidig-zynisch, und die Ersten tippen richtigerweise auf einen PR-Streich. Aber ich vermute, das interessiert Wynter herzlich wenig.

Ich möchte noch eine Nachricht loswerden, an jemand anderen. Aber egal, wie lange ich auf den blinkenden Cursor starre, die richtigen Worte halten sich von mir fern.

Wie kann ich Stian jetzt noch vorwerfen, auf Gabrielle reingefallen zu sein? Ich habe denselben Fehler in noch viel gravierenderem Ausmaß gemacht. Wie hätte er wissen sollen, dass die Savi, die ihn attackiert und geschworen hat, mir etwas anzutun, nicht echt war? Selbst ich hätte dieselbe Imitatorin beinahe für sie gehalten. Ich weiß jetzt, wie sich das anfühlt. Wie ich mich ihm gegenüber verhalten habe, ist unverzeihlich. Ich habe mich in meinen Schuldzuweisungen gegen ihn verrannt. Dabei wollte er mich immer nur schützen. Ihn als Feind hinzustellen, war so viel leichter, als der Möglichkeit ins Auge zu sehen, Savis Krankheit könnte unheilbar sein. Und wenn ich ganz ehrlich zu mir bin – und die Erkenntnis tut ganz schön weh –, war es ein guter Vorwand, um vor unserer Beziehung zu fliehen. Seine unverstellten Gefühle für mich haben mir schon immer Angst gemacht. Weil an mir so wenig unverstellt war.

Mein Handy verkündet mir mit einem *Pling*, dass Nord sich schon wieder meldet. Er hat mir exakt einen halben Tag gegeben, an dem ich nichts von ihm gehört habe. Seitdem schreibt er ungefähr alle zwei Stunden.

Ich weiß, was ich zu tun habe. Nur wird es dadurch auch nicht weniger hart. Ich muss das unbedingt persönlich klären, noch heute Abend, vor der offiziellen Eröffnung der Premierenparty. Obwohl es nicht fair ist, Nord ein Gespräch dieser Art zuzumuten, kurz vor so einem großen Moment.

Wenigstens gibt es neben alldem auch eine Sache, die mich beruhigt: Carsten hat nicht mit dringesteckt. Ich habe mit ihm telefoniert und erfahren, dass Savi tatsächlich nie ausgebrochen ist. Er war außer sich über Gabrielles Enthüllungen, und ich glaube ihm, dass er nichts davon geahnt hat. Ich habe sein Wort: Sie fangen sofort an, die Medikamente abzusetzen. Er wird Savis Behandlung von jetzt an selbst übernehmen. Beziehungsweise die Beendigung ihrer Behandlung.

Ich weiß nicht, wann ich mir selbst vergeben werde. Ob ich es überhaupt jemals kann. Ich habe das Richtige gewollt, aber ich war blind und habe mit den falschen Mitteln darum gekämpft. Sosehr ich mir das Gegenteil weismachen wollte: Ich war in den letzten Wochen eine brillante Imitatorin.

Nur leider kein besonders guter Mensch.

Kameralichter blitzen auf, als ich aus dem Wagen steige, doch die Paparazzi verlieren sofort wieder das Interesse. Sie wissen nicht, wer ich bin.

Tiff hat mir Auto und Fahrer gestellt und erwartet mich beim Eingang, um mich reinzubringen, obwohl ich kein Ticket für das Event habe. Das kirschrote Kleid und der darauf abgestimmte Lippenstift stehen ihr. Als Arabella hat sie immer so zurückhaltende Farben getragen. Sie führt mich ins Innere.

»Ich weiß, es ist ein ganz schlechter Zeitpunkt, aber hast du eine Minute für mich? Irgendwo, wo es … ruhiger ist?« Ich lasse den Blick über das Gewimmel im Saal schweifen, die gigantische Leinwand, auf der sicher später die ersten Kostproben aus der finalen Staffel laufen werden, die Bühne mit dem Standmikro, die vielen Reihen gepolsterter Stühle davor, die *WIn*-Plakate und all die Aufsteller überall. Hinten gibt es einen Empfang mit Stehtischen in edlen roten Hussen, die von Schleifen zusammengehalten werden. Wenn ich mich hier so umsehe, fühle ich mich ein wenig underdressed. Schicke Blazer, Anzüge und Cocktailkleider – und ich in meinem knielangen Alltags-Shirtkleid und Leggins.

Tiff nickt einer jungen Frau im kleinen Schwarzen zu, die ihr von weiter vorne überschwänglich zuwinkt.

Auch als sie uns durch das Menschenmeer zu einer Tür am anderen Ende des Saals navigiert, wird sie von allen Seiten gegrüßt. Sie lächelt jedem zu, der ihren Namen ruft, hält aber kein einziges Mal inne.

Auf einmal sehe ich Emica, die zufällig gerade in meine Richtung schaut. Ich will schon die Hand heben, da fällt mir ein, dass sie mit meinem Gesicht gar nichts anzufangen weiß. Unser Kennenlernen war nicht echt. Dennoch bin ich so froh, sie hier zu wissen. Nord hätte seine Idee, ihr ein Ticket zu schicken, fast wieder begraben. Ich habe mein Bestes gegeben, ihm gut zuzureden. Offenbar hat es sich gelohnt. Er hat ihr auch angeboten, im Anschluss an das Event noch ein paar Tage in der Stadt zu bleiben. Ich hoffe, sie hat vor, das ebenfalls anzunehmen. Mit der Eiszeit zwischen den beiden muss endlich Schluss sein. Dafür brauchen sie einander viel zu sehr. Ich folge Tiff in den Gang zum Rückzugsbereich der VIPs.

»Ehrlich gesagt trifft sich das gut«, sagt sie. »Ich muss dir nämlich was sagen.«

Sie muss *mir* was sagen?

»Ich habe zugelassen, dass ein paar Probleme entstehen, zu denen es nicht hätte kommen müssen – und das betrifft insbesondere dich. Es tut mir leid. Ich habe einfach Zeit gebraucht.« Sie zupft an dem kleinen Puffärmel ihres Kleids. An ihrer Taille steckt eine Silberbrosche in Form einer Amaryllis-Blüte. Genau so eine hat Deven Arabella geschenkt, nachdem die beiden zusammen bei der Blumen- und Gartenausstellung *Canada Blooms* in Milton waren.

»Wovon redest du?«

»Die Zukunft von *WIn* hing nicht von Wynter ab. Sondern

von mir. Das ist in unserem Business natürlich nicht üblich, aber … der neue Showrunner wollte sichergehen, dass es funktionieren kann.«

»Dass was funktionieren kann?«

»Ich weiterhin als Arabella. Nord weiter als Deven. Ich bin bisher die Einzige, die das Drehbuch kennt, und ich war mir eine ganze Weile lang nicht sicher, ob ich … ob ich das schaffe. Gleich nach der Trennung eine halbe Staffel lang ein Paar darzustellen, war nicht gerade schön – und die Katastrophe vom Nachdreh hast du selbst erlebt, auch wenn man Nord mehr angemerkt hat als mir. Ich bin vielleicht eine professionelle Schauspielerin, aber auch … na ja, auch *ich*.«

Für diese Worte möchte ich sie am liebsten umarmen.

»Und jetzt hast du angenommen?«

»Ja. Die anderen erfahren es nachher. Ich hoffe, es ist okay für dich.«

»Tiff …« Ich beiße mir auf die Lippe. »Ich werde gehen.«

»Das wäre der größte Fehler, den du je gemacht hast.«

»Der größte Fehler, den ich machen konnte, ist der Grund, warum wir jetzt überhaupt beide hier sind.«

Sie missversteht mich, das kann ich ihr ansehen. »Ich habe doch gesagt, dass du mir nichts schuldig bist. Bring dich nicht selbst um dein Glück. Und auch Nord nicht.«

Wenn sie wüsste, um wie viel Glück ich mich wirklich gebracht habe. Das ist wahrscheinlich nicht mehr steigerbar.

»Das zwischen ihm und mir ist vorbei«, insistiert sie.

»Vielleicht. Vielleicht aber auch nicht. Ich hoffe, du findest es raus.« Ich sehe ihr fest in die Augen. »Du bist meine Heldin, Tiff, und es wird Zeit, auch deine eigene zu sein. Auch wenn du keine Entschuldigung von mir willst: Es tut mir leid. Ich hatte nie vor, dir wehzutun. Du bedeutest ihm so viel mehr, als du weißt.«

Ich verabschiede mich nicht, warte nicht auf ihren Widerspruch. Stattdessen eile ich den Gang hinunter. Ich muss Nord finden, bevor es losgeht.

Natürlich platze ich zuerst ausgerechnet in den Raum, in dem sich Wynter gerade aufhält. Sie ist dabei, mit Jemma und ein paar anderen auf die Premiere anzustoßen. In dem silberblauen Kleid hält sie mir noch einmal perfekt vor Augen, was ich hinter mir gelassen habe. Und noch hinter mir lassen werde.

Natürlich schaffe ich es nicht, die Tür schnell genug wieder zu schließen, und sie entdeckt mich. Sie hebt das Glas in meine Richtung. Ich schenke ihr mein liebenswürdigstes Lächeln und mache mich aus dem Staub, bevor sie noch einen Toast auf mich ausbringt.

Als ich Nord finde, ist er glücklicherweise allein. Er sitzt mit angezogenen Beinen auf dem Sims eines offen stehenden Fensters, das nach hinten rausgeht, und scheint noch mal durchzugehen, was er auf der Bühne sagen will.

Er schaut auf, und sein Blick wandelt sich von konzentriert zu weich. »Ich hatte gehofft, du würdest kommen.« Er tippt mit dem Fuß vor sich auf die Fensterbank, eine Einladung.

Ich zögere, doch dann gehe ich zu ihm, hieve mich rauf und lasse die Beine nach draußen baumeln. Man hat von hier einen überraschend schönen Blick auf die Stadt.

»Savi hat die Klinik nie verlassen«, erkläre ich.

»Du fliegst zu ihr, oder?«

»Ja.« Ich atme tief ein, dann aus. »Und ich denke nicht, dass ich so schnell zurückkommen werde.«

Lange forscht er schweigend in meinem Gesicht. »Bitte tu das nicht.«

Ich frage nicht zurück, was er meint. Das liegt auf der Hand.

»Beende nichts, was noch gar nicht richtig angefangen hat.«

Mir entschlüpft ein schwaches Lachen. »Du weißt schon, dass Deven das zu Arabella gesagt hat?«

»Er hatte recht.«

»Ich bin dir gegenüber niemals ich gewesen. Sagt das nicht schon alles?«

»Aber ich habe dich gesehen. Ich sehe dich auch jetzt. In diesem Moment.«

Dass es leicht werden könnte, habe ich auch nicht erwartet. Ja, ich habe mich in all dem selbst verloren, doch ich wäre eine Heuchlerin, wenn ich behaupten würde, dass jegliche Gefühle für Nord nicht real gewesen wären.

»Vielleicht liegst du richtig, und wir beide haben uns was vorgemacht. Vielleicht aber auch nicht, und es ist echt. Gib mir eine Chance, Elly.«

Es ist schon fast Ironie: Ausgerechnet ich, die sich eigentlich niemandem gegenüber öffnen kann und dem Menschen, der als Einziger immer auf ihrer Seite war, nicht vertrauen *wollte*, ist bei einem internationalen Serienstar gelandet.

»Ich hätte dich niemals dazu drängen dürfen, Wynters Leben zu übernehmen. Du hast mich in ein paar Situationen erlebt, die nicht gerade zu meinen Glanzmomenten gehören. Aber ich …«

Die Tür geht auf, und ein gestresst wirkender Typ schaut

herein. »In fünf Minuten geht es los! Die anderen warten schon auf Sie, Mr Degenbrunner.« Schon ist er wieder weg.

Nord schließt die Augen.

»Tiff hat gesagt, dass du der beste Mensch bist, den sie kennt«, sage ich. »Also geh da raus und sei dieser Mensch.«

Ich manövriere meine Beine wieder zur anderen Seite und springe vom Sims.

»Irgendwann wirst du das wahrscheinlich bereuen.«

Ich bin erleichtert über seinen lockeren Tonfall.

Er öffnet die Augen wieder und grinst mich an. Diese plötzliche Leichtigkeit hat seinen Blick allerdings noch nicht erreicht.

»Du bist nicht der Erste, der mir das vorhersagt.« Ich halte ihm die Hand hin, und er greift zu, drückt sie und lässt los. »Ich habe meine Lektion gelernt, und ich hoffe, du wirst zu demselben Schluss kommen wie ich.«

»Und der wäre?«

»Wir beide müssen aufhören, vor den Menschen wegzulaufen, die wir am meisten lieben.«

Mein Flug geht erst spät. Ich habe noch Zeit, um mich unter die Gäste zu mischen und ein paar Eindrücke mitzunehmen.

Ich bin ein bisschen wehmütig. Nicht, weil ich nicht an meine Entscheidung glaube, sondern weil Teile des Traumes, den ich hier geträumt habe, mir noch sehr lange nachgehen werden.

Ich probiere ein paar der Häppchen, trinke O-Saft aus einem Sektglas und mache ein paar Fotos, um sie Savi zu zeigen.

Alle aus dem Cast dürfen ein paar Eröffnungsworte ans Publikum richten. Ganz nach der Devise ›Das Beste kommt zum Schluss‹ steht Wynter als Letzte auf dem Programm. So lange werde ich nicht bleiben.

Ich habe da so eine Ahnung, dass Tiff den anderen möglicherweise die Show stehlen wird.

»Wir eröffnen den Abend heute mit einer kleinen Überraschung. Vielleicht auch einer etwas größeren.«

Klingt nicht so, als würde sie mich enttäuschen.

Tiff hat in diesem Moment weder viel von der Arabella der ersten Staffeln, die immer den Kopf eingezogen und das Weite gesucht hat, wenn es Schwierigkeiten gab, noch von der jungen Frau, die ich schon so müde und ausgebrannt erlebt habe. Sie steht da wie eine Gewinnerin, und das ist sie auch. Ich hoffe, dass sie noch oft gewinnen wird.

»Eigentlich trifft es die Wahrheit nicht ganz, wenn ich ›wir‹ sage, denn meine lieben Kollegen«, sie deutet auf den versammelten Cast hinter sich, »kennen auch noch nicht alle Details. Sorry, echt, normalerweise ist es nicht meine Art, Leute vor vollendete Tatsachen zu stellen und vorher schmoren zu lassen.«

Sie erzählt, dass die meisten sich bereits im Vorfeld zu Vertragsverlängerungen positiv geäußert haben, und davon, wie das Gerücht umgegangen ist, Wynter würde aussteigen.

An dieser Stelle tritt Wynter neben sie. Wie konnte ich auch denken, sie würde freiwillig bis zum Ende warten? Es scheint abgesprochen zu sein, dennoch bleiben sie und Tiff ihrer Show für die Öffentlichkeit treu und wechseln feindselige Blicke.

»Das mit meinem Ausstieg stimmt im Großen und Ganzen auch«, sagt Wynter, womit sie ein raumweites Raunen auslöst. »Wie das innerhalb der Geschichte gelöst wird, kann ich euch nicht verraten, ohne zu spoilern. Aber die gute Nachricht ist …« Sie macht Tiff wieder Platz.

»Es wird in Form eines wirklich spektakulären Spin-Offs weitergehen! Und ich muss mich entschuldigen, denn die Verzögerung im Entscheidungsprozess war allein meine Schuld. Mir wurde etwas sehr Außergewöhnliches eingeräumt: eine Bedenkzeit. Arabella wird auch weiterhin eine sehr große Rolle einnehmen, eine größere, als ich mir zu Beginn meiner Karriere jemals hätte erträumen können. Doch durch meine Vorgeschichte – die ich an dieser Stelle nicht näher erläutern möchte – war nicht ganz klar, ob es das Richtige wäre, zuzusagen. Doch ihr wisst, wie sehr ich an *WIn* hänge. Es ist offiziell: Ich habe heute Morgen unterzeichnet. Ein guter Moment, um all denen zu danken, die an mich geglaubt, vor allem aber auch denen, die das nicht getan haben.« Sie lächelt. »Ohne euch hätte ich es nie geschafft.«

Der Lärm, der sich daraufhin erhebt, ist ohrenbetäubend. Applaus, Pfiffe, mehr Applaus.

Einige der Cast-Mitglieder umarmen einander. Ich glaube, Romana weint.

Wynter wartet, bis sie weitersprechen kann, und verliert ein paar Worte über ihren Ausstieg. Sie verrät, dass Fallon Tremblay demnächst nach *ClassyGardens* ziehen wird; ihre ursprüngliche Gastrolle wird für das Spin-Off ausgebaut.

Nord ist wenig anzumerken. Ich kenne ihn gut genug, um zu wissen, wie viel das darüber sagt, wie es ihm gerade geht. Tiffs Ankündigung hat für ihn eine ganze Welt gerettet. Ich weiß, er wird sie erobern. Diese Welt, meine ich. Aber vielleicht nicht nur die.

Als er schließlich nach vorne kommt, scheint er die Ruhe in Person zu sein. In dem Punkt bin ich ihm sehr ähnlich. In ihm müssen Stürme und Erdbeben herrschen.

Sein vorbereiteter Text passt jetzt wohl nicht mehr.

»Nach all dem sollte ich jetzt vermutlich was zu dem Anlass sagen, aus dem wir eigentlich alle heute hier sind.«

Die Lacher auf seine Seite zu ziehen, fällt ihm leicht.

Er macht ein paar Kommentare zur finalen *WIn*-Staffel. Er dankt Wynters Vater und einigen Leuten, die ich nicht kenne. Bis er zu einer Person kommt, die ich besser kennen sollte. Eine, die er auf Deutsch erwähnt.

»Ganz besonders danken möchte ich außerdem … einer Freundin. Elodie, du bist eine knallharte Herzensbrecherin. Du bist ein Phänomen. Eine extrem toughe Schwester.« Er sucht nach Worten. »You're just a girl with superpowers.«

Obwohl er mich zwischen all den Leuten sicher nicht ausmachen kann, habe ich das Gefühl, seinen Blick auf mir zu spüren. Er sieht auf jeden Fall in die richtige Richtung.

»Ich wünschte, ich hätte dich finden können, aber das musstest du selbst schaffen. Ich hoffe, wir sehen uns eines Tages wieder.«

Seine Worte treffen mich, stellen mich hart auf die Probe. Doch dadurch, dass Nord mir gezeigt hat, wer ich nicht bin, weiß ich jetzt, wer ich sein möchte.

Ich habe Tränen in den Augen, als ich mir meinen Weg durch die Menschenmasse bahne, langsam, um nicht aufzufallen. Im Gehen tippe ich auf meinem Handy herum, schreibe eine Nachricht an Stian. Endlich sind die Worte da. *Bin unterwegs.*

Er ist online, es dauert nur Sekunden, bis er zurückfragt: *Unterwegs wohin?*

Er redet noch mit mir. Wie kann er nach allem immer noch mit mir reden?

Die Antwort auf seine Frage könnte nicht komplizierter sein. Unterwegs zu mir, zu allem, was ich sein kann. Unterwegs zu denen, die meine Familie sind. Unterwegs in die Zukunft, ins Ungewisse.

Die Antwort auf seine Frage könnte nicht einfacher sein.

Ich komme nach Hause.

Wonderful Intrigues, Season 4, Episode 22

Was bisher geschah: Deven kennt nun die Wahrheit über seine Herkunft. Durch Jerjan hat er erfahren, dass Wynters Kettenanhänger ihm die Antworten liefern kann. Er hat ihn gestohlen und ist in seiner Heimat gelandet – und Wynters Zauber hat seine Wirkung verloren. Seine Rückkehr wurde vom ganzen Land königlich gefeiert. Doch er hat alles darangesetzt, wieder nach Toronto zu gelangen ...

Arabella sitzt auf einer Picknickdecke im Trinity Bellwoods Park, nicht weit von der Stelle, an der sie Deven damals die Fotos auf ihrem Handy gezeigt hat. Sie hat ihr Tablet auf dem Schoß und arbeitet offensichtlich an einem Artikel. Sie tippt, hält inne, um nachzudenken, legt den Kopf in den Nacken und schaut in den Himmel, wendet sich wieder dem Bildschirm zu und tippt weiter.

»Arabella.«

Das Tablet gleitet ihr aus den Händen und landet im Gras. Sie lässt es liegen und springt auf, dreht sich zu dem Sprecher um, der nun auch ins Bild kommt: Deven. Wer sonst?

»Wo bist du gewesen?«, bringt sie hervor. »Ist dir klar, dass Kerry dich vor zwei Tagen als vermisst gemeldet hat?«

»Ich war *dort*.«

Sie öffnet den Mund, doch dann sieht man förmlich, wie es bei ihr klick macht. »Dann weißt du alles wieder?«

»Ja.«

»Bist du hier, um dich zu verabschieden?« Sie versucht, abweisend zu klingen, aber ihre Stimme zittert leicht.

»Nein.« Er nähert sich ihr wie einem ängstlichen Tier. »Ich bin hier, weil das aufhören muss.«

»Es hat doch längst aufgehört.« Sie macht einen Schritt zurück, er geht ihn ihr nach.

»Weil es aufhören muss, dass wir getrennt sind.« Er ringt nach Worten.

Die Szene muss für Tiffy und Nordyn schwierig gewesen sein, galt die Trennung doch nicht nur für Devabella.

»Ich habe *monatelang* hier gelebt, und mir hat nichts gefehlt. Dann bin ich gerade mal zwei Tage dort, wo ich angeblich wirklich hingehöre, und spüre die ganze Zeit dieses Loch in mir.«

Sie lächelt halbherzig. »Nicht genug gegessen?«

»Arabella, ich weiß, in der letzten Zeit habe ich es voll vermasselt. Die Sache mit Wynter, dass ich nicht für uns gekämpft habe … es gibt eine Menge, was du mir verzeihen müsstest. Aber wenn auch nur eine kleine Chance besteht, dass du das kannst, dann werde ich bleiben.«

»Du willst deine ganze Welt im Stich lassen?«

»Mit gebrochenem Herzen würde ich denen wenig nutzen.«

Sie seufzt. Dann gibt sie ihre Abwehrhaltung auf und umarmt ihn.

»Ach, wie rührend.« Auftritt Wynter. Sie hat sich für ihren letzten Coup in Schale geworfen und trägt ein fliederfarbenes Kleid mit Spitzenverzierungen. Einige Parkbesucher gucken schon irritiert zu den dreien herüber. »Meine Güte, Dev, willst du mir wirklich erzählen, dass du dich für sie entscheidest?«

Weder er noch Arabella wirken sonderlich überrascht über ihr Auftauchen. Sieht ganz so aus, als dürften wir ein Happy

End erwarten, denn nicht mal Wynter wird das jetzt noch ruinieren können.

»In dieser Sache hatte ich eigentlich nie eine Entscheidung zu treffen«, sagt Deven. Er behält Wynter im Blick, ohne Arabella loszulassen.

In Wynters Augen funkelt Zorn. »Dann werde ich dir jetzt noch etwas geben, das du nicht entscheiden musst. Wisst ihr, ihr Süßen – ich könnte hier viel erreichen, das spüre ich. Diese Welt gefällt mir viel besser als erwartet. Aber sie ist zu klein für mich *und* euch.«

Sie tritt auf die beiden zu, und Deven löst sich nun doch von seiner Arabella, um sich schützend zwischen Wynter und sie zu stellen.

»Sei froh, dass ich heute meinen großzügigen Tag habe«, sagt Wynter mit einem diabolischen Grinsen. »Ihr bekommt mein Königreich.« Mit diesen Worten wirft sie den Anhänger auf den Boden, den sie in der vorangegangenen Szene zurückgestohlen hat. Das imposante, blau schimmernde Tor in der Luft entsteht, von dem ein sichtbarer Sog ausgeht. Arabellas nachlässig gebundener Pferdeschwanz löst sich, und wilde Strähnen fallen ihr ins Gesicht. Devens Hand umfasst ihre.

Wynter lacht nur. »Schade nur, dass ihr euch nicht wiedererkennen werdet«, höhnt sie. Gleißend helle Strahlen schießen aus ihren Fingerspitzen, hüllen die beiden ein.

Keiner von beiden hat in diesem Moment Augen für sie.

»Wir werden wieder zusammen sein«, murmelt Deven. »Ich liebe dich!« Er küsst Arabella, bevor die Gewalt des Sogs die beiden förmlich auseinandersprengt und in den geöffneten

Weltenübergang zieht. Das Rauschen wird immer lauter, das Bild verschwimmt.

Der letzte Shot zeigt Arabellas Gesicht. Ihre Lippen bewegen sich, und auch ohne sie zu verstehen, muss man kein Genie sein, um zu wissen, was sie ruft: »Ich liebe dich auch.«

Dann werden ihre Iriden für einen Moment von einem Ring aus leuchtendem Weiß umgeben – das Zeichen, dass Wynters Kraft ihre Wirkung entfaltet.

Also doch kein reines Happy End. Aber eins mit Hoffnung.

Epilog

Mit schweren Schritten schlurfe ich die Treppe hinauf, dann drücke ich lang und anhaltend die Wohnungsklingel, so wie Frau Fischer das immer tut. Die Imitation sitzt gut, diesmal wird es klappen.

Stian öffnet. Ist das Enttäuschung in seinem Blick?

»Oh, guten Morgen, Frau Fischer. Was gibt's?«

»Ich wollte nur fragen, ob Sie vielleicht am Wochenende meine kleine Minka füttern könnten? Ich besuche meinen Bruder in Köln.«

Die Imitation ist federleicht, ich kontrolliere sie mit allem, was ich bin. Das Gefühl dabei hat sich komplett verändert. Ich kann imitieren, aber ich muss es nicht, und außer für kleine Einlagen wie diese hier habe ich auch nicht das Bedürfnis danach.

»Das ist jetzt recht spontan, ich weiß.« Ich treffe ihren Ton genau. Sie war schließlich auch meine Nachbarin und wird es hoffentlich in nicht allzu ferner Zukunft wieder sein.

»Tut mir leid, aber ich fahre selbst weg. Ich warte nur noch auf meine Freundin, sie müsste jeden Moment hier sein. Fragen Sie doch mal bei den Schellers unten.« Dann beugt Stian sich vor und küsst mich auf den Mund.

Meine Imitation verpufft einfach, ich könnte sie nicht mal festhalten, wenn ich es wollte. Aus dem Frosch wird zwar keine Prinzessin, aber der Effekt ist praktisch derselbe.

Ich fluche leise, er lacht und küsst mich weiter, und ich fluche nicht mehr.

»Hand aufs Herz«, sage ich, als er viel zu früh zurück in die Wohnung huscht und seine Reisetasche vom Boden aufhebt. »Wie viele Leute hast du jetzt schon versehentlich geküsst, die *nicht* imitiert waren?«

»Das würde mir nie passieren«, meint er voller Überzeugung.

Ich weiß, das stimmt, nur wie macht er das bloß? Wie kann er mich jedes einzelne Mal erkennen?

Das zwischen uns müsste sich nach allem zerbrechlich anfühlen, eine Beziehung wie ein rohes Ei, aber er sorgt dafür, dass es nicht so ist. Wie auch immer er das schafft.

Fünf Wochen ist es her, dass ich wieder vor seiner Tür stand. Bis einschließlich letzter Nacht habe ich allerdings auf Savis Station übernachtet.

Stian kommt mit seinem großen Reiserucksack und der Tasche zu mir, und ich weiche auf den Treppenabsatz zurück, damit er die Tür abschließen kann. Dann poltern wir gemeinsam die Stufen hinunter.

Savi wartet auf dem Rücksitz auf uns.

»Morgen, Irre«, sagt Stian, und sie streckt ihm die Zunge raus.

Ich setze mich zu ihr nach hinten. Die vergangenen Jahre haben ihren Tribut gefordert, und die langsame Gewöhnung an ein Leben ohne Medikamente nimmt sie ziemlich mit. Sie sieht immer noch aus, als sollte man sie am besten sofort ins Bett stecken: fiebrig, mit eingefallenen Wangen und wiederkehrenden Zitterattacken. Doch Carsten denkt, dass sie stabil ist und die Zeit mit uns ihr guttun wird.

Stian fährt los.

Ich denke an Gabrielle, die inzwischen wieder in Deutschland ist und auf die Gerichtsverhandlung wartet. Da bei Tiff keine Spuren der vermeintlichen Medikamente nachgewiesen werden konnten, war es an Carstens Klinik, sie zu verklagen. Savi ist der lebende Beweis für ihre Taten, und sie wird bekommen, was sie verdient. Mein Hass auf sie ist seltsam gedämpft. Zum einen, weil die Traurigkeit darüber, wie sehr sie mich hintergangen hat, ihn überschattet. Zum anderen, weil ein Teil von mir begreift, was in ihr vorgegangen sein muss. Ich werde sie nicht von ihrer Schuld freisprechen, aber was den Konflikt angeht, in dem sie gesteckt hat, bin ich die Letzte, die mit Steinen werfen darf.

»Ich wünschte, sie hätten unsere Testergebnisse nicht vertauscht«, sage ich.

»Haben sie nicht.« Savi löst ihren Blick vom Fenster und schaut mich an. »Das war ich.«

Stian würgt den Motor ab.

Die Erkenntnis trifft mich verzögert, mit voller Wucht gegen die Brust. *»Was?«*

Sie legt eine Hand auf meine. »Ich habe die Ergebnisse aus dem Labor abgefangen und dann die leicht veränderten Versionen wieder in die Hauspost gegeben.«

»Aber warum?«, fragt Stian. Er ist neu angefahren, und wir sind jetzt auf der Straße, die aus der Stadt hinausführt.

»Ich hatte einfach kein gutes Gefühl bei der Sache. Die Scheuner hatte deinen Vater ein paar Abende vorher zu Hause besucht und ein paar seltsame Bemerkungen gemacht. Sie wusste nicht, dass ich im Nebenzimmer war.«

»Du hättest damit zu uns kommen können«, sagt Stian.

»Ich wollte mir erst sicher sein. Habe gedacht, ich könnte sie überführen, aber sie … war schneller. Und dann konnte ich für ziemlich lange Zeit kaum einen klaren Gedanken fassen.«

Mehr als drei Jahre. Tage, Wochen, Monate, die sie geopfert hat. Für mich.

Es tut so weh. Immer habe ich gedacht, *ich* würde *sie* beschützen. Dabei war sie meinetwegen der größten Gefahr unmittelbar ausgeliefert. Ich habe dieser Gefahr Tür und Tor geöffnet, sie ihr noch weiter in die Arme getrieben. Meine Schwester wird sich vielleicht nie wieder von dieser Tortur erholen.

Savi drückt meine Finger. »Du hättest dasselbe für mich getan«, flüstert sie.

Savi erkundet jeden Winkel des Ferienhauses von Stians Familie, während ich das Abendessen auf der Veranda vorbereite. Nach der langen Zeit in der Enge ihres Klinikzimmers kann sie gar nicht genug zu sehen bekommen.

Ihr Geständnis hängt mir immer noch nach. Ob das alles je aufhören wird, mich runterzuziehen?

»Du musst aufhören, dir Vorwürfe zu machen.« Stian tritt mit einem Tablett aus dem Haus, auf dem er eine Auflaufform transportiert. Er hat uns zum Nachtisch sein berühmt-berüchtigtes Tiramisu mit Brombeeren und Mandeln gemacht.

»Du dir auch«, sage ich. Nicht genug, dass ich die Verantwortung für Savis falsche Persönlichkeitsstörung trage, ich habe auch noch ihn verletzt. Habe ihm unterstellt, er wäre ein eifersüchtiger Ignorant, obwohl er immer für mich und auch für meine Schwester da war. Ich weiß genau, die Wahrheit setzt ihm genauso sehr zu wie mir. Wir hätten sie so viel früher retten können.

»Ich hab dir gegenüber viel wiedergutzumachen.« Betreten schaue ich auf den Ring, den ich vor ein paar Tagen wieder angesteckt habe. Ich ziehe ihn ab und fahre zum ersten Mal seit Langem über die Gravur auf seiner Innenseite: *Du bist mein Original.*

»Ach, ich bin mir sicher, dafür wird dir einiges einfallen«, sagt Stian und grinst mich an. Er stellt die Auflaufform auf dem Tisch ab. Kaum hat er die Hände frei, zieht er mich auch schon in seine Arme. Ich küsse ihn und lasse es zu: das Mich-fallen-Lassen und das Vertrauen und den Gedanken, wie sehr er mir gefehlt hat, um wie viel ich mich selbst gebracht habe. Es ist okay. Jetzt ist es okay.

»Ihr zwei seid echt widerlich süß«, unterbricht Savi uns, setzt sich breit lächelnd an den Tisch und wippt mit den Füßen.

»Selber«, sage ich und hole noch schnell den Eistee aus dem Kühlschrank.

Dann sitzen wir zu dritt draußen und essen mit Blick auf die Wiesen hinter dem Haus, an die in der Ferne ein Laubwald in den schönsten Herbstfarben angrenzt.

Stian und ich diskutieren gerade über unser Programm für die kommenden Tage, als Savi mir ihr neues Handy hinschiebt.

Ich betrachte das Bild in Tiffs Feed: ihre kleine Hand, die in einer größeren liegt – einer, die mir nur zu vertraut ist. *One more try*, steht da, sonst nichts.

Ich lächle. Wurde ja auch Zeit.

Da ist kein Bedauern. Ich freue mich für die beiden, und ich bin Nord dankbar. Dafür, dass ich durch ihn erkannt habe, was wahrscheinlich die wichtigste Lektion meines Lebens bleiben wird: Keine Maske, die ich je tragen könnte, würde mich glücklicher machen oder mir ein besseres Leben ermöglichen als das Ich darunter. Ich bin nicht Wynter. Und ich kann, werde und will auch nicht sein wie sie.